Heinz G. Konsalik

Duell im Eis

Heinz G. Konsalik

Duell im Eis

Roman

Umwelthinweis:
Dieses Buch und sein Schutzumschlag wurden auf chlorfrei gebleichtem Papier gedruckt.
Die vor Verschmutzung schützende Einschrumpffolie ist aus umweltschonender und recyclingfähiger PE-Folie.

Made in Germany

Primo ist ein Unternehmen des Goldmann Verlags, München
Umschlagentwurf: S/L-Kommunikation
Umschlagfoto: Image Bank, Harald Sund
Verlagsnummer: 55136

ISBN 3-442-55136-6

1

Nach einem saftigen Hamburger und zwei Tassen starken Kaffees kam Jim Bakker in den Kontrollraum zurück. Er hatte sich diese kurze Pause genehmigt: Nach drei Stunden angestrengten Hinstarrens auf die Serienfunkfotos, die der Erdbeobachtungssatellit GEO III aus dem Weltall in die computergesteuerte automatische Entwicklungsstation von Washington hinunterschickte, war man fällig, sich mal kurz zu strecken, hinüber in die Kantine zu gehen und einen aufmunternden Drink – Kaffee oder Tee natürlich – zu nehmen. GEO III, der nimmermüde Satellitenteufel, funkte zwar weiter und graste mit seinen Fotoaugen die Erde ab, aber Bakker hockte ja nicht allein vor den Fotos; sie waren sechs Spezialisten in diesem Raum der geologischen Forschungszentrale, und sein Freund Sam Baldwin saß neben ihm und wertete die gleichen Fotos aus wie er nach der alten, bewährten Devise: Vier Augen sehen mehr als nur zwei.

»Jetzt kannst du gehen, Sam«, sagte Bakker, als er sich wieder an seinen Platz gesetzt hatte. Vor ihm stapelten sich die Satellitenfotos, die ein Automat unentwegt ausspuckte. »Die Jungs von der Kantine müssen mit den Händen ausgerutscht sein – sie haben besonders viel Fleisch in die Hamburger geknetet. So saftig waren sie noch nie.«

Sam Baldwin nickte und starrte auf ein Foto, das er unter eine Vergrößerungsscheibe geschoben hatte. Mit dem Zeigefinger tippte er darauf und wandte nicht mal den Kopf zu Bakker. »Sieh dir das mal an, Jim«, knurrte er. »Foto 9/453/107-11. Ich komme da zu keinem Ergebnis.«

Bakker suchte aus dem Stapel das Bild mit dem Computeraufdruck 107 heraus und schob es auf die weiße Kunststoffplatte des Auswertungstisches. Es zeigte einen Teil der Antarktis, die Abbruchstelle des Schelfeises in das Ross-Meer, ein Gebiet zwischen der Roosevelt-Insel und der Ross-Insel, so ziemlich das Trostloseste und Uninteressanteste, was unsere Erde zu bieten hat. Wenn der Satellit über den Südpol und die Antarktis flog, lehnte sich Bakker meistens zurück, dachte an Evelyn, seine Braut, oder an das nächste Football-Spiel und seinen Champion Louis de Sacre. »Haben die Russen den Südpol besiedelt?« fragte er spöttisch. »Ist der neue Kreml zu erkennen?«

»Red nicht so blöd!... Guck dir das an!« Baldwin schob eine stärkere Linse in seinen Vergrößerungsapparat. »Da ist was im Ross-Meer, was nicht hingehört.«

»Ein Eisbär macht Männchen und winkt GEO III zu.« Bakker drehte die Vergrößerung auf und ließ das Foto hindurchlaufen. Deutlich sah man die Küste des Schelfeises, das Ross-Meer mit seinen kilometerweiten Treibeisfeldern, kleine und größere Eisberge, die vom Schelfeis abgebrochen waren, geradezu unheimlich scharfe Fotos von den Kameras des Satelliten, der im Weltall um die Erde kreiste. Auch bei extremster Vergrößerung, beim Heranziehen von Einzelheiten im Umfang von nur 500 Quadratmetern, waren die Bilder so deutlich wie ein Portrait.

»Hast du's?« fragte Baldwin. »Ungefähr 30 Kilometer von der Schelfkante entfernt nach Norden. Fast genau auf dem siebzehnten Längengrad.«

Bakker schob das Foto weiter und starrte dann, wie vorher Baldwin, entgeistert auf das Gebilde, das sich deutlich im Meer abhob. »So was gibt es nicht«, sagte er nach einer Weile stummen Betrachtens. In seiner Stimme klang die Unmöglichkeit wider. »Sam, da ist 'n Fehler im Foto.«

»Nummer 108 bis 111 zeigen nichts anderes. 107 ist am deutlichsten.« Baldwin hob den Kopf und sah Bakker neben sich an. »Du weißt genau so gut wie ich, was das ist: Ein gewaltiger Eisberg hat sich vom Schelfeis gelöst.«

»So ein großes Ding hat es noch nie gegeben, Sam. So viel kompaktes Eis kann gar nicht abbrechen.«

»Was soll es sonst sein? Welche Vergrößerung hast du?«

»Maximal, Sam.«

»Dann lauf mal den Eisberg ab. Von Kante zu Kante... Es gibt keine andere Erklärung.«

»Verdammt. Ich messe ihn mal.« Bakker schob das Bild in den

Computermesser, der alle Maße der Satellitenfotos auf das wirkliche Maß umrechnete, und wischte sich dann wie erschrocken über die Augen, als auf dem Bildschirm grünflimmernd die errechneten Größen erschienen. »Jetzt spinnt ADAM II auch noch!« sagte Bakker. »Sieh dir das an: Da soll ein Eisberg 156,8 Kilometer lang, 40,5 Kilometer breit und von der Wasseroberfläche an 421 Meter hoch sein.«

»Ich sag' es ja.« Baldwin war sehr ernst geworden. »Es ist der größte Eisberg aller Zeiten, der sich vom Schelfeis getrennt hat. Jim, wir haben eine Weltsensation entdeckt. Das muß sofort zum wissenschaftlichen Direktor. Stell dir vor, der Klotz schwimmt in die Schifffahrtsroute Neuseeland–Südamerika.« Baldwin schwenkte seinen Drehstuhl herum. »Komm, Junge, wir sausen los zu Mr. Hurt.«

Sie schoben die Fotos zusammen, stellten die Bildautomaten für ihre Plätze ab und verließen den großen Kontrollraum.

Professor William Hurt, Chef des Forschungsinstitutes Washington, empfing Bakker und Baldwin nach kurzem Warten und sagte zunächst: »Sam, Liz ist wirklich ein süßes Mädchen, aber lassen Sie meine Sekretärin in Ruhe. Sie sehen, ich höre alles, was im Vorzimmer vor sich geht. Was haben B und B so Wichtiges auf der Erde entdeckt? Brennt bei den Russen wieder ein Reaktor? Oder sind wir jetzt dran und decken es mit Schweigen zu?«

»Wir bringen Ihnen einen Eisberg, Sir«, antwortete Bakker und grinste, als er Hurts verdutztes Gesicht sah.

»Wie schön.« Hurts Stimme klang ironisch. »Die Eiswürfel aus dem Automaten reichen für meinen Whiskey.«

»Er hat sich vom Schelfeis gelöst und schwimmt jetzt im Ross-Meer«, sagte Baldwin.

»Noch im Ross-Meer, Sir.« Bakker legte die Detailfotos auf den Schreibtisch. »Er treibt nach Nordwesten, nehmen wir an.«

»Nehmen Sie an. Ein lieber, blauweiß in der Sonne schimmernder Eisberg. Wie schön! Und deshalb kommen Sie zu mir?«

»Sehen Sie selbst, Sir«, sagte Bakker steif. »Auch wenn das Auswerten der GEO-III-Fotos ein sturer Job ist, idiotisch sind wir noch nicht geworden.«

»Na ja...« Professor Hurt setzte seine Brille auf, nahm das erste Foto, warf einen kurzen Blick darauf und starrte dann entgeistert Baldwin und Bakker an.

Zufrieden und versöhnt grinsten die beiden zurück.

»Sie haben die Maße?« fragte Hurt knapp.

»Länge 156,8 Kilometer. Breite 40,5 Kilometer. Höhe 421 Meter.«

»Das ist eine Sensation!«

»Der gleichen Meinung sind wir auch, Sir.«

»Die Gruppe 14 wird sich sofort darum kümmern. Jim, Sam, ich danke Ihnen. Was Sie da entdeckt haben, kann von größter Bedeutung sein. Aber das ahnen Sie ja selbst.« Hurt griff zum Telefon.

Baldwin und Bakker machten sich bereit, aus dem Zimmer zu gehen.

»Das ändert aber nichts daran, Sam, daß Sie meine Sekretärin in Ruhe lassen!« rief Hurt Baldwin nach. »Liz ist verlobt.«

»Sicherlich mit dem Falschen, Sir«, antwortete Baldwin.

»Wenn Sie der Verlobte wären, bekäme sie Schmerzensgeldzulage.« Hurt winkte ab. »Ja. Hier Hurt. Harry, kommen Sie bitte mit Ihren Mitarbeitern zu mir. Wir haben da eine Sensation entdeckt.«

»Hurt ist heute wieder umwerfend charmant!« sagte Baldwin, als sie draußen im Flur standen. »Was machen wir jetzt? Gehen wir zu dem Aas GEO III zurück, oder gönnen wir uns einen Schluck auf diese Entdeckung?«

»Ich schlage vor: Wir trinken ein Bier.« Bakker rieb sich die Hände und klopfte dann Baldwin auf den Rücken. »Sam, mit unserem Eisberg wird man noch eine Menge Rummel machen.«

Wie wahr!

Mit diesem Monster von Eisberg begann eine kritische Zeit unserer Erde, von der außer einem kleinen Kreis von Eingeweihten und Handelnden niemand etwas erfuhr.

Eine lautlose Katastrophe war im Entstehen.

Im »Institut Marschall Konjew« in der Nähe der Stadt Alma Ata, der Hauptstadt der Sowjetrepublik Kasachstan, entdeckten die Wissenschaftler der Erdsatellitenüberwachung, die sich in diesem Institut besonders auf militärische Neuentdeckungen konzentrierten, fast zur gleichen Zeit wie in Washington den im Ross-Meer treibenden Giganten von Eisberg.

Auch hier wurden sofort Detailvergrößerungen angefertigt,

ebenso scharf wie die amerikanischen Fotos, und die Berechnungen von Länge, Breite und Höhe des weißen Monstrums entsprachen genau den amerikanischen Zahlen. Nur reagierten die Russen auf diese Entdeckung des Jahrhunderts anders als ihre amerikanischen Kollegen.

Das »Institut Marschall Konjew« unterstand nicht der sowjetischen Weltraumforschung oder der geologischen Akademie in Moskau, sondern dem sowjetischen Generalstab, Abteilung Überwachung, einer Spezialistengruppe innerhalb des großen Stabes »Strategie«. Was die Satellitenfotos an neuen Erkenntnissen vermittelten, wurde sofort militärisch ausgewertet, nicht anders als im Pentagon von Washington, wo in Spezialkarten jede Beobachtung eingetragen und in Computern gespeichert wurde. Aber während in den USA der Rieseneisberg auf eine Anzahl von Forschungsgruppen von der Meeresbiologie bis zur Strömungskunde, von den Geologen bis zu den Atmosphäreforschern und natürlich auch den militärischen Auswertern aufgeteilt wurde, erhielt bei den Russen als erster der Generalstab in Moskau die sensationellen Fotos mit allen Berechnungen und Auswertungen des »Institutes Marschall Konjew«.

»Ungeheuerlich ist das, Genosse«, sagte General Wisjatsche. Ein Grusinier war er, schlank, elegant in seiner mit Orden und Goldtressen geschmückten Uniform – er leistete sich einen Schneider, der alle seine Uniformen auf Maß arbeitete, und es störte Wisjatsche in keiner Weise, daß man ihn den »eitlen Fjodor Lukanowitsch« nannte. Er trank gerne einen grusinischen Rotwein, rauchte Zigarren aus Tiflis und galt als ein Stratege, dessen militärischer Weitblick oftmals beängstigend zutraf. »Sehen Sie sich das an, Lew Viktorowitsch. Das hat es noch nicht gegeben.«

General Koronjew nahm eines der hingereichten Fotos, betrachtete es mit geschürzten Lippen und legte es dann auf den Tisch. »Ein Eisberg, Fjodor Lukanowitsch. Ein Riesending.«

»156,8 Kilometer lang! 40,5 Kilometer breit!«

»Unvorstellbar, daß so etwas im Meer schwimmen kann.«

»Unvorstellbar, was man damit anfangen kann, Genosse.«

»Anfangen?« General Koronjew sah seinen Freund und Kollegen verwundert an. »Was kann man mit einem Eisberg anstellen? Die Schiffahrt warnen, wenn er einmal in ihre Route schwimmt.«

»Mein lieber Lew Viktorowitsch, Sie sehen dieses Monstrum nur geologisch.«

»Wie anders soll man es sehen? Die Meeresforscher werden ihre Freude daran haben; das ist aber auch alles.«

»Alles?« General Wisjatsche griff nach einem anderen Foto, das in beeindruckender Schärfe einen Teil des Eisbergrandes zeigte. Eine zerklüftete Küste aus Eis, 421 Meter hoch. »Ich sehe mehr.«

»Eisbären?«

»U-Boote, mein lieber Freund. U-Boote! Was kann man mit 156 Kilometern alles anfangen? 156 Kilometer massive Masse! 156 Kilometer staatenloses Eisland! 156 Kilometer Niemandsland in internationalen Gewässern. Begreifen Sie das, Lew Viktorowitsch? Was man damit anfangen kann – ahnen Sie das, Genosse? Als kleines Beispiel nur: eine schwimmende Basis für Atom-U-Boote, in das Eis gesprengt. Ein Lager von Atomraketen, sicherer als in den Höhlen des Ural. Wir hätten die USA mit einer riesigen Zange umklammert. Mit den U-Booten könnten wir in Gebieten operieren, von denen man bisher nicht zu träumen wagte. Aber jetzt fange ich an zu träumen, mein lieber Lew Viktorowitsch. Ein gigantischer Eisberg von den Ausmaßen des europäischen Staates Luxemburg! Genosse Koronjew, begreifen Sie nun?«

»Fast immer waren Ihre Gedanken unbegreifbar, Fjodor Lukanowitsch.« Koronjews Stimme war wie von Heiserkeit belegt. »Wenn ich an Afghanistan denke...«

»Wer hatte recht?« Wisjatsche lächelte, was seinem kaukasischen Gesicht etwas Feinsinniges verlieh. Es war, als plaudere man über Puschkin oder die Musik von Borodin. »Nur verbale Proteste des Westens... Husch, verweht wie vom Wüstenwind. Aktionen keine! Unsere Sympathisanten, wie die linken Gruppen in der deutschen Bundesrepublik, ließen ein paar schamhafte Tönchen los, und dann wohltuende Stille. Keine militärische Intervention, wie ihr alle befürchtet habt. Glatt ging es, wie auf einer Eisbahn: Ungarn, die Tschechoslowakei, Afghanistan... Wir sind nicht hingefallen, und als das Eis taute, gewöhnte man sich an das Neue als das Normale. So wird es auch sein, wenn wir uns einmal Jugoslawien näher ansehen werden. Empörte Proteste, wie wenig heiße Luft... Wir werden es ertragen, Lew Viktorowitsch. Aber hier«, Wisjatsche klopfte mit dem Fingerknöchel auf die Fotos, »hier ist ein Land aus Eis, das keinem gehört und das, je mehr es nach Nordwesten schwimmt, strategisch immer wichtiger wird. Begreifen Sie nun, Genosse Koronjew?«

»Es kann sein, daß die Amerikaner genau so denken wie Sie, mein Lieber.«

»Warum sollten sie? Für sie ist das ein Eisberg. Ein Monstrum, wie es noch nie seit Menschengedenken herumgeschwommen ist.«

»Und wenn sie auch auf diesen Eisberg kommen, sei's nur zu Forschungszwecken?«

»Niemand hält sie auf, Lew Viktorowitsch.« Wisjatsche lächelte wieder sein feines, stilles Lächeln. »Am anderen Ende des Giganten werden wir sein und uns in das 400 Meter dicke Eis sprengen. Unbemerkt! Hört man eine Sprengung über 156 Kilometer hinweg? Na also, wozu die Sorgen, Lew Viktorowitsch?«

»Auf den Satellitenfotos wird man uns schnell erkennen.«

»Kaum.« Wisjatsche streichelte über die Fotos wie über die Haut einer schönen Frau. »Wir haben Mittel, uns unsichtbar zu machen. Mein lieber Koronjew, leid tut's mir, Ihnen das zu sagen: Einige Dinge gibt es da, von denen Sie nichts wissen, nur ein paar Eingeweihte. Wie sagt man bei uns in Grusinien? Viele Augen sehen viel, aber viele Münder reden zu viel. Seien Sie nicht beleidigt, Lew Viktorowitsch. Auch ich weiß vieles nicht, was andere wissen. Soll man darüber traurig werden? Wichtig ist nur: Rußland ist die mächtigste Macht auf dieser Erde. Und sollten die Menschen wirklich einmal einen anderen Planeten bewohnen, wird Rußland es auch dort sein.« Wisjatsche blickte Koronjew fordernd an. »Was kann ich von Ihnen erwarten, Genosse?«

»Den Mund werde ich halten, und das mit Vergnügen!« antwortete Koronjew ohne Zögern. »Wir leben in einer Phase der Entspannung und des allseitigen Friedens, nicht aber neuer offensiver Geheimnisse.«

»Ein aufrechter Mann sind Sie, Lew Viktorowitsch.« Wisjatsche lehnte sich zurück und sog an seiner würzig riechenden Zigarre. »Sie wissen, wie ich über diese neue politische Linie denke. Durch Händeschütteln wird Rußland nicht stärker. Stärke aber ist das einzige Korsett, das unsere Union zusammenhält. Lockere Zügel – sehen

Sie doch, Lew Viktorowitsch, wohin das – nur in Moskau – führt: Jazzgeheule, Punker mit buntem Irokesenhaar, Huren überall, Saufleichen auf den Straßen und Plätzen; ich warte nur noch auf die Heroinwelle aus dem Westen. Lew Viktorowitsch, ich sage Ihnen: Rußland braucht eine Faust und keine offene Hand. Hat etwa Lenin nur aus einer Laune heraus die geballte Faust zum Gruß gemacht? Nein, er wußte genau: Nur die Faust ist Rußlands Zukunft und Rußlands einziger Halt. Und was machen wir jetzt daraus?«

»Lassen Sie uns darüber nicht streiten, Fjodor Lukanowitsch.« General Koronjew erhob sich aus seinem Holzsessel. »Wir haben vieles gemeinsam erlebt und überlebt. Ich gönne Ihnen Ihren Eisberg und werde ihn meinerseits vergessen.«

Eine Woche später fand im sowjetischen Generalstab eine der geheimen Sitzungen statt – im engsten Kreis, fast eine Gemeinschaft von Verschworenen –, von deren Gesprächen selbst die Mitglieder des Politbüros im Kreml nichts erfuhren. Ein neuer Vertrauter war in diesen verschwiegenen Kreis aufgenommen worden, nachdem man ihn peinlich genau überprüft hatte: Admiral Alexander Mironowitsch Sujin, der Kommandeur der sowjetischen Pazifikflotte.

Er bekam große, ungläubige Kinderaugen, als Wisjatsche ihm die Fotos des Eisgiganten zeigte und ihm seine strategischen Gedanken vortrug.

Im Pentagon von Washington tagte fast zeitgleich ein ebenfalls auserwählter, handverlesener Personenkreis unter dem Vorsitz des US-Verteidigungsministers hinter schalldichten Türen.

An der Wand, auf einem großen Brett, hingen die stark vergrößerten Fotos, die GEO III von dem Eisberg im Ross-Meer zur Erde gefunkt hatte. General Herbert Seymore, einen langen Zeigestock in der Hand, erklärte die Überlegungen des Führungsstabes der US Air Force. »Dieser riesige Eisberg«, sagte er und fuhr mit dem Stab über das Foto, das den Giganten vollständig zeigte, »ist mit seinen Maßen ein ideales Gelände für wissenschaftliche und militärische Versuche. Hier, an der Westküste des Eisberges – Sie sehen es deutlich auf dem Foto III –, ist die Oberfläche glatt wie geschliffen: eine ideale Start- und Landebahn für Flugzeuge. Eine natürliche Air Base. Hier könnte man mit Leichtigkeit eine Station bauen mit gut isolierten

Häusern, Generatoren, Funksendern, Parabolantennen, Leitstellen, kurzum: eine schwimmende Forschungsstadt. Wir wissen jetzt durch genaue Messungen, daß der Eisklotz mit einer Geschwindigkeit von 3,6 Kilometern in der Stunde zunächst in Richtung Kap Hoorn schwimmt. Er wird den Schiffahrtslinien nicht zu nahe kommen, sondern weitab von den Routen im Pazifik-Atlantik-Bassin einsam im Schrittempo herumtreiben. Niemand wird ihm zu nahe kommen: Es kann der sicherste Ort für streng geheime Forschungen sein. Wir denken dabei an Versuche mit Laserstrahlwaffen; auf diesem Eisberg kann man sie ungehindert durchführen. Nirgendwo ist die Sicherheit vor Entdeckungen größer als auf diesem Eismonstrum.« Seymore zeigte wieder mit dem Stock auf das große Foto des Berges. »Um Ihnen zu demonstrieren, welch ein Klotz das ist, möchte ich Ihnen einige Zahlen nennen: Computer haben ausgerechnet, daß man mit ihm, wenn er schmilzt, eine Stadt wie Los Angeles fast 2000 Jahre lang mit Trinkwasser versorgen könnte. Die Wassermenge beträgt zwei Billionen Liter. Das ist die Zahl 2 mit 15 Nullen.« Seymore ergriff einen dicken Rotstift und schrieb auf das weiße Brett neben den Fotos diese unvorstellbare Zahl: 2 000 000 000 000 000. Tiefes Schweigen begleitete ihn. »Um diese Wassermassen freizusetzen, wird es Jahre dauern«, fuhr Seymore fort. »Die Meeresforscher sind bereits wie elektrisiert: Sie erwarten sogar eine Veränderung der Meeresströmung am Südpol. Eine Umstellung der Meeresbiologie wird auch erwartet. Das Meeresforschungsinstitut besteht darauf, auf dem Eisberg ebenfalls eine Station zu errichten.«

»Da haben wir schon ein Loch in der Geheimhaltung.« Der Verteidigungsminister schüttelte den Kopf. »Kann man das nicht abbiegen?«

»Nein.« General Seymore hob die Schultern. »Man hat uns aber versichert, daß die Wissenschaftler von der absoluten Geheimhaltung unterrichtet werden. Wer auf den Eisberg kommt, durchläuft die strengsten Sicherheitskontrollen. Sir, es ist ausgeschlossen, daß jemand von unseren Plänen erfährt. Der Eisberg wird für die Welt nichts anderes sein als ein Naturphänomen: der größte Klotz, der jemals vom Schelfeis abgebrochen ist.« Seymore sah den Verteidigungsminister fragend an. »Wir haben im Stab die Grundpläne bereits fertiggestellt und mit den Laserspezialisten gesprochen. Wenn wir grünes Licht bekommen, können wir auf dem Eisberg sofort mit den Vorarbeiten beginnen.«

»Ich möchte mir die Pläne genau ansehen.« Der Verteidigungsminister erhob sich von seinem Stuhl, trat nahe an die vergrößerten Fotos heran und betrachtete sie mit Interesse und Skepsis zugleich. »Die letzte Entscheidung liegt natürlich beim Präsidenten.«

»Natürlich, Sir.« Seymore lächelte vor sich hin. »Wie ich den Präsidenten kenne, wird er sofort sein Jawort geben. Alles, was unserer militärischen Stärkung nutzt, ist bei ihm in guten Händen. Daran ändert auch das neue gute Einvernehmen mit den Sowjets nichts. Die USA müssen immer einen Schritt voraus sein. Ein kleiner Witz der Weltgeschichte ist es, daß uns dabei ein Eisberg hilft.«

Die ersten, die auf dem Eisberg mit einem zweimotorigen Kufenflugzeug landeten, waren Ed Hamilton und Chick Buttler von der US Air Force. Sie waren von einem U-Boot-Versorgungsschiff gestartet, hatten den schwimmenden Koloß umflogen und ahnten, daß sie hier eine Art Weltwunder der Natur unter ihren Flügeln hatten.

»Unfaßbar!« sagte Ed Hamilton.

Sie flogen die fast senkrechte Eiswand, die sich aus dem Meer 421 Meter hoch aufrichtete, langsam ab und machten mit der Spezialkamera Reihenaufnahmen der Wand und der Oberfläche des Berges. Auf 40 Kilometer Breite und 156 Kilometer Länge türmte sich ein wildgezacktes Eisgebirge auf, durchrissen von Gletscherspalten und grünblau schimmernden Gletscherseen, tiefen, senkrecht abfallenden Abgründen und über 200 Meter hohen Eisspitzen, eine bizarre, faszinierende, unbeschreibliche Landschaft aus gefrorenem Wasser, ein Zauberreich von 6280 Quadratkilometer Größe, eine schwimmende Eisinsel, die alles, was sich an Treibeis in ihren Weg stellte, zermalmte, wegschob, ins Meer drückte, an sich anklebte wie einen aufgerissenen Strand.

»Daß es so was gibt!« sagte Ed Hamilton wieder. »Stell dir vor, das Ding stößt mal an Land.«

»Ich stell' mir im Augenblick nur vor, wo wir landen!« Chick Buttler flog einen weiten Bogen ins Meer hinaus und kehrte an der westlichen Schmalseite zum Eisberg zurück. Hier war, wie man schon durch die Satellitenaufnahmen festgestellt hatte, ein zwei mal vier Kilometer großer Streifen von fast flachem Eis, ein natürlicher Flugplatz, der umkränzt war von fast 100 Meter hohen Eiszacken, ein Windschutz, wie er besser nicht hätte gebaut werden können.

»Geradezu ideal!« hatte Buttler ausgerufen, als sie zum erstenmal dieses flache Feld überflogen. »Die brauchen hier noch nicht mal Planierwalzen. Selbst wenn sie beim Landen wegrutschen, ist Platz genug, um die Maschine ausgleiten zu lassen. Da gibt's nichts, wo man anstoßen könnte.«

Nun, beim zweiten Anflug, versuchte es Buttler selbst. Er schwebte knapp über der Kante ein, setzte mit den Kufen auf und rutschte noch 300 Meter, bis das Flugzeug nach einer harmlosen Linksdrehung mit abgestellten Propellern zum Stehen kam. Buttler pfiff erlöst durch die Zähne. »Was lernen wir daraus, Ed?« fragte er.

»Am besten landet man hier mit Hubschraubern«, antwortete Hamilton.

»Richtig. Für Düsenjets müßte man noch spezielle Bremshilfen erfinden. Die rutschen trotz Gegenstoß durch. Und wenn man sie mit Eiskrallen ausrüstet, haben wir in kürzester Zeit ein gefrorenes Waschbrett. Dann läuft nichts mehr. Von Starten kann dann keine Rede mehr sein, oder sie legen den ganzen Platz mit einem Kunststoffteppich aus.«

»Die in Washington haben ja die Dollars!« Hamilton drückte die Tür der Pilotenkanzel auf und kletterte die kleine Leiter hinunter zu den Kufen. Von dort sprang er auf das Eis. Lachend drehte er sich zu Buttler um, der gerade aus der Tür kam. »Ich komme mir vor wie Armstrong auf dem Mond!« rief Hamilton. »Der erste Mensch, der ein Monstrum aus Eis betritt.« Wie ein kleiner Junge nahm er vorsichtig einen Anlauf und ließ sich dann über das spiegelnde Eis rutschen. Es war so glatt und eben, daß er weiter glitt, als er angenommen hatte. »Das wäre der beste Platz für die Weltmeisterschaft in Curling, Chick!« rief er. »Mein Gott, wenn man bedenkt: Das ist alles gefrorenes Wasser! Ein über 6000 Quadratmeter großer Eisblock! Sollen wir die amerikanische Fahne reinstecken?«

»Laß den Quatsch, Ed!« Buttler stand nun auch auf dem Eis. Er sah keinen Anlaß zum Enthusiasmus. Ihn beschäftigte vielmehr die

Frage: Wie komme ich hier wieder in die Luft? Trotz Kufen war's ein echtes Abenteuer. Eine dünne Schneedecke wäre herrlich gewesen, aber nacktes, spiegelblankes Eis! War mit den Kufen eine gerade Startrichtung zu halten? Kam man überhaupt auf die nötige Startgeschwindigkeit?

»Armstrong hat auf dem Mond auch das Sternenbanner in den Boden gerammt.« Hamilton schlidderte zu Buttler zurück. »Juchhu, ich werde wieder zehn...«

»Und wenn du wieder 24 bist, nimmst du das Meßgerät und machst die erste grobe Vermessung.« Buttler reichte Ed einen schweren Metallkoffer zu und holte dann aus der Maschine eine Plattenkamera. Mit ihr fotografierte er das »Flugfeld« von allen Seiten.

Hamilton baute das Meßgerät auf und begann, die neue US Air Base auszumessen. Der in das Gerät eingebaute kleine Computer speicherte die Werte auf den Zentimeter genau. »Hier möchte ich später mal Dienst tun!« sagte er zu Buttler, der neben ihn trat. »Das ist noch ein echtes Abenteuer.«

»Und du wirst einsamer sein als auf dem Mond, Ed. Die Landung auf dem Mond haben Hunderte von Millionen gesehen, von hier wird nicht ein Bildchen an die Öffentlichkeit dringen. Wer hier mal arbeiten wird, den gibt es offiziell gar nicht. Es wird immer ein unbewohnter Eisberg bleiben. Man wird nicht *ein* Wort darüber sprechen.« Buttler rieb sich die Hände. Obwohl sie in dicken Fellhandschuhen steckten, fror er. »Fertig, Ed?«

»Ja.« Hamilton stellte den batteriebetriebenen Computer ab. »Als erste Menschen auf dieser Eisinsel sollten wir ihr einen Namen geben. Wir sollten sie taufen. Hast du was bei dir?«

»Was denn?«

»Whiskey, Junge.«

»Du weißt doch, daß das verboten ist.«

»Auch keine heimliche Pulle?«

»Gar nichts, Ed.« Buttler rieb wieder seine Hände. Er wollte weg, zurück zum Versorgungsschiff, sicher landen und dort einen heißen Grog trinken. »Wie soll das Weltwunder denn heißen?«

»Lissy!« Hamilton verstaute das Meßgerät wieder in dem Metallkoffer. »Lissy wie mein Girl. Eine scharfe Nummer, Chick, wirklich.«

»Eisberg ist männlich. Der Eisberg.«

»Ach ja.« Hamilton starrte in den wolkenlosen, strahlend blauen, aber eisigen Himmel. »Wie wär's mit Ronald?«

»Nach dem Präsidenten?«

»Genau.«

»Das wird man sogar akzeptieren. Lissy hätten sie nie angenommen.«

»Dann taufen wir also!« rief Hamilton fröhlich.

»Womit?«

»Mit der einzigen Flüssigkeit, die wir hier zur Verfügung haben! Auch so 'ne Taufe ist einmalig wie der ganze Berg.« Hamilton knöpfte seine Hose auf und begann, mit kräftigem Strahl zu pinkeln. Er drehte sich dabei im Kreis und rief laut: »Und so taufe ich dich auf den Namen Ronald und wünsche dir, daß noch viele Jahre viele fröhliche Menschen auf dir pinkeln werden.«

»Du bist eine Sau, Ed!« sagte Buttler und faßte den zweiten Griff des schweren Meßkoffers. »Ich glaube kaum, daß der Präsident bei all seinem Humor hier Beifall klatschen würde.«

»Und so beginnt mit der Taufe das erste menschliche Geheimnis des Eisberges.« Hamilton zog gemeinsam mit Buttler den Metallkoffer vom Eis.« Ich möchte trotzdem mal erleben, wie's hier in einem halben Jahr aussieht...«

»Zunächst erlebst du einen Start, der dir in die Hose fährt.« Buttler sah Hamilton sehr ernst an. »Erst wenn wir von dem Klotz abgehoben haben, können wir uns glücklich in die Rippen stoßen.«

Der Start gelang besser, als Buttler gehofft hatte, und nun, im freien Himmel, drückten sie sich die Hand und lachten, zwei Männer, die wußten, daß sie eine Pioniertat vollbracht hatten, auch wenn niemand etwas davon erfahren würde.

Unterdessen war ein kleiner Flottenverband der sowjetischen Marine unter dem Kommando von Vizeadmiral Wladimir Petrowitsch Schesjekin unterwegs zum Südpol: drei Versorgungsschiffe, ein 10000-Tonnen-Frachter, der zerlegte Bagger, Bohrmaschinen, Planierraupen, gut isolierte Fertighäuser, Heizöltanks, ein kleines Heizwerk, ein kleines Kraftwerk und Betonmaschinen an Bord hatte, und sechs U-Boote, atomgetrieben, die während der ganzen langen Fahrt von der Insel Sachalin bis zu dem schwimmenden Eisriesen nicht an die Oberfläche des Pazifiks tauchten.

Kapitän Jurij Adamowitsch Malenkow war schon nach zwei Tagen Unterwasserfahrt mit den Nerven soweit, daß er zu Oberleutnant Nurian im Vertrauen auf ihre Freundschaft sagte: »Eine Ehre mag es zwar sein, den Admiral an Bord zu haben, aber die Last ist größer. Redet stundenlang und immer das Gleiche, nur mit anderen Worten, und man muß vor ihm sitzen, sich das anhören und artig sagen: ›So ist es, Genosse Admiral. Recht haben Sie, Genosse Admiral. Welch ein Weitblick, Genosse Admiral!‹ Und Schesjekin schwillt die Brust, und er legt von neuem los... Die Därme tun einem weh, so ist das!«

Die »Gorki«, wie das U-Boot hieß, war das größte und modernste Schiff und deshalb auserwählt worden, die wichtigsten Personen des Unternehmens »Eisberg« an den Südpol zu bringen. Malenkow war ein hervorragender Offizier, mit 32 Jahren schon im Rang eines Kapitäns und Kommandeur eines Sechserverbandes von U-Booten, ein Seemann mit Leib und Seele, obgleich er mitten aus Rußland, aus Smolensk, stammte und seine Familie seit Jahrhunderten immer nur erdverbunden gewesen war. Als er zu seinem Vater sagte: »Ich gehe zur Marine«, hatte der alte Malenkow mit dem Zeigefinger in den Ohren gebohrt, als höre er schlecht, und dann geäußert: »Söhnchen, überleg es dir. Nichts geht über Erde unter den Sohlen. Wasser ist nichts, auf das man etwas bauen kann. Was ist ein Schiff? Wenn es ein Loch bekommt, verschwindet es unter Wasser... Ein wackliges Haus kann man abstützen, und es hält noch ein paar Jahrzehnte. Wir sind nicht als Fische geboren.«

Malenkows große Zeit begann, als Admiral Sujin aus Moskau nach Sachalin kam und der auf keiner Karte verzeichnete U-Boot-Stützpunkt Nowo Jaiza zu seinem feierlichen Empfang angetreten war. 2000 Seeleute auf einem abgesperrten Gebiet im Süden der sibirischen Insel. Die geheime Marinebasis vor Alaskas Tür.

Sujin stand noch das Begrüßungsessen durch, dann aber verlor er keine Zeit mehr mit Besichtigungen und verhaltenem Lob für Nowo Jaiza. Er ließ Malenkow in die Kommandantur bestellen, beäugte ihn kurz und scharf, fand ihn sympathisch, dachte an die Personalakte mit der hervorragenden Beurteilung und sagte ohne Umschweife: »Genosse Kapitän, man hat Sie auserwählt, ein neues, großes militärisches Geheimnis kennenzulernen. Was Sie gleich hören und sehen werden, verschließen Sie in Ihrem Herzen wie in einem unaufbrechbaren Tresor. Noch mehr: Die Admiralität und Ihr Vaterland erwarten, daß Sie notfalls für dieses Geheimnis Ihr Leben hingeben.«

Malenkow hatte geschwiegen und nur genickt. Er sprach erst wieder, als Admiral Sujin die vergrößerten Satellitenfotos vorlegte und den Plan erklärte. Nach dem Gespräch mit General Wisjatsche, das nun sechs Wochen zurücklag, hatten Spezialisten der strategischen Abteilung im Obersten Verteidigungsrat einen Grundplan erarbeitet, wie man das Monstrum aus Eis unsichtbar besiedeln konnte: eine kleine Stadt in den 421 Meter hohen Eisklotz wühlen, ihn innen aushöhlen und auf mehreren Ebenen Häuser bauen, Straßen, Plätze, Magazine, eine Großküche, ein Heizwerk, ein Generatorenhaus, eine Stolowaja mit Kino, eben eine richtige kleine Stadt im Bauch des Eisriesen mit einem Eingang unter Wasser, nur erreichbar also mit U-Booten, die im Hafen im Inneren des Eisberges auftauchten. Keine Vision von Zukunftsträumern, sondern eine harte Realität: eine unsichtbare, schwimmende Stadt. Eine neue Basis für Atom-U-Boote und interkontinentale Atomraketen.

»Jurij Adamowitsch«, sagte Admiral Sujin fast feierlich, »Sie werden der erste sein, der den Eisberg in Besitz nimmt und seinen Fuß darauf setzt. Sehen Sie hier dieses Foto. Am östlichen Ende gibt es eine weite Bucht von etwa zehn Kilometer Länge, an die sich eine Art Fjord anschließt, ein Keil, den die Natur in den Berg getrieben hat. Vom Meer ragen die Seitenwände senkrecht ungefähr 200 Meter hoch, dann schließt sich nach oben hin der Fjord und hat ein Dach von nochmals 200 Metern Dicke. Ein Naturbauwerk ohne Beispiel, Genosse Malenkow. Idealer kann man sich das nicht wünschen. In die Bucht und den Fjord können Sie unter Wasser einfahren und dann ungesehen auftauchen. Eine gigantische Eishöhle.«

»Eine große Ehre für mich und meine Mannschaft«, sagte Malenkow, beeindruckt von den Fotos und den Plänen. »Wann beginnt die Aktion, Genosse Admiral?«

»Sofort, Malenkow, sie hat eigentlich schon seit Wochen begonnen. Als die ersten Fotos vorlagen, aktivierten sie die Phantasie von

General Wisjatsche ungemein. Seit dieser Stunde ist eine Planungsgruppe dabei, seine Ideen zu realisieren. Jetzt sind wir bereits im Stadium der ersten Ausführungen. In drei Wochen, Jurij Adamowitsch, soll die große Fahrt beginnen.«

Malenkow erinnerte sich noch genau an den Tag, als, mit dem Flugzeug aus Kamschatka kommend, Vizeadmiral Schesjekin auf Sachalin landete, ein etwas dicklicher Mensch mit rotem Gesicht und rötlich geäderter Haut – was eine geheime Liebe zu Wodka und schweren Weinen verriet –, schütterem rötlichen Haar und hellroten Augenbrauen.

Eigentlich war alles an Schesjekin rot, sogar seine vollen Lippen waren rot wie bei einer Frau, und – man hätte es nicht glauben sollen – als sein Gepäck ausgeladen wurde, bestand es aus drei roten Lederkoffern.

Malenkow, der ihn auf dem kleinen Flugfeld erwartete, zog unwillkürlich den Kopf in die Schultern, als Schesjekin ihn mit einem Wortschwall überfiel.

»Eine neue militärhistorische Zeit werden wir einleiten!« rief Wladimir Petrowitsch voll Begeisterung und hätte fast den Kapitän geküßt. »Malenkow, wie weit sind Sie mit den Vorbereitungen?«

»Es werden nur noch die anderen Spezialisten erwartet, Genosse Admiral. Dann kann ausgelaufen werden.«

»Spezialisten?«

»So ist es.«

»Zivilisten etwa noch?«

»Wir nehmen es an. Kommen sollen noch: ein Genosse Karasow, ein Bauingenieur, Professor Kratjinzew vom Institut für Polarforschung, Professor Donkow von der Forschungsgruppe für Hochfrequenztechnik, die Genossin Berreskowa vom Institut für Meeresbiologie...«

»Eine Frau? Malenkow, ich denke, das wird ein militärisches Unternehmen? Was hat hier eine Frau zu suchen? Unmöglich ist das!«

»Alle Personen wurden von Moskau aus angekündigt.«

»Professoren und eine Frau!« Schesjekin holte tief Luft, verschluckte sich dabei und begann heftig zu husten. »Was steht uns da bevor, Malenkow!« keuchte er nach Beherrschung seines Hustenreizes. »Wir fahren doch mit sechs U-Booten zu dem Eisberg!«

»Ja.«

»Eine Frau in einem U-Boot, bei einem militärischen Einsatz, das hat es noch nie gegeben. Das ist einfach verboten! Wie heißt die Genossin?«

»Ljuba Alexandrowna Berreskowa.«

»Man hat mir nichts von ihr gesagt!« Vizeadmiral Schesjekin wurde noch röter im Gesicht. Er blickte seinen Koffern nach, die zwei Matrosen zu einem Geländewagen trugen, und wandte sich dann wieder Malenkow zu. »Sie fährt nicht mit einem der Versorgungsschiffe?«

»Nein. Mit meiner ›Gorki‹, Genosse Admiral.«

»Die ganze Strecke? Unter Wasser?«

»Ich habe den Befehl, erst im Fjord des Eisberges aufzutauchen.«

»Die Frau wird spätestens am fünften Tag hysterisch werden, am siebten mit dem großen Heulen beginnen und nach zwei Wochen mit dem Kopf gegen die Stahlwand rennen. Welch ein Irrsinn! Aber kann man dagegen etwas machen?«

»Nein, Genosse Admiral. Es sind eindeutige Befehle der Admiralität.«

Am Sonntag nach dieser Klage von Schesjekin landeten nach einem langen Flug von Moskau die Wissenschaftler auf der Insel Sachalin. Wieder war es Malenkow, der sie auf dem Flugfeld empfing und in Sibirien willkommen hieß. Er stand an der Gangway und wartete gespannt auf die Berreskowa. Ein Bild von ihr hatte er sich nicht gemacht, es würde auf jeden Fall falsch sein. Ljuba Alexandrowna konnte eine alltägliche, unauffällige Frau sein oder ein Mannweib, der die Intelligenz durch die dicken Brillengläser schimmerte, oder eine hübsche, junge sportliche Frau oder eine kühle, emanzipierte Schönheit, die Männer nur als biologische Notwendigkeit betrachtete. Malenkow wußte von ihr aus dem Personalbogen, der ihr vorausgeflogen war, nur dies: 30 Jahre alt, bereits Witwe (hatte ihr Mann vor ihr vollkommen kapituliert?), Meeresbiologin, Mitglied der Akademie, Autorin von zwei Fachbüchern. Das war schon alles. Wohnung in Moskau, in einem Haus des Institutes. Das machte Malenkow besonders stutzig. Eine Frau, die mit ihrem Beruf und ihren Forschungen verheiratet ist? Die neben sich im Bett keinen Mann, sondern das Labortagebuch liegen hat? Wer würde denn sonst neben seiner Arbeitsstelle schlafen?

Und dann stieg sie die Gangway herunter, blinzelte in die Sonne und ließ Malenkow Zeit genug, sich zu wundern. Ein Kostüm aus hellem Leder trug sie, die langen Beine waren braungebrannt, die blonden Locken zerzauste der Wind, der immer über Sachalin weht, und drückte unter der offenen Lederjacke die goldfarbene Bluse an ihren Oberkörper. Es war nicht zu übersehen, daß die Berreskowa schöne, kräftige Brüste hatte, die kein Hilfsmittel zu halten hatte. Der erste Eindruck, den Malenkow also gewann, war für ein männliches Gemüt überwältigend.

Nach dem ersten freudigen Schreck kam er mit großen Schritten auf die Gangway zu und grüßte besonders zackig und mit glänzenden Augen. »Willkommen auf Sachalin, Ljuba Alexandrowna!« rief er begeistert. »Die Sonne scheint, nach vier Wochen Nebel endlich wieder Sonne! Wie könnte es auch anders sein. Der Himmel muß sich öffnen, wo Sie erscheinen.« Er grüßte wieder. »Darf ich mich Ihnen vorstellen, Genossin? Mein Name ist Jurij Adamowitsch Malenkow, Kapitän der Ersten pazifischen Flotte.«

»Und ein großer Redner dazu.« Die Berreskowa lächelte Malenkow an, aber es war ein kaltes, höfliches Lächeln, mehr abweisend als ermunternd. Sie gab Malenkow die Hand, mit einem leichten Druck, der ihm dennoch wie ein Blitz durch den ganzen Körper fuhr, und blickte sich dann um. »Einsamer geht es nicht«, stellte sie fest.

»Im Winter werden die Wölfe hier trübsinnig und versuchen Selbstmord.«

»Und wie stellen sie das an?«

»Sie kommen bis zu uns ins Lager und lassen sich erschießen.«

»Kapitän Malenkow, Ihr Humor ist ausgesprochen feinsinnig.«

Professor Kratjinzew, der Polarforscher, war ein kleiner Mann mit einem eisgrauen Spitzbart, dürr und mit faltiger Haut, als habe er nicht mit Eis, sondern mit Wüstensand zu tun und wäre in der Glut von Usbekistan verdorrt. Anders dagegen Professor Donkow, der Spezialist für Hochfrequenz und Radar; er war groß, ja, man hätte es lang nennen können, von massiger Gestalt, mehr einem Catcher als einem Wissenschaftler ähnlich, und während Kratjinzew immer in Bewegung war, nervös und feinnervig, schien Donkow nichts aus der Ruhe zu bringen. Er sah aus seiner Höhe mit überlegener Gelassenheit auf alles hinab.

Die Berreskowa schwebte vor Malenkow her zu dem Geländewagen, und Jurij bewunderte ihren Gang, das Schwingen ihrer Hüften, die Bewegungen ihrer Beine, die Leichtigkeit ihres Schrittes. Während er hinter ihr herging, dachte er daran, daß sie bereits Witwe war, und fragte sich, wie es dazu gekommen sein konnte. War der Genosse Berreskow so viel älter als sie gewesen, war's ein Unfall gewesen, eine unheilbare Krankheit? Er nahm sich vor, es einmal zu wagen, sie danach zu fragen, wenn sie es nicht vorher von selbst erzählte. Eine so schöne junge Witwe konnte mit dem Leben doch nicht abgeschlossen haben. Mit 30 Jahren überwindet man das Hinsterben eines Mannes leichter als mit 60.

Sie fuhren zur U-Boot-Basis, wo Vizeadmiral Schesjekin wie ein roter Ball auf die Berreskowa zusprang und ihr sogar nach kapitalistischer Art die Hand küßte. Bei ihm benahm sie sich ganz anders als bei Malenkow, sprach mit einer angenehm weichen Stimme, lachte mit zurückgeworfenem Kopf und trank, in die Runde prostend, ihr Begrüßungsglas mit duftendem Krimsekt. Malenkow, der etwas mißmutig neben dem kleinen Professor Kratjinzew stand, bedachte sie mit keinem Blick. Das ärgerte Malenkow sehr, er setzte sich später außerhalb des Kreises an einen Tisch an der Wand und unterhielt sich mit dem Ingenieur Karasow, der den Bau der ins Eis gesprengten Stadt überwachen sollte.

»Eine ungewöhnlich schöne Frau ist sie, diese Ljuba Alexandrowna«, sagte Karasow. »Ich gratuliere Ihnen, Jurij Adamowitsch.«

»Wieso gratulieren Sie *mir*, Genosse Karasow?« fragte Malenkow etwas ratlos zurück.

»Sie haben Eindruck auf sie gemacht.«

»Ich?« Malenkow lachte etwas verzerrt. »Welch ein Irrtum, Gregorij Semjonowitsch! Genau das Gegenteil ist der Fall.«

»Irren Sie sich nicht?«

»Sie strahlt Kälte aus wie der Eisberg, den wir erobern sollen.«

»Das ist es, was mich überzeugt, daß Ljuba Sie auf den ersten Blick hin mag. Wer erkundigt sich denn, wer Sie sind, wenn er kein Interesse hat?«

»Sie hat sich bei Ihnen über mich erkundigt?«

»So ist es. Enttäuscht war sie, als ich ihr sagen mußte, daß ich Sie auch erst heute kennengelernt habe. Sollen wir wetten, daß sie irgendwann den Admiral ausfragt? Lieber Genosse Malenkow, haben Sie gar keine Frauenkenntnis?«

»Wenig, ja, sagen wir: fast keine. Ich habe mich immer in meine U-Boote verliebt.« Malenkow blickte hinüber zu der Berreskowa. Schesjekin schien einen Witz erzählt zu haben; sie lachte, und es klang in Malenkows Ohren wie das Klingeln silberner Glöckchen. »Unter Männern, Genosse, es gab da einige Abenteuer, mehr nicht«, fuhr Malenkow fort.

»So wie man ein gutes Stück Fleisch ißt...«

»Profan betrachtet, so ähnlich.«

»Man ist satt, steht auf und geht.«

»Es ist erstaunlich, wie einfach Sie die Dinge sehen, Gregorij Semjonowitsch.«

»Ich war zweimal verheiratet und dreimal verlobt. Das brüht ab, Jurij Adamowitsch. Wollen Sie von mir einen Rat haben?«

»Gern. Ich lerne immer dazu.«

»Beachten Sie Ljuba Alexandrowna nicht. Zeigen Sie keinerlei Interesse. Im Lager ist sie, weil man ihr eine Aufgabe übertragen hat; das ist aber auch alles. Sprechen Sie mit ihr, dann tun Sie es knapp, nur die nötigsten Worte, mit einem Ton Militär in der Stimme.«

»Es wird mir kaum gelingen, mein lieber Karasow.«

»Versuchen Sie es.«

»Und damit baue ich eine Mauer zwischen uns auf.«

»Im Gegenteil. Die Berreskowa wird alles unternehmen, ihre Sturheit aufzubrechen. Eine Frau wie sie zu übersehen, das kann sie nicht ertragen. Nachlaufen wird sie Ihnen – bildlich gesprochen –, und je mehr Sie ausweichen und Haken schlagen, um so größer werden ihre Anstrengungen werden, Sie auf sich aufmerksam zu machen. Wenn Sie dann zugreifen, wird sie an keinerlei Gegenwehr denken.«

»Theorie, Gregorij Semjonowitsch! Gefährliche Theorie.«

»Ich habe damit immer Erfolg gehabt.« Karasow grinste breit und klopfte Malenkow auf die Knie. »Ich spreche aus der Praxis.«

Jurij Adamowitsch befolgte den klugen Rat von Karasow zwei

Tage lang: Er beachtete die Berreskowa überhaupt nicht, drehte sich weg und ging davon, wenn er sie erblickte, saß beim Essen nicht am Ehrentisch der Gäste, sondern hockte sich zwischen die anderen Offiziere, und nur wenn es unbedingt nötig war, sprach er ein paar kurze Worte mit ihr und sah dabei an ihr vorbei in die Gegend. Ein unhöflicher Mensch, ein Flegel; ob so ein Benehmen Wirkung zeigte? Malenkow bezweifelte es sehr, und er bedauerte am dritten Tag, als die Berreskowa keinerlei Wirkung zeigte, sehr, der Karasowschen Theorie gefolgt zu sein. Er hatte sich schon entschlossen, sein dummes Benehmen aufzugeben, als Ljuba Alexandrowna ihm im Magazin begegnete, wo ihre in Kisten verpackten Forschungsinstrumente lagerten.

»Eine Frage, Jurij Adamowitsch«, sagte sie und setzte sich auf eine der Kisten, »haben Sie ein Magenleiden?«

»Ich habe keinerlei Anzeichen dafür bemerkt, Genossin.«

»Ist's die Galle vielleicht?«

»Keinerlei Beschwerden.« Malenkow wappnete sich zu einem rhetorischen Kampf. »Sieht man mir eine Krankheit an?«

»Das nicht. Aber Krankheiten beeinflussen oft das Benehmen. Man beginnt sich abzukapseln. Man wird misanthropisch...«

»Was wird man?«

»Irgendwie menschenfeindlich. Man beginnt, den anderen ihre Gesundheit zu mißgönnen.«

»Davon bin ich weit entfernt, Genossin Berreskowa. Ich erfreue mich im Gegenteil an der Gesundheit anderer Menschen. Haben Sie Anlaß, mich menschenfeindlich zu nennen?«

»Aus dem Weg gehen Sie mir, Jurij Adamowitsch.«

»Oh, das ist es, Ljuba Alexandrowna?« rief Malenkow scheinheilig. »Nur zu Ihrem Schutz geschieht es, zu Ihrer seelischen Ausgeglichenheit. Ich schwätze Ihnen zu viel. Dummheiten rede ich mit jedem Satz.«

»Habe ich das zu Ihnen gesagt?«

»So deutlich wie ein Kanonenschuß bei eisklarem Wetter.«

»Das ist es«, sagte die Berreskowa tadelnd.

»Was?«

»Sie sagen klug klingende Dinge, die in Wahrheit ganz schief sind. Damit mögen Sie vielen imponieren, mir nicht.«

»Und wie – ich bitte Sie, Genossin – sollte ich sprechen?«

»Ohne pfauenhaftes Benehmen.«

»Versuchen wir es.« Malenkow lächelte breit. »Sie sind eine wunderbare Frau, Ljuba Alexandrowna.«

Sie reagierte darauf nicht, sondern drehte sich um die eigene Achse. Dabei streckte sie die Hand aus. »Können Sie das alles an Bord Ihres kleinen U-Bootes verstauen, Kapitän Malenkow?«

»Sie unterschätzen die Größe meines Schiffes. Ich fahre den größten Typ, den die Sowjetunion jemals gebaut hat. Noch vor ein paar Jahren glaubte niemand, daß ein solcher Koloß sich unter Wasser bewegen kann. Auf Befehl der Admiralität haben wir alle Raketen- und Torpedoräume umgebaut und für Lastentransporte hergerichtet. Ein Lastschiff unter Wasser – ich komme mir wie degradiert vor.«

»Für uns alle ist es eine Ehre, Genosse!«

»16 Atomraketen mit Dreifachsprengköpfen waren auf meinem Boot. Eine Reichweite von über 3000 Werst! Jetzt muß ich Kisten schleppen, in denen, wie man mir sagt, ein ganzes Laboratorium verpackt ist. Meeresbiologie! Was ist das eigentlich, Genossin Berreskowa?«

»Eine wichtige Wissenschaft vom Leben von Tieren und Pflanzen im Meer – um es ganz einfach auszudrücken, damit Sie es auch verstehen.«

»Danke.« Jurij Adamowitsch lächelte säuerlich. Karasows Rat hatte etwas genutzt, die herrliche Berreskowa sprach mit ihm, aber was sie sprach, waren dauernde Schläge in die Magengrube. »Und das ist wichtig? Wenn man weiß, wie sich ein Hering vermehrt...«

»Daß Sie gerade daran denken, Genosse Malenkow!«

»Es fiel mir spontan ein.«

»Nun gut. Es kommt nicht darauf an, daß sie sich vermehren, sondern *wo* sie sich vermehren. Und wenn sie sich eines Tages nicht mehr vermehren, ist es wichtig zu wissen, warum sie es nicht tun.«

»Könnte es sein, daß auch Heringsmännchen impotent werden?«

»Ja!« Die Berreskowa blickte Kapitän Malenkow kühl an. »Wenn wir das Meer verseucht haben! Ein Rat, Jurij Adamowitsch: Schwimmen Sie so wenig wie möglich.« Sie wandte sich ab und verließ mit ausgreifenden, kräftigen Schritten den Lagerschuppen.

Malenkow sah ihr mit einem Gemisch aus Begeisterung und Betretenheit nach und stieß die geballten Fäuste zusammen. »Welch ein Weib!« sagte er halblaut zu sich selbst. »Und so etwas will eine Heldin spielen! Das ist ja fast gegen die Natur.«

Die Berichte, Fotos und Filme, die Ed Hamilton und Chick Buttler von der ersten Landung auf dem schwimmenden Eisbergriesen mitbrachten, wurden im US-Verteidigungsministerium weniger nach ihrer landschaftlichen Schönheit als vielmehr nach ihrem strategischen Wert geschätzt. Der Verteidigungsminister hatte sich von Generalstabschef Louis Pittburger erklären lassen, was dieser Eisriese für die Nuklearforschung und vor allem die neue Lasertechnik bedeutete, und Dr. Ben Smith, einer der bedeutendsten Klimaforscher und Nuklearspezialisten, beschwor wieder die immer noch nicht voll erkannte Gefahr für die ganze Welt, für den Fortbestand der Menschheit insbesondere, die von dem Ozonloch über der Antarktis ausgehen konnte, wenn man weiter so sorglos dahinlebte wie bisher.

Was das mit dem militärischen Denken zu schaffen hatte, erklärte Dr. Smith so: »Wenn weiter die Zerstörung der Ozonschicht um unsere Erde unterschätzt wird, wenn durch die erhöhte UV-B-Strahlung die Mikroorganismen geschädigt werden, wie zum Beispiel das Phytoplankton in den Weltmeeren, können wir uns alle Aufrüstung oder Abrüstung sparen, die Menschheit wird auch ohne Waffennachhilfe aussterben!«

Die Generäle ließen Dr. Smith seinen Vortrag mit einem innerlichen Lächeln halten: »Ihr« Eisberg sollte einmal mehr beherbergen als eine Ozonloch-Forschung. »Big Johnny«, wie sie das Monstrum benannt hatten – Hamiltons »Ronald« akzeptierten sie nicht, weil man ja nicht wußte, wer nach Ronald Reagan einmal Präsident der USA werden würde, und den wollte man nicht gleich zu Anfang verärgern –, würde die größte, geheimste und unangreifbarste Laserversuchsbasis werden, von der aus man alles versuchen konnte, etwa den Eisriesen der Länge nach in zwei Teile zu spalten. Mit Laserstrahlen. Gelang das, dann war man einen Schritt weiter mit der Wahnsinnsidee, gegnerische Staaten wie eine Torte in Stücke zu zerschneiden. Mit einem Strahlenbündel aus Raumschiffen brannte man die Länder einfach weg von der Landkarte. Eine Atombombe war dann nur noch ein Spielzeug aus den Kindertagen der Kriege.

Man konnte sie ruhigen Gewissens verschrotten und die wie immer blinde und jubelnde Menschheit erneut einem unbekannten Schicksal überlassen. Ein Schicksal, das in einem abhörsicheren Konferenzraum entschieden wurde.

»Wir haben uns gedacht«, sagte General Pittburger, nachdem man den letzten Videofilm von Hamilton und Buttler angesehen hatte, »daß wir das Eisfeld als Landepiste ausbauen, und zwar so, daß man es auf Satellitenaufnahmen nicht erkennt, im davorliegenden Flacheis, das sanft zum Meer abfällt, die Labors, Unterkünfte, Magazine und technischen Apparate einbaut und daß auf ›Big Johnny‹ eine Forschungsstätte entsteht, die über Jahre hinaus uns einen Vorsprung gegenüber den Russen garantiert.«

»Und wenn das eines Tages doch entdeckt wird?« fragte der Minister.

»Sir«, General Pittburger lächelte mokant, »was kann man gegen eine Polarforschungsstation haben? Meeresbiologie, Strömungskunde, Ozonloch, meteorologische Messungen, das sind doch absolut friedliche Dinge. Und – das ist das Wichtigste – das Projekt ›Big Johnny‹ werden nur Amerikaner betreten, ausgewählte Amerikaner.«

»Und getarnte Spione.«

»Ausgeschlossen, Sir. Die Überwachung wird vollkommen sein. Keine Robbe, kein Eisbär wird ungesehen zu uns kommen können, geschweige denn ein Mensch. Die Isolierung wird total sein.« General Pittburger sprach das mit unerschütterlicher Sicherheit aus. »Wir hoffen, in schon drei Wochen die fertigen Pläne vorlegen zu können.«

»Sie müssen bezahlt werden, daran hängt alles.«

»Das ist Ihre Aufgabe, Sir.« General Pittburger sah den Minister mit großem Ernst an. »Es wäre eine ewige, nie wieder gutzumachende Schande für unser Land, wenn die Bürokratie dieses Projekt durch ihre Mühlen leiert und eine unserer größten Chancen, unangreifbar zu werden, damit zermahlt.«

»Der Präsident ist an dem Projekt sehr interessiert.« Der Minister erhob sich von seinem Stuhl. »Wir werden ihm morgen in kleinem Kreis die Videobänder und die Fotos vorführen. Ich glaube sagen zu dürfen, daß schnellstens entschieden wird.«

»Immer diese Zivilisten«, sagte General Pittburger später, als der Minister das Pentagon verlassen hatte, und trank eine Tasse heißen Kaffee. »Sie kommen mir vor wie Zuschauer bei einer Zauberschau. Jeden Trick beklatschen sie, begeistern sich an jeder Illusion und begreifen nicht, daß sie im großen Zauberspiel der Nationen sich auch nur an Gaukeleien begeistern, die von der Wahrheit ablenken. Und was ist wahr? Daß es zwei Machtblöcke auf dieser Erde gibt und daß keiner weiß, was eine Unterschrift oder ein Handschlag noch wert sind, wenn es einmal keinen Ronald und keinen Michail mehr gibt. Nur die Militärs denken da weiter, und deshalb *muß* das Projekt ›Big Johnny‹ so schnell wie möglich durchgeführt werden. Wir leben nun mal nicht auf einem Planeten, wo fünf Milliarden Menschen das Gleiche denken. Solange es Menschen gibt, bringen sie sich um, der Neandertaler mit Keule und steinernen Speerspitzen, wir Heutigen mit Atomwaffen und noch schrecklicheren Dingen. Ich weiß nicht, warum das aufhören soll, wenn sich zwei Männer umarmen und an die Brust ziehen. Was wird *nach* diesen beiden Männern kommen? Das ist die Frage, die mir Angst macht und für deren Beantwortung wir gewappnet sein müssen. Es hat immer wieder Attilas, Dschingis-Khane, Stalins und Hitlers gegeben; wer glaubt, das könne aufhören, gehört zu den Naiven, die einen Atompilz als Windhose ansehen.«

Die Generäle nickten. So wie Pittburger dachten auch sie, und es war keiner darunter, der »Schluß mit dem Wahnsinn!« zu schreien wagte.

Virginia Allenby hatte es mit ihren 26 Jahren schon weit gebracht. Nachdem Professor Shakes, Lehrstuhlinhaber für Meeresbiologie an der Universität von San Francisco, plötzlich an einem Herzinfarkt gestorben war, beim Nachmittagskaffee auf der Terrasse seiner Villa in Sausalito, gehörte Virginia, seine Assistentin, ebenso plötzlich zu der Handvoll Wissenschaftler, die über die Weltmeere und ihr biologisches Leben mehr zu sagen hatten, als der kühnste Romanschreiber es sich zu träumen wagt. An allen Forschungen von Professor Shakes war sie beteiligt gewesen, nicht nur als Berichtsbuchschreiberin oder Gedankenstenographin, sondern bei allem: an den Forschungsreihen, an den Versuchen, an den Auswertungen, an den gewonnenen Erkenntnissen, an der Gestaltung der meeresbiologischen Karten; es hatte nichts, aber auch gar nichts gegeben, was Shakes nicht mit Virginia gemeinsam erforscht hätte.

Zur Nachfolgerin von Shakes noch zu jung, bot man ihr die Leitung einer Forschungsgruppe an, berief sie als Dozentin an die Universität und beauftragte sie, ein Shakes-Archiv aufzubauen und die Arbeiten des Professors in seinem Sinne fortzuführen. Trotz dieser frühen Ehrungen war Virginia Allenby erstaunt, ja zunächst sprachlos, als sie den Brief aus Washington erhielt, in dem sie gebeten wurde, im Pentagon vorzusprechen, das sie mit einer wichtigen Aufgabe zum Wohl der USA bekanntmachen wollte.

Lester Sinclair-Brown, ihr heimlicher Verlobter und Dozent für Kunstgeschichte an der Universität von Berkeley, las den Brief weniger begeistert, sondern sagte nach der Lektüre: »Ich weiß nicht, Ginny, aber das klingt alles sehr nach Schwierigkeiten.«

Daß er sie immer Ginny nannte, obwohl er wußte, daß sie solche Verniedlichungen nicht ausstehen konnte, hatte sie mittlerweile – immerhin kannten sie sich jetzt schon 14 Monate – als unabwendbar hingenommen; nur seinen ständigen Pessimismus zu dulden war immer noch schwierig. Virginia nahm den Brief wieder an sich und faltete ihn zusammen. »Was ist an einem Brief aus dem Pentagon mit Schwierigkeiten verbunden?« fragte sie.

»Daß er aus dem Pentagon kommt, Liebes.« Lester Sinclair-Brown sah nachdenklich dem Qualm seiner Zigarette nach. Er war der Ansicht, daß niemals etwas Gutes aus einem Ministerium kommen konnte, und schon gar nicht aus dem Pentagon, dem Zentrum der militärischen Macht der USA. »Zum Wohl der USA; das heißt übersetzt: Hier brauen ein paar Uniformträger wieder einen Sud, den wir früher oder später alle trinken müssen, ob wir's wollen oder nicht. Und du sollst die Suppe vielleicht umrühren, damit sich alle Zutaten gut verteilen.«

»Ich bin Meeresbiologin und kein Nuklearforscher, Les.«

»Den Krieg der Sterne hat man fast vorzeigereif entwickelt, vielleicht geht's jetzt in die Tiefen der Meere? Wer ahnt denn, was alles möglich ist, wenn die gute alte Kanone nur noch ein Museumsstück ist? Bisher gehörte der Himmel den Sternen – jetzt zischen Kampfmaschinen in ihm herum. Weiß man, was die nun mit dem Meer vorhaben?«

»Du siehst, wie immer, alles nur schwarz! Bei dir ist unser gesamtes Dasein nur eine gigantische Fehlentwicklung!«

»Wozu brauchen die Militärs eine Meeresbiologin, wenn sie mit dem Meer nicht etwas Hinterhältiges im Sinn haben?«

»Warum denn bloß Hinterhältiges? Warum nicht Gutes?«

»Seit Jahrtausenden haben militärische Gehirne nur Vernichtung geplant. Das war 4000 Jahre vor Christi bei den Chinesen und Ägyptern nicht anders als heute in Washington oder Moskau.« Lester Sinclair-Brown hob resignierend die Schultern. »Aber bitte, ich schweige. Fahr hin... Du würdest ja trotz aller Argumente doch fahren.«

»Ja.«

»Wenn ich unrecht hatte, bring eine Flasche Whiskey mit... Wenn ich recht hatte, überlege ich mir, ob ich dir nicht noch schnell ein Kind mache.«

»Ich nehme die Pille, Lester.«

»Man kann sie mit Kalktabletten vertauschen.«

»Da mußt du dich aber sehr beeilen! Ich fliege schon morgen nach Washington.« Sie lachte ihr immer ein wenig spöttisch klingendes Lachen, an das sich nun wiederum Lester hatte gewöhnen müssen. »Außerdem könnte mich ein gerade einen Tag alter Embryo nicht belasten.«

»Ich rechne weiter. Washington will dich von San Francisco wegholen.«

»Unsinn. Wohin denn? Und warum?«

»Das wird man dir sagen. Und warum? Lies es doch: um das Vaterland zu retten! Das Pentagon drückt es nur sehr verschlungen aus.« Lester goß sich noch eine Tasse Kaffee ein und sah zu, wie Virginia nervös einen Drink aus Gin, Martini und Limonensaft mixte. Ein harmloser Drink, wenn sie nicht noch Wodka dazugeschüttet hätte. Lester kannte diese Zusammenstellung noch nicht. »Cheerio!« sagte er freundlich. »Wie ich sehe, unterstützest du jetzt den sowjetischen Export.«

»Es beruhigt mich.« Virginia trank von dem Gemisch einen gehörigen Schluck und atmete dann tief durch, als habe der Drink ihre Kehle gereinigt. »Eine Einladung ins Pentagon bekommt schließlich nicht jeder.«

Eine Beruhigung hatte Virginia Allenby am übernächsten Morgen wirklich nötig. Sie hatte der im Diktatzeichen angegebenen Dienststelle telefonisch ihre Ankunft in Washington mitgeteilt und ihr Hotel – das »Carlton« – genannt und wurde nun am Morgen von einem unscheinbaren hellblauen Chrysler mit normaler Nummer abgeholt. Eine junge, blondmähnige Frau saß am Steuer, begrüßte Virginia wie eine Schwester und wußte von nichts, als Virginia sie fragte, als nur, daß sie Miß Allenby im »Carlton« abholen solle; sie erzählte dann von einem einmaligen Erlebnis: Bei Filmaufnahmen in Washington hatte sie Robert Redford die Hand drücken dürfen, und er hatte sie sogar angelächelt. »Direkt erotisch!« flüsterte die Blondine. »Man kam sich sofort wie nackt vor. Ein Gefühl war das...«

Im Pentagon, auf der zweiten Etage im Block IV, wurde Virginia von einem gutaussehenden, jungen Lieutenant der Air Force empfangen, der sich als Ric Henderson vorstellte und über viele Dinge, die für Virginia noch ein Rätsel waren, unterrichtet schien.

»Da kommt was auf uns zu, was?« sagte er zum Beispiel, als sie im Lift nach oben fuhren.

Virginia sah ihn erstaunt an. »Ich weiß von nichts. Ich habe einen Brief bekommen, soll nach Washington kommen, und das war alles. Um was geht es denn?«

»Das wird man Ihnen gleich erzählen, Virginia.« Henderson war ein unkomplizierter Mensch, das sah und hörte man sofort, anders als Lester, der sein und das Leben anderer immer zu analysieren versuchte und dann poetische oder spöttische Sätze losließ. »Wenn Sie zusagen, würde ich mich freuen.«

»Wozu zusagen?«

»In zehn Minuten wissen Sie es.«

»Und warum freuen Sie sich?«

»Ich bin auch dabei.«

»Wobei?«

»Geduld. Ich möchte General Pittburger nicht vorgreifen.«

Geradezu feierlich war es, als sie das Zimmer V betraten und drei Männer in Uniform sich von ihren Stühlen erhoben. Henderson grüßte zackig an der Tür. Virginia blieb neben ihm stehen und wartete ab. Es war das erste Mal in ihrem Leben, daß sie hohen Militärs gegenüberstand; bisher kannte sie solche Uniformen nur aus dem Fernsehen und aus Kriegsfilmen, die sie gar nicht mochte, aber in die Lester sie immer mitschleppte, um hinterher lange Vorträge über die Perversion von Uniformträgern zu halten.

Die drei Herren stellten sich als General Pittburger, General Seymore und Captain Brooks vor. Konventionell höflich fragten sie, ob Virginia einen guten Flug gehabt habe, ob das Hotelzimmer in Ordnung sei, wie sie sich fühle, und fügten ein Lob über ihre Arbeit daran, mit dem Zusatz: »Wer Professor Shakes' Assistentin war, muß zur ersten Reihe gehören. Shakes war – Gott hab' ihn selig – ein schwer genießbarer Mensch. Er hielt die Mehrzahl der Menschheit für hirngeschädigt.«

Die Blondine, die Virginia gefahren hatte, brachte auf einem Tablett Kaffee, Zucker, Sahne, drei Flaschen mit verschiedenem Likör und eine Flasche Whiskey nebst Gläsern in den Raum. Seymore übernahm es, den Hausherrn zu spielen, und Henderson servierte. Virginia entschloß sich für Kaffee und ein Glas Cointreau.

»Ich lese in Ihren Augen, Virginia, die stumme Frage: Warum bin ich hier?« begann Pittburger das Gespräch. »Bestimmt nicht zum Kaffeetrinken.«

»Genau so ist es, General.« Virginia sah den Stabschef über den Rand ihrer Tasse an.

»Zunächst: Es geht um ein großes Geheimnis.« Pittburger lehnte sich vor. »Virginia, von diesem Augenblick an sind Sie Geheimnisträgerin und dürfen über alles, was Sie gleich hören, kein Wort zu einem anderen sprechen. Nicht zu Vater, Mutter, Bruder, Schwester, Bräutigam, Psychiater oder Priester – zu keinem! Tun Sie es doch, wird auf Sie der Paragraph des Geheimnisverrates angewandt. Das kann jahrelanges Zuchthaus bedeuten. Ich muß Ihnen das in dieser groben Form sagen – es ist eine rechtliche Belehrung. Haben Sie das voll verstanden?«

»Bisher sehr gut.« Virginia nippte an dem Cointreau-Glas. »Nur das Geheimnis kenne ich noch nicht.«

»Ein Eisberg«, sagte General Seymore kurz.

»Wie bitte?« Virginia setzte verblüfft das Glas ab. »Verzeihen Sie, daß ich nicht lache, aber den Witz verstehe ich nicht.«

»Sie haben bestimmt auch gelesen, daß sich vor einigen Wochen vom Südpol, genauer vom Schelfeis des Ross-Meeres, der größte Eisberg losgelöst hat, den es bisher gegeben hat. Er ist 156,8 Kilometer lang, 40,5 Kilometer breit und 421 Meter hoch. Geradezu unvorstellbar, daß so etwas jetzt in den Südpazifik treibt. Ein Eisgigant, größer als Luxemburg, um nur ein Beispiel zu geben, wird zu einer schwimmenden Insel.«

»Ich habe davon gehört. In unserem Institut stellt man Berechnungen an, ob sich dadurch eine Veränderung der Meeresströme am Südpol ergibt, wenn er ins Pazifik-Antarktis-Bassin treibt.«

»Und wie ist es mit der Meeresbiologie?« fragte Pittburger.

»Da sollten wir erst einmal abwarten, wie schnell oder wie langsam er abtaut.« Virginia blickte etwas hilflos von dem einen zum anderen. »Taut er schnell ab –«

»Das wollen wir nicht hoffen!« fiel ihr Seymore ins Wort.

»– kann das auf das Plankton und damit auf alle Meereslebewesen natürlich Rückwirkungen haben.«

»Der Eisberg enthält zwei Billiarden Liter Süßwasser.«

»Aber das beunruhigt uns nicht. Das Ozonloch über der Antarktis ist wesentlich gefährlicher. Es kann das gesamte Weltklima verändern, ein Treibhauseffekt entsteht, und damit werden die Lebensbedingungen von Pflanzen und Tieren völlig aus ihrer bisherigen biologischen Norm gerissen.« Virginia lehnte sich etwas zurück, sie war enttäuscht. Wozu diese Fahrt nach Washington, wozu dieses Gespräch? »Darüber ist bereits genug geschrieben worden, ohne daß die Menschheit es begreift, ja, es begreifen will. Ein Eisberg, und wäre er so groß wie Kalifornien, ist dagegen kaum interessant. Über Ihren Eisberg im Ross-Meer spricht schon keiner mehr...«

»Dem Himmel sei Dank!« Seymore faltete die Hände wie ein Prediger beim Amen. »Er soll total vergessen werden! Nur bei uns nicht! Wir brauchen diesen Eisberg, wir besiedeln ihn, wir bauen ihn um, wir installieren auf ihm die modernsten wissenschaftlichen Geräte, er wird eine Forschungsstätte werden, wie man sie bisher noch nicht gekannt hat, und Sie, Virginia, sollen uns dabei helfen!«

»Ich?« Virginia Allenby hatte Mühe, diesen letzten Satz zu begreifen. »Was soll ich denn da? Auf einem treibenden Eismonstrum?«

»Sie werden alles vorfinden, was Sie uns angeben, was Sie brauchen für Ihre Forschungen, natürlich in bestens klimatisierten Häusern, die nur die Eigentümlichkeit haben, ins Eis gebaut zu werden. Sie verstehen?«

»Nein, General.« Virginia wischte sich über die Augen. Sie verstand noch gar nichts. »Warum soll ich meinen Forschungsplatz von San Francisco auf einen Eisberg verlegen? Dazu gibt es keine Notwendigkeit. Jedenfalls nicht für mich.«

»Aber für uns.« Pittburger nahm einen Schluck Whiskey. Entscheidungen von epochaler Bedeutung zu fällen verlangt beste Nerven. »Virginia, jetzt, da Sie Trägerin eines der größten Geheimnisse Ihres Vaterlandes sind –« (Virginia mußte unwillkürlich an Lester denken bei diesen pathetischen Worten) »– müssen Sie alles wissen: Auf dem Eisberg werden die extremsten und neuesten Laserstrahlexperimente veranstaltet werden. Eine neue Waffe soll entwickelt werden, die uns unangreifbar macht. Wir werden versuchen, mit Laserstrahlen diesen Eisklotz zu spalten und auch andere Eisberge zu beseitigen, immer mit dem Gedanken: Was mit Eis möglich ist, kann man auch eines Tages mit dem Land machen. Sie, Virginia, brauchen wir, um zu erforschen, ob sich durch diesen geballten Laserstrahleinsatz das biologische Grundgefüge im Meer ändert, wie es sich ändert und was es für Auswirkungen auf die Menschheit hat. Das ist für uns alle eine große Frage. Und dazu – ich wiederhole es – brauchen wir Sie!«

Virginia schwieg. Wie recht hatte doch Lester! Wenn man im Pentagon plante, ging es nur um Vernichtung. Sie nannten es zwar Verteidigung, aber im Grunde blieb es sich gleich, wie man es beschriftete: Es ging immer um Zerstörung. Und jetzt auch von einem schwimmenden Eisgiganten aus. Beihilfe zum Mord, hatte es Lester genannt – die einzige seelische Beruhigung und das einzige Argument dagegen war, daß auch die Militärs der anderen Staaten intensiv damit beschäftigt waren, immer bessere und schrecklichere Vernichtungswaffen zu konstruieren.

General Seymore saß noch immer mit gefalteten Händen da und beobachtete Virginias Mienenspiel. Er warf dabei einen Blick hinüber zu Captain Jim Brooks, der bisher, genau wie Henderson, geschwiegen hatte. Wenn Generäle reden, haben untere Chargen still zu sein und zuzuhören. Seymores Blick aber ermutigte ihn jetzt.

»Miß Allenby –«, sagte Brooks. Er besaß eine angenehme, tiefe Stimme, die väterlich klang, obwohl er erst vierzig war. »Machen wir keine großen Worte. Nur so viel: Das ›Projekt Big Johnny‹, wie wir den Eisberg nennen, kann vielleicht einmal über Leben oder Tod der USA entscheiden.«

»Das nennen Sie keine großen Worte?« fragte Virginia mit deutlicher Ironie zurück.

»Ja! Es ist schlicht nur die Wahrheit! Wenn die Generäle es erlauben, gehen wir in den Nebenraum, und wir zeigen Ihnen die Videofilme und Fotos, die wir gemacht haben. Einverstanden?«

Pittburger und Seymore nickten. Virginia erwiderte zögernd: »Einverstanden«, und dann gingen sie hinüber in den bereits abgedunkelten Raum.

Auf dem großen Spezialbildschirm erschienen die ersten Szenen. Der Anflug auf den Eisberg. Strahlend blauer Himmel, tiefdunkelblaues Meer, und dann der treibende Eisgigant, selbst aus der Höhe von 3000 Metern bis in den Horizont hineinreichend. Bläulich schillernd, mit wild gezackten Eisspitzen und tiefen Rissen und Tälern, eine Gebirgslandschaft aus Eis, ergreifend schön in der Sonne und erschreckend gefährlich und abweisend.

»Ungeheuerlich«, sagte Seymore leise. »Er ist immer wieder unbegreifbar, obwohl ich ihn fast ein dutzendmal gesehen habe. Überwältigend, was die Natur schaffen kann. Daran sieht man, wie klein und elend wir Menschen doch sind.« Er beugte sich zu Virginia, die vor ihm saß. »Ihr neuer Lebensraum, Miß Allenby. Gleich kommt die Stelle, wo wir unsere kleine Eisstadt bauen werden. Da, die sanft abfallende Küste zum Meer, und da, das Flugfeld... Reizt Sie das nicht, Virginia?«

»Ich habe mich an die kalifornische Sonne gewöhnt, General.« Sie starrte auf den Film. Was sie sah, war wirklich einmalig, grandios, atemraubend, erschreckend und voll einer rätselhaften Lockung. »Ich mag Eis nur unter meinen Schlittschuhen.«

»Zum Schlittschuhlaufen haben Sie dort eine Eisbahn so groß wie New York. – Sehen Sie sich das an: Gletscherseen inmitten von nadelspitzen Bergen. Täler mit Schmelzflüssen. Wenn das alles grün statt weiß wäre, würde man sagen: ein neu entdecktes Paradies.«

»Aber es ist Eis, General.« Sie starrte weiter auf den Videofilm. Ed

Hamilton und Chick Buttler hatten einen meisterhaften Film gedreht.

Eine ganze Stunde lang saßen sie vor dem Großbildschirm und starrten auf den Eisberg. Er sah immer wieder anders aus, je nachdem von welcher Seite aus man ihn anflog. Er veränderte sich ständig: Eistürme stürzten in die Schluchten, Lawinen aus Eisblöcken, höher als Wohnhäuser, donnerten in Seen und hinterließen Wolken aus Wasser und Eisstaub...

»Ich bin einverstanden«, sagte Virginia Allenby plötzlich.

Es kam so unvermittelt, daß sogar General Pittburger zusammenzuckte. »Sie machen mit, Virginia?« fragte er. Seine Stimme klang etwas unsicher.

»Ja, General. Nicht wegen Ihrer Laserstrahlwaffen, sondern wegen dieser unbegreifbaren eisigen Schönheit. Sie möchte ich erleben, denn so etwas wird es nie wieder geben. Außerdem«, sie lächelte ihn voll Charme an, »könnte auch meeresbiologisch allerhand Interessantes dabei herauskommen. Abseits von Ihren Laserversuchen...«

»Uff! Das hätten wir!« sagte General Seymore erleichtert. »Das sollte man mit der Bescheidenheit, die unser Etat zuläßt, bei einem guten Essen und einer Flasche Champagner feiern. Ich schlage Rikkys French Saloon vor; dort kann man speisen wie in Paris, nur um zwanzig Prozent billiger!«

Er lachte, genauso wie die anderen, und nur Captain Brooks sagte anschließend: »Hoffentlich wird an dem ›Projekt Big Johnny‹ nicht auch so radikal gespart. Das mindeste, was ich als zukünftiger Kommandant der Station verlangen kann, ist ein warmer Hintern.«

»Jim! Wir haben eine Dame bei uns!« Pittburger hob die Hand.

Brooks nickte und sah Virginia strahlend an. »Eben deshalb sage ich es. Die meisten Frauen haben einen permanent kalten Po. Wenn sie auf der Stirn schwitzen, dann sind die unteren Rundungen...«

»Jim! Genug!« Seymore winkte energisch ab. Er wandte sich zu Virginia und versuchte eine Art Entschuldigung. »Miß Allenby, Captain Brooks ist eine Art Haudegen. Verroht im Vietnam-Krieg. Hören Sie einfach weg, wenn er loslegt.«

»Aber er hat recht.« Virginia hieb Brooks geradezu kumpelhaft auf die Schulter. »Die meisten Frauen haben einen kalten Po. Ich auch.«

»Donnerwetter.« Brooks legte die Hand auf seine linke Schulter. »Sie haben einen Schlag, der sich sehen lassen kann. Von Ihnen eine Ohrfeige zu bekommen, das merkt man sich.«

»Davon können schon einige Herren erzählen, die sich nicht als Herren benommen haben.« Virginia warf einen ganz kurzen Blick hinüber zu Henderson, der im Hintergrund an der Wand stand. Als Lieutenant hatte man die Pflicht, sich zurückzuhalten, wenn die höheren Offiziere ihre Späße trieben, auch wenn man jetzt zum engsten Kreis der Geheimnisträger gehörte, zum Mitwisser und Mitgestalter eines unheimlichen Zukunftsprojektes.

Am nächsten Abend holte Lester Sinclair-Brown mit einem Strauß aus drei roten Rosen Virginia vom Airport San Francisco ab. Er küßte sie auf die Stirn, legte den Arm um sie und sagte in seiner trockenen Art: »Ich nehme an, ich hatte recht: Wir müssen ein Kind machen.«

»Irrtum, Les.« Sie lachte und lehnte den Kopf an seine Schulter. »Deine Flasche Whiskey – McLolland Bourbon, deine Lieblingsmarke – liegt in meiner Tasche. Du hattest unrecht.«

»Also keine militärische Geheimsache?«

»Doch.«

»Wieso habe ich da unrecht?«

»Weil man mich nicht mehr oder weniger gezwungen hat zuzusagen, sondern weil ich freiwillig mitmache.«

»Du bist verrückt, Ginny!« Lester blieb ruckartig stehen. »Haben sie mit dir in Washington eine Gehirnwäsche gemacht?«

»Ich werde für einige Zeit aus San Francisco wegziehen...«

»Wohin?«

»Das gehört zu den Geheimnissen...«

»Welchen Geheimnissen?«

»Vergiß es, Les, und laß uns von was anderem reden. Es gibt so viel Themen...«

»Aber nur eins, das mich zur Zeit interessiert: Du ziehst nach Washington?«

»Nein.«

»Nach Norfolk?«

»Mein Gott, was soll ich in Norfolk?«

»Dort befindet sich die Marinebasis für den Atlantik.«

»Was habe ich damit zu schaffen?!«

»Du fliegst nach Europa?«

»Um Himmels willen, nein! Les, frag nicht weiter. Auch wenn du's treffen solltest – was ausgeschlossen ist –, werde ich immer nein sagen.« Sie klinkte die Tür des Autos auf, stieg ein und lehnte sich in die Lederpolster zurück. Lester Sinclair-Brown leistete sich einen Luxuswagen, einen weißen Chevrolet mit roten Lederpolstern, das einzig Auffällige an ihm, wie Virginia einmal treffsicher gesagt hatte, als sie in einen kleinen Streit geraten waren.

Lester klemmte sich hinter das Lenkrad, aber er ließ den Motor noch nicht an. »Wohin?« fragte er. »Zu dir oder zu mir?«

»Was du willst. Weder da noch dort gehe ich mit dir ins Bett. Das ist vorbei.«

»Gehört das auch zu deiner neuen Aufgabe?«

»Ja. Ich kann mir keinen Ausfall durch ein Kind leisten. Und, Lester, versteh es richtig: Ich muß frei sein.«

»Wer soll das verstehen, Ginny? Ich nicht! Wirst du Vorsteherin eines Nonnenklosters? Das paßt nicht zu dir. Selbst die Amöben in deinem Labor vermehren sich.«

»Jetzt wirst du geschmacklos, Lester. Fahr mich zu mir!«

Es war der letzte Abend, den Virginia mit Lester verbrachte. Ein ganz normaler Abend ohne Anfassen und Küssen, ohne Sprung ins Bett und dann unter die Dusche. Ein Abend, an dem sie fernsahen und dazu den mitgebrachten Whiskey tranken – Virginia stark mit Eiswasser verdünnt, Lester pur – und es tunlich vermieden, Washington in den Mund zu nehmen.

Gegen ein Uhr früh erhob sich Lester von der Couch und machte drei Kniebeugen, womit er ausdrückte, daß er das Herumsitzen satt hatte. »Ich gehe, Ginny«, sagte er danach. »Ich habe morgen drei Vorlesungen hintereinander. Was hast du morgen für Pläne?«

»Ich muß dem Präsidenten der Universität meinen Entschluß mitteilen, Shakes' Institut zu verlassen.«

»Sie werden schwarze Fahnen hissen, und das Weinen wird über die Bay bis in die City dringen.«

»Du warst schon mal besser in Ironie, Les.« Virginia erhob sich auch, trat auf ihn zu und küßte ihn auf den Mund. Vor Verblüffung ließ er die Lippen offen. Plötzlich sah er dumm aus.

»Was heißt das nach fünf Stunden Abstinenz?« fragte er etwas heiser.

»Das heißt: Du bist ein lieber Kerl, und ich werde dich immer in bester Erinnerung behalten.«

»Ein Abschied also...«

»Vorerst.«

»Wann fährst du, und wann kommst du wieder?«

»Beides ist ungewiß. Les, benehmen wir uns wie vernünftige Menschen, die wir ja sind. Ich mag dich...«

»Das ist es, Ginny. Du hast noch nie gesagt: Ich liebe dich... Zwischen Mögen und Lieben liegt ein Ozean! Sehen wir uns noch einmal vor deiner Reise ins Geheimnis?«

»Wenn du willst.«

»Ich will immer. *Ich* liebe dich, Ginny.« Er drehte sich um, verließ schnell das Zimmer, durchquerte die Diele und lief hinaus zum Lift. Er flüchtete, um nicht zu zeigen, wie weh ihm diese Minute tat.

Und Virginia war klug genug, ihm nicht nachzulaufen oder nur seinen Namen zu rufen...

Der Befehl kam ganz unvermittelt, ohne vorherige Anzeichen: Die Admiralität in Moskau befahl das Auslaufen der Expeditionsflotte.

Sujin selbst rief Schesjekin auf Sachalin an und sagte: »Mein lieber Wladimir Petrowitsch, es ist soweit! In einer Stunde erhalten Sie es schriftlich über Telex. Ist alles in Ordnung?«

»In bester Ordnung, Alexander Mironowitsch. Auf der ›Donjew‹« – das war der Name des Versorgungsschiffes – »sind alle Kisten an Bord, die Professor Kratjinzew und Professor Donkow zu uns transportieren ließen. Der Genosse Karasow wird mit U 27 fahren, die Genossin Berreskowa mit U 7. Das Kommando über die U-Boot-Flotille hat Kapitän Malenkow, wie angeordnet. Ich selbst werde auch mit U 7 fahren.«

»Sind die isolierten Fertighäuser endlich vollzählig bei Ihnen?«

»Und sind bewohnbar, Genosse Sujin«, antwortete Schesjekin vorsichtig. Über die übliche Schlamperei zu sprechen war müßig: Auch die Militärbürokraten sind nur Beamte, und einen Beamten zur schnellen Arbeit zu treiben gelang nicht einmal Gorbatschow.

Geduld ist das erste Wort im Gebetbuch der Russen.

»Was fehlt?« fragte Sujin knapp. Schesjekins Antwort hinterließ auch bei ihm die gleichen Gedanken.

»Die Trafos für die Heizung. Was wir hier haben, genügt für Licht und Strom für die Baubrigade.«

»Und womit wollt ihr heizen?«

»Mit eisernen Einzelöfen. Alexander Mironowitsch, als junger Leutnant 1944 in den vereisten Wäldern bei Leningrad haben wir noch elender gelebt. Mein Minensucher war ein Eisklumpen, und wir gruben uns im Wald in die Erde und hockten um einen qualmenden, stinkenden, verrosteten Blechofen, den wir uns selbst gebaut hatten. Was kann mich erschüttern? Eisiger als damals kann es auch auf dem Eisberg nicht werden.«

»Verhaften lasse ich sie!« schrie Sujin empört. »Diese ganze Bande von Bürokraten! In ihre fetten Ärsche wird man sie treten! Wladimir Petrowitsch, es bleiben noch neun U-Boote auf Sachalin. Ich werde Ihnen eins mit allem fehlenden Material nachschicken. Das verspreche ich Ihnen.«

»Danke, Genosse Sujin.« Schesjekin hob den Blick an die Decke seines Zimmers. Versprechen und Handeln sind wie zwei Hosenbeine, von denen eines zugenäht ist. »Wir laufen also übermorgen aus.«

»Viel Glück, Wladimir Petrowitsch. Sie haben eine Jahrhundertaufgabe übernommen.«

»Wir alle hier wissen es. Wenn wir unsere Fahne ins Eis stecken, wie sollen wir den Eisberg taufen?«

»Morgenröte.«

»Nicht Michail?«

»Nein... Der Eisberg wird länger aktuell sein als der Genosse Generalsekretär. Eine Morgenröte wird es immer geben.«

Schesjekin legte nach einem Gruß auf. Plötzlich beneidete er Sujin nicht mehr, daß dieser in Moskau lebte und er auf dem verdammten Sachalin. Hier gab es keine Intrigen und Hintergrundkämpfe, hier war die Luft klar und rein, man atmete Kraft ein, und wenn etwas störte, dann waren es im verfluchten Winter die Wölfe, die bis an die Siedlungen schlichen und alles rissen, was sich bewegte. Manchmal sogar Menschen. Aber damit konnte man fertig werden... In Moskau dagegen atmete man vergiftete Luft und drückte Hände, die man am liebsten abhacken wollte.

In der Zeit des Wartens hatte sich bei der Berreskowa eine Wandlung ergeben. Sie entfloh der Langeweile auf ihre Art: Auf ihrem Kombiradio spielte sie Tonbänder mit Opernmusik ab, legte Platten mit Solistenkonzerten und Sinfonien auf, oder sie saß an einem kleinen Schreibtisch und schrieb Seite um Seite mit der Hand, in einer unleserlichen Schrift, die nur sie entziffern konnte.

Kapitän Malenkow, der die Zeit nach alter militärischer Tradition mit sturem Formal- und Exerzierdienst totschlug, kam ab und zu bei der Berreskowa vorbei, setzte sich brav in einen klapprigen Polstersessel und hörte schweigend zu, wenn sie die Oper »Eugen Onegin« hörte, die »Symphonie classique« von Prokofiew oder die »Walküre« von Wagner. Dabei trank er ab und zu eine Flasche Krimwein oder 100 Gramm Wodka und rauchte eine Zigarette, deren Qualm die Berreskowa im Hals kratzte. Aber sie beschwerte sich nicht; sie trank Tee mit viel Zucker, knabberte Gebäck und genehmigte sich ab und zu ein Gläschen grusinischen Aprikosenlikörs.

Nur einmal fragte sie: »Warum sitzen Sie so stumm herum, Jurij Adamowitsch? Es stört mich, daß da jemand sitzt und schweigt. Es ist, als sitze man bei einem Sterbenden.«

»Was soll man sagen, Ljuba Alexandrowna, wenn Sie eintauchen in die Musik von Tschaikowski, Wagner oder Beethoven? So fern sind Sie dann, obwohl Sie neben mir sitzen. Meine Worte können dann nur dumm sein.«

»Wie recht Sie haben, Genosse Malenkow.«

»Sag' ich's doch. Darum schweige ich.«

»Und warum kommen Sie dann zu mir?«

»Um die Musik zu hören und Sie anzusehen, wie Sie selbst Musik werden. Ein Erlebnis ist das. Fast ein Wunder.«

»Es stimmt. Sie reden nur Unsinn!« Die Berreskowa hatte sich erhoben, war zu ihrem Schreibtisch gegangen und las die Blätter durch, die sie gestern geschrieben hatte.

Malenkow verfolgte sie mit neugierigen Blicken. Ein paarmal hatte er sie überrascht, daß sie nicht Musik hörte, sondern schrieb. Auch dann saß er in dem alten Sessel, sah ihr zu und schwieg.

»Sie arbeiten an einem neuen meeresbiologischen Werk, Genossin?« fragte er.

»Nein.«

»Was schreiben Sie dann, Ljuba Alexandrowna?«

»Einen Roman.«

»Einen Roman?« Malenkow kratzte sich den Kopf. Die völlig neue Situation machte ihn ratlos. »Sie schreiben wirklich an einem Roman?«

»Was ist daran so ungewöhnlich?«

»Ich hätte Ihnen ein nobelpreisverdächtiges wissenschaftliches Werk zugetraut – aber einen Roman? Das paßt nicht zu Ihnen.«

»Sagen wir es so: Sie kennen mich nicht. Überhaupt nicht! Was Sie von mir wissen, ist meine Personalakte und eine Gestalt aus Ihrer Phantasie. Bleiben Sie dabei, Kapitän Malenkow.«

»Wovon handelt der Roman?« Malenkow zündete sich wieder eine seiner stinkenden Zigaretten an. »Lassen Sie mich raten, Ljuba Alexandrowna: Ein junger Mann und eine junge Frau lieben einander, aber sie sagen es sich nicht. Kompliziert ist das alles. Sie beschimpfen einander und möchten sich doch viel lieber in die Arme fallen. Der Mann ist ein junger, schöner Seeoffizier, die Frau ist – na, haben wir Phantasie? – eine Opernsängerin. Aber warum sagen sie nichts von ihrer Liebe zueinander? Das ist das Problem, ein psychologisches Problem, ja, schon ein pathologisches, und der ganze Roman ist ein erregendes Psychogramm... Was halten Sie davon?«

»Nichts. Nur aus Ihrem Kopf kann so etwas Unsinniges hervorkriechen.« Die Berreskowa legte das Blatt, das sie gerade durchgelesen hatte, auf den Schreibtisch zurück. »Sagten Sie eben ›schöner Seeoffizier‹?«

»Ja.«

»Da beginnt schon die Dummheit. Der Roman, den Sie schreiben würden, ertränke sofort im Kitsch.«

»Verraten Sie mir nicht, wie *Ihr* Roman heißt, Ljuba Alexandrowna?«

»Die Sehnsucht nach Iwanowo...«

»Ist das ein Zufall!« Malenkow drückte beide Hände vor den Mund und starrte die Berreskowa an. Sein Herz zuckte, aber er saß da wie angeklebt an die alten Polster. »Iwanowo... In Iwanowo wurde ich geboren…«

»Ich weiß, Genosse Malenkow. Und jetzt machen Sie, daß Sie rauskommen. Ich will weiterschreiben.«

Wie auf den Kopf geschlagen, verließ Malenkow an diesem Abend das Zimmer der Berreskowa, legte sich in seinem Zimmer auf das Bett, starrte an die Holzdecke und fragte sich, ob er heute nicht der größte Idiot auf diesem Planeten gewesen war und es sinnvoller gewesen wäre, Ljuba ohne Fragen und einfach schweigend in seine Arme zu ziehen und sie zu küssen. Statt dessen war er davongelaufen.

Wie sagt ein sibirisches Sprichwort? Ein guter Jäger trifft das Wild, aber nicht seinen eigenen Stiefel.

Jurij Adamowitsch, du hast das Wild verpaßt…

Am nächsten Abend erkannte er, daß die verdeckte Schwäche der Berreskowa wirklich nur eine einmalige, nie wiederkehrende Laune gewesen sein mußte. Sie war abweisend wie nie, bedachte ihn mit rhetorischen Beleidigungen und erniedrigte ihn, indem sie eine Platte mit den »Polowezer Tänzen« auflegte und fordernd sagte: »Jurij Adamowitsch, tanzen Sie danach. Sofort! Ich habe noch nie einen Bären tanzen sehen, dabei ist der Tanzbär eine uralte russische Volksbelustigung.«

Und Malenkow erhob sich brav von seinem Polstersessel und begann zu stampfen, sich zu drehen, zu hüpfen, in die Luft zu springen und in den Knien einzuknicken.

Als die Schallplatte endete, blieb auch Malenkow stehen, schwitzend, die Hände noch immer in den Nacken gedrückt, mit gerötetem Gesicht und schwerem Atem. »Man ist eben kein Bär, Ljuba Alexandrowna«, sagte er mit trockener Kehle. »Aber geben Sie es zu, ich habe mir große Mühe gegeben, es zu sein…«

Der Berreskowa drückte es den Hals ab. Sie schämte sich plötzlich, schämte sich so elementar, daß sie sich zum Fenster wandte, über die Meeresbucht starrte, in der vier Kriegsschiffe ankerten, und leise sagte: «Gehen Sie, Jurij Adamowitsch, bitte, gehen Sie. Es… es war schön… Aber nun sollten Sie gehen.«

Und wieder gehorchte Malenkow. Grußlos verließ er das Zimmer. Die Berreskowa sah ihm vom Fenster aus nach, wie er hinüber in sein Holzhaus ging und mit den Armen schlenkerte, als wolle er etwas von sich abschütteln.

Zwei Tage später wurde sie seine Geliebte. Sie selbst war es, die aus der Dusche nackt auf ihn zutrat und ihm dann half, sich auszuziehen.

»Ich weiß nicht, warum«, sagte sie hinterher, als Malenkow zur Erholung eine seiner Zigaretten rauchte. »Liebe ich dich? Wer kann das beantworten? Ich kann es nicht. Den Roman aber muß ich abändern...«

»Lieben sie sich denn in deinem Roman?« fragte Malenkow.

»Nein, sie sind nur hungrig. Der eine will vom anderen essen.«

»Das wird es sein.« Malenkow schloß die Augen. Er genoß die Entspanntheit seiner Lenden. »Nur das kann es sein, was sonst?«

Sie waren so ausgehungert, daß sie noch zweimal in dieser Nacht voneinander aßen und am Morgen, als die Sonne durch die blinden, ungeputzten Scheiben ins Zimmer drang, sich noch einen Nachtisch gönnten.

Malenkow ließ an diesem Tag das angesetzte Bootsmanöver ausfallen und befahl sportliche Betätigung.

Das Auslaufen des kleinen sowjetischen Flottenverbandes von dem Stützpunkt Sachalin blieb völlig unbemerkt. Gleich nach der Ausfahrt tauchten die U-Boote weg und fuhren, angetrieben von ihren Atomaggregaten, in knapp 40 Meter Tiefe hinaus in den Pazifik, der hier noch das Ochotskische Becken heißt. Durch die Meeresstraße von Proliv Friza zwischen den Kurileninseln Ostrov Urup und Ostrov Iturup erreichten sie den Nordpazifik und schwenkten dann scharf auf Südkurs.

Die Satellitenüberwachung der USA registrierte nichts; im Gewirr der Schiffe auf dem Meer waren die beiden Versorgungsschiffe der Russen nur zwei uninteressante Punkte auf dem riesigen Ozean. Zwei normale Frachtschiffe; wer sie unter Wasser begleitete, sah kein Satellitenauge.

In der Offiziersmesse der »Gorki« wurde der erste Abend in der Tiefe des Meeres gefeiert. Für die sowjetischen Seeleute war es ein Tag wie jeder andere, aber Vizeadmiral Schesjekin hatte gesagt: »Für die Genossin Berreskowa ist das ein einmaliges Erlebnis. Wie wird sie's überstehen die ganzen Wochen? Wer weiß das. Heitern wir sie also etwas auf. Ich erinnere mich an meine erste U-Boot-Fahrt 1941. Angst hatte ich, ich wollte ersticken, die Wände kamen auf mich zu, alles erdrückte mich, wie in einem Sarg, lebendig begraben, kam ich mir vor... Warum soll es der Genossin anders ergehen? Kapitän Malenkow, sorgen Sie dafür, daß Ljuba Alexandrowna keine Platzangst bekommt und in Panik gerät. Ein vorzeitiges Auftauchen können wir uns nicht leisten. Erst müssen wir Japan passiert haben...«

Ein jedes Schiff, auch ein U-Boot, hat unter der Besatzung einen Spaßmacher. Das ist nicht anders als auf dem Land. Wenn dort fünf Menschen zusammentreffen, ist bestimmt einer dabei, der stundenlang Hunderte von Witzen erzählen kann, daß einem hinterher der Bauch weh tut. Auch das ist eine Begabung; die meisten Menschen erzählen Witze und zerreden dabei die Pointe. Eine Pointe muß man nicht erzählen, sie muß wie ein Faustschlag gegen das Zwerchfell sein.

Der Spaßmacher der »Gorki« hieß Aron Misjanowitsch Temjun, stand im Rang eines Unterleutnants und war ein gebürtiger Usbeke. Nach jedem gelungenen Witz zogen sich seine asiatischen Augen zu Schlitzen zusammen, und sein junges Gesicht glänzte, als habe er einem Mädchen unter den Rock gesehen. Eine schöne, helle Stimme besaß er außerdem noch, konnte die Handharmonika und die Balalaika spielen und ein nur in Usbekistan bekanntes Zupfinstrument, das wie eine Zither klang, nur leiser, zirpender, wie Grillengesang an einem Sommerabend. Wenn Unterleutnant Temjun spielte und sang, vergaß man, daß man in einem Stahlkörper viele Meter unter Wasser saß.

Das war der besinnliche Teil. Begann danach Aron Misjanowitsch Witze aus seiner asiatischen Heimat zu erzählen, in denen Frauen eine große Rolle spielten, wunderte sich jeder, daß das Boot noch so ruhig dahinfuhr – es hätte vor Lachen schwanken müssen.

»Aron Misjanowitsch«, sagte an diesem ersten Abend unter Wasser Malenkow zu Temjun, »du sollst Witze erzählen, befiehlt der Genosse Admiral. Aber sei gewarnt: Nur ein Witz, der unterm Gürtel anfängt, und ich schieße dich durchs Torpedorohr in den Pazifik.«

»Genosse Kapitän, andere kenne ich nicht.« Temjun riß seine Augen auf und hob abwehrend die Hände. »Verzichten Sie auf meine

Mitwirkung, bitte.«

»Du kennst nur schweinische Witze, du Ferkel?«

»Haben Sie schon andere von mir gehört, Genosse Kapitän?«

Malenkow mußte Temjun recht geben. Unmöglich war es, die Berreskowa damit zu traktieren.

»Gut also, du singst und spielst«, sagte Malenkow streng. »Und wenn der Genosse Admiral dich zu einem Witz auffordert, dann bekommst du einen Hustenreiz und rennst hinaus!«

»So wird's gemacht, Genosse Malenkow.« Temjun atmete sichtbar auf. »Sterbenselend werde ich mich auf meine Matte legen. Was werden wir heute abend essen?«

»Piroggen mit gesäuerten Pilzen.«

»Wie das paßt!« Temjun rieb sich die Hände.« Pilze kann ich nicht vertragen.«

Ein U-Boot, gehört es auch zur größten bekannten Klasse mit Ausmaßen, die man früher nicht für möglich hielt, ist immer noch eine stählerne Röhre mit einer drangvollen Enge. Was hier an Instrumenten, Röhren, Aggregaten und geballter Technik eingebaut wurde und für den Lebensraum von Menschen nur eine lächerliche Winzigkeit übrig läßt, dazu noch durch wasserdichte Schotten abgeteilt, kann nur der begreifen, der ein U-Boot nicht nur auf einer Ausstellung besichtigt hat, sondern mit ihm schon unter Wasser gefahren ist. Nicht für eine Demonstrationsstunde, sondern für Tage oder Wochen, über sich Wasser, unter sich die weite Tiefe, nur Kunstlicht, nur eingepumpter Sauerstoff zum Atmen, abhängig von Maschinen, Automaten und Computern, aus der Welt versenkt... Nerven braucht das und einen unerschütterlichen Glauben an eine funktionierende Technik. Und ein Vorbild muß an Bord sein, auf das jeder blicken kann und wo er sich im Zweifelsfall neue Kraft holt: der Kommandant, der »Alte«, in diesem Fall Kapitän Malenkow.

Unmöglich war es deshalb, daß Jurij Adamowitsch nachts heimlich zu Ljuba Alexandrowna schlich, um ihren Hunger – wie sie es in ihrem Roman nannte – zu stillen. In einem U-Boot sehen 100 Augen alles, was sich in ihm bewegt, also auch ein Herumschleichen des Kommandanten. Bestand früher die Crew eines U-Bootes aus zwei, drei Dutzend Männern, so hatte Malenkow auf seiner »Gorki« 156 Mann an Bord, die Berreskowa, Vizeadmiral Schesjekin und Ingenieur Karasow nicht mitgerechnet. Zudem schlief Ljuba in einer Koje direkt neben dem Vizeadmiral und dem Obermaat Nikolai Fedorowitsch Pralenkow, dessen Dienst daraus bestand, so etwas wie der Oberkellner der Offiziersmesse zu sein. Wo die Berreskowa war, fand man unter Garantie auch Pralenkow in ihrer Nähe, um ihr den kleinsten Wunsch zu erfüllen.

Keine Möglichkeit für Malenkow, auch nur ihre Hand zu streicheln, einen Kuß loszuwerden oder gar ihre betörend runden und festen Brüste zu drücken. An Weiteres war überhaupt nicht zu denken, schon wegen der Moral an Bord. Undenkbar, wenn es heißen würde: »Seht an, Brüderchen. Der Kommandant übt bei der Genossin Torpedoschießen. Und wir? Ins Essen mischt uns der Koch so 'n Zeug, das uns unten schlafen läßt. Wer hätte das von Malenkow gedacht?«

Eine Frau an Bord ist wie eine Zeitbombe.

Was blieb übrig, als sich mit Blicken zu sättigen. Jurij und Ljuba sahen sich, wo immer sie sich auf dem U-Boot trafen, mit großen, sehnsuchtsvollen Augen an, genossen in Gedanken ihren Hunger aufeinander, und das über Wochen hinweg, unter Wasser, nur viermal auftauchend, um von den Versorgungsschiffen Proviant, Reparaturteile und Frischwasser zu übernehmen und für ein paar Stunden die wirkliche, die frische Luft des Meeres tief einzuatmen.

Am ersten Abend unter Wasser galt es, Vizeadmiral Schesjekins lustigen Abend zu gestalten, zu Ehren der Genossin Berreskowa, der mutigen Frau innerhalb eines bisher nie durchgeführten Projektes mit Namen »Morgenröte«. Die Offiziersmesse wurde mit Fähnchen und Girlanden geschmückt, die man immer wegen der Oktoberfeier an Bord hatte. Schesjekin hatte heimlich einen großen Strauß Rosen mitgebracht, was Malenkow maßlos ärgerte, weil ihm diese Idee nicht gekommen war und er nun mit leeren Händen dastand, und aus der Küche duftete es geradezu verführerisch nach gebratenem Fleisch und Gebäck. Auch die Mannschaft bekam etwas Besonderes, nicht einen Braten, aber immerhin handtellergroße Hackfleischballen, dazu gesäuerte Bohnen und rotschalige Pellkartoffeln. In den kommenden Wochen würde sich das ändern, das wußte jeder.

Vizeadmiral Schesjekin war es, der den ersten Toast auf die Berreskowa ausbrachte. Er sprach von der mutigsten Frau der Sowjetunion, die sich einreihen würde in die »Heldinnen des sowjetischen Volkes«, wie es sie im Großen Vaterländischen Krieg gegen die Faschisten gegeben hatte, überreichte ihr dann den Rosenstrauß, ließ die Wodkagläser heben und dann in die Hände klatschen.

Obermaat Pralenkow servierte die Suppe. Borschtsch, was sonst? Der Koch hielt sie für besser als eine kalte Gurkensuppe mit saurer Sahne, die Schesjekin so gerne aß.

Über den Tisch hinweg sahen sich Malenkow und die Berreskowa an. Sie tranken ihre Blicke wie schweren grusinischen Wein und wußten beide nicht, wie sie ein wochenlanges Nursehen überstehen würden.

Zwischen der Suppe und den Piroggen mit Pilzen sang Unterleutnant Temjun unter Handharmonikabegleitung sein erstes Lied von der endlosen Steppe seiner Heimat. Eine wirklich schöne Stimme hatte er, und die Berreskowa sagte nach dem Ende des Liedes: »Warum fahren Sie zur See, noch dazu immer unter Wasser, Aron Misjanowitsch? Das Konservatorium in Moskau würde Sie sofort aufnehmen. Sie könnten wunderbar Mozart singen oder Puccini. Aber was tun Sie? In einer Stahlröhre stehen Sie an irgendeinem Gerät und atmen künstlich erzeugten Sauerstoff. Genosse Admiral, dieser Mann gehört nicht in ein U-Boot, sondern auf eine Bühne.«

»Ich werde es mir merken, Ljuba Alexandrowna.« Schesjekin hob schnuppernd die Nase. Pralenkow brachte die Piroggen mit den Pilzen. Einen heimlichen Blick der Verständigung warf Malenkow dem gelobten Temjun zu. Pilze! Du ißt jetzt die doppelte Portion, damit du später hinauswanken kannst. Jeder muß sehen, wie unmäßig du die Pilze verschlingst. Dr. Lew Andrejewitsch Lepokin, der Bordarzt, ist informiert. Sieh ihn an, er nickt dir unmerklich zu.

Der arme Temjun erwiderte mit einem Augenzwinkern Dr. Lepokins Nicken, griff dreimal in die Schüssel, was nun wirklich übertrieben war, legte sich einen Haufen Pilze auf den Teller und begann, mit anerkennenswerter Tapferkeit zu essen.

»Das ist nun der erste Abend unter Wasser«, sagte Schesjekin und tätschelte der neben ihm sitzenden Berreskowa die Hand. »Wie fühlen Sie sich, Ljuba Alexandrowna?«

»Es ist für mich ein ungeheures Abenteuer, Genosse Schesjekin.«

»Keine Beklemmungen?«

»Nein. Warum?«

»Ich weiß nicht, unter welchem Wasserdruck wir stehen. Wie tief sind wir, Jurij Adamowitsch?«

»Genau 45 Meter«, antwortete Malenkow.

»Das muß ein gewaltiger Druck sein.«

»Wir können den Meßcomputer abfragen.«

»Nicht jetzt.« Schesjekin warf einen Blick zum Ende des Tisches, wo Unterleutnant Temjun mit seinem Pilzberg kämpfte. Wie kann ein Mensch bloß so fressen, dachte er. Und hinterher will er auch noch singen?

Malenkow war zufrieden. Er hatte den Blick des Vizeadmirals verfolgt. Temjun war entschuldigt, wenn er nach dem Essen hinausschwankte und Dr. Lepokin ihm hinterher lief.

»Haben Sie schon einmal Angst gehabt, Ljuba Alexandrowna?« fragte Schesjekin und schmatzte leise über den Pilzen. »So eine richtige Angst? Ich ja! Davon werde ich erzählen, aber zuerst wollen wir Sie hören. Was kann einer Frau wie Ihnen Angst machen? Ein U-Boot jedenfalls nicht, wie man sieht. Vielleicht ein nächtlicher Spaziergang über einen Friedhof?«

»Überhaupt nicht, Wladimir Petrowitsch.« Die Berreskowa lächelte Schesjekin herausfordernd an. Malenkow sah es mit einem Stich in der Herzgegend. »Die nie zu revidierende Meinung der Männer über uns Frauen: Nächtlicher Friedhof, einsamer Wald, Schritte hinter einem in der Dunkelheit, knackende Äste in einem schummrigen Park, unerklärbare Geräusche im Nebel – da sollen wir nach Ansicht der Männer in Panik geraten. Vielleicht war das früher so, ich weiß es nicht, ich gehöre einer neuen Generation an. Andere Dinge machen uns Angst.«

»Nennen Sie uns ein paar, Ljuba Alexandrowna.«

»Die Politiker, die Möglichkeit eines neuen Krieges, das Weltall als Schlachtfeld, die Meerestiefe als Festung und die Umfunktionierung eines ländergroßen Eisberges zur Kampfstation.«

»Bumm! Ein Volltreffer!« Schesjekin hob sein Wodkaglas. »Sag' ich's doch: Die Genossin ist eine mutige Frau. So etwas in die Ohren des KGB, und zehn Jahre Arbeitslager in Karaganda oder Norilsk wären Ihnen sicher! Aber wir sind unter uns, nehmen wir es hin als einen Witz.« Der Vizeadmiral setzte sein Glas ab. »Warum machen

Sie überhaupt mit, Ljuba Alexandrowna?«

»Ich bin eine brave Russin.«

»Was heißt das?«

»Ich habe einen Befehl bekommen, und ich führe ihn aus. Wer fragt nach der eigenen Meinung? Wozu auch? Alles nutzt dem großen sowjetischen Volk – wer will dem widersprechen? Ich werde meine Pflicht tun, wie man es in Moskau erwartet. Wir alle tun ja nur unsere Pflicht, weil man uns einen Befehl gegeben hat.« Die Berreskowa wischte mit der Hand durch die Luft, als jage sie ihre Gedanken fort. »Sie wollen also wissen, wo ich einmal wirklich Angst gehabt habe?«

»Ja.« Schesjekin lehnte sich zurück. In der Tür erschien Obermaat Pralenkow und signalisierte durch Handzeichen, daß der Braten bereit zum Servieren in der Küche lag. »Nur einen einzigen, treffenden Satz, Genossin Berreskowa. Der Braten duftet bis hierher...«

»Nur einmal hatte ich Angst: als ich mit sechzehn Jahren einem nackten, erregten Mann gegenüberstand. Womit er mich bedrohte und doch glücklich machen wollte, kam mir riesenhaft vor. Meine Angst war wie ein halber Tod...«

Vizeadmiral Schesjekin räusperte sich und starrte vor sich auf die Tischdecke. Unterleutnant Temjun zögerte, den Pilzgeschädigten zu spielen. Vielleicht waren seine Witze doch noch im besten Kreis; er kannte da einige Knalldinger gerade von Jungfrauen und deren Umwandlung in eine Frau. Verzweifelt starrte er den Kommandanten an. Aber Malenkow schwieg und regte sich nicht: Er schämte sich elend, daß Ljuba Alexandrowna so etwas erzählt hatte.

»Der Braten kann kommen!« rief die Berreskowa völlig unbefangen zu Pralenkow hinüber, was Schesjekin bewog, seine Verlegenheit zu überwinden und wieder in die Hände zu klatschen. Die anderen Offiziere am Tisch folgten ihm und applaudierten mit einem breiten Grinsen. Nur Malenkow schloß sich dem Applaus nicht an.

»Sag' ich es nicht?« rief Schesjekin, froh, aus dieser Situation erlöst zu sein. »Unsere Genossin Berreskowa ist eine wirklich mutige Frau, sonst hätte sie damals ihre große Angst nicht überwunden.«

Ein schöner Abend wurde es noch. Temjun sang einige Lieder aus seiner Steppenheimat, dann, groß war danach die Begeisterung, eine Arie aus »Tosca« von Puccini, und zwar das zu Herzen gehende

»Und es blitzen die Sterne...«, was wieder bestätigte, daß Temjun auf einem U-Boot am falschen Platz war und auf die Bühne gehörte. Nur, als Vizeadmiral Schesjekin rief: »Nicht nur singen kann er... Köstliche Geschichten kann er erzählen, ganz köstliche... Aron Misjanowitsch, los, erzählen Sie...«, bekam Temjun seinen Pilzanfall, fing Malenkows warnenden Blick auf, verfärbte sich, was seine einmalige schauspielerische Begabung bezeugte, und wankte hinaus. Dr. Lepokin folgte ihm besorgt.

»Die Pilze, glaube ich...«, sagte er an der Tür, um die Erstaunten zu beruhigen.

»Das habe ich erwartet!« Schesjekin tätschelte wieder – diesmal sollte es entschuldigend wirken – die Hand der Berreskowa. »Wer hat das beobachtet? Temjun hat einen Berg Pilze verschlungen, der eine Wildsau umwerfen könnte. Jeden Augenblick dachte ich: Jetzt kommt's ihm an den Ohren wieder heraus! Ein schöner Abend war es trotzdem.«

Auf dem Weg zu ihrer Koje gelang es Malenkow doch noch, die Berreskowa abzufangen. Eng standen sie voreinander, so eng, daß es keiner Umarmung bedurfte, um sich gegenseitig zu spüren.

»Wer bist du, Ljuba Alexandrowna?« fragte Malenkow leise. »Wie bist du?«

»Wie soll ich die Frage verstehen?« antwortete sie.

»Die Antwort auf die Frage nach der Angst –«

»Ehrlich war sie. Lügen hasse ich. So war es damals, Jurij. Soll man's verschweigen?«

»Wenn eine Frau so etwas sagt...«

»Die plötzliche Sittlichkeit des Mannes, wenn ihm eine Frau gehört! Dumm seid ihr alle, überheblich, besitzergreifend.« Sie lachte kurz auf, und es war ein anderes Lachen, als es Malenkow von ihr gewöhnt war, härter, angreifend, abwehrend, ein kämpferisches Lachen. »Wie denkt ihr alle falsch! Eine Frau liegt in meinem Bett, also gehört sie mir. Wißt ihr das so genau?«

»Ljuba, wir lieben uns doch!«

»Aber ich bleibe ich, Jurij, und noch vieles wirst du entdecken, was du kennst, was dich ärgern wird, was du nicht in den Händen hältst, auch wenn du mich umarmst. Erinnere dich an deine Mutter. Eine Sklavin deines Vaters war sie, tat, was er wollte, wie konnte sie es wagen zu widersprechen... War es so?«

»Meine Mutter war eine gute Frau«, sagte Malenkow heiser. »Eine einfache, fleißige Frau, immer tat sie ihre Pflicht...«

»Pflicht! Das ist es! Sie tat ihre Pflicht, empfing die Befehle und duckte sich. Wir haben uns verändert, Jurij... Ich liebe dich, aber ich gehöre dir nicht. Ich bin kein Eigentum. Merken sollten wir uns das.«

Malenkow wußte darauf so schnell keine Antwort. Etwas verwirrt trat er zur Seite, die Berreskowa ging an ihm vorbei, riß blitzschnell den Kopf herum und gab ihm einen Kuß mitten ins Gesicht. Bevor er reagieren konnte, tauchte Ingenieur Karasow auf und wünschte mit einem breiten Grinsen eine gute Nacht.

»Nicht gut sehen Sie heute aus, Jurij Adamowitsch«, sagte er, als die Berreskowa in ihre kleine Kajüte gegangen war.

»Ich fühle mich wohl«, antwortete Malenkow steif.

»...sagte das Schaf, bevor es geschlachtet wurde.«

»Was meinen Sie damit?«

»Nicht geschlachtet sind Sie, Genosse Kapitän, sondern bereits aufgefressen. Sie wissen es ganz genau. Ljuba hat Sie aufgefressen, wie man so sagt mit Haut und Haaren.«

»Es könnte so sein.« Malenkow wischte sich über die Augen. »Gefressen werden von einer solchen Frau – wer kann sich dagegen wehren? Auch Sie nicht, Gregorij Semjonowitsch, Sie Frauenkenner!«

»Schwere Wochen werden vor Ihnen liegen, Jurij.« Karasow blinzelte Malenkow kumpelhaft zu. »Nicht von unserer Aufgabe spreche ich... Hier an Bord wird Ljuba für Sie unberührbar sein.«

»Das weiß ich.«

»Ich stelle Ihnen in aller Freundschaft meine Kabine zur Verfügung. Ein Verschlag, provisorisch aufgebaut im ehemaligen Torpedoraum. Aber das wissen Sie ja. Immerhin sind Sie dort ungestört.«

»Ein wirklicher Freund sind Sie, Karasow.« Malenkow schüttelte den Kopf. »Auch Sie fahren zum erstenmal in einem U-Boot. Lassen Sie es sich sagen: In dieser Stahlröhre sieht man und hört man alles. Hier gibt es kein Verstecken. Und ich bin der Kommandant.«

»Gibt es überhaupt einen Mann mit so starken Nerven?«

»Ich muß ihn in mir suchen, Gregorij Semjonowitsch... Hoffen Sie mit mir, daß ich ihn finde.«

In dieser ersten Nacht im Ochotskischen Meer schliefen nur wenige, selbst Vizeadmiral Schesjekin wälzte seinen dicken Körper hin und her und dachte an die Berreskowa. Er hatte keinerlei Aussichten bei ihr, das wußte er, nur in den Spiegel brauchte man zu blicken, um sich selbst abzuwenden, aber träumen, liebe Genossen, das darf man doch...

Von dem Flugzeugträger »Lincoln« aus, der seit der Entdeckung des Eisberges »Big Johnny« sofort in das Südwest-Pazifik-Bassin befohlen worden und nun bis an die Treibeisgrenze vorgedrungen war, wo er jetzt mit langsamer Fahrt in Richtung Scott-Insel fuhr, um in einem der riesigen Eisfjorde zu ankern, starteten Captain Brooks, Lieutenant Henderson, Sergeant Benny Mulder und zwei andere Offiziere der US Air Force als erste Staffel, um den Eiskoloß zu umfliegen und im Tiefflug noch einmal zu erkunden und zu fotografieren. Die Videofilme, die Hamilton und Buttler gedreht hatten, wurden bestätigt – es gab keine andere Landungsstelle als auf der sich abflachenden Seite von »Big Johnny«. Henderson ging das Wagnis ein, auch ohne Kufen auf dem ebenen Eisfeld zu landen, während die anderen um ihn herumflogen und doch nicht wußten, wie man ihm helfen konnte, wenn die Landung mißglückte.

Henderson rutschte auf seinen Rädern fast zwei Kilometer weit, ehe er seine Maschine zum Stehen bringen konnte. So oft man Eislandungen geprobt hatte, sie fanden auf bekannten Pisten statt, Feuerwehrwagen überwachten die ganze Landebahn, am Ende der Piste waren dicke Gummiseile als Auffänger montiert, das Risiko war klein. Auf einem unbekannten Eisberg zu landen ist etwas ganz anderes. Henderson sagte laut: »Uff« ins Mikrofon und meldete dann an Captain Brooks: »Alles in Ordnung, Sir. Die Fläche ist glatt wie ein Tisch. Keine Risse, keine Spalten, nichts. Ein idealer Flugplatz, wenn er nicht aus Eis wäre. Man muß mit der doppelten Ausrollstrecke rechnen und sofort nach dem Aufsetzen vorsichtig auf Bremsrückstoß gehen, ganz vorsichtig, sonst tanzt die Maschine herum, wie sie will. Man sollte grundsätzlich Hubschrauber einsetzen, Sir.«

»Das wissen wir alle, Ric!« Brooks flog sehr tief über Henderson hinweg. »Aber ich glaube nicht, daß die Navy mit ihrer ›Lincoln‹ so weit in die Fjorde vordringen kann, daß man Hubschrauber losschicken kann. Statt zusätzlich Treibstoff müssen sie ja die ganze Ausrüstung heranschleppen!« Brooks räusperte sich. »Ich komme jetzt zu Ihnen, Ric.«

»Lassen Sie das bleiben, Sir.«

»Ric, werden Sie nicht größenwahnsinnig. Was Sie können, kann ich auch...«

»Sie müssen ganz flach anfliegen, Sir.«

»Junge, ich bin schon geflogen, als Sie noch im Sandkasten Burgen bauten.«

Captain Brooks zog seine Maschine hoch, flog einen weiten Bogen und kam dann zurück, so flach, daß Henderson schon den Mund aufriß, weil es so aussah, als ramme Brooks die Oberkante des Eisberges. Aber Brooks schaffte es, setzte zur Landung an, gab jedoch für den Rückstoß zu viel Gas. Heulend drehte sich seine Maschine, schlitterte über das Eisfeld, berührte bei einer wilden Drehung mit dem linken Flügel das Eis und verlor ihn halb. Ein helles, metallisches Knirschen erfüllte die sonst lautlose, eisige, aber sonnenklare Luft. Henderson, in Fellstiefeln mit einer dicken, rutschfesten, sich ansaugenden Gummiprofilsohle, rannte auf Brooks los.

»Ric, das war Scheiße!« schrie Brooks, als er aus der Glaskanzel kletterte. »Das erste Opfer von ›Big Johnny‹, und ausgerechnet ich!«

Er sah sich um, die anderen drei Maschinen umkreisten sie in weiten Bögen, und Sergeant Mulder sagte zu den anderen, weil Brooks seinen Sprechfunk nicht vorm Mund hatte: »Jungs, bereitet euch darauf vor, nachher einen feuerspeienden Drachen zu sehen. Das wird Jim Brooks so schnell nicht runterspülen können. Und jetzt betet zu euren Göttern, daß Ric wieder hochkommt. Wie der auf dem Eis den nötigen Schub kriegen will, das weiß auch nur er.«

Captain Brooks ging um seine zerbrochene Maschine herum und wunderte sich, daß sie nicht Feuer gefangen hatte und explodiert war.

Henderson erriet seine Gedanken. »Sie müssen ein Glücksschwein an Bord haben, Sir«, sagte er.

»Als der Flügel abbrach, habe ich laut ›Leb wohl, Martha‹ gerufen. Martha ist meine Frau. Und dann habe ich ganz kindisch gedacht: ›Lieber Gott, hilf mir.‹ Verdammt, es muß doch was Wahres dran sein mit dem lieben Gott: Er hat geholfen. Und dabei war ich bei meiner Hochzeit zum letztenmal in der Kirche. Aber jetzt platze ich vor Wut. Ich habe die USA um einige Millionen Dollar ärmer gemacht.«

»Die Staaten werden es überleben, Sir.«

»Also nur Hubschrauber.« Brooks sah sich wieder nach allen Seiten um. »Das bedeutet, Ric?«

»Wir müssen springen. Von den Transportschiffen zu einer Zwischenstation im McMurdo-Sund, von dort zu ›Big Johnny‹. Ein festes Zwischenlager... Ob man im Sund immer ankern kann, ob man überhaupt immer hineinkommt, weiß keiner.«

»Sie haben ja schon ziemlich nachgedacht, Ric.«

»Sir, ich habe vor dem Einsatz alle verfügbaren Spezialkarten studiert, auch die Meereskarten. Ich habe mir gesagt: Fliegen allein genügt nicht. Das ist zwar ein Unternehmen der Air Force, aber die Marine muß auch ran. Am besten ist ein großes, festes Schiff mit dikken Stahlplatten, das sich im Eis einfrieren läßt und die Zwischenbasis bildet.«

»Ric, Sie sind ein kluges Kerlchen.« Brooks rutschte an der Hand von Henderson über das Eis zu dessen Maschine. »Wir geben unseren Bericht bei General Seymore ab, und dann lassen wir das Pentagon das machen. Sollen wir unseren Kopf darüber zerbrechen? Der Bruch heute genügt mir. Wenn die Raketen zum Mars schießen können, die dann auch noch hervorragende Fotos zur Erde funken, dann wird es denen doch wohl gelingen, einen dämlichen Eisberg zu besetzen.« Brooks blieb vor Hendersons Maschine stehen. »Ric, was ist, wenn wir nicht hochkommen?«

»Daran denke ich nicht, Sir.«

»Aber ich.«

»Bekomme ich auf dem Feld nicht den nötigen Schub, dann sause ich über den Rand hinaus und ziehe hoch. Wir haben dann 400 Meter Luft unter uns, das genügt. Es ist wie ein Katapult.«

»Warum sind Sie eigentlich nicht Oberleutnant, Ric?«

»Lesen Sie meine Personalakte, Sir. Vor drei Jahren hatte ich mit der Frau von Major Chandler ein Verhältnis.«

»Leichtsinnig, Ric, aber das ist kein Grund zum Beförderungsstop.«

»Chandler überraschte mich mit Laureen, ging mir an den Kragen, aber ich war leider stärker als er. Ich knockte ihn aus, er meldete das dem Oberkommando als tätlichen Angriff auf einen Offizier. Damit war ich out, Sir.«

»Ich werde mich darum kümmern.« Brooks kletterte in die Maschine und schnallte sich auf dem Schleudersitz an. »Eigentlich blöd! Wenn wir aussteigen müssen, erfrieren wir im eisigen Wasser. Wer soll uns rausholen?«

»Außerdem war ich nie ein guter Schwimmer, Sir.« Henderson schnallte sich das Funkgerät um. »Hallo, Benny!« rief er. »Benny!«

»Ich höre Sie, Ric!« antwortete Sergeant Mulder, der wieder über ihnen kreiste.

»Wir starten jetzt.«

»Viel Glück.«

»Kann ich brauchen. Wie sieht's bei euch aus?«

»Wir müssen in zehn Minuten zurück zur ›Lincoln‹. Wir werden mit dem letzten Tropfen Treibstoff landen.« Mulders Stimme klang besorgt. »Was haben Sie für ein Gefühl, Ric?«

»Ein gutes. Hallo, wir starten ...«

Captain Brooks faltete die Hände, als Henderson die Triebwerke zündete und die Maschine über das spiegelnde Eis gleiten ließ. Dann gab er plötzlich Gas, ein Ruck fuhr durch das Flugzeug, es schoß auf der glatten Ebene dahin, hinter sich eine Wolke aus wirbelndem Wasser lassend, Schmelzwasser, das die dicken Reifen wegdrückten. Die Maschine kam vom geraden Kurs ab, aber das bedeutete keine Gefahr, das Eisfeld war lang und breit genug. Aber noch reichte der Schub nicht zum Hochziehen aus, die schwimmenden und durchdrehenden Reifen fraßen die nötige Geschwindigkeit auf.

Vor ihnen tauchte der Rand des Eisberges auf, der Abbruch, der dann überging in einen sanften Hang bis zum Meer, den Hang, auf dem einmal eine kleine Stadt entstehen sollte.

Henderson zog die Augenbrauen hoch und drückte den Gashebel zurück. Wie abgeschossen raste die Maschine über den Rand hinaus, schwankte gefährlich, aber dann saugten die Turbinen ungehindert die Luft ein, nichts hinderte mehr, die Startgeschwindigkeit stieß das Flugzeug steil in die Höhe, der Eisberg hatte sie nicht halten können.

»Bravo!« schrie Sergeant Mulder ins Mikrofon. »Das war ein Start für einen Hollywood-Film. Ric Henderson als neuer 007! Wir drehen ab zur ›Lincoln‹!«

»Wer war eigentlich Ihr letzter Fluglehrer, Ric?« fragte Brooks. Ein dünner Schweißfilm hatte sich auf seiner Stirn gebildet.

»Sie, Sir...«

»So was haben Sie bei mir gelernt?«

»Ja, Sir.«

»Da sieht man wieder, wie wertvoll die Erfahrung ist.« Brooks lehnte sich zufrieden zurück. »Ric, das haben Sie gut gemacht...«

»Danke, Sir.« Henderson beugte sich etwas vor und sah hinüber zu den drei anderen Maschinen, die sich formierten, um als Verband hinter ihm herzufliegen. Vor allem aber verhinderte er damit, daß Brooks sein breites Grinsen sah.

Man muß einem Vorgesetzten immer das Gefühl lassen, der Bessere zu sein, dann lebt man ruhiger.

Zu einem Abschied zwischen Virginia Allenby und Lester Sinclair-Brown kam es nicht. An dem Vormittag, an dem Virginia mit drei großen Koffern von San Francisco nach Washington flog, ein wenig wehmütig, von Amerikas schönster Stadt auf unbestimmte Zeit Abschied nehmen zu müssen, stand Lester in einem Hörsaal von Berkeley und referierte über den Einfluß der Phönizier auf die Schiffahrt und dessen Folgen. Es widerstrebte dem Pflichtbewußtsein Lesters, diese Vorlesung ausfallen zu lassen, um einer Frau, selbst wenn er sie liebte, am Airport nachzuwinken.

Virginia hätte auch am Nachmittag fliegen können, aber nein, sie hatte diese frühe Maschine gebucht.

»Nach Washington kommt man immer früh genug!« hatte er gesagt. »Oder bist du ein Typ, der nicht Abschied nehmen kann?«

»Vielleicht, Rick. So selbstverständlich ist das nicht, einfach weg-zugehen und dabei nicht zu wissen, wann man wiederkommt.«

»Ob man überhaupt wiederkommt, Ginny.«

»Das glaube ich doch, Les.«

»Wenn es um Menschen geht, soll man nicht glauben. Du hast eingepackt, als sei es endgültig. Nach vier Wochen sieht das nicht aus.«

»Es werden auch mehr als vier Wochen sein.«

»Du kennst deine Aufgabe, du kannst sie überblicken – sind es Wochen, Monate oder Jahre? Lauf nicht vor der Wahrheit davon, Ginny.«

»Du auch nicht, Les.«

»Hat es einen Sinn, auf dich zu warten?«

»Ich... ich glaube... nicht«

»Also Jahre?«

»Vielleicht, Les. Vielleicht auch bin ich dort so untauglich, daß sie mich in drei Monaten wieder zurückschicken. Wer weiß das?«

»Keiner besser als ich. Du bist in deiner Meeresbiologie unschlagbar. Das hat ja auch Shakes gewußt, als er dich zu seiner Nachfolgerin vorschlug, und nur die anderen verknöcherten Professoren im Berufungsausschuß erfanden den Trick mit dem Alter. 26 Jahre und dann noch eine Frau, so schnell bekommt man bei den alten Knakkern keine Professur. Aber nun scheint man im Pentagon dein Können erkannt zu haben.« Lester Sinclair-Brown schlug die Fäuste gegeneinander. »Wenn ich bloß eine Ahnung hätte, wozu man im Pentagon eine Meeresbiologin braucht! Die Militärs haben doch nie auf die Biologie geachtet, mit Ausnahme von biologischen Kampfstoffen, Bakterienbomben und Lähmungsgasen... Ginny, mach eine Andeutung, damit ich dich ruhiger ziehen lassen kann – oder dich festhalte.«

»Von dem Projekt darf ich dir nicht eine Silbe, geschweige ein Wort sagen, und mich festhalten ist auch unmöglich. Meine Zusage war fest, ich bin sogar schon vereidigt.«

»Was bist du?« Lester gab dem Drang nach, jetzt einen harten, ungemischten Whiskey zu trinken. »Vereidigt? Beim Militär? Verdammt, das klingt nun ganz gefährlich. Bekommst du eine Uniform? Welchen Dienstrang? Frau Major? Stramm gestanden, ihr Männer! Brust und noch was raus! Miß Allenby kommt...«

»Warum bist du immer so sarkastisch, Les?« fragte sie.

»Wohin soll ich mich denn flüchten als in diese Ecke? Ich hatte mal davon geträumt, eine kluge und dazu noch schöne Frau zu haben, drei Kinder, eine kleine Farm im Sacramento Valley, so ein richtiges, kleines, eigenes Paradies, und was ist daraus geworden? Ein vereidigtes Geheimnis! Ginny, du verlangst viel, wenn ich mich daran in ein paar Tagen gewöhnen soll.«

Das war die letzte Aussprache gewesen. Es war auch das letzte Zusammensein, völlig unerotisch, ohne Bett, ein Beisammensitzen, ein Händedruck, ein höflicher Kuß auf die Augen. Virginia hätte nie geglaubt, daß ein Abschied so einfach sein konnte, als gehe man nur einmal um die Ecke im Supermarkt einkaufen. Bis gleich... Bin schnell wieder da... Von da an bis zu ihrem Abflug nach Washington sprachen sie nur noch telefonisch miteinander, und als Virginia mit doch etwas belegter Stimme Lester den Abflugstermin nannte und Lester antwortete, er habe dann Vorlesungen, war ihr bewußt, daß eine Rückkehr ihr Leben zum drittenmal verändern würde.

In Washington wurde sie diesmal nicht von der blondmähnigen Sekretärin abgeholt, am Ausgang erwartete sie Lieutenant Henderson.

»In welchem Hotel wohne ich jetzt?« fragte Virginia, als sie in den schon betagten Pontiac stieg.

»In gar keinem.« Henderson lachte jungenhaft. »Wir fahren in ein Camp bei Upperville, etwa 40 Meilen nordostwärts von Washington.«

»In eine Kaserne?«

»Nicht direkt. Dort wird weder exerziert noch geschossen. Es ist ein neu aufgebautes Camp, dreifach durch elektrische Zäune gesichert, in dem nur Wissenschaftler leben. Dort werden Sie ungefähr einen Monat verbringen, und dann geht's rein in die Vollen. Wir fliegen zuerst nach Hawaii, nach Pearl Harbor natürlich...«

»Da wollte ich schon immer hin«, rief Virginia begeistert.

»...aber da bleiben wir nur zwei Tage und fliegen weiter nach Samoa, steigen dort um und werden auf eine Insel gebracht, die noch nicht feststeht. Dort holen uns Hubschrauber der ›Lincoln‹ ab und bringen uns an Bord des Flugzeugträgers. Die ›Lincoln‹ wird die Hauptbasis sein, auf ihr konzentriert sich alles. Aber sie ist zu weit weg von ›Big Johnny‹. Wir werden also ein mit Stahlplatten gepanzertes Containerschiff so weit wie möglich an den Eisberg heranfahren, es dort verankern und als Arbeitsbasis benutzen. Mit den Hubschraubern können wir dann vom Container bis zu ›Big Johnny‹ sorglos hin- und herschwirren. Das hat auch den Vorteil, daß wir jederzeit erreichbar sind; wir leben nicht in einer fremden Welt.«

Henderson fuhr den Highway am Potomac River entlang, stellte am Radio leise Musik ein und schielte aus den Augenwinkeln zu Virginia hinüber. »So jedenfalls ist es bis jetzt geplant.«

»Das kann sich also ändern?« fragte sie.

»Ich hoffe nicht. Einen besseren Plan gibt es nicht... Er hat nur einen Nachteil: Kein General hat ihn erdacht, sondern ein kleiner Offizier.«

»Wer?«

»Ich.« Henderson lachte wieder und schüttelte dabei den Kopf. »Das beleidigt natürlich die Strategen im Pentagon. Ein Plan muß im Stab entwickelt werden, nicht in einem Kasernenzimmer. Und dann noch von der Air Force, das ist der Gipfel! Ein Glück, daß General Seymore einen so guten Draht zu General Pittburger hat.«

»Und warum, Ric, werde ich jetzt auch in dieses Camp bei Upperville eingesperrt?«

»Sie wissen jetzt schon zu viel. In ein paar Tagen wissen Sie noch mehr. Sie werden ab heute nie allein sein, und Sie müssen sich daran gewöhnen, daß Sie nicht mehr tun können, was *Sie* wollen. Sie sind jetzt ein Rädchen in der großen, im Bau befindlichen Maschinerie, und es gibt eine Katastrophe, wenn ein Rädchen plötzlich ausfällt. Denken Sie an die Tragödie mit unserer Raumstation; da lag es an einem undichten Schläuchlein. Winzigkeiten können zu Katastrophen werden. Und bei ›Big Johnny‹ wollen wir keinerlei Risiko eingehen. Stellen Sie sich vor, die Sowjetrussen erfahren von unseren Plänen... Den Diplomaten werden die Köpfe platzen.«

»Und Sie leben auch in dem Camp, Ric?«

»Alle, die an dem Projekt arbeiten, soweit sie nicht schon im Einsatz sind, wie die ›Lincoln‹. Sie ist unterwegs zur Antarktis.« Sie bogen vom Highway ab, überquerten auf einer Brücke den Potomac River und fuhren dann durch eine grüne, von Wäldern und Feldern geprägte Landschaft in Richtung Upperville. »Vor vier Wochen sind Captain Brooks und ich auf ›Big Johnny‹ gelandet. Danach fiel die Entscheidung für die Hubschrauber. Virginia, ich muß Ihnen sagen: Dieser Eisgigant ist ungeheuerlich! Unglaublich!«

»Ich freue mich, Ric.«

»Auf den Eisberg?« Henderson starrte sie ungläubig an.

»Ja.«

»Dann sind Sie der einzige Mensch, der sich darauf freut. Sind Sie etwa ein verkappter abenteuerlicher Typ?«

»Ganz und gar nicht. Ich bin eher romantisch, auch wenn's keiner glauben will. Aber irgend etwas an diesem Eisberg fasziniert mich, ich kann nicht sagen, was... Ich weiß, es klingt verrückt, aber ich freue mich wirklich auf ihn.«

Das Camp lag außerhalb von Upperville in einem Waldstück, mit Hochspannungszäunen und Videokameras gesichert wie ein Atomdepot, und Ric und Virginia durchliefen vier strenge Kontrollen mit Röntgenaufnahmen und Fingerabdruckvergleich, ehe sie in den inneren Ring des Camps hineinkamen. Vor allem Virginias Koffer wurden gründlich untersucht, und sie schämte sich etwas, als ein Sergeant einen ihrer Büstenhalter betrachtete und fachmännisch »Oh, Größe vier!« sagte. Sein Blick auf Virginias Oberkörper war unverschämt.

»Das fängt ja gut an!« sagte sie wütend zu Ric Henderson. »Man sollte mir vorsorglich einen Colt und einen biegsamen Totschläger geben. Wie viele Frauen sind denn im Camp?«

»Mit Ihnen zwölf, Virginia. Hauptsächlich in der Küche.«

»Und Männer?«

»Bis heute 267...«

»Ich brauche keinen Colt, Ric!« sagte Virginia und starrte auf die Steinbaracken, die verstreut im Wald lagen und an denen sie jetzt vorbeifuhren. »Ich brauche eine MP und einen scharfen Wachhund.«

Die neuen Satellitenfotos der nächsten Wochen zeigten nichts Ungewöhnliches. Die riesige Landmasse der Antarktis veränderte sich nie, nur die Gletscherabbrüche schufen immer neue Küstenformen. Auf diesem gigantischen Kontinent unter Eis lebten nur die Robben, Eisbären und Pinguine und die wenigen Menschen der Polarforschungsstationen. Im Ross-Meer trieb das losgerissene Ungetüm aus Eis mit der berechneten Geschwindigkeit von knapp 3,6 Kilometern in der Stunde träge dahin, schob andere Eisberge zur Seite, zermalmte im Weg treibende Eisschollen – wenn 6280 Quadratkilometer Masse sich bewegen, gibt es keinen Widerstand mehr.

»Big Johnny« oder »Morgenröte« standen trotzdem unter ständiger Überwachung. Die Amerikaner hatten es da leichter; vom Flugzeugträger »Lincoln« aus starteten sie ihre Langstreckenaufklärer, während die Russen zunächst nur auf die Funkfotos der Satelliten angewiesen waren. Auf ihnen erblickten sie als winzigen Punkt, bei stärkster Vergrößerung, die »Lincoln«, so wie die amerikanischen Spezialisten alle Schiffsbewegungen in diesem Seegebiet überwachten. Auch die zwei russischen Versorgungsschiffe, als Frachter getarnt, aber vollgestopft mit Elektronik, wurden registriert, zunächst nur als »nicht kriegerische Schiffe«, die von Neuseeland in Richtung Süd-Chile, Feuerland, Ushuaia unterwegs waren.

Seit sechs Wochen fuhren sie nun unter Wasser nach Süden, an den Trauminseln der Südsee vorbei, an Tonga, Fidschi, den Cook-Inseln, Rarotonga und der Inselgruppe der Tubuai, und nur dreimal waren sie aufgetaucht, um Frischwasser an Bord zu nehmen, vier lange, elegant aussehende stählerne Meeresungeheuer. Für dieses Auftauchen suchten sie sich die einsamsten Stellen aus; einmal war es das 6325 Meter tiefe Seeloch zwischen den Marschall-Inseln und den Weihnachtsinseln, das zweite Luftschöpfen geschah zwischen Samoa und den Cook-Inseln, und das dritte Auftauchen war bereits im Südwest-Pazifik-Bassin am Maria-Theresa-Reef. Am gefährlichsten war die Fahrt im Gebiet der Wake-Insel und der Marschall-Inseln gewesen, einer Zange gleich, die von den Amerikanern bedient wurde. Sowohl von Wake wie von Wotie aus umkreisten US-Flugzeuge die beiden sowjetischen Frachtschiffe, die vier U-Boote gingen auf die tiefstmögliche Tauchtiefe und schlichen fast lautlos dahin, eine quälend langsame Fahrt mit keiner Verständigung zu den Versorgungsschiffen.

In den U-Booten war jetzt kriegsmäßiger Dienst. Kein Singen mehr, kein lautes Reden, Vermeidung von allen Geräuschen, selbst das Klappern von Tellern, das Hinfallen eines Instrumentes oder ein lautes Stolpern erzeugten drohende Blicke.

Die Berreskowa war in ihre Kabine verbannt und wurde von Obermaat Pralenkow lautlos bedient. An den Sonargeräten, den elektronischen Ohren, die jedes Geräusch unter Wasser registrierten, saßen die Spezialisten. Es war eine Schleichfahrt wie bei einem Angriff.

Malenkow hatte versucht, Ljuba die Gefährlichkeit dieser Passage zwischen der Wake-Insel und den Marschall-Inseln zu erklären. »Wen interessieren die zwei Frachtschiffe!« sagte er. »Aber vier sowjetische U-Boote in diesen Gewässern, das würde nachdenklich machen.«

»Gehört denn das Meer den Amerikanern?« fragte die Berreskowa erstaunt.

»Nein. Der Pazifik ist ein internationales Meer. Aber –«

»Wo gibt es da noch ein Aber?«

»Der Amerikaner betrachtet sich als Wächter des Pazifiks.«

»Wer sich das gefallen läßt... Hat die große Sowjetunion es nötig, um die Amerikaner herumzuschleichen? Jurij Adamowitsch, erbärmlich ist das. Feig. Rot werde ich vor Scham im Gesicht.«

»Sprich leiser, Ljuba...«

»Soll ich etwa flüstern?«

»Am besten wäre das. Wenn irgendwo in unserer Nähe ein amerikanisches U-Boot fährt oder ein anderes Kriegsschiff, hören sie alles mit ihren Sonaren. Von Wake aus setzen sie sogar Delphine wie Spürhunde ein, mit umgeschnallten feinsten Geräten, und ein Delphin hört alles. Selbst wenn dein Kamm auf den Boden fällt, er hört es.«

»Dann hört er doch auch das Geräusch eurer Motoren.«

»Ja.«

»Welch ein Unsinn redest du da, Jurij Adamowitsch! Wenn man die Motoren hört, warum soll dann kein Kamm auf den Boden fallen? Warum flüstern? Faß dich an deinen Kopf, Malenkow!«

»Wenn wir sie oder sie uns unter Wasser hören, weiß man: Da ist einer! Aber ehe man ihn orten kann, ist vollkommene Stille im Wasser. Alle Motoren werden abgestellt, wir schweben nur noch dahin, kein Laut darf entstehen. Im Sonar wäre ein Husten dann wie ein Donner.«

»Und oben schwimmen die Genossen fröhlich dahin.«

»Frachtschiffe. Beobachten wird man sie, ihnen folgen, und das hören wir natürlich, warten und warten und schleichen uns dann seitwärts wieder weg. Morgen oder in drei Tagen oder einer Woche haben wir die Genossen wieder eingeholt.«

»Ein erniedrigendes Spiel. Der Ozean gehört jedem!« Die Berreskowa geriet in Zorn und ballte sogar die Fäuste. »Was bilden sich die Amerikaner ein? Auftauchen sollte man und ihnen zeigen: Hier sind wir! Auf einem freien Meer!«

»Was würde geschehen, Ljuba Alexandrowna, wenn an der Küste von Kamtschatka plötzlich vier amerikanische Atom-U-Boote auftauchen?«

»Ich weiß es nicht...«

»Ein kriegsmäßiger Alarm wird gegeben, und er bleibt bestehen, solange die Amerikaner keine Erklärung abgeben. Was sollen wir hier erklären? Eine Übung? Wer glaubt das, so weit weg von unserer Küste, ohne Versorgungsschiffe. Denn die beiden Frachter sind eben nur Frachtschiffe und fahren weiter. Was würdest du den Amerikanern sagen, kluge Berreskowa?«

»Wir kümmern uns nicht um euch, also kümmert ihr euch nicht um uns!«

»Heißt das: Vertraust du mir, dann vertrau' ich dir?«

»Ja.«

»Vertrauen in der Politik... Ljuba, wo lebst du? Betrachte die Menschen nicht wie deine Meeresmikroben! Warum bist du hier auf der ›Gorki‹? Um in einen Rieseneisberg eine U-Boot-Basis hineinzubohren. Nur aus Spaß, nur um zu sehen, daß so etwas möglich ist? Nein, um einen neuen, unbekannten Atomstützpunkt gegen die USA zu haben. Und du weißt es genau! Ist das nicht auch Krieg, nur lautlos, ohne Opfer und Zerstörung? *Noch* ohne Opfer!« Malenkow legte die Hände um seinen Kopf, als müsse er ihn vor dem Zerplatzen retten. »Vertrauen, sagt sie, das kluge Täubchen, und was will sie den Amerikanern sagen? Lügen! Vertrauen, und fährt unter Wasser dahin, um einen heimlichen U-Boot-Hafen und eine elektronische Station zu bauen. Laut lachen sollte man, aber jetzt geht das nicht. Doch werd' ich's nachholen, Ljuba Alexandrowna.«

14 qualvolle Stunden schlichen sie so unter Wasser weiter, aber kein amerikanisches Sonar erfaßte sie, kein ausgebildeter Delphin umkreiste sie und klebte mit seiner Rüsselschnauze unhörbar einen Magnetsender an das U-Boot. Vorsichtig ging Malenkow mit seiner »Gorki« auf Sehrohrtiefe und suchte das Meer ab. Um sie herum war nur schwach bewegtes Wasser, kein Schiff, keine Vögel, nur auf allen Seiten ein blauschimmernder Horizont.

Unendlichkeit des Pazifiks.

Oberleutnant Nurian, der Navigationsoffizier, atmete auf. Das Herumirren hörte auf, man konnte wieder auf normalen Südkurs gehen, die Atommaschinen auf vollen Touren laufen lassen und die beiden Versorgungsschiffe einholen. Über Wasser wäre das schneller möglich gewesen, aber Malenkow und auch Vizeadmiral Schesjekin bestanden auf weiterer Unterwasserfahrt.

Jetzt, nach sechs Wochen gähnender Langeweile, die auch Temjun mit seinen Gesängen und der Chor der »Gorki« nicht mehr aufhellen konnten, näherte sich die sowjetische Flotte der Sturge-Insel zu Füßen des ungeheuren Matusevichgletschers. Hier warfen die beiden Versorgungsschiffe Anker, Malenkow ließ auftauchen, und Vizeadmiral Schesjekin ließ sich hinüberfahren zur »Nadeshna«, dem Flaggschiff der Flottille. Es sah aus wie ein harmloser Frachter; niemand sah ihm an, daß er ein schwimmendes elektronisches Wunderwerk war.

»Zielgebiet erreicht«, meldete Schesjekin über einen Funksatelliten nach Moskau. »Malenkow wird in drei Tagen versuchen, mit ›Gorki‹ die ›Morgenröte‹ zu erreichen. Geben Sie uns weitere neue Informationen durch.«

Von der Moskauer Zentrale erfuhr man nichts Neues. Vizeadmiral Schesjekin hielt auf der »Nadeshna« eine Konferenz ab, um einen genauen Einsatzplan aufzustellen. »Genossen«, sagte er und gab seiner Stimme einen gewichtigen Klang, »ein wichtiger Tag ist heute, der uns stolz machen sollte. In drei Tagen wird die Fahne der Sowjetunion über einem Eisberg wehen, dem größten, der sich seit Menschengedenken vom Südpol losgerissen hat. ›Morgenröte‹, wie wir ihn getauft haben, wird mithelfen, die kapitalistischen Aggressoren im Auge zu behalten und im Ernstfall vernichtend zu treffen, von einer Flanke her, mit der niemand gerechnet hat. Viele harte Arbeit liegt noch vor uns, aber das Wissen, daß wir die Stärke unseres Vaterlandes vermehren, gibt uns Kraft, Mut, Ausdauer und Erfolg! Es lebe die Sowjetunion!« und etwas leiser, geradezu gerührt: »Es lebe unser geliebtes Rußland...«

Nach dieser feierlichen Eröffnung wurden die Pläne der nächsten Wochen erörtert.

Als erstes, noch an diesem Tag, wurde damit begonnen, alles zu überstreichen, was die »Nadeshna« und ihr Schwesterschiff, das seitlich von ihr ankerte, als russische Schiffe kennbar machte: Die Schornsteine, die Namenschilder an Bug und Heck, die sowjetischen Embleme, einfach alles, Rumpf und Aufbauten sollten weiß gestrichen werden. Auch die Beflaggung wurde eingezogen, so daß auch aus nächster Nähe nicht zu erkennen war, wer an der Sturge-Insel Anker geworfen hatte. Auf Anfragen per Funk würde man sich taub stellen, falls überhaupt jemand die beiden weiß gestrichenen Schiffe in der weißen Umwelt erkennen konnte.

Die »Gorki« unter dem Kommando von Kapitän Malenkow lief in drei Tagen zunächst allein aus, um in Überwasserfahrt – falls möglich – den Eisberg zu erreichen und an ihm festzumachen. Malenkow wurde die große Ehre übertragen, die sowjetische Fahne in das Eis zu stecken. Ingenieur Karasow begleitete Malenkow, um erste Aufzeichnungen zu machen, wo und wie man die U-Boot-Basis anlegen konnte. Die von den Fotos her bekannte weite Bucht mit dem ins Eis hineingebrochenen Fjord sollte genau erkundet werden. Nach Ansicht der Spezialisten in Moskau kam nur dieses Gebiet in Frage, weil die Eisbergbucht immer freies Wasser enthielt, also nie zufror, ein Phänomen, das Professor Kratjinzew unter anderen untersuchen wollte. Die U-Boote konnten also unter dem dicken Treibeis hinweg die eisfreie Bucht, den »Hafen«, erreichen, dort auftauchen und ungestört den Aufbau des Stützpunktes vornehmen. Um ebenfalls »unsichtbar« zu sein, was gegen die 421 Meter hohe, weißblau in der Sonne schimmernde und glitzernde Wand des Eisberges möglich war, wurden die U-Boote ebenfalls weiß gestrichen. Im Großen Vaterländischen Krieg hatte sich diese Tarnung bestens bewährt, da trugen im Winter die Kampftruppen weiße Schneehemden über ihren Uniformen und verschmolzen so mit dem verschneiten Land.

Die Berreskowa sah fragend um sich, als die Pläne der nächsten Wochen vorgetragen waren. Alles, was sie gehört hatte, klang faszinierend, nur etwas fehlte. »Mein Beifall, Genossen«, sagte sie. »Nur noch eine letzte Frage: Wo bleibe ich?«

»Hier auf der ›Nadeshna‹, Ljuba Alexandrowna.« Vizeadmiral Schesjekin wedelte mit den Händen, bevor sie etwas entgegnen konnte. »Protestieren Sie nicht, Genossin – die ersten Wochen sind zu gefährlich für eine Frau. Es muß zunächst erkundet werden, welche Gefahren der Eisberg versteckt hält. Ein tückischer Teufel ist er… Sie fahren erst mit, wenn Jurij Adamowitsch es erlaubt.« Schesjekin versuchte einen Witz. »Sehen Sie, auch ich bleibe hier an Bord. Aber ein Feigling bin ich nicht. Jeder hat seine eigene Aufgabe… Genossin Berreskowa, Sie werden sich später über Mangel an Arbeit nicht beklagen können.«

An diesem Tag ging Malenkow nicht zurück zu seinem U-Boot, sondern blieb an Bord der »Nadeshna«. Auf den beiden Versorgungsschiffen und den vier U-Booten wimmelte es von Menschen. Sie strichen die Schiffe weiß. Mit Kompressoren, die große Spritzpistolen antrieben, die von zwei Mann festgehalten werden mußten, wurde die weiße Farbe über die Bordwände gesprüht. Über zweihundert Matrosen standen und hingen an den U-Booten und verwandelten sie in bizarre, dicke Treibeisschollen. Sollte jemals ein Aufklärungsflugzeug über sie hinwegfliegen, würde es Mühe haben, in diesen weißen Gebilden U-Boote zu entdecken.

Im Schwimmbad der »Nadeshna«, wo Malenkow gerade einen erfrischenden Saunagang hinter sich hatte, traf ihn die Berreskowa. Einen äußerst knappen Bikini trug sie, mehr eine Aufreizung als ein Verdecken, und sie kam auf Malenkow zu, auf den Zehenspitzen schwebend, tanzend und geladen mit Herausforderung. Malenkow dankte dem Schicksal, daß er sein großes Saunahandtuch um die Hüften verknotet hatte. Sechs Wochen aufgestaute Sehnsucht lassen sich bei einem solchen Anblick nicht durch innere Befehle unterdrücken.

Er blieb stehen, lehnte sich gegen die Kachelwand und ließ die Berreskowa herankommen. Ihr Lächeln war medusenhaft, im Glanz ihrer Augen lag eine rätselhafte Drohung.

»Wir sind nur im Augenblick allein«, sagte Malenkow stockend. »Jeden Augenblick kann jemand kommen.«

»Nein.« Ihr Lächeln verstärkte sich. »Ein Schild – es lag an der Wand – habe ich an die Tür gehängt. ›Geschlossen wegen Reinigungsarbeiten‹ steht darauf. – Niemand wird kommen. Wir sind allein wie auf einer einsamen Insel.«

»Wenn wir davon absehen, daß über 800 Männer um uns herum leben.« Malenkow betrachtete die Berreskowa wie ein schönes Bild. »Was willst du?«

»Das, was du auch willst: ich dich, du mich… Schwer fällt es mir, das zu sagen: Ich habe mich an dich gewöhnt.«

»Warum fällt dir das schwer?«

»Ich will nie von einem Mann abhängig sein, auch nicht im Bett.«

»Noch schwerer fällt es dir zu sagen: Ich liebe dich.«

»O Jurij, was ist Liebe? Erklär mir das.«

»Hast du deinen Mann nie geliebt?«

»Er war ein guter, fröhlicher, kluger, starker Mann. Im Leben war er sicherer als ich, viel habe ich von ihm gelernt. Aber Liebe? Als er starb, war ich in Odessa, und er war in Moskau. Eine große Aufgabe hatte ich im Meeresinstitut von Odessa, einen Forschungsauftrag der Akademie... Ich hatte keine Zeit, zu Leonids Beerdigung zu fliegen.«

»Du hast ihn allein begraben lassen?«

»Er hatte viele Freunde, er war nicht allein. Man hat mir erzählt, es sei ein großes Begräbnis gewesen, sogar eine Musikkapelle war an seinem Grab, und zwei bisher unbekannte Geliebte warfen rote Rosen auf seinen Sarg. Fragst du noch immer: Was ist Liebe?«

»Du hast nie über deinen Mann gesprochen, Ljuba Alexandrowna.«

»Warum? Ich kenne nicht mal sein Grab, weiß nicht, wo es liegt, habe es nie besucht...«

»Wegen der Geliebten?«

»Nein. In Odessa hatte ich selbst einen Geliebten. Oleg hieß er. Ein grusinischer Schönling, Meeresbiologe wie ich. Auch er ist tot.«

»Mein Beileid«, sagte Malenkow etwas spöttisch.

»Warum? Oleg nahm 30 Schlaftabletten und steckte den Kopf in die Badewanne. In der Hand hielt er ein Bild von mir, auf dessen Rückseite ich geschrieben hatte: ›Ich will dich nie wiedersehen. Adieu!‹«

»Wann schenkst du mir solch ein Bild?«

»Wer kann das wissen, Jurij?«

»Ich werde mich deswegen nicht umbringen.« Malenkow griff plötzlich zu, umfaßte ihre Brüste und zog an ihnen die Berreskowa an sich. Jawohl, es war brutal, wie er das machte, aber ihn überfiel ein wilder Drang, ihr jetzt, gerade jetzt, wo sie mit glänzenden Augen vom Selbstmord eines Oleg in Odessa erzählte, weh zu tun. Sein Tod, das sah er ihr an, war ein Triumph für sie, die Bestätigung, daß sie mit ihrem Körper und ihrem Geist jedem Mann überlegen war, so überlegen, daß sie zu Idioten, zu Sklaven, zu einem zerbrechlichen Spielzeug wurden.

Sein Griff um ihre Brüste wurde härter, mit geweiteten Augen starrte Ljuba ihn an. Sie hatte nie erwartet, daß er so grob sein könne. Auf Sachalin war er noch wie weiches Wachs, saß herum, wenn sie Platten hörte oder an ihrem Buch schrieb, und war dankbar wie ein gestreichelter Hund, wenn er ihren Leib berühren konnte. Wenn sie dann sagte: »Jurij, mein Liebster, nun geh...«, dann ging er, zufrieden und glücklich, wieder bei ihr gelegen zu haben. Er ist ein Mann, hatte sie oft gedacht, was weiter? Ein Werkzeug. Braucht man eine Säge, nimmt man sich eine Säge. Braucht man einen Löffel, nimmt man sich einen Löffel. Braucht man Messer, Hammer, Nägel, Tassen, Teller, Pfannen, Gläser, nimmt man sie sich. Ein Mann ist ein Werkzeug, das man braucht. »Verändert hast du dich, Jurij«, sagte sie, wand sich in seinem Griff, hörte, wie im Rücken der Knopf des schmalen BH-Bandes abplatzte, und fühlte ihre Brüste frei in seinen Händen liegen.

»Ich habe von dir gelernt, ein guter Lehrmeister bist du gewesen.« Er riß sie an den Brüsten herum an die Kachelwand und drückte sein linkes Knie zwischen ihre Schenkel. Ein leiser Aufschrei wehte über sein Gesicht.

Die Augen der Berreskowa bekamen einen harten Glanz. »So nicht«, sagte sie gepreßt. Ein heftiges Atmen stieß die Worte aus. »Jurij, laß mich los!«

»Du bist gekommen, damit ich dich nehme.«

»Laß mich los!«

»Du hast das Schild an die Tür gehängt und sie abgeschlossen. Du bist herangeschlichen wie eine heiße Hündin...«

»Loslassen sollst du mich, du Idiot!«

»...und wie eine Hündin sollst du auch behandelt werden.« Malenkow ließ die rechte Hand nach unten schnellen, erfaßte das schmale Bikinihöschen und zerriß es mit einem Ruck. Gleichzeitig ließ er sein Saunatuch wegrutschen, und so standen sie aneinandergepreßt, fühlten ihre Körper und das Zittern in ihren Muskeln.

»Jetzt will ich nicht mehr!« zischte sie ihm ins Gesicht. »Jetzt nicht mehr. Laß mich los!«

»Wer fragt, ob du willst?« Malenkows Atem wehte über ihr Gesicht. Jetzt verzerrte Wut ihre Schönheit, zu Schlitzen waren die Augen zusammengezogen, der Mund war nur noch ein roter Schnitt in diesem Gesicht. Mit den Fäusten wollte sie auf Malenkow einschlagen, aber er preßte seine Hände wie Eisenklammern um ihre Handgelenke, riß ihr die Arme über den Kopf, mit seinem ganzen Körper preßte er sie gegen die Wand, sie spürte an ihrem Leib seine harte Erregung, und wie damals, als sie mit 16 Jahren zum erstenmal eine hochragende Männlichkeit gesehen hatte, überfiel sie auch jetzt eine sterbensähnliche Angst.

»Jurij!« schrie sie, so laut und so hell sie konnte. »Jurij! Laß mich los!«

Vor Malenkows Augen begann die Welt zu flimmern. Die Kachelwand, das Schwimmbad, Ljubas Gesicht, ihre weit aufgerissenen Augen, in denen jetzt nur Schrecken lag, ihr nackter Körper mit den großen Brüsten und dem goldblonden Lockenhaar zwischen den Schenkeln, alles, alles zerstob in einem Flimmerregen, als seien die Sterne zerplatzt und regneten auf die Erde.

Er riß sie von der Wand weg in die Mitte des Ganges am Schwimmbecken, und als sie zu treten, zu spucken, zu beißen begann und versuchte, ihre Arme aus seinen Handklammern zu reißen, drehte er sie mit einem wilden Ruck herum, stieß seine Knie in ihre Kniekehlen und drückte sie nach unten.

Sie fiel hin, stieß mit dem Kopf auf den Boden, aber Malenkow war wie von Sinnen. Er ließ sie schreien, ging hinter ihr auf die Knie, umfaßte ihre Hüften und zog sie zu sich hoch. Ihr heller Aufschrei erzeugte bei ihm ein unbeschreibliches Gefühl des Triumphs.

»Hündin«, sagte er, krallte seine Hände in ihr Fleisch und preßte sie an sich. »Hündin… Hündin…« Und dann, stöhnend, seufzend, verwirrt, erdenfern, schluchzend: »Hündin… Hüüüüündin… mein Hündchen!«

Dann war es plötzlich vorbei. Die Welt wurde wieder klar. Er sah Ljuba zwischen seinen Händen auf dem Kachelboden knien, er hörte sie weinen, ja, sie weinte wirklich. Wieso kann sie weinen? dachte er erschrocken. Warum weint sie? Hält man das für möglich? Die Berreskowa kann weinen, ist wehrlos, liegt vor mir auf den Knien mit hochgestrecktem Gesäß und weint. Aber als er das alles sah und erkannte, regte sich kein Mitleid in ihm, sondern eine kalte Wut. Mit einem Schwung warf er Ljuba in das Schwimmbecken, und als das Wasser aufspritzte und sie wieder auftauchte und das Wasser unter sich wegtrat, sagte er: »Und nun schwimm, mein goldenes Fischlein, schwimm in die weite Welt. Aber wohin du auch schwimmst, ich hole dich aus dem Wasser, ich werde dich immer fangen mit meiner Angel. Das siehst du doch ein, mein Fischlein?« Er wandte sich ab, ging zur Tür, schloß sie auf, verließ das Schwimmbad und nahm das Schild ab.

Mit geschlossenen Augen stieg Ljuba an der Badeleiter aus dem Becken, nahm Malenkows Saunatuch vom Boden und wickelte sich darin ein. Sie setzte sich auf eine Bank, drückte wieder die Lider zu und lehnte den Kopf, nach hinten geworfen, gegen die Wand.

Ich töte ihn, sagte in ihr eine harte, haßerfüllte Stimme. Ich töte ihn stückweise, wie es die Tataren getan haben. Ich töte ihn, ich habe Zeit genug, es einmal zu tun. Ich kann warten, die Zeit läuft mir nicht davon. Und wenn ich fünfzig Jahre warten muß, ich werde ihn töten, irgendwann.

An einem klaren, sonnigen Morgen machte sich ein weißes Gebilde, das wie ein U-Boot aussah, auf den Weg zur »Morgenröte«.

Vizeadmiral Schesjekin hatte Malenkow die Hand gedrückt und ihn schon im Vorgriff einen Helden der Sowjetunion genannt. Ein Trompeter blies auf der »Nadeshna« einen feierlichen Abschied, auf allen Schiffen waren Offiziere und Mannschaften in Paradeuniform angetreten und grüßten, als die »Gorki« an ihnen vorbeiglitt. An der Schanze auf dem Turm seines Bootes stand Malenkow zusammen mit seinen Offizieren und grüßte zurück.

»Wie ein Begräbnis ist es«, sagte Oberleutnant Nurian gepreßt. »Der letzte Gruß. Genosse Kapitän, sehen wir sie wieder?«

»Angst?« Malenkow schielte zu seinem Navigationsoffizier hin.

»Nachdenklichkeit.«

»Wenn was passiert, ist es deine Schuld, Nurian. Wir verlassen uns auf deine Navigationskünste.«

»Mir wäre eine Unterwasserfahrt jetzt lieber als dieses Eisschollengeschiebe.«

»Noch ein paar Meter Parade, dann auf Tauchstation.«

»Sehrohrtiefe?«

»Soll ich mir meine Augen von den Eisschollen knicken lassen? Wir gehen auf 30 Meter, Nurian. Ein Slalomlaufen wird das, um die Unterwassersockel der Eisberge herum.«

»Radar, Sonar, Scheinwerfer, alles in bester Verfassung, Genosse Kapitän.« Nurian kletterte die breite Leiter nach unten in den Kommandoraum.

Die »Gorki« passierte jetzt das letzte U-Boot der Flottille. Malenkow hob wieder die Hand zum Mützenschirm. Noch einmal blickte er zurück zu der »Nadeshna« und fragte sich, ob irgendwo auf ihr die Berreskowa stand und ihm nachsah. Getroffen hatte er sie seit der Demütigung im Schwimmbad nicht mehr. Sie ließ sich entschuldigen, Obermaat Pralenko brachte ihr das Essen und berichtete, daß Ljuba Alexandrowa immer, wenn er in die Kabine kam, auf ihrem Bett lag und immer nur eine Platte spielen ließ, den Säbeltanz von Katschaturian. Ein mitreißendes Stück mit einem wilden Rhythmus: Man sah in dieser Musik die Säbel fliegen, hörte die Schreie der Reiter und das Geklirr des Stahls. Wer aber so haßte wie die Berreskowa, sah auch das Blitzen der Klingen und das Wegrollen des abgeschlagenen Kopfes in den sandigen Boden. Malenkows Kopf... O Himmel, welch eine göttlich-teuflische Musik... Schließ die Augen, Ljuba Alexandrowna, und sieh in deinem Inneren, wie Malenkows Kopf in weitem Bogen von seinen Schultern fliegt...

»Was ist los mit euch?« hatte Karasow einmal gefragt.

»Nichts«, hatte Malenkow geantwortet.

»Ljuba ist nicht krank, wie sie behauptet. Dr. Lepokin soll nicht zu ihr kommen, sie will ihn nicht sehen, aber dann steht sie plötzlich an Deck und starrt in das Wasser oder in die Weite. Ich habe sie angesprochen – sie hat sich abgewandt und ist wortlos weggegangen.«

»Frauen sind manchmal hysterisch, Gregorij Semjonowitsch.« Malenkow hatte abgewinkt. »Erst sechs Wochen unter Wasser, dann diese trostlose Insel, rundherum nur Eisschollen und totale Einsamkeit über Hunderte von Kilometern, dazu das Wissen: Hier mußt du jetzt bleiben, auf unbestimmte Zeit – da kann eine Frau schon durchdrehen.«

»Sie kommt mir weniger hysterisch als schwermütig vor.«

»Ljuba und schwermütig? Laß mich lachen, Karasow! Sie kennt

dieses Wort gar nicht, in ihrem Sprachschatz existiert es nicht. Du wirst sehen, in ein paar Tagen ist alles vorbei.«

»Oder sie hat Angst um dich... Das kann es sein.«

»Nein. Auch Angst kennt sie nicht, du hast es gehört.«

»Warum gehst du nicht zu ihr?«

»Auch mich will sie nicht sehen«, hatte Malenkow gelogen. »Daran siehst du, ein hysterischer Anfall ist es! Er wird vorübergehen, machen wir uns keine Sorgen um Ljuba. Wichtiger ist das, was uns morgen erwartet. Keiner weiß, wie tief das Wasser in der Bucht ist und ob wir in sie hineintauchen können.«

Malenkow hatte richtig gedacht: Als die »Gorki« unter Trompetensignal und allen militärischen Ehren an der Flottille vorbeifuhr in das große Abenteuer, stand die Berreskowa auf der Kommandobrücke der »Nadeshna« an der gewölbten Scheibe und hatte Jurij Adamowitsch voll im Blickfeld ihres Fernglases. Er grüßte, ein Strahlen lag auf seinem Gesicht, man sah ihm den Stolz an, die Fahne der Sowjetunion auf der »Morgenröte« in das Eis stoßen zu dürfen. Ein großer Augenblick, fern aller Aufmerksamkeit der Welt, eine Heldentat, von der niemand erfahren würde, ein sowjetischer Triumph, über den sich Stillschweigen deckte.

Sie war allein im Kommandostand. Vizeadmiral Schesjekin, Kapitänleutnant Braslowski, der Kommandant der »Nadeshna«, und vier andere Offiziere standen, eingehüllt in dicke Pelzmäntel, draußen auf der Nock und winkten Malenkow zu.

»Krepier«, sagte die Berreskowa leise und drückte das Fernglas an ihre Augen. Malenkow grüßte wieder. Ein schöner Mann war er, wie er so im Turm seines U-Bootes stand, ein neuer, wenn auch auf immer unbekannt bleibender Held des Volkes. »Krepier, Jurij Adamowitsch!« sagte sie wieder, und wenn Haß eine Stimme verändern kann, bei Ljuba konnte er es. Sie klang fremd, hart, zertrümmernd. »Nimm mir die Arbeit ab... Komm nie wieder!«

Sie schrak zusammen, als jemand gegen die Scheibe klopfte. Schesjekin winkte von draußen, sie möge auch herauskommen. Sie nickte, um keinen Anlaß zu Fragen zu geben, schlug den Pelzkragen ihres Fellmantels hoch und trat in die Nock.

»Welch ein Anblick!« rief Schesjekin gerade begeistert. »Wie ich Malenkow beneide! Ljuba, das ist russische Tradition: Wir werden immer Helden haben. In jeder Generation. Ob Jermak, der Eroberer Sibiriens, oder heute Jurij Adamowitsch, der Eroberer der Antarktis – es beweist die Unsterblichkeit Rußlands, unser aller Mutter. Sehen Sie nur, wie er dasteht, unser Malenkow. Schon im Wegfahren ein Sieger! Ljuba Alexandrowna, was empfinden Sie bei diesem Anblick?«

»Nichts, Genosse Admiral.«

»Nichts?« Schesjekin sah sie betroffen an. »Diese Stunde läßt Sie unbeeindruckt?«

»Ich wäre zu gerne mit Malenkow mitgefahren.«

»Später, Genossin Berreskowa.« Schesjekin setzte sein Fernglas an die Augen, um so lange wie möglich diese historische Stunde mitzuerleben und zu genießen. »Nur ein wenig Warten… Ihre Stunde wird auch bald kommen.«

»Sie ahnen nicht, wie ich darauf warte, Wladimir Petrowitsch.« Sie wandte sich ab, verließ die Nock und ging zu ihrer Kajüte.

Schesjekin blickte ihr nachdenklich nach. »Verändert hat sie sich«, sagte er zu Braslowski. »Sie kennen sie nicht, wie sie früher war. Im U-Boot, sechs Wochen lang, keine Angst, kein Trübsinn, eine immer fröhliche Frau. Ein richtiger Kamerad, kann man sagen. Uns allen ist es ein Rätsel, was sie hat.«

»Könnte sie sich in Malenkow verliebt haben, in diesen sechs Wochen?« fragte Braslowski.

»In Jurij? Unmöglich! Ein U-Boot hört, sieht und riecht alles.«

»Es kann eine platonische Liebe sein. Malenkow weiß davon selber nichts.«

»Die Genossin Berreskowa und eine platonische Liebe?« Schesjekin lachte laut. »Braslowski, Sie kennen sie nicht, sonst würden Sie Ihre Dummheit einsehen. Aufgereiht wie Kohlköpfe liegen ihr die Männer zu Füßen, nur Malenkow nicht!«

»Dann ist es vielleicht doch der Anblick der weißen Einsamkeit. Man sollte sie aufheitern, Genosse Admiral.«

»Womit?«

»Alles haben wir hier: eine Tanzkapelle, Sänger, Artisten… Einen richtigen Zirkus – natürlich ohne Tiere – können wir bieten… Was sage ich, auf der ›Sonja‹ haben wir einen Matrosen mit einem dressierten Hund, also auch Tiere können wir bieten. Veranstalten wir zunächst einen Tanzabend, Genosse Admiral!«

»Einen Tanzabend mit nur einer Frau?« Schesjekin sah Braslowski zweifelnd an. »Das halten Sie für eine gute Idee?«

»Dann ein buntes Programm. Zirkus Antarktis. Wir haben alles an Bord, vom Tierstimmenimitator bis zum Feuerschlucker, vom Schlangenmenschen bis zum Musikalclown.«

»Erstaunlich!« Schesjekin nahm die Pelzmütze ab. Im Kommandoraum war es warm. »Fragen muß ich mich: Ist das hier ein sowjetischer Flottenverband oder ein Wanderzirkus?«

»Beides.« Braslowski grinste breit. »Unter über 600 Männern verbergen sich ungeahnte Talente. Hier auf der ›Nadeshna‹ habe ich einen Maat, der pfeift durch eine Lücke in den Vorderzähnen wie ein Kanarienvogel, aber ganze Melodien. Seine Glanzstücke sind Arien aus ›Das Land des Lächelns‹. Eine deutsche Operette, Genosse Admiral.«

»Mir unbekannt.« Schesjekin öffnete nun auch seinen Fellmantel. »Braslowski, stellen Sie ein Programm zusammen, wählen Sie die verkannten Künstler aus und stellen Sie sie mir vor. Das muß ich vorher erst sehen, ehe ich die Genehmigung gebe.«

Braslowski nickte und war stolz. Der Vizeadmiral würde überzeugt werden, das war sicher. Die Trostlosigkeit der Eiswüste wurde weniger niederdrückend... Monate der Einsamkeit lagen vor ihnen mit immer dem gleichen Anblick: der Gletscher, das Treibeis, das mal blaue, mal graue, mal sogar schwarze Wasser, die auftauchenden Köpfe neugieriger Robben und das Geschrei von Vögeln, deren Namen nur Professor Kratjinzew kannte. Raubmöven, Schneesturmvögel, Albatrosse, ihr Gekreische war sonst der einzige Laut in der eisigen Stille. Nur wenn Eissäulen von dem Gletscher abbrachen, grollte es wie ferner Donner, stiegen Nebel aus zermalmtem Eis in den Himmel und schien das Meer zu beben. Und auch an das Heer der Kaiserpinguine, der elegantesten »Frackträger«, gewöhnte man sich schnell.

»Genossen, in der Antarktis ist alles anders«, hatte Professor Kratjinzew bei einem Vortrag gesagt, den er kurz vor Erreichen der Treibeiszone auf der »Nadeshna« gehalten hatte. »Hier brüten zum Beispiel die Männchen der Kaiserpinguine die Eier aus, nicht die Weibchen.«

»O helft uns! Eine Gegend der Idioten!« rief jemand dazwischen.

»Und das größte Tier, das auf der Erde lebt, gibt es dort: den Blauwal.«

»Und Eisbären!« rief ein anderer. »Kameraden, es wird Bärenschinken und Bärentatzen geben...«

»Nichts wird es geben, Genossen.« Professor Kratjinzew blickte ernst in den Saal. »An dieser kulinarischen Delikatesse sind viele Polarforscher gestorben, das Fleisch eines Eisbären ist voller Trichinen. Ich wünsche keinem eine Trichinose.«

»Sind wenigstens die Eskimofrauen gesund?« ertönte eine Stimme von ganz hinten. Fröhlichkeit breitete sich einen Augenblick aus, aber erstarb sofort wieder, als Vizeadmiral Schesjekin energisch die Hand hob.

»Hier gibt es keine Eskimos«, sagte Professor Kratjinzew ernst. »Eskimostämme gibt es nur im nördlichen Polarkreis.«

»Was gibt es dann hier?« rief ein anderer.

»Nichts!« Und nach einer kleinen, stillen Pause: »Außer euch nichts. Das müßt ihr wissen, denn damit müßt ihr leben.« Kratjinzew räusperte sich. »Und jetzt erzähle ich euch etwas über das Schelfeis, das man auch Schelfeistafeln nennt. Von ihnen brechen gewaltige Tafeleisberge ab, die dann hinaus in den Ozean treiben. Genau wie unser Berg ›Morgenröte‹. Und damit ihr wißt, wo ihr euch in den nächsten Monaten herumtreibt: Hier, in der Antarktis, liegt der kälteste Punkt der Erde. Unsere sowjetische Polarstation ›Wostok‹ hat mit minus 88,3 Grad Celsius die absolut niedrigste Temperatur gemessen. Die mittlere Jahrestemperatur am Südpol beträgt etwa minus 60 Grad Celsius. Sibirien ist dagegen ein Frühlingsland. Ihr werdet es nicht glauben, aber die Antarktis ist Land, ist nach Asien der zweitgrößte Kontinent, begraben unter Eis und Schnee. In seiner Mitte, im Inland, wie wir sagen, liegt eine Eisdecke über ihm von einer Dicke von 3000 Metern!« Professor Kratjinzew hatte sich bei seinem Dozieren in Begeisterung geredet. »3000 Meter Eis, und darunter ein ganzer Kontinent – gibt es etwas Phantastischeres?«

»Und wenn jemand so dämlich ist«, fügte Schesjekin hinzu, »und mit Atomraketen spielt, wenn das Ozonloch über uns – blickt nicht zum Himmel, ihr seht es nicht – sich weiter öffnet, wenn diese Eismassen schmelzen, ist das der Untergang der Welt. Wir werden alle ersaufen. Und dann kann eine neue Schöpfung beginnen!«

»Wann wird das sein, Genosse Admiral?« rief ein Vorlauter aus den hinteren Reihen. »Marjuschka habe ich versprochen, sie nächstes Jahr zu heiraten. Ein Kind haben wir schon!«

»Wenn es mehr so Idioten gibt wie dich, kann man die Uhr danach stellen.« Vizeadmiral Schesjekin gab Professor Kratjinzew einen Wink, mit dem Vortrag fortzufahren.

»Die Geologen rechnen nach Jahrhunderten, Jahrtausenden, Jahrmillionen. Wer weiß, wann und was uns bevorsteht...«

Dieser Vortrag blieb in den Hirnen haften. Nicht, weil Kratjinzew so gut dozierte – seine Stimme war einschläfernd, monoton, eine typische Kathederstimme, die zum Gähnen reizte –, im Gedächtnis blieb, daß man in einer Eiswüste ankern würde, einsamer als Tundra und Taiga, erdrückender als die Gobi oder das Karakorum, beklemmender als Tibet und der Himalaja.

»Ihr habt nur euch«, hatte Kratjinzew gesagt, und darauf baute Braslowski, als er dem Genossen Admiral vorschlug, ein eigenes Variété, einen Zirkus zu gründen und die Langeweile einfach wegzuspielen und wegzusingen. Langeweile kann tödlich werden, wenn fast 700 Männer auf engstem Raum sie gemeinsam überstehen müssen. 700 Männer und nur eine einzige Frau – um weniger ist schon gemordet worden, um lächerliche zehn Rubel in einer Geldbörse oder um einen Kanten Brot im Straflager von Tjumen.

Nun hatten sie das erste Ziel erreicht, den gewaltigen Matusevichgletscher und den Eisfjord vor ihm. Weiter hinauf wollte Schesjekin nicht. Dort lagen die Admiralitäts-Kette, die Ross-Insel und vor allem die amerikanische Forschungsstation McMurdo. Hier, an der Sturge-Insel, war man sicher, nicht gesehen zu werden. Ein Trupp mit einer Barkasse hatte schon nach 300 Metern gemeldet: »Kein Erkennen von Schiffen mehr. Sieht alles aus wie Eis.«

»Die Tarnung ist vollkommen!« sagte Schesjekin.« Mit der weißen Farbe sind wir unsichtbar geworden. Es gibt uns nicht mehr.«

»Möge das nie wahr werden, Genosse Admiral.« Braslowski atmete ein paarmal tief ein. »Ich möchte Rußland wiedersehen.«

»Wir alle werden es wiedersehen. Feiern wird man uns.« Schesjekin klopfte Braslowski auf die Schulter. »Alles hängt jetzt davon ab, was Malenkow an Informationen über ›Morgenröte‹ mitbringt. Und wenn er sagt: ›Unmöglich‹, dann werden wir beweisen, daß wir Russen das Unmögliche möglich machen. Denken wir an unsere tapferen Genossen im Weltall. Den Amerikanern sind sie um Jahre voraus, und hier werden wir es auch sein!«

Die Offiziere des Flugzeugträgers »Lincoln« empfingen die neuen Gäste freundlich, mit großer Höflichkeit, aber doch etwas reserviert. Den Enthusiasmus der Generäle Pittburger und Seymore teilten sie nicht; zum einen kam die ganze Aktion aus der Ecke der Air Force, was einen Seemann schon kritisch werden ließ, zum anderen war die Aussicht, für Monate in einem Eisfjord als Basis einer geheimen Aktion festzuhängen, durchaus nicht verlockend. Solange man auf dem Pazifik herumkreuzte, von Insel zu Insel, auf denen es jede Menge hübscher Mädchen gab, war der Dienst erträglich, ja manchmal sogar schön. Aber hier, am Südpol, im ewigen Eis, gab es keine Bars, keine willigen Weiber, denen man Dollarnoten zwischen die Brüste stecken konnte, keine Schlägereien mit Eingeborenen, absolut nichts, wo man den angestauten Dampf ablassen konnte. Monate in dieser schweigenden Einsamkeit, nur Eis und über Eis und Meer wehender Schnee, nur grauweißer Nebel oder strahlend klare Tage mit einer Sonne, die nicht wärmte, nur immer Frost, brennend eisige Winde – das ist eine Zukunft, die niemand zur Fröhlichkeit anregt.

Die Wissenschaftler und auch Virginia Allenby hatten schwere Wochen hinter sich. Das heimliche, dreifach abgesicherte Camp bei Upperville erwies sich nicht als ein Ort der Erholung, sondern als ein äußerst hartes Trainingslager.

Mit amerikanischer Perfektion wurde jeder, der für das Projekt »Big Johnny« vorgesehen war, auf den Aufenthalt in der Antarktis vorbereitet. Das begann mit dem Aufenthalt in Unterkühlkammern, die bis zu minus 60 Grad heruntergedrückt wurden und in denen sie mit dicken Pelzen ausharren mußten, und mit Übungen, bei denen sie mit Gummithermoanzügen im eisigen Wasser schwimmen mußten. Sie lernten auch, Möven in Schlingen zu fangen, sie zu töten, zu rupfen und auszuweiden und dann roh zu essen, an Bindfäden mit einfachen Haken holten sie Fische aus dem Wasser und aßen sie ebenfalls roh: ein Überlebenstraining, das vor allem die Wissenschaftler nicht begriffen.

»Ich denke, wir bauen eine richtige Basis?« reklamierte Dr. Smith empört. Er hatte sich geweigert, noch einmal in die Kühlkammer zu steigen.

»So ist es, Sir.« Der ausbildende Offizier, ein kleiner, drahtiger Mann mit eckigem Kinn und breiten Schultern, genau so, wie man sie in US-Filmen als Menschenschleifer sieht, nur etwas höflicher und nicht so herumbrüllend, tippte mit der Hand auf die Fellkleidung. »Aber erst muß die Basis gebaut werden.«

»Wir haben bestens isolierte Fertighäuser.«

»Auch die müssen erst aufgebaut werden.«

»In drei Tagen stehen sie. Bis dahin – auch die Zelte sind isoliert und geheizt. Wir haben Licht- und Heizungsaggregate mit. Wir werden kaum mit Ihren simulierten 60 Grad minus in Berührung kommen. Überhaupt, dort, wo wir arbeiten werden, ist es nie so kalt! Höchstens minus 30 Grad.«

»Das genügt auch, Sir, um sich was abzufrieren«, sagte der Offizier, ein Major, trocken. Er hieß Hackman, ein Name, der, wie Eingeweihte wissen wollten, wie kein anderer zu ihm paßte. Er war in der Lage, im Überlebenstraining einen Menschen zu zerhacken, bildlich gesprochen. »Außerdem arbeiten gerade Sie nicht nur im warmen Häuschen, sondern sind draußen auf dem Eis.« Und dann, ernster: »Sie kennen doch die Antarktis, Sir. Sie haben doch schon zweimal neun Wochen auf einem Forschungsschiff gearbeitet.«

»Erinnern Sie mich nicht daran!« Dr. Smith stieg zögernd in die dicke Fellkombination. »Ich bin Nuklearwissenschaftler, aber kein Polarforscher.«

»Und warum machen Sie dann mit?«

»Weil man mich darum gebeten hat. Es ist eine nationale Aufgabe.«

»Dann bitte ich, Sir«, sagte Hackman steif, »auch die Kühlkammer als eine nationale Aufgabe anzusehen …«

Eines Abends erschien Henderson wieder im Lager und besuchte Virginia. Sie saß in ihrem Zimmer an einem großen Tisch, der mit Karten und Tabellen übersät war.

»Es geht los!« rief Henderson schon an der Tür statt einer formellen Begrüßung. »In zwei Tagen fliegen wir nach Pearl Harbor.« Er kam näher, umarmte Virginia und gab ihr einen Kuß auf die Stirn.

Einfach so, als sei das selbstverständlich. Virginia starrte ihn entgeistert an. »Was studieren Sie denn da?« Dabei zeigte er auf den Tisch.

»Sie haben mich eben geküßt, Ric!«

»Nein.«

»Aber doch!«

»Ach so!« Er lachte wieder entwaffnend. »Auf die Stirn! Wenn ich richtig küsse, ist das anders.«

»Verzeihen Sie, Ric, aber solche Abstufungen sind mir neu.« Sie drehte sich um und nickte zu dem Tisch hinüber. »Ich studiere die Gegend, in der wir leben werden. Es wird interessant sein zu beobachten, wie sich durch unsere Manipulationen mit Laser, und was man noch plant, die Fischpopulationen unter dem Eis entwickeln.«

»Sie wollen das Liebesleben der Fische unter dem Eis beobachten?« Henderson sah Virginia irritiert an. »Na so was...«

»Was Sie meinen, Ric, ist Kopulation. Ich spreche von Population!« Ihre Stimme war kühl. »Population ist der Bestand einer Art.«

»Ich bin kein Lateiner, Virginia.« Henderson hob die Schultern. Es war seine Art, Bedauern und Entschuldigung gleichzeitig auszudrücken. »Fangen Sie schon mit dem Packen an.«

»Es bleibt also bei dem Plan?«

»Nicht ganz.« Henderson setzte sich auf das Bett und betrachtete Virginia wie ein Maler sein Aktmodell. Sie kam sich plötzlich wie entblößt vor und wußte nicht, wie sie sich nun benehmen sollte. Lesters Blicke waren nie so angreifend gewesen. »Natürlich wurde geändert. Wozu haben wir Strategen im Pentagon? Sie müssen doch ihre Existenz beweisen und etwas vorzeigen. Und ein solches Projekt, da arbeiten ganze Stäbe dran! Die Lage ist nun so: Von Pearl Harbor geht es weiter per Flug zu den Cook-Inseln. Dort, in Rarotonga, tanken wir auf und fliegen weiter zum Maria-Theresia-Reef, wo uns der Flugzeugträger ›Lincoln‹ erwartet. Mit ihm fahren wir zur Antarktis, hinein ins Ross-Meer, dringen so weit als möglich in den McMurdo-Sund ein und werfen dort Anker. Damit sind wir nahe genug an ›Big Johnny‹ und an unsere Südpolstation McMurdo herangekommen. Wir können sowohl von der ›Lincoln‹ wie von McMurdo aus operieren. Die Forschungsstation soll dabei zum Hauptlager werden.« Hendersons Fröhlichkeit war nicht gespielt, sie war echt. »Virginia, Sie sollten mal dieses McMurdo sehen! Zwischen dem noch tätigen Vulkan Mount Erebus und dem gewaltigen Byrd-Gletscher, der vom Transantarktischen Gebirge herunterkommt, hat man da eine richtige Stadt gebaut, mit großen, festen, sechsstöckigen Häusern, mit Riesengeneratoren, die für Strom sorgen, mit einer Mainstreet, an der eine Bar und ein Kino liegen, ein Laden und ein Hallenschwimmbad – wie in Alaska kommt man sich vor und nicht wie am Südpol. Was die Jungs da geleistet haben, weiß die Welt gar nicht... Klein-Amerika im ewigen Frost und Eis. Nur im kurzen Sommer bei null Grad und drüber sieht man den Boden, die weiten Geröllhalden, das Meer und die schwarzschillernden Flanken der niedrigeren Berge.« Henderson lachte wieder jungenhaft. »Und wissen Sie, was die Jungs in ihren Wohnungen haben? Kühlschränke – bei 40 Grad minus im Winter! In eine warme Wohnung gehört ein Kühlschrank! Das ist nun mal so. Amerika –« Er starrte Virginia wieder mit diesem unverschämten Blick an, für den man ihn nicht verantwortlich machen konnte, weil er es selbst nicht wußte.

»Interessant...« war alles, was Virginia nach diesem langen Vortrag bemerkte. »Warum starren Sie mich so an?«

»Tue ich das?« fragte Henderson verblüfft.

»Wir werden so einfach auf den Flugzeugträger verfrachtet?« Sie wandte ihm den Rücken zu und wühlte völlig sinnlos in den Karten, Tabellen und Fotos. Henderson auf ihrem Bett sitzen zu sehen löste in ihr ein merkwürdiges Gefühl aus, eine innere Unruhe, ein Flimmern der Nerven. »Und was ist mit meinem Labor? Wenn ich da auf diesem Eisberg arbeiten soll, muß ich doch zumindest wissen, welche Arbeitsmittel mir zur Verfügung stehen.«

»Ich nehme an, das ist alles zentral geregelt. Für die Materialbeschaffung gibt es eine Menge Spezialabteilungen. Sicherlich auch für Laboreinrichtungen für Meeresbiologie. In allen Behörden gibt es Beamte genug, die sich mit solchen Dingen akribisch beschäftigen. Sie werden alles vorfinden, was Sie brauchen. Natürlich sollte gespart werden – hinterher kostet es freilich immer das Doppelte.«

»Das eben befürchte ich.« Virginia drehte sich wieder zu Henderson um. Wieder dieser ausziehende Blick, wieder das dumme Wissen, ihn auf ihrem Bett sitzen zu sehen. »Wen kann ich darüber sprechen?«

»Die Gesamtleitung liegt bei General Seymore.«

»Und wie erreiche ich ihn?«

»Drücken Sie ihm die Hand. Er ist im Camp, zusammen mit Major Brooks. Ach ja, der Captain ist Major geworden. Als Kommandant von ›Big Johnny‹ reicht Captain nicht. Ich nehme an, der General wird auch zu Ihnen kommen. Im Augenblick streitet er sich mit Dr. Smith.«

Später kam Seymore wirklich zu Virginia, imponierend in seiner Uniform mit der langen Ordensspange und mit seinem entwaffnenden »Hallo, Miß Allenby! Nicht mehr lange, und Sie sind das schönste Stück Gefrierfleisch, das ich kenne!« Er versicherte, daß alles geregelt sei, daß das Labor unter Mithilfe der Meeresbiologischen Akademie von San Diego nach den neuesten Erkenntnissen zusammengestellt worden sei und daß sie sich überraschen lassen solle. »Ihre Forschungsstätte in San Francisco wollten wir nicht fragen, das hätte nur Neugier hervorgerufen«, sagte er. »San Diego dagegen ist an Geheimaufträge gewöhnt.«

Nun also waren sie auf der »Lincoln« gelandet. Vizeadmiral Lyonel Warner, der Kommandeur der schwimmenden Stadt, hatte sie empfangen und zu einem Begrüßungsessen eingeladen. Im Bauch des riesigen Schiffes lagerte alles, was man zum Aufbau einer Polarstation in der ersten Phase brauchte, vom Generator bis zu den zerlegten Fertighäusern, die mehr einem langen Container glichen als einem Wohngebäude, vom Motorschlitten bis zur Funkstation, vom Schneeschmelzapparat zur Wassergewinnung bis zur Kartoffelkiste, vom Badezimmer bis zu den Fäkalientonnen. Und natürlich waren auch Kühlschränke mitgekommen. In drei großen Kisten lagerte das Labor von Miß Allenby, Dr. Smiths Arbeitsmaterial nahm einen halben Frachtraum ein. Nach McMurdo waren bereits Berge von Baumaterial gebracht worden, Mischer, Röhren, Eisenmatten, Isoliersteine, Aluminiumplatten, Bettgestelle, Matratzen, vier Geländewagen mit Kettenantrieb, eine Unmenge von Plastikmaterial und Verpflegung für zunächst drei Monate. Benzin lagerte genug in den Tanks von McMurdo. Im nächsten Frühjahr konnte dann wieder ein großes Tankschiff die Basis erreichen und die Lager füllen, oder es landeten Tankflugzeuge. Man war nicht allein, war nicht von aller

Welt abgeschnitten, konnte weder verhungern noch erfrieren: Eine perfekte Organisation besiegte die feindliche Natur.

»Miß Allenby«, sagte am Abend beim Essen Vizeadmiral Warner zu Virginia, »ich will nicht Angst erzeugen oder dumm herumunken, aber wissen Sie, was es heißt, als einzige Frau monatelang nur unter Männern zu leben?«

»Ich kann mir das denken, Admiral.« Virginia nickte. »Aber ich vertraue darauf, daß ich von Gentlemen umgeben bin.«

»Wir alle hoffen das. Aber wenn doch einer...«

»In San Francisco habe ich, so nebenbei, eine Karateschule besucht, und ich nehme an, daß man mir auch eine Pistole gibt.«

»Bravo!« Warner klatschte in die Hände. »Da haben wir es wieder! Die heutigen Frauen sind uns Männern oft sogar überlegen: *Ich* kann kein Karate.«

Nach dem Abendessen zeigte Warner den Gästen seine schwimmende Stadt – einen kleinen Teil nur, denn um dieses Riesenschiff kennenzulernen, benötigte man Tage. Aber was Smith, Virginia und die anderen Wissenschaftler sahen, war so imponierend in seiner Größe, technischen Vollkommenheit und militärischen Stärke, daß die Gruppe nur noch staunend herumging. Allein die Flugzeughalle mit den Maschinen, deren Flügel hochgeklappt waren, die Werkstätten, die Küchen, Bäckereien, Magazine, Eßsäle, es waren Dimensionen, die man sich vorher nie vorgestellt hatte.

»Daß so etwas überhaupt schwimmen kann...«, sagte Virginia fasziniert.

»Für das Meer ist das alles nur wie ein Stück Seetang.« Warners Stimme gab den Stolz wieder, der ihn jedesmal bei solch einem Rundgang befiel. »Wie winzig sind wir für den Ozean.«

»Wie hoch ist die Besatzung?« fragte Dr. Smith.

»Zur Zeit rund 2300 Mann. Im Kriegsfall sind es mehr. Über 3000...«

»Ungeheuerlich! Eine schwimmende Festung.«

»Na ja...« Warner wiegte den Kopf. »Ein einziger Atomtorpedo genügt, uns wegzupusten – wenn er uns trifft und nicht durch unsere Elektronik abgelenkt wird. Ein Schiff bleibt ein Schiff und damit immer gefährdet. Unsinkbare Schiffe gibt es nicht, das behauptet nur die Propaganda.«

»Es könnte sich also eine Tragödie wie bei der ›Titanic‹ wiederholen?«

»Theoretisch ja. Aber praktisch?« Warner schüttelte den Kopf. »Da müßte schon die Hälfte des Rumpfes aufgeschlitzt werden, und das ist unmöglich. So ein Loch wie bei der ›Titanic‹ schotten wir völlig ab. Oder wir müßten ›Big Johnny‹ rammen…«

Das Lachen klang etwas gepreßt. In der riesigen Flugzeughalle kamen sich alle winzig und hilflos vor. Unter ihnen lag eine Wassertiefe von über 6000 Metern, um sie herum die Einsamkeit von Tausenden von Kilometern…

»Morgen verlassen wir das Maria-Theresia-Reef und fahren geradewegs auf den McMurdo-Sund los. Das Gebiet, in das wir hineinkommen, beansprucht Neuseeland für sich, aber das kümmert mich nicht. Bis 1991, wenn man einen antarktischen Vertrag abschließen will, um dann auch diesen letzten Teil der Erde aufzuteilen, ist das hier freies Land. Das Wettrennen der großen Staaten hat schon längst begonnen. Unter diesem riesigen Eispanzer vermutet man unfaßbare Schätze an Öl und Mineralien, die unsere Erde noch über Jahrhunderte versorgen können.«

»Das heißt«, sagte Virginia laut, »daß eines Tages auch dieser unberührte Kontinent zerstört wird.«

»So ist es.» Vizeadmiral Warner nickte ernst. »Wir sind schon dabei… Sie, meine Dame, meine Herren, sind die Vorarbeiter…«

Es war kein guter Ausklang des sonst so schönen Abends.

Nach vier Tag- und Nachtfahrten mit einer Geschwindigkeit von 16 Knoten sahen sie die ersten Treibeisschollen. Flach oder bizarr geformt, nicht größer als vier, fünf Meter im Durchmesser, mit eingeschlossenem dunklen Geröll oder bläulich und grün schimmernd, dazwischen kleine, gezackte Schollen, die auf dem Meer schwammen wie größere Federn. Auch Tiere hatte man gesichtet. Ab und zu tauchte seitlich eine spitze Rückenflosse auf, durchschnitt das Meer und tauchte wieder weg. Es wurde spürbar kälter.

»Das sind Schwertwale«, sagte Virginia, die mit Henderson an der Reling des Start- und Landedecks stand und zum erstenmal ein Treibeisfeld sah. »Die kleinen Brüder der Blauwale. Bald müssen wir auch die Krabbenfresserrobben sehen.«

»Und Ihre Fischpopulationen...«

»Das haben Sie gut behalten, Ric.«

»Bei solch einem umwerfenden Lehrmeister...«

»Na ja.« Virginia lächelte etwas mitleidig. »Komplimente sind nicht Ihre Stärke, Ric. Eine indiskrete Frage: Haben Sie keine Braut?«

»Nein. Wozu? Mädchen gibt es genug auf der Welt; eine Braut aber will geheiratet werden. Das kann ich nicht.«

»Sind Sie ein Gegner jeglicher Bindung?«

»O nein, Virginia. Aber Sie wissen nicht, was ein kleiner Lieutenant verdient. Und ich bin noch immer Lieutenant, mit 26 Jahren. Bei meinem Gehalt wäre es ein Seiltanz ohne Netz, eine Familie zu gründen.«

»Und warum werden Sie nicht befördert?«

»Das ist eine Geschichte, die ich Ihnen einmal erzähle. Nicht jetzt.«

»Wissen Sie, daß wir im gleichen Alter sind?«

»Alter? Wir sind herrlich jung, Virginia. Was haben wir noch vor uns! Sehen Sie General Seymore an. Der ist 60 und lebt seiner Pension entgegen. Mein Gott, bis wir 60 sind, was können wir da noch alles erleben! Was ist Ihr Lebensziel, Virginia?«

»Ich weiß es nicht, Ric. Vielleicht werde ich einmal eine zerknitterte Professorin und lehre –«

»Fischpopulation!«

»– und den Sauerstoffausgleich des Planktons und die Wichtigkeit von Einzellern für das Gleichgewicht des Meeres.« Sie lachte. »Sie sehen jetzt wirklich entsetzt aus, Ric.«

»Das bin ich auch. Ein Mann ist nicht einkalkuliert?«

»Es müßte schon ein besonderer Mann kommen.« Wie anders ist Ric als Lester, dachte sie. Für ihn ist das Leben ein stetiges Nach-allen-Seiten-Boxen. Wenn er ein Gemälde sieht, denkt er an das Leinen, auf das es gemalt ist, und Leinwand erweckt dann bei ihm die Erinnerung an das historische Elend der irischen Flachsbauern und der oberschlesischen Weber. Für Ric ist die Welt eine sonnige Zukunft, ein Neuland, das erobert sein will, ein Abenteuer, in das man sich hineinstürzt. Genau betrachtet, ist er wie ich: Ich liebe auch alles Neue. Wäre ich sonst hier? – Liebe? Hast du eben Liebe gedacht? Du bist eine dumme Kuh, Virginia...

»Was verstehen Sie unter ›besonderer Mann‹, Virginia?« fragte Henderson und blickte einer Skua-Raubmöve nach, die kreischend an ihnen vorbeisegelte. In wenigen Minuten würden es Hunderte sein, angelockt von diesem Geschrei. Woher sie plötzlich kamen, sah man nicht, aber die Lockschreie der einen Möve breiteten sich weit aus: Hier ist ein neuer Futterplatz. »Könnte *ich* ein besonderer Mann sein?«

Virginia schlug den Kragen ihres pelzgefütterten Mantels hoch. Der Fahrtwind war kalt und scharf und schnitt in die Haut. Jetzt fahr die Stacheln aus, Virginia, dachte sie. Gib dir keine Blöße, nur das nicht. Schaff keine Komplikationen. »Ric, darauf gibt es doch keine Antwort!« sagte sie abweisend.

»Wieso nicht?«

»Wie oft haben wir uns gesehen? Wie kann ich beurteilen, was für ein Mann Sie sind?«

»Das liegt an Ihnen, Virginia.« Henderson hob die Hand und streckte sie aus. Die Skua-Raubmöve schoß auf ihn zu, sah, daß nichts Freßbares hingehalten wurde, und drehte mit beleidigtem Gekreisch wieder ab. »Manchmal komme ich mir vor, als sei ich nur ein Präparat unter Ihrem Mikroskop.«

»Dann würde ich Sie ganz genau kennen, Ric.« Sie holte aus der Manteltasche einen dicken Wollschal und wickelte ihn um Kopf und Haare. »Ihre Vergleiche sind nicht gut.«

»Ich lasse Sie kalt –«

»Es *ist* kalt.« Sie blickte in den wolkenlosen blauen Himmel. »Eine Sonne, die nicht wärmt, das ist ein merkwürdiges Erlebnis.« Ihr Blick ging zu Henderson zurück. »Was weiß ich von Ihnen? Seit kurzem nur, daß Sie mit Ihrem Gehalt keine Familie ernähren können. Daß irgend etwas vorgefallen ist, was Ihre Beförderung verhindert. Daß Sie auf einem Eisberg leben werden. Daß Sie ein guter Kamerad sein werden...«

»Danke. Das ist schon eine Menge.« Es klang ein wenig ironisch und traurig. »Aber nicht genug...«

»Was erwarten Sie denn, Ric?« Virginia spürte plötzlich ihr Herz; es war wie eine Umklammerung, die das Atmen erschwerte.

»Ein kleines Funkeln in Ihren Augen. Ein winziges Signal. Verdammt, ich bin kein schüchterner Junge, aber bei Ihnen ist alles anders.«

»Soll das eine Erklärung sein, Ric?« Sie sah ihn jetzt voll an, wünschte sich, Lester aus ihren Gedanken streichen zu können und den dummen, unnützen Panzer, mit dem sie sich umgab, abzulegen. »An der Reling eines Flugzeugträgers, bei Mövengeschrei und gegen den Kiel klatschendem Treibeis?«

»Der einzige Platz auf dieser schwimmenden Stadt, wo wir wirklich einmal allein sind. Immer ist Walker um Sie oder Seymore oder Brooks oder jede Menge anderer Männer. Virginia, ich liebe Sie...«

»Mein Gott, war das schwer, nicht wahr?«

»Das kann man wohl sagen.«

»Und nun?«

»Es fehlt deine Antwort.«

»Ric Henderson, du bist wirklich ein großer Junge...« Sie streckte den Kopf vor, schloß die Augen und wartete, bis sie seine Lippen spürte. Da schlang sie die Arme um seinen Nacken, erwiderte seinen Kuß, fühlte, wie ein Glücksgefühl sie mit Wärme füllte, wie es keine eisige Luft mehr gab, keinen schneidenden Wind, hörte das Kreischen der jetzt von allen Seiten heranschießenden Möven und das Knirschen der Eisschollen an den Stahlplatten des Schiffes, eine neue Welt, die offen vor ihr lag.

Adieu, Lester Sinclair-Brown, adieu... Ich bin nicht mehr in deiner Welt, und ich kehre auch nie wieder dahin zurück...

Das Funktelegramm, das über Satellit und codeverschlüsselt die »Nadeshna« erreichte, war kein Anlaß für Vizeadmiral Schesjekin, sich Sorgen zu machen.

Braslowski, der den Text, vom Funkoffizier übersetzt, zu Schesjekin brachte, zeigte dagegen eine betroffene Miene. »Wie erwartet, Genosse Admiral!« sagte er, noch bevor Schesjekin das Papier gelesen hatte.

»Wie erwartet! Was heißt das, Iwan Gregorowitsch? Sind wir denn allein auf der Welt?« Schesjekin wedelte mit dem Papier durch die Luft und las den Text noch einmal durch.

»Die neuesten Satellitenfotos zeigen, daß ein amerikanischer Flugzeugträger Kurs auf die Antarktis genommen und die Treibeisgrenze bereits erreicht hat. Kursberechnungen ergeben, daß er in das Ross-Meer vordringen wird und damit unmittelbar in unser Operationsgebiet. Ob er versuchen wird, den Eisberg anzusteuern, ist noch ungewiß. Die Fotos zeigen auch eine Verstärkung der amerikanischen Station McMurdo. Der Kurs des Flugzeugträgers wäre in Richtung McMurdo möglich. Es wird äußerste Vorsicht befohlen! Keine Konfrontationen! Der Verband wird angewiesen, alle Operationen auf die neue Lage abzustimmen. Meldungen an I./IV. täglich. Wir unterrichten über weitere Bewegungen der Amerikaner.«

Schesjekin warf das Telegramm auf den Tisch und sah Braslowski fordernd an. »Die Hose flattert Ihnen, Braslowski. Warum denn?«

»Der Genosse Malenkow muß mit ›Gorki‹ den Kurs des Flugzeugträgers kreuzen, um ›Morgenröte‹ zu erreichen. Wenn er in dessen Sonarbereich kommt...«

»Jurij Adamowitsch ist kein Idiot! In zwei Stunden fährt er die Antenne aus, und wir geben ihm die Meldung durch.«

»Die Amerikaner werden Beobachtungsflugzeuge losschicken.«

»Wir sind unsichtbar.« Schesjekin lehnte sich zurück. »Wir sehen von oben aus wie kleine Eisberge. Sie haben es doch gelesen, Genosse: Die Amerikaner bauen McMurdo aus. Der Eisberg interessiert sie nicht. Hier, bei der Sturge-Insel, sucht uns keiner. ›Morgenröte‹ schwimmt im Ross-Meer, das ist über 1200 km weit entfernt. Und Malenkow mit seinen U-Booten ist noch unsichtbarer als wir. Iwan Gregorowitsch, wir haben die besseren Karten.«

Am Abend meldete sich endlich die »Gorki«. Malenkows Stimme klang etwas dünn und leise, und Schesjekin knurrte wütend: »Längst wären wir der mächtigste Staat der Welt, wenn man nicht so viel Ausschuß bauen würde. Die Amerikaner werfen die Hälfte weg, weil sie davon zu viel haben; wir werfen die Hälfte weg, weil es Mist ist! – Jurij Adamowitsch, Ihre Meldung.«

»Genosse Admiral, keine besonderen Vorkommnisse. Wir sind gut vorangekommen und befinden uns 340 Seemeilen von ›Morgenröte‹ entfernt. Wir liegen auf Antennentiefe, über uns ist dichtes Treibeis. Die Stimmung an Bord ist gut. Alle warten auf den großen Augenblick, wo wir die Fahne der Sowjetunion in das Eis unseres Berges stecken werden.«

»Wir sind stolz auf Sie, Jurij Adamowitsch.« Schesjekin warf einen triumphierenden Blick zu Braslowski. Unsere neuen Helden sind das, hieß dieser Blick. Die stillen, unbekannten Helden. Und von denen haben wir viele – wir sprechen nur nicht darüber. Rußland war immer ein Volk der Tapferen, sonst hätten wir die Jahrhunderte nicht überstanden. »Nur – eine neue Situation ist eingetreten.«

»Sie sitzen im Eis fest, Genosse Admiral?«

»Darauf sind wir vorbereitet. Nein, die Amerikaner sind da!«

»Auf der ›Morgenröte‹?«

»Nein. Satellitenfotos zeigen, daß sie ihren Stützpunkt McMurdo ausbauen. Ein Flugzeugträger ist auf dem Weg ins Ross-Meer. Er muß Ihren Weg kreuzen, Malenkow. Sie dürfen sich auf keinen Fall bemerkbar machen. Wenn die Amerikaner Sie orten, wird man Moskau auf die Stiefel steigen.«

»Es könnte auch ein neuseeländisches oder argentinisches U-Boot sein, Genosse Admiral. Wer vermutet uns am Südpol?«

»Die Amerikaner sind keine Dummköpfe, Malenkow.«

»Irgendeinen Verdacht können sie nur haben, wenn sie selbst den Eisberg besetzen wollen.«

»Jurij Adamowitsch, das ist logisch.« Schesjekin kratzte sich das dicke Kinn. »Der beste Weg nach McMurdo ist der McMurdo-Sund. Nordwestlich von ihm, zwischen Scott Base und der Walfischbucht, treibt unser Berg. Durchqueren Sie den Sund in voller Fahrt, ehe der Amerikaner dort einläuft. Dann warten wir ab, wie sich die Lage weiter entwickelt. Es kann sein, daß wir unsere Position verlassen und uns in einem Sund südöstlich von Kap Colbeck verstecken. Dann liegt zwischen ›Morgenröte‹ und uns nicht mehr der Amerikaner.«

Malenkow schwieg. Er schien die Karte zu studieren. Schesjekin pfiff unterdessen ungeduldig durch die Zähne, so unmelodiös, daß es sogar Braslowski weh in den Ohren tat.

Endlich meldete sich Malenkow wieder. »Eine gute Idee, Genosse Admiral. Eine vorzügliche.«

»Was?«

»Der Ortswechsel, den Sie vorschlagen. Wenn Sie in den Roosevelt-Sund einlaufen und in einem Seitenarm ankern, wird uns niemand entdecken. Einen doppelten Vorteil haben wir: Wir sind sehr nah an ›Morgenröte‹ und haben 400 Seemeilen freies Wasser.«

»Ich werde es Admiral Sujin vorschlagen.«

»Aber dann kreuzen Sie die Route des Flugzeugträgers, Genosse Admiral.«

Schesjekin hob den Blick zur Decke der Funkstation, als habe man ihn tödlich beleidigt. »Jurij Adamowitsch«, sagte er gedehnt, »haben Sie schon mal einen Geist auf dem Meer gesehen?«

»Nein.«

»So ist es. Wir werden wie ein Geist sein, die Amerikaner werden nicht mal einen Hauch von uns spüren. Malenkow, viel Glück...«

Das Gespräch war beendet. Die »Gorki« zog die Antenne ein und ging wieder auf 60 Meter Tiefe. Ihre Scheinwerfer erhellten um sie herum das Meer, Radar und Sonar tasteten den Weg vor ihr ab, auf den Bildschirmen zogen flimmernde Punkte vorbei, das unter dem Meeresspiegel treibende Massiv von Eisbergen.

Malenkow befahl volle Kraft. An den Kontrollgeräten saßen die Spezialisten, Schweißtropfen auf der Stirn. Konnte man bei dieser Geschwindigkeit noch ausweichen, wenn auf dem Radarschirm ein Eisberg auftauchte?

»Was denkst du, Nurian?« fragte Malenkow und brütete wieder über der Karte.

Oberleutnant Nurian, der Navigationsoffizier der »Gorki«, gab keine Antwort. Wer verstand diese Frage?

»Was haben die Amerikaner vor?« fragte Malenkow weiter.

»Sie verstärken die Basis McMurdo, Genosse Kommandant.«

»Warum tun sie das?«

»Wer kann ihre Gedanken lesen?«

»Einfach ist es, von McMurdo zu ›Morgenröte‹ hin und her zu pendeln...«

Nurian schüttelte den Kopf. »Warum dieser Umweg, Jurij Adamowitsch? Die Amerikaner könnten es einfacher haben: Sie besetzen einfach den Berg.«

»Nicht, wenn sie auch etwas Besonderes mit ihm planen.«

»Haben sie es nötig? Sie brauchen keine U-Boot-Basis wie wir.«

»Wenn man es so sieht...« Malenkow wickelte ein Honigbonbon aus dem Papier und schob es in den Mund. Im Boot herrschte strengstes Rauchverbot; man wich auf Süßigkeiten aus. »Trotzdem, der Flugzeugträger gefällt mir nicht. Warum baut man McMurdo aus, gerade jetzt, wo der Eisberg im Ross-Meer treibt?«

»Zufall. Es gibt solche verrückten Zufälle, Jurij Adamowitsch. Einen Onkel habe ich, in Tbilisi. Eines Morgens geht er spazieren, ganz friedlich, hat Laika, sein Hündchen, an der Leine, denkt sich nichts Böses, und plötzlich hört er Geschrei: ›Haltet ihn, haltet ihn!‹ Was macht Onkelchen? Er bleibt natürlich stehen und wundert sich. Da kommt um die Ecke ein Mann gerannt, wirft ihm etwas zu, Onkelchen fängt es auf, Laika knurrt und zieht an der Leine, und der gehetzte Mann läuft weiter, nun von seiner Last befreit, und verschwindet zwischen den Bäumen im Park. Ha, und dann kamen die anderen um die Ecke, immer noch brüllend: ›Haltet ihn! Haltet ihn!‹, und rennen an Onkelchen vorbei, und Laika knurrt und zerrt an der Leine, und keiner beachtet ihn, und alle verschwinden zwischen den Bäumen. Da steht nun Onkelchen, ein Paket in der Hand, nein, was sage ich, eine Art Leinensäckchen, mit Leder verstärkt, sieht es an und weiß nicht, was damit anfangen. Nach Hause geht er also, öffnet das Säckchen, und was kommt hervor? Na? 7300 Rubelchen in Scheinen! Das Herz blieb Onkelchen fast stehen. Noch nie hatte er so viel Geld gesehen, nicht in seinen Händen. Und am nächsten Tag stand es in der Zeitung: Ein Unbekannter hatte die Bank überfallen und konnte flüchten. 11 000 Rubel soll er mitgenommen haben, dabei waren's nur 7300. Was tat Onkelchen? Behalten hat er die Rubelchen, als er das las. ›Halunken seid ihr alle!‹ hat er sich beruhigt. ›Also darf ich auch ein Halunke sein.‹ Jetzt ist Onkelchen an einem Betrieb beteiligt, der Hosenträger herstellt. Gut, sehr gut geht es ihm. Siehst du, Jurij Adamowitsch, das war auch so ein verrückter Zufall ...«

»Hoffen wir, daß die Amerikaner genug Hosenträger haben«, sagte Malenkow spöttisch und klopfte Nurian auf die Schulter. »Was ihr auch alle redet, mir kommt der Flugzeugträger unheimlich vor.«

»Genossin Ljuba Alexandrowna, ich habe vorhin mit Malenkow gesprochen«, verkündete Schesjekin vor dem Abendessen. Er saß mit der Berreskowa im Vorraum des Offizierskasinos und trank mit ihr zur Appetitanregung ein Glas grusinischen Kognak. Bester Laune war er: Admiral Sujin hatte aus Moskau von sich hören lassen und es Schesjekin überlassen, ob er bei der Sturge-Insel bleiben wolle oder sich im Roosevelt-Sund verstecke. Nur eine Bedingung gab es: unsichtbar bleiben.

»Wie geht es Jurij Adamowitsch?« Ljubas Frage war kühl, ihre Stimme noch uninteressierter. Beherrschen konnte sie sich, so vollkommen, daß nicht das kleinste Zucken der Mundwinkel, kein Zittern in den Augenwinkeln, keine Unruhe in den Fingern verrieten, wie diese Mitteilung sie innerlich aufregte.

»Gut! Sehr gut! Er ist gut vorangekommen. Er könnte morgen den Eisberg erreicht haben. Für mich war es sicher: Nur Malenkow ist der Mann, der als erster seinen Fuß auf ›Morgenröte‹ setzt. Ein Pionier ist er, wie die Eroberer Sibiriens. Ein moderner Jermak, ein Nachfolger von Stenka Rasin.« Schesjekin blickte zur Seite auf die Berreskowa. »Sie mögen ihn nicht, Genossin?«

»Ich kenne ihn zu wenig, Wladimir Petrowitsch«, log sie.

»Wir dachten immer, daß Sie und Jurij – wir dachten das alle. Oft hat er Sie besucht, auf Sachalin...«

»Ich bin überwacht worden, Genosse Admiral?«

»Nur zu Ihrer Sicherheit. Zu wertvoll sind Sie uns, Ljuba Alexandrowna. Unter so vielen rauhen Kerlen eine Frau wie Sie... Wir waren alle beruhigt, daß Malenkow sich Ihnen widmete. Aber nun sehe ich, er war der Falsche.«

Die Berreskowa spürte einen schmerzhaften Stich in der Brust. Ein fürchterlicher, würgender Verdacht stieg in ihr hoch. Erwiese er sich als wahr, würde es sein, als reiße man Stücke aus ihrem Fleisch. »Jurij Adamowitsch hatte den Auftrag, sich um mich zu kümmern?« fragte sie mit der gleichen kühlen Stimme. »Sie haben ihm befohlen, auf mich aufzupassen, Genosse Admiral?« Eine Qual war jedes Wort, aber niemand hörte es am Klang.

»Was denken Sie von mir, mein Täubchen! Jurij führte keinen Befehl aus.«

Die Antwort befriedigte sie nicht. Ein Auftrag ist kein Befehl, da muß man gut unterscheiden können. War alle Liebe seinerseits nur Berechnung gewesen? Hatte man sie gedemütigt bei jeder Umarmung? Jurij Adamowitsch, wir werden darüber sprechen, und wenn du dabei verreckst... »Wann kommt Kapitän Malenkow wieder?« fragte sie kühl, gepanzert von ihrer Beherrschung.

»In zwei oder drei Wochen.« Vizeadmiral Schesjekin nippte wieder an seinem grusinischen Kognak. »Wir ändern unsere Position. Wir fahren in einen Sund ein, in den großen Roosevelt-Sund, und verstecken uns da im Eis. Dann sind unsere U-Boote nahe am Berg und müssen nicht den amerikanischen Flugzeugträger unterqueren.« Er blickte zur Tür. Obermaat Pralenkow meldete durch Strammstehen, daß der Tisch zum Abendessen gedeckt sei. »Bis dahin müssen wir uns wie ein Fuchs anschleichen. In einer Stunde nehmen wir wieder Fahrt auf.« Er erhob sich und reichte der Berreskowa seine Hand. Aber sie übersah sie. »Warum mögen Sie Malenkow nicht?« fragte er wieder.

»Überheblich finde ich ihn. Ein Schwätzer.«

»Jurij? Aber nein! Er wird ein Held sein!«

»Das eine schließt das andere nicht aus.«

»Sie werden mit ihm monate-, vielleicht jahrelang auskommen müssen.«

»Ich habe meine Arbeit, Genosse Admiral. Das genügt. Ich bin keine Frau, die unbedingt einen Mann braucht, um leben zu können. Meine Pflicht werde ich tun, meinem Vaterland dienen, alles andere ist nicht erwähnenswert.«

Nach dem Abendessen sang Unterleutnant Temjun wieder Lieder zur Balalaika, und der Matrose Lementjow tanzte einen Tscherkessentanz mit zwei blitzenden Säbeln. Dann ließen die anspringenden Motoren das Schiff erzittern, und langsam glitt die »Nadeshna« in die eisige Nacht hinaus, begleitet von drei U-Booten in Überwasserfahrt. Von weitem sahen sie mit ihrem weißen Tarnanstrich wie vier treibende Eisberge aus.

In dieser Nacht gelang es der Berreskowa nicht zu schlafen. Sie zog sich wieder an, warf den dicken Pelzmantel über, zog die Pelzkappe tief in die Stirn und trat hinaus auf Deck. Der Frost schnitt ihr ins Gesicht, als sei er ein Messer. Sie zog den Schal hoch bis zu den Augen, ging an die Reling und starrte in die helle Nacht. Eisschollen trieben auf das Schiff zu und wurden von dem stahlverstärkten Kiel polternd beiseite geschoben. Auf dem Dach der Kommandobrücke drehte sich das Radar, die Wachen beobachteten das Meer durch starke Nachtferngläser.

Die Berreskowa zuckte zusammen, als sich plötzlich eine Hand auf ihre Schulter legte. Sie hatte an Malenkow gedacht und keine

Schritte gehört. Aber sie drehte sich nicht um.

»Sie haben Heimweh, Ljuba Alexandrowna?« fragte eine Stimme.

Es war Kapitänleutnant Braslowskis Stimme, unverkennbar dieser gutturale Klang.

»Warum soll es Heimweh sein, Iwan Gregorowitsch?« fragte sie zurück.

»Wenn eine Frau nachts ins Meer starrt, Tausende von Meilen von der Heimat entfernt...« Braslowski legte von hinten seine Arme um sie, und sie ließ es zu, ohne ihn verwundert abzuwehren. »Kann ich Ihnen helfen?«

»Wie könnten Sie mir helfen, Genosse?«

»Einsamkeit kann zu einer Krankheit werden.« Sie spürte, wie Braslowskis Hände plötzlich zu zittern begannen. »Sie können diese Krankheit besiegen.«

»Sie kennen dagegen ein Medikament?«

»Wir sollten darüber miteinander reden. In einer gemütlichen warmen Kabine bei einer Flasche Krimsekt...«

»Bei Ihnen.« Die Berreskowa schob sanft, aber bestimmt Braslowskis Hände von ihrem Oberkörper weg. »Iwan Gregorowitsch, ich soll Ihre Geliebte werden?«

»Der glücklichste Mensch wäre ich, Ljuba Alexandrowna.«

»Es geht nicht.« Sie schüttelte den Kopf. »Zur Geliebten tauge ich nicht. Wenn ich liebe, dann zeitlos, ohne Grenzen, ohne hemmendes Gewissen. Sie haben eine Frau und zwei Kinder, Genosse Braslowski.«

»So weit weg, als seien sie auf einem anderen Stern.«

»Aber sie sind da.« Sie drehte sich um. Braslowski war ganz nahe vor ihr, sein Atemnebel überzog ihre Augen, das einzige, was nicht an ihr dick vermummt war. »Es tut mir leid, aber ich könnte Sie nie lieben.«

»Bin ich so ein häßlicher Mensch?«

»Sie sind sogar ein attraktiver Mann, Braslowski, aber –«

»Warum ein Aber?«

»Ich liebe Jurij Adamowitsch und sonst keinen.«

»Gegen Malenkow um eine Frau zu kämpfen ist sinnlos, recht haben Sie, Ljuba.« Braslowski trat von der Berreskowa zurück. »Sie stehen hier in der Nacht und denken an ihn?«

»Ja. Und bitte, Iwan Gregorowitsch, lassen Sie mich wieder allein...«

Braslowski nickte, wandte sich ab und ging.

Die Berreskowa drehte sich wieder dem Meer zu. Was habe ich da gesagt? fragte sie sich. Ich liebe Jurij? Ein Wahnsinn ist das, wo ich ihn töten will. Wie eine Hündin hat er mich genommen, und wie einen tollwütigen Hund werde ich ihn erschlagen. Jurij Adamowitsch, keine Zeit wirst du haben, ein Held der Sowjetunion zu werden...

Die »Lincoln« hatte den McMurdo-Sund erreicht und fuhr nun langsam, tastend, mit den elektronischen Augen des Radars und den elektronischen Ohren der Sonare durch das Treibeis in die Antarktis hinein. Für den riesigen Schiffskörper gab es keine Hindernisse, wenn es nicht gerade ein Eisberg war, der auf sie zuschwamm. Aber den ortete man früh genug und konnte manövrieren, ehe er gefährlich wurde.

In der dritten Nacht im Sund rief die Sonarwache die Brücke an. Korvettenkapitän Thomson, der Wachhabende, nahm den Hörer ab.

»Sir«, meldete sich die Stimme von Lieutenant Roper, dem Verantwortlichen der Sonargruppe, »wir haben ein Geräusch aufgefangen, das sich wie ein Motor anhört. Wir versuchen gerade, die Entfernung zu ermitteln. Es hört sich an wie ein U-Boot, oder der Computer spinnt mal wieder.«

»Roper, wo soll hier ein U-Boot herkommen?« Thomson sah auf das Treibeis und das in der fahlen Dunkelheit schwarze Meer hinaus. »Und was will ein U-Boot hier? Es liegen uns von der Navy keinerlei Meldungen vor.«

»Es ist verrückt, Sir, ich weiß, aber das Geräusch hört sich so an.« Lieutenant Roper starrte wieder auf die Ergebnisse der feinen Sonaraufzeichnungen. »Jetzt hört es auf.«

»Na also.« Thomson versuchte einen Witz. »Vielleicht hat ein Walfisch im Schlaf mit dem Schwanz gewackelt.«

»Ein fremdes U-Boot, Sir –«

»Wer? Welcher Idiot fährt unter Wasser in der Antarktis herum? Nicht mal die Russen kämen auf diese verrückte Idee.«

»Da ist es wieder, Sir!« Ropers Stimme klang aufgeregt. »Verdammt, es *sind* Motoren! Hier stimmt etwas nicht, Sir...«

Korvettenkapitän Thomson schüttelte den Kopf, aber er wagte es dennoch, Vizeadmiral Warner zu wecken. Dabei sah er kurz auf die Uhr. Zwei Uhr nachts.

Warner meldete sich, verschlafen, gähnend und dreimal kurz aufhustend. »Ja?«

»Hier Brücke. Thomson. Sir, das Sonar will Unterwassergeräusche vernommen haben. Motorengeräusch. Wie bei einem U-Boot...«

»Hier?« Warner gähnte wieder. »Verrückt!«

»Das ist auch meine Meinung, Sir. Aber Roper gibt keine Ruhe. Ich hielt es für meine Pflicht, Sie davon zu verständigen.«

»Ich danke Ihnen, Thomson.« Man hörte im Telefon, wie sich Warner wieder hinlegte und anscheinend aus einem Glas einen Schluck Wasser trank. »Wenn Roper sein Phantom deutlicher hört, wecken Sie mich wieder. Wo soll denn hier ein U-Boot herkommen?«

»Jawohl, Sir.« Thomson legte auf. Auf dem anderen Telefon sagte er zu Roper: »Lieutenant, vergessen Sie's! Ein Eisberg unter Wasser ist uns wichtiger.«

Mißmutig legte Roper den Hörer weg und starrte auf die Sonarimpulse. Das geheimnisvolle Geräusch war wieder verstummt. »Da hält uns einer zum Narren!« knurrte er wütend, so laut, daß es alle im Sonarraum hörten. »Es waren Motorengeräusche, oder ich bin plötzlich ein Vollidiot geworden!«

Das Grinsen in den Gesichtern der Elektronikspezialisten trug nicht dazu bei, seine Stimmung zu heben. Er verließ den Sonarraum, ging in die Kantine und trank einen heißen Tee mit viel Zucker.

Die »Gorki« hatte den McMurdo-Sund erreicht und ging auf mehr Tiefe. In Schleichfahrt, mit so wenig Motorengeräusch wie möglich, begann die Durchquerung. Im Sonar fing man deutlich das Dröhnen der schweren Motoren des Flugzeugträgers auf und wußte, daß die »Gorki«, wenn auch ganz schwach, von den amerikanischen Horchgeräten erfaßt werden würde.

»Maschinen stop!« sagte Malenkow, als Oberleutnant Nurian ihm zunickte. Vollkommen still war es im Boot. Auch wenn kein

Krieg war, wenn keine Wasserbomben fielen und das Schiff durcheinanderrüttelten, die Spannung war die gleiche wie im Ernstfall. Alle lagen in ihren Kojen, nur die Wachen und die Offiziere standen an ihren Posten.

Im Kommandoraum saß Malenkow auf einem eisernen Stuhl und starrte vor sich hin. In zwei Tagen haben wir »Morgenröte« erreicht, dachte er. Dann werden wir in der weiten Bucht auftauchen und über Wasser in den überdeckten Eisfjord einfahren, in den Berg hinein, und die Fahne der Sowjetunion in das Eis stoßen. Ein großer Augenblick wird das sein, und es ist schade, Ljuba Alexandrowna, daß du nicht bei mir bist und es siehst. Sag, wie soll das werden mit uns? Das herrlichste Raubtier auf dieser Welt bist du, frißt die Männer und läßt die Überreste ohne Reue zurück. Das Grab deines Mannes kennst du nicht mal; dieser Oleg – welch ein Idiot! – hat sich deinetwegen umgebracht. Wie viele, gesteh es, haben sich deinetwegen das Leben genommen, drei oder vier oder fünf? Kannst dein Bett polstern mit den Leichen, was, kannst eine Liste führen über deine Opfer, und dann sitzt du da und hörst Beethoven und Wagner und Tschaikowski und Borodin, schreibst an einem Roman, von dessen Seiten das Blut tropfen müßte, und dann ziehst du dich aus, legst dich auf das Bett, auf das mit Leichen gepolsterte Bett, und ich werfe mich auf dich, und wir lieben uns wie Rasende, und ich bin für dich doch nichts anderes als das Spinnenmännchen, das nach der Liebe totgebissen und aufgefressen wird. Wann wird das sein, Ljuba Alexandrowna? Nur vergiß nicht das eine: Wehren werde ich mich! Mich treibt niemand in den Selbstmord, auch du nicht! Oder kannst du mit eigener Hand töten? Warum begreife ich nicht, wie du bist?

»Langsame Fahrt…«, sagte er.

Im Maschinenraum brummten leise die atomgetriebenen Motoren auf. Die »Gorki« glitt weiter durch den McMurdo-Sund. Eine halbe Stunde lang, dann lag sie wieder regungslos in der Tiefe. Es war das Katz-und-Maus-Spiel, das Lieutenant Roper auf der »Lincoln« zur Verzweiflung brachte. Niemand glaubte ihm, und deshalb rief er auch nicht mehr Thomson auf der Brücke an.

Den Rest der Nacht lag Malenkow auf seinem Bett; er hatte Nurian das Kommando übergeben. In ihm brannte die Sehnsucht nach Ljuba Alexandrowna, eine selbstzerstörerische Leidenschaft, die mit jeder Erinnerung an sie und die vergangenen Liebesstunden stärker wurde. Wenn er die Augen schloß, sah er ihren geschmeidigen Leib vor sich liegen, hörte ihre Stimme, spürte ihren Atem, vernahm das Klopfen ihres Herzens in seinem Ohr, fühlte den Druck ihrer Arme und Beine und die Fessel ihrer Umklammerung, und dann mußte er aufspringen, hinaus aus seinem Bett; er riß die Tür eines Wandschrankes auf und holte die heimlich an Bord gebrachte Flasche Wodka, setzte sie an den Mund und soff wie ein Ausgedörrter in der Wüste, der ein Wasserloch erreicht hat. Darauf war ihm wohler, seine Augen wurden glasig, es gelang ihm noch, die Flasche zurück in das Versteck zu schieben, und dann schlief er, wie mit Blei gefüllt. Aber auch der Schlaf wurde zur Qual; er träumte von Ljuba Alexandrowna.

Am Morgen waren sie so weit von dem amerikanischen Flugzeugträger entfernt, daß sie ohne Risiko die Fahrt wieder aufnehmen konnten; in einem anderen kleinen Sund tauchten sie sogar auf und schüttelten sich alle die Hände, als habe man einen Sieg zu feiern.

Über Funk meldete sich Malenkow bei Vizeadmiral Schesjekin.

»Bum!« sagte Schesjekin fröhlich. »Haben Sie das gehört, Jurij Adamowitsch?«

»Deutlich, Genosse Admiral.«

»Das war der riesige Felsstein, der mir vom Herzen fiel. Und nun eine frohe Meldung für Sie: Wir sind auf der Fahrt zu Ihnen. Wir haben die Sturge-Insel verlassen und fahren an der Treibeisgrenze entlang bis zum Roosevelt-Sund. Wir werden in den Sund hineinfahren und dort an einer gut geschützten Stelle Anker werfen. Die genaue Position geben wir Ihnen noch durch. Von dieser Stelle aus können wir dann einen Pendelverkehr zur ›Morgenröte‹ einrichten, ohne den Amerikanern in die Quere zu kommen.«

»Ein guter Plan, Genosse Admiral.« Malenkow überlegte, wie er am unauffälligsten fragen konnte. »Ist alles in Ordnung bei Ihnen?«

»Bestens. Jeden Abend gibt Temjun eine Vorstellung, der Chor der ›Nadeshna‹ singt, es wird getanzt, und alle denken an Sie und die tapferen Matrosen der ›Gorki‹. Nur gestern hat es eine kleine Schlägerei gegeben. Der Maat Plochinow wurde dabei überrascht, wie er die Genossin Berreskowa in der Sauna beobachtete. Zwei andere Matrosen, die das Gleiche im Sinn hatten, verprügelten ihn.«

»Genosse Admiral, Sie sollten die Kerle über Bord werfen!«

»Wer kann sie verurteilen, wenn Ljuba Alexandrowna nackt im Bad herumspringt? Die drei Erhitzten zittern jetzt in einem kalten Ladebunker und kühlen sich ab.« Schesjekin lachte kurz auf. »Sind Ihre Nerven stark genug, einen Schlag zu ertragen?«

»Ich glaube es, Genosse Admiral.«

»Lange haben wir darüber diskutiert: Ljuba Alexandrowna mag Sie nicht, Malenkow. Und wir alle hatten gedacht –«

»Hat sie das gesagt?«

»Völlig gleichgültig sind Sie ihr. So kalt wie das Eis um uns herum ist sie. Wenn Temjun singt, funkeln ihre Augen; aber so blicken auch die Augen eines Bären. Wer wird aus ihr klug? Jurij Adamowitsch, viel Glück weiterhin.«

Das Gespräch war beendet.

Malenkow ging in den Kartenraum, studierte den Roosevelt-Sund und befahl dann zu tauchen.

Sie springt nackt im Schwimmbad herum und läßt sich dabei beobachten. Ein schwerer Druck senkte sich auf sein Herz. Sie tut das bewußt, natürlich, ganz bewußt tut sie das. Sie weiß, daß Schesjekin es mir erzählen wird. Sie will mich damit treffen, sie will mein Herz aufreißen, sie ist eine Sadistin. An meiner Qual labt sie sich, sie ist dabei, mich aufzufressen, mich, das Spinnenmännchen...

Die »Lincoln« hatte Anker geworfen, dort, wo der Sund am breitesten war und am wenigsten die Gefahr bestand, daß sie vom Eis eingeschlossen wurden. Zwei Aufklärer waren gestartet und zur Forschungsstation McMurdo geflogen. Der Funkverkehr zwischen dem Flugzeugträger und der US-Basis klappte vorzüglich, General Seymore war bester Laune und hatte vom Pentagon einen herzlichen Glückwunsch empfangen. General Pittburger berichtete, daß wider Erwarten die Zusammenarbeit zwischen Air Force und Navy voll Harmonie sei und daß für das Unternehmen »Big Johnny« die Befehlsgewalt zentral auf einen Sonderstab im Pentagon übergegangen sei. Vor Ort war nur General Seymore verantwortlich.

»Das will bei den sturen Eierköpfen der Navy schon was heißen!« sagte Pittburger fröhlich. »Aber jetzt kitzelt sie der Ehrgeiz mitzumachen. Sie haben sogar angeboten, uns drei Transportmaschinen vom Typ Hercules C-130 mit Eisgleitern zur Verfügung zu stellen. Zwei sind bereits auf McMurdo stationiert. Was sagen Sie nun, Herbert?«

»Eine große Hilfe, Louis. Wir haben es vor zwei Stunden aus McMurdo erfahren, daß dort zwei Hercules stehen. Damit ist es natürlich viel einfacher, das gesamte Material auf den Eisberg zu schaffen, als mit unseren Hubschraubern. Die Frage ist nur, ob diese Riesendinger auf dem Eisfeld landen können.«

»Es sind die besten Eispiloten, die wir haben. Die Navy sagt, sie starten und landen auf dem Eis wie auf dem Kennedy Airport. Die dritte Maschine kommt von Pearl Harbor zu Ihnen. Herbert, wann hissen Sie die Flagge auf dem Berg?«

»Morgen, Louis. Commander Brooks und Lieutenant Henderson werden es übernehmen. Sergeant Buttler wird es filmen. Ein Jammer, daß wir diesen Film nie werden zeigen dürfen. Die Nation würde stolz sein.«

»Wirklich ein Jammer. Ich rufe gleich den Präsidenten an, er will über alles unterrichtet werden.«

Gegen Abend kamen die beiden Aufklärer von McMurdo zurück und landeten auf dem Flugdeck, aufgefangen von den federnden Gummiseilen. Mit Jubel und Winken wurden sie empfangen.

»Jetzt wird es ernst, Virginia«, sagte Henderson. Er stand mit ihr windgeschützt unter einem der Aufbauten und sah zu, wie die Flugzeuge zu den Liften fuhren, die Flügel hochgeklappt wurden und alles im riesigen Bauch des Trägers verschwand. »So glücklich ich bin, daß du hier bist, mir wäre es jetzt lieber, du wärst in San Francisco geblieben.«

»Dann hätten wir uns nie kennengelernt, Ric.«

»Das stimmt, ich bin ein dummer Kerl. Ich sollte ›Big Johnny‹ küssen.«

Sie lachte und lehnte den Kopf an seine Schulter. »Er hat nichts davon. Halte dich lieber an mich.«

Lieutenant Alan Cobb, der gerade vorbeiging, blieb stehen und warf einen langen Blick auf Virginia und dann auf Henderson. Cobb war in der kleinen Gruppe, die als erste den Eisberg betreten und die ersten Isolierbaracken bauen sollte. Er war ein großgewachsener, sportlicher, durchtrainierter Mann mit einem kantigen Gesicht und meerblauen Augen und stolz darauf, zu einer Pioniersondereinheit zu gehören, die damals, in Vietnam, in aller Munde war wegen ihrer Spezialität, unterirdische Bunkeranlagen des Vietkong auszuräuchern. Viele hatten sie Helden genannt, die meisten aber Kopfjäger. Es war eine gehaßte Truppe gewesen, ein Haufen gnadenloser Killer in Uniform. Das war nun zwar lange her, aber auch wer jetzt in dieser Truppe diente, fühlte sich als etwas Besonderes und benahm sich auch so.

»Adam und Eva«, sagte Cobb gehässig. »Ihr habt Mut.«

»Gehen Sie weiter, Alan«, knurrte Henderson.

»2500 geile Jungs an Bord und nur eine Frau. Haben Sie keine Angst, Ric, daß Ihnen nicht eines Tages ein Messer zwischen den Rippen steckt? Und Sie, schöne Lady, bekommen einen Sack über den Kopf, und dann hören Sie bloß auf zu zählen, wie viele Männer über Sie herfallen. Erwischen wird man doch keinen.«

»Alan, man sollte Ihnen in die Schnauze hauen!« sagte Ric ruhig. »Aber dazu sollten wir erst die Uniform ausziehen.«

»Der Kleine bläht sich auf und wird zum Gummitiger! Wenn Sie ein neues Gebiß wollen, Ric – ich bin bereit. Wir treffen uns im Boxsaal von Block II. Einverstanden? Ganz offiziell verbiege ich Ihnen Ihre Visage! Standen Sie schon mal im Boxring?«

»Wie wäre es, Lieutenant«, sagte Virginia und lächelte ihn an, »wenn wir zwei in den Ring steigen?«

»Sofort!« Cobb rieb sich die Hände. »Aber dann ohne Handschuhe und Bandagen. Da will ich was zwischen die Finger nehmen.« Er kam langsam näher, musterte Virginia mit unverschämten Blicken und blieb nahe vor ihr stehen. Henderson beachtete er gar nicht. Für ihn war er ein Gegenstand, der allenfalls im Wege stand. »Brauchen wir dazu einen Boxring, Kleine? Ich kann Ihnen da eine gemütlichere Matte nennen.«

»Noch ein Wort, Alan!« sagte Ric warnend.

»Halt's Maul, Kleiner, wenn Große sprechen.« Cobb streckte die Hand nach Virginia aus, aber weiter kam er nicht. Plötzlich schwebte er in der Luft, vollführte eine Drehung und landete dann wieder auf Deck, hart auf die linke Schulter aufprallend. Er war zwar sofort wieder mit einem wilden Satz auf den Beinen, aber er wich zwei Schritte von Virginia zurück und preßte die rechte Hand auf das Schultergelenk. »Verdammt«, keuchte er, »wo hast du das gelernt?«

»Das war der einfachste Griff, Lieutenant«, sagte sie ruhig. »Beim nächstenmal wird es Karate sein.«

»Auch da kann ich mithalten! Heute hast du mich damit überrascht, Kleine!«

»Ich warne Sie, Cobb!« Virginia lächelte ihn wieder an, und jetzt wußte Cobb, wie gefährlich dieses Lächeln sein konnte. »Ich habe die höchste Form gelernt, Kung-Fu.«

»Sie wußten das, Ric?« Cobb warf einen haßerfüllten Blick auf Henderson.

»Natürlich. Und jetzt hauen Sie endlich ab, Alan!«

»Sagen Sie bloß, Sie können auch Kung-Fu!«

»Noch nicht. Aber ich werde bei Miß Allenby Unterricht nehmen, und das verspreche ich Ihnen«, seine Stimme wurde jetzt sehr ernst, »wenn Sie Virginia nur einmal anfassen, breche ich Ihnen das Genick.«

»Das schreibe ich mir ins Herz, Ric! Sie hören noch von mir!« Cobb drehte sich, stöhnte bei dieser abrupten Bewegung etwas und ging dann davon, die rechte Hand noch immer auf die linke Schulter gepreßt.

Virginia sah ihm nach, bis er zwischen den Aufbauten verschwand. »Nun haben wir einen Feind, Ric«, sagte sie. »Das läßt er nicht auf sich sitzen. Das will, ja das muß er ausbügeln. Und wir müssen mit ihm monatelang zusammenleben.«

»Ich werde mit Commander Brooks reden.«

»Cobb gehört weder zur Navy noch zur Air Force. Er hat seine eigene Pioniertruppe.«

»Aber Seymore hat den Oberbefehl.«

»Wenn auch. Außer euch Fliegern ist Cobbs Bautrupp der wichtigste auf dem Eisberg. Wer soll die Häuser aufstellen?«

»Er soll Cobb ablösen und zurück in die Staaten schicken.«

Es war ein Wunsch, das wußte Henderson genau, der nie in Erfüllung gehen würde. Das einzige, was bei einer Meldung herauskam, war eine Verwarnung von Cobb. Er würde sie wegstecken wie einen faden Witz und auf einen günstigen Moment warten, ihnen die Blamage heimzuzahlen. Man hatte Zeit auf »Big Johnny«, viel Zeit, und sicherlich auch viele Gelegenheiten.

»Warum müssen Männer immer Feinde werden?« sagte Virginia.

»Warum kämpfen die Robbenbullen um eine Seekuh?« Henderson legte den Arm um Virginia und zog sie an sich. »Auch nach 100000 Jahren hat der Mensch das Tier in sich. Die mörderischsten Kämpfe in der Natur sind die Kämpfe um das Weibchen. Nur wir Menschen glauben, anders zu sein; dabei sind wir am hinterlistigsten.«

Sie gingen zu ihren Kabinen zurück, und es war wie immer, wenn Virginia in dieser reinen Männergesellschaft auftauchte: Man pfiff ihr nach, rief ihr Worte zu oder eindeutige Ferkeleien.

Mit in den Nacken geworfenem Kopf ging sie durch dieses Spalier männlicher Sehnsüchte, mit kräftigen Schritten und einem stolzen, abwehrenden Gesicht, und keiner sah die Angst, die in ihr war, bis sie ihre Kabine erreicht hatte und sie sofort hinter sich verriegelte.

Alan Cobb, er würde ein Problem werden.

Es war falsch gewesen, ihn auf die Bretter zu werfen, aber es war geschehen, und man mußte jetzt mit seinem Haß leben.

Ein sonniger Morgen war es, ein strahlender Tagesanfang, als in der weiten Bucht des Eisberges »Morgenröte« zuerst das Periskop und dann der lange, weiße, stählerne Körper der »Gorki« aus dem tiefblauen Meer tauchte. Wie ein glitzernder Riesenfisch drückte er ein paar Eisschollen weg und hob sich dann wie schwerelos auf die Oberfläche der See.

Kaum war der Turm in der reinen, kalten Luft, flog das große Schott auf, und Kapitän Malenkow kletterte ins Freie und stürzte an das Schanzkleid. Weit breitete er die Arme aus, als könne er den Eisberg an sich drücken, und dann überfiel ihn die tiefe Rührung, die zum Wesen jedes Russen gehört. Er umarmte Nurian, der als zweiter auf den Turm kletterte, und hatte Mühe, nicht zu weinen. Aber sie küßten sich dreimal auf die Wangen, drückten sich beide Hände und standen dann Hand in Hand wie Kinder in einem Wunderland vor der 400 Meter hohen Eiswand, die sich vor ihnen mit bizarren Zacken, mit Türmen und Grüften aufbaute.

Die gesamte Mannschaft kam an Deck, nahm Aufstellung wie zu einer Parade, stand stramm, die Köpfe flogen auf ein Kommando zur

Seite mit Blick auf Malenkow, und der wachhabende Offizier meldete mit lauter, heller Stimme: »Melde, Genosse Kapitän: Boot ›Gorki‹ hat befohlenes Ziel erreicht.«

»Danke, Semjon Nikolajewitsch.« Malenkow grüßte zurück. Ihm war es, als drücke ein harter Daumen auf seine Kehle. Voll Rührung füllten sich seine Augenwinkel mit Tränen. »Es lebe das sowjetische Volk! Es lebe Mütterchen Rußland! Es lebe unser sozialistischer Staat!«

Und dann hallten zum erstenmal 350 Männerstimmen gegen die himmelhoch ragende eisige Wand: »Es lebe das Sowjetvolk!«

Vom Achterdeck, wo die Bordkapelle Aufstellung genommen hatte, erklang die Nationalhymne. Am Turm stieg langsam die rote Fahne mit dem goldenen Hammer und der goldenen Sichel empor, und das war nun der Augenblick, wo Malenkow sich nicht mehr schämte, daß ihm die Tränen über die Wangen liefen, und er die Fahne und den Eisberg grüßte und wußte, daß dies die größte Stunde seines Lebens war, eine Sternstunde, die ein Mann nur einmal erleben kann.

»Genossen«, sagte er, als die Hymne beendet war, »das ist nur der Anfang. Ihr alle wißt, was noch vor uns liegt. Viel Arbeit wird es geben, viele Opfer werden wir bringen müssen, auf die Zähne beißen werden wir, verfluchen werden wir den Eisberg noch, aber es wird immer eine Ehre bleiben, diese Arbeit für unser Volk tun zu dürfen. – Alle Mann auf Station! Nurian!«

»Genosse Kapitän.« Der Leitende Offizier stand wieder stramm.

»Wir fahren den Berg entlang. Langsame Fahrt. Nach fünf Seemeilen erreichen wir den Fjord und werden dann sehen, ob er befahrbar ist. Ich bleibe auf der Brücke.«

Durch die Lüftungsrohre wurde jetzt herrliche, klare, reine Luft ins Boot gesogen, eine Wohltat nach der langen Unterwasserfahrt, Luft, die man trinken konnte wie frischen Wein, die belebte, die Lungen füllte, das Blut reinigte.

Malenkow lehnte sich gegen das Stahlrohrgitter der Brücke und klappte die Ohrenklappen seiner Pelzmütze herunter. Unter ihm, im Boot, sangen die Matrosen, als habe die köstliche Luft sie betrunken gemacht. Malenkow konnte ihre Freude mitempfinden... Mit weiten Augen blickte er den Eisberg der Breite und der Höhe nach an: 40 Kilometer breit, 156 Kilometer lang und 421 Meter hoch, ein Eisblock, dessen Ausmaß fast unbegreiflich war.

Wie sieht es in der Mitte von ihm aus? dachte er. 60, 70 Kilometer einwärts? Berge und Schluchten, Täler und Ebenen, Spalten von Hunderten von Metern und grünblau schimmernde Gletscherseen, ein Wunder der Natur werden wir besetzen, eine atemraubende Schönheit, ein Märchen aus Eis, wie es keine Phantasie beschreiben kann. Und ein immerwährender, unerbittlicher, grausamer Feind, vergessen wir das nicht, Genossen!

Über zwei Stunden blieb Malenkow, in seinen dicken Pelz vermummt, auf der Brücke stehen. Dann sah er das riesige Loch im Berg, den Eingang zum überdeckten Fjord, dem Platz, an dem die neue U-Boot-Basis entstehen würde. Ein glitzernder Schlund, ein aufgerissener Riesenmund mit gezackten, spitzen Zähnen. Das Maul eines Molochs, außen, in der Sonne, wie aus schimmerndem Glas gebaut, innen die tiefe Schwärze des Unbekannten.

Ganz langsam glitt die »Gorki« in den Eisberg hinein. Die Scheinwerfer vom Turm und von den Seiten erhellten den etwa 200 Meter breiten Fjord. Über ihnen wölbte sich wie die Kuppel einer Kathedrale die glitzernde Decke der Eishöhle, ein Anblick, der das Herz schneller und das Atmen schwerer werden ließ. Nurian und der Chefingenieur Karasow waren nun auch auf die Brücke gekommen und standen schweigend neben Malenkow. Über einen Lautsprecher hörten sie die Durchsagen der Lotpeilung. 54 Meter… 33 Meter… 21 Meter… 16 Meter…

»Maschine stop!« Malenkow stand hinter dem großen Scheinwerfer und drehte ihn nach allen Seiten, leuchtete die Eishöhle ab und die gezackten, wie aufeinander gestapelte Kristalle wirkenden Ufer. »Der Hafen«, er sagte tatsächlich Hafen, »ist nur in Überwasserfahrt zu erreichen. Aber das ist schon innerhalb des Fjords. Bis in die Außenbucht ist Tauchfahrt möglich. Genossen, es gibt keinen besseren unsichtbaren Hafen. Hier«, er zeigte auf die Eiswand und das ruhige, klare Wasser, »wird ›Morgenröte‹ entstehen. Genossen, wir legen an.«

Ganz vorsichtig tastete sich das U-Boot an das linke Ufer. Hier betrug die Wassertiefe noch zehn Meter, genug also, um auch ein Versorgungsschiff bis an die zukünftigen, aus dem Eis gehauenen

Kaianlagen heranzuführen.

Karasow, für die Pläne der neuen Stadt im Eis verantwortlich, schlug begeistert die Hände zusammen. »Das übertrifft alles!« rief er aus. »Ungeheuerlich ist das! Hier kann man sogar die wildesten Winterstürme gemütlich überleben. Welche Möglichkeiten...«

Eine halbe Stunde später stand die Mannschaft der »Gorki« in Paradeuniform auf dem Deck. Die Männer zitterten vor Frost, aber sie waren unendlich stolz, diese Stunde miterleben zu können. Malenkow war allein auf das Eisufer gestiegen, an den Stiefeln spitze Eisnägel, er hielt die Fahne der Sowjetunion in der Hand, hob sie hoch und grüßte das Boot. Die Bordkapelle spielte wieder die Nationalhymne, die Offiziere legten die Hand an die Mütze, die Mannschaft stand stramm, und dann stieß Malenkow die rote Fahne mit der langen Eisenspitze an der Stange in das Eis, und Rührung überfiel ihn wieder und ließ sein Gesicht zucken.

»So einen Augenblick wird es in meinem Leben nie wieder geben«, sagte Karasow leise zu Nurian.

Nurian antwortete, ebenso leise und ergriffen: »Eine historische Stunde ist es... Aber in keinem Geschichtsbuch wird sie stehen.«

Fast um die gleiche Zeit landeten, 156 Kilometer entfernt, am anderen Ende des Eisberges vier Hubschrauber mit Kufen auf dem glatten, ebenen Eisfeld von »Big Johnny«. Als die Rotorblätter still standen, kletterten General Seymore, Vizeadmiral Warner, Commander Brooks, Lieutenant Henderson, Virginia Allenby und Sergeant Mulder aus den Glaskanzeln und hielten vor diesem gewaltigen Panorama aus Eisspitzen, Gletscherspalten, Rissen, Tälern und zerklüfteten Eiswänden den Atem an. Chick Buttler hatte die Kamera vor den Augen und filmte.

Feierlich übergab Warner das Sternenbanner an General Seymore. Mulder riß die Trompete an die Lippen und blies das berühmte Signal von Pearl Harbor. In der vollkommenen Stille, in der glitzernden, eisigen Einsamkeit klangen die Trompetentöne, als gefrören sie in der kalten Luft und schwebten wie klingende Kugeln hinauf in den unendlichen blauen Himmel.

Schweigend, denn jedes Wort war jetzt zu viel, rammte Seymore die amerikanische Fahne in das Eis, trat zurück und legte grüßend die Hand an die Mütze. Es war wie damals, als der Astronaut Armstrong als erster Mensch den Mond betrat und das Sternenbanner in das Urgestein stieß. Damals erlebte die ganze Welt die Erfüllung eines Menschheitstraumes, hier war man jetzt ganz allein, und keine Fernsehstation würde das Bild übertragen.

General Seymore wandte sich um und ging zu der kleinen Gruppe zurück. Man sah ihm seine innere Erregung an, aber er hatte sich im Griff, und selbst seine Stimme klang wie immer. »Das wär's!« sagte er salopp. »Nun beginnt die Arbeit. Heute nachmittag wird die erste Hercules von McMurdo versuchen, hier zu landen. Gelingt das, haben wir viel Zeit gespart.« Er sah Virginia an und nickte ihr zu. »In einer Woche stehen die ersten Häuser. In zwei Monaten können wir mit dem Betrieb beginnen. Dr. Smith will als erstes demonstrieren, wie man mit Laserstrahlen einen dieser Eisfelsen durch- und absägt.« Und dann kapitulierte Seymore doch vor seiner inneren Erregung, und er sagte laut: »Verdammt nochmal, ist das eine Stunde! Darauf trinken wir nachher eine Flasche Champagner. Miß Allenby, so was erleben wir nie wieder...«

Das Schicksal ist oft ein hämischer Regisseur.

Als Sergeant Mulder sein einsames Signal geblasen hatte und die Trompete absetzte, beendete 156 Kilometer weiter die Bordkapelle der »Gorki« die sowjetische Nationalhymne.

Ob »Big Johnny« oder »Morgenröte«, der schwimmende Eisgigant war zum Schicksalsberg der beiden mächtigsten Staaten unserer Welt geworden.

2

Vier Monate sind eine lange oder eine kurze Zeit – es kommt darauf an, wie man sie durchlebt hat. Für den einen dehnen sie sich endlos hin, für den anderen fliegen sie vorbei, und man wundert sich, daß bereits ein Drittel des Jahres vorüber ist.

Auf dem Eisberg wurde die Zeit endlos, so völlig unwichtig, daß kaum einer auf den Kalender blickte oder die Tage zählte oder auch nur darüber ein Wort verlor. Nur eines erkannte jeder: Ein Tag war eine so kurze Spanne, wie man sie vorher nie gekannt hatte. Man erhob sich am frühen Morgen, und wenn es Abend wurde, hatten die meisten das Empfinden, hier am Südpol sei alles anders, die Uhren tickten schneller, die Stunden schrumpften zusammen.

An den beiden Enden des Eisberges, 156,8 Kilometer voneinander entfernt und bei dieser Entfernung ohne Kenntnis voneinander, entstanden in einem atemraubenden Tempo die Stützpunkte »Big Johnny« und »Morgenröte«. Bei den Amerikanern wurde das flache abfallende Eisfeld geebnet und abgeschliffen, um dort die dick isolierten Fertigteilhäuser aufzurichten, Straßen aus Eis zu planieren und ein ölbetriebenes Heiz- und Elektrowerk zu bauen, ein Magazin, Werkstätten für die Motorschlitten und Raupenfahrzeuge, ein kleines Kino, ein Haus für den Sport, wo man neben Boxen und Basketball an vielen Trainingsgeräten seinen Körper fit halten konnte, einen Drugstore, in dem man alles kaufen konnte, vom Kaugummi bis zum Pin-up-Girl, das man sich mangels echter Frauen an die Wand nagelte, und auch, für einen Amerikaner lebensnotwendig, einen eigenen winzigen Fernsehsender, der zwar nur Kassetten abspielte, aber die hatten es in sich und brachten vom Western bis zum Sexfilm alles, was ein einsames Herz erfrischen kann. Außerdem sprach Sergeant Mulham morgens und abends die neuesten Nachrichten, die er vom Flugzeugträger »Lincoln« per Funk empfing.

Mulham hatte diesen TV-Posten bekommen, weil er eine sonore Stimme besaß; sein Kopf allerdings wirkte so, als habe er gerade mit einer Fernsehkamera einen Zusammenstoß gehabt. Als er zum erstenmal auf dem Bildschirm erschien, stöhnte Dr. Smith erschüttert auf. »Mein Gott«, sagte er betroffen. »Und das täglich zweimal! Man beachte nur dieses entsetzliche Grinsen. So müssen einmal die Neandertaler die Zähne gefletscht haben! Das kann man nur ertragen, wenn man die Augen schließt und bloß die Stimme hört.«

Aber »Big Johnny« wuchs aus dem Eis heraus mit einer Perfektion, die Staunen abnötigte. Schon drei Monate nach der Landung und dem Hissen des Sternenbanners durch General Seymore war hier eine kleine, feste Siedlung entstanden mit warmen, flachdachigen Häusern, die der leitende Bauingenieur geringschätzig Wohn-Container nannte; Transformatoren erzeugten Strom, etwas abseits der Wohnhäuser entstanden die Versuchslabors und die Spezialgebäude für die geheimnisvollen elektronischen Wunderwerke, die später einmal die USA unangreifbar machen sollten. Ob Atomraketen vom Land oder aus dem Meer – im Anflug wurden sie bereits vernichtet und sollten Amerika nie erreichen. Ein strahlender Schutzschild hinauf bis zu den Sternen.

Auch das Labor von Virginia Allenby war als Fertighaus errichtet worden und wartete nun auf den Anschluß an das Zentralheizwerk, an dem 30 Mann arbeiteten. Das Gebäude war kein Problem, das hatte man aus Fertigteilen bereits bei Washington zur Probe aufgebaut gehabt und dann Teil für Teil numeriert, wieder abgerissen und verpackt. Die gesamte Technik, das Verlegen der dick isolierten Rohre, der Einbau der Heizkessel und der Ölbrenner, die elektronischen Steuerungen, die regelbaren Hausanschlüsse, das waren Arbeiten, die viel Zeit schluckten.

Einer der ersten, die den Eisberg betraten, zusammen mit Henderson und Virginia, war Lieutenant Alan Cobb. Man war sich seit dem Vorfall auf Deck aus dem Weg gegangen, was bei den riesigen Ausmaßen der »Lincoln« nicht schwer war. Hier nun aber, auf dem Eisfeld von »Big Johnny«, das sanft zum Meer abfiel und das ideale Plateau für die kleine Stadt im Eis bildete, war es unvermeidbar, daß man sich immer sah, immer begegnete und vor allem zusammen arbeiten mußte.

Während Henderson den unermüdlichen Pendelverkehr der Lastenhubschrauber von der »Lincoln« zum Eisberg und zurück leitete und auch dafür sorgen mußte, daß die schweren Transportmaschinen vom Typ Hercules C-130 aus McMurdo sicher auf dem Eisflugfeld landen konnten, kommandierte Cobb den aus Marinesoldaten bestehenden Bautrupp, was zwangsläufig, bei Cobbs Eitelkeit und Jähzorn, zu Reibereien mit dem Chefingenieur Peter Handling führte. Oft standen sie sich gegenüber, brüllten sich an, drohten mit Prügeln und einem heimlichen Duell nach Art von John Wayne, bis Commander Brooks als Kommandant der Stadt im Eis eingriff und weise wie Salomon beiden Kampfhähnen recht gab, was sie verwirrte, aber den Streit beendete.

An einem Abend betrat Cobb das fertiggebaute, aber noch nicht eingerichtete, provisorisch von einem Ölofen gewärmte Labor von Virginia Allenby und tat erstaunt, sie hier zu finden. »Das ist nun wirklich ein Zufall«, sagte er, nahm die Pelzmütze ab und knöpfte seinen Daunenmantel auf. »Ich bin auf meinem Kontrollgang und wollte mich nur überzeugen, wie der Bauzustand ist.« Mit unverschämtem Blick musterte er Virginia und verzog den Mund. »Wie ich mich überzeugen kann, ist der Bauzustand hervorragend. Alles ist da, wo es hingehört, und das in bester Qualität...«

»Sie lügen, Lieutenant.« Virginias Stimme bekam einen harten Klang. »Sie wußten genau, daß ich allein hier bin.«

»Aber nein!«

»Und warum blickten Sie nach allen Seiten, ehe Sie hereinkamen? Ich hab's vom Fenster aus gesehen.«

»Und haben nicht sofort um Hilfe gerufen?« Cobbs Grinsen war von gemeiner Gehässigkeit.

Er kam langsam näher, und jeden Schritt, den er vorwärts machte, trat Virginia zurück. Dann hatte sie die Wand im Rücken und keine Möglichkeit mehr auszuweichen. Auch aus dem Labor hinaus konnte sie nicht, ohne an Cobb vorbei zu müssen. »Bleiben Sie stehen, Lieutenant!« sagte sie grob.

»Diesmal lege ich mich nicht unfreiwillig vor Ihnen auf den Boden. Ich bin auf alles gefaßt.«

»Alan! Ich habe gelernt, mit der Faust ein Brett oder einen Ziegelstein zu zerteilen! Ihr Kopf ist dagegen wie eine weiche Tomate...«

»Die Kung-Fu-Lady!« Cobb lachte kurz und herausfordernd auf. »Sie brächten es nie fertig, mich auf diese Art zu töten. Habe ich recht?«

»Nein! Ich könnte es!«

»Das würde ein langes Verfahren geben, mit Staatsanwalt, Gericht, Sachverständigen. Alle Zeitungen würden darüber schreiben, die Fernsehstationen würden Sie Millionen Zuschauern ausliefern: ›Die Frau, die einem Lieutenant der Navy mit der Faust den Kopf zertrümmerte.‹ Gäbe das Schlagzeilen! Auch wenn man Sie freisprechen sollte, wären Sie erledigt.«

Cobb stand jetzt nahe vor ihr, sein heißer Atem strich über ihr Gesicht, und dieser Atem roch nach Bourbon-Whisky.

»Sie haben ja getrunken, Alan!«

»So ist es, Lady Rührmichnichtan!«

»Was wollen Sie hier?«

»Sie mögen eine hervorragende Meeresbiologin sein, aber Rätselraten ist nicht Ihre Stärke. Dabei ist die Antwort so einfach...«

»Gehen Sie, Alan! Sofort!«

»Was nennst du sofort?« Sein Gesicht verkrampfte sich. »Erst gibst du mir Revanche, mein Mädchen! Du hast Alan Cobb auf die Bretter gelegt, da gehört es zum fairen Spiel, daß ich dich auf die Bretter lege. Dein geliebter Ric steht oben auf dem Flugfeld und wartet auf die letzte Maschine aus McMurdo und friert bis auf die Knochen... Wir sind hier allein, es ist warm, und es wird uns noch viel, viel wärmer werden...« Ehe Virginia etwas entgegnen oder sich wehren konnte, schnellten seine Hände vor, faßten ihre Brüste und zerrten an ihrem Pullover. Gleichzeitig drückte er sie mit dem Gewicht seines Körpers an die Wand und stieß das Knie hoch zwischen ihre Beine. »Du herrliches Luder!« sagte er, schwer atmend. »Du bist ja gar nicht so, du hast es ja viel zu gern... Jeder Tag ist verdorben, an dem du's nicht gehabt hast... Stell dich doch nicht so an, du bist doch die fleischgewordene Geilheit...«

Er versuchte, sie zu küssen; sie spuckte ihn an und drehte den Kopf weg, und während Cobb mit seinem Knie ihren Unterleib massierte und seine Hände den Pullover hochgeschoben hatten und nun versuchten, den BH von ihren Brüsten abzureißen, rang sie mit sich, ob sie ihm die Handkante ins Genick schlagen sollte oder schlangengleich unter ihm wegtauchte und dann mit einem Fußtritt in seinen Unterleib ihn zum wimmernden Bündel werden ließ. Es blieb ihr nicht mehr viel Zeit zu überlegen; Cobb hatte den BH weggerissen und preßte aufstöhnend seine Lippen auf ihre linke Brust.

Es war ein erstaunlich dünner Laut, so, als wenn man draußen im eisigen Abend mit einer Lederpeitsche knallte. Es war ein helles Plopp, mehr nicht. Cobbs Finger ließen Virginia los, sein Knie sackte weg; als habe dieser dünne Laut seine Knochen aufgelöst, fiel er in sich zusammen, sein ungläubiger Blick suchte beim Niedersinken ihre Augen, dann rollte er ihr vor die Füße, fiel auf sein Gesicht und blieb liegen wie eine weggeworfene Puppe.

Virginias Entsetzen war so groß, daß sie nicht einmal einen Schrei ausstoßen konnte. Beide Fäuste gegen den Mund gedrückt, starrte sie auf den zusammengekrümmt hingestürzten Cobb, und erst nach langen Sekunden begriff sie, daß da ein Toter lag, daß das Plopp-Geräusch ein Schuß gewesen war und daß jemand durch das gegenüberliegende Fenster, durch das jetzt eisig die Kälte in den Raum flutete, Alan Cobb ermordet hatte. Das Fenster, das offensichtlich nicht richtig zugehakt gewesen war, hatte er aufgestoßen und dann geschossen.

Virginia zögerte einen Moment, aber dann sprang sie über den Leichnam hinweg und stürzte zum Fenster. Natürlich war nichts mehr zu sehen, auch Spuren gab es auf dem gefrorenen Boden nicht, auf diesem mit einer Spezialmaschine aufgerauhten Eis, das keinen Stiefelabdruck festhalten konnte.

Eine halbe Stunde später standen General Seymore, Vizeadmiral Warner, Commander Brooks, Lieutenant Henderson und Master-Sergeant Mulder vor dem Toten. Der Chefarzt der »Lincoln«, Dr. Nick Hopkins, hatte seine erste Untersuchung beendet. An der Wand, zusammengesunken, die Hände im Schoß gefaltet, saß Virginia mit versteinertem Gesicht auf einem Hocker.

»Ein sauberer Schuß!« sagte Hopkins mit dem Sarkasmus vieler Mediziner. »Von hinten genau ins Herz. Eine glatte Zwölf, würde man auf dem Schießstand sagen. Der Täter versteht es, mit seinem Revolver umzugehen. Cobb war sofort tot, schon bevor er auf die Dielen fiel. Genaueres kann ich aber erst sagen, wenn ich die Obduktion hinter mir habe. Eins ist klar, Cobb wurde hinterrücks erschossen. Und das gefällt mir gar nicht.«

»Nach Aussagen von Miß Allenby hat Cobb versucht, sie zu vergewaltigen.« General Seymore blickte ungerührt auf den Toten, über den Hopkins jetzt eine Decke zog. »Der Täter muß das durch das Fenster gesehen haben und hat sofort geschossen. Mir ist klar: Das war keine Notwehr, auch wenn er Miß Allenby dadurch vor ihrer Erniedrigung bewahrte. Es war Mord! Er hätte auch ebenso gut ins Haus stürzen können, um Cobb niederzuschlagen.«

»Vielleicht wußte er, daß er schwächer als der Lieutenant war«, warf Master-Sergeant Mulder ein. »Möglich ist das, Sir.« Der bullige Mann hob die Schultern und zog die Augenbrauen hoch. »Es hat nicht jeder Fäuste wie ein Dampfhammer.«

»So wie Sie, Benny.« Commander Brooks lächelte kurz. »Aber das könnte eine winzige Spur sein: Der Mörder ist schwächer als Cobb. Wir sollten uns mal die zarteren Jungs ansehen, die um diese Zeit hier waren. Ist jemand zur ›Lincoln‹ zurückgeflogen?«

»Nein!« Mulder schüttelte den Kopf. »Nur die Maschine aus McMurdo ist gelandet.«

»Da war der Mord schon geschehen.« Henderson atmete tief. Er sah wieder, wie Virginia mit in der Luft rudernden Armen auf das Flugfeld stürzte und sich mit einem Schrei an seine Brust warf, gerade in den Minuten, in denen die Hercules C-130 mit ihren breiten Eisgleitern zur Landung ansetzte.

General Seymore nickte mehrmals. »Da niemand den Stützpunkt verlassen hat, muß der Mörder noch hier, unter uns, sein. Das meinen Sie doch auch, Master-Sergeant?«

Der athletische Mulder nickte wie der General. »Er ist hier!« sagte er dann.

»Und wieviel sind gegenwärtig auf der Station?« fragte Vizeadmiral Warner.

»Da muß ich zuvor im Einsatzbuch nachsehen, Sir.« Brooks wiegte kurz den Kopf. »Ich schätze, es sind über 200 Männer auf ›Big Johnny‹.«

»Von denen jeder ein bombensicheres Alibi hat!« Mulder schlug seine riesigen Fäuste gegeneinander. »Wetten, daß es so ist?«

»Wetten wir nicht, handeln wir. Keiner verläßt eher den Eisberg, als bis wir den Täter haben.« General Seymore ging die paar Schritte zu Virginia und half ihr vom Hocker aufstehen, als sei sie eine schwer Erkrankte. »Das gilt natürlich nicht für Sie, Virginia. Ich nehme Sie mit zurück auf die ›Lincoln‹. Sie brauchen jetzt Ruhe nach diesem Schock.«

»Danke, General, aber ich bleibe!« Ihre Stimme klang dünn, aber bestimmt. »Ich flüchte nicht... Ich bin noch nie in meinem Leben geflüchtet oder vor unangenehmen Dingen weggelaufen.«

»Das ist keine Flucht, Miß Allenby«, sagte Dr. Hopkins, »sondern eine Therapie. Eine Kurztherapie. In zwei, drei Tagen können Sie wieder zurück auf den Eisberg. Sie *haben* einen Schock!«

»Er ist morgen früh vorbei, Doktor.« Virginia versuchte zu lächeln. Ihre Tapferkeit war rührend. »Ich mag keine harten, scharfen Sachen, aber heute lasse ich mir ein paar umwerfende Cocktails mischen, und morgen bin ich dann wieder in Ordnung!«

»Ich werde mich um Miß Allenby kümmern«, sagte Henderson und ärgerte sich, daß Brooks und Seymore ein leichtes Grinsen nicht unterdrückten.

»Natürlich, wer sonst?« Seymore ging zur Tür und machte dabei einen Bogen um die zugedeckte Leiche. Er blickte auf seine Armbanduhr und danach auf Warner und Brooks. »Wir werden mit den Untersuchungen morgen früh beginnen. Es kann ja niemand weglaufen. Fliegen wir noch zurück zum Schiff, Warner? Es ist verdammt dunkel draußen.«

»Sir, der Tote muß zur Obduktion ins Bordhospital, wir müssen den Vorfall ins Pentagon melden. Ich schlage vor, wir fliegen mit einer Sikorski zurück.«

»Angenommen.« General Seymore blickte noch einmal hinüber zu Virginia. »Sie wollen wirklich nicht mit, Miß Allenby?«

»Nein, General.« Sie versuchte wieder ein schwaches Lächeln. »Ich freue mich auf die Cocktails.«

»Wer mixt sie?«

»Ich, Sir!« sagte Henderson und nahm Haltung an.

»Vergiften Sie mir Virginia nicht.« Seymore hob drohend den Zeigefinger und lachte dabei. »Da haben Sie kein Alibi, Henderson...«

Vier Marinesoldaten, die draußen gewartet hatten, trugen den toten Cobb aus dem Haus, und plötzlich waren Virginia und Henderson allein im Raum, in diesem kahlen, jetzt eiskalten Zimmer, erhellt von zwei Glühbirnen, die in einer einfachen Fassung von der hölzernen Decke pendelten. Nur ein kleiner Blutfleck auf den Dielen erinnerte daran, daß vor einer Stunde hier ein Mensch erschossen worden war.

»Komm«, sagte Henderson leise und legte den Arm um Virginias Schulter. »Mach es wahr: Betrink dich und vergiß!«

»Es war furchtbar, Ric.« Sie lehnte den Kopf gegen seine Brust. »Seine Hände, sein Knie, sein verzerrtes Gesicht, wie ein gereizter Hund hat er die Zähne gebleckt, in diesem Augenblick war er wahnsinnig, war er nicht mehr Alan Cobb, sondern ein Tier in Menschengestalt, er wußte wirklich nicht mehr, was er tat... Und dann dieser Blick, als starre er entgeistert in einen Sternenhaufen, und dann hatte er plötzlich keine Knochen mehr und sank in sich zusammen, an meinem Körper entlang, und lag mir zu Füßen... Ich werde das nie vergessen können, Ric. Nie.«

»Ich muß dir etwas sagen, Virginia.«

»Daß die Zeit alles glättet?«

»Nein, sondern daß ich Cobb auch erschossen hätte, wenn ich ihn mit dir in dieser Situation angetroffen hätte. Ich habe, das weißt du, in der Boxschule an Bord verdammt hart trainiert, aber ob ich gegen Cobb eine Chance gehabt hätte? Ich glaube nicht. Er war ein zäher Bursche.«

»Du hättest Alan wirklich töten können? Meinetwegen?«

»Ja.«

»Mein Gott!« Sie legte Ric die Hand auf den Mund, und Entsetzen stand in ihren Augen. »In welcher Welt leben wir? Ist der Mensch denn gar nichts mehr wert?«

Als der Sikorski-Hubschrauber startbereit war und der tote Cobb bereits im hinteren Laderaum lag, in der frostigen Nacht steif gefroren, meldete sich der Matrose Patrick Boyd bei Commander Brooks und sagte, er habe wahnsinnige Nierenschmerzen und bitte um Verbringung zum Schiff und Einweisung ins Hospital.

Brooks zögerte. Boyd gehörte zu den schmächtigeren Burschen, die man morgen genau unter die Lupe nehmen wollte. Aber er wies ein lupenreines Alibi vor: Wegen seiner Nierenschmerzen war er im

Haus II geblieben, lag den halben Tag auf einer Pritsche und wurde von dem Sanitäter Kinney betreut. Er hatte sein Lager nie verlassen, sagte Kinney aus.

Commander Brooks blieb keine Wahl. Patrick Boyd durfte zurück zur »Lincoln«. Als er in den Hubschrauber kletterte, krümmte er sich vor Schmerzen. Dr. Hopkins gab ihm noch während des Fluges durch die Polarnacht eine schmerzbetäubende Injektion, und Boyd schlief schnell ein, blieb aber im Kreis der Verdächtigen... Nur, was konnten Boyd oder die anderen als Grund angeben, daß sie Cobb hätten erschießen müssen?

Wer hätte überhaupt einen Grund gehabt?

Logisch gedacht, nur Lieutenant Ric Henderson; aber der hatte zu der fraglichen Stunde auf dem Eisflugplatz gestanden und auf die Hercules C-130 aus McMurdo gewartet.

Noch bevor »Big Johnny« richtig bezogen wurde, war er zum Platz für einen Mörder geworden.

Auf der sowjetischen U-Boot-Basis »Morgenröte« verliefen die vier Monate völlig anders.

Auch hier wurde mit dem Einsatz von Menschen und Maschinen Tag und Nacht gearbeitet, bohrten und frästen und baggerten modernste Maschinen innerhalb des überdachten Fjords riesige Höhlen in das Eis, in die man dann die isolierten Baracken baute, das Heizwerk mit den Transformatoren, die Lager und Magazine, die Werkstätten und die Stolowaja, den Versammlungsraum, auf den man nicht verzichten konnte, denn hier kam man zusammen, hörte sich Vorträge an, sah Filme, diskutierte die kleinen und größeren Sorgen und ließ sich von einem Politkommissar belehren, daß die Sowjetunion zu einem Marsch in die Sonne aufgebrochen war. Eine neue Zeit war angebrochen, die Friedenshand wurde dem kapitalistischen Westen hingestreckt, nicht, weil er die bessere Gesellschaftsform darstellte, sondern um zunächst Zeit zu gewinnen und sich hinter einem freundlichen Lächeln neu zu formieren.

Auch eine große Sauna baute man in die Eishöhlen, man schliff die Ufer des Fjords ab und schuf so richtige Piers, an denen die U-Boote über Wasser anlegen konnten, und Chefingenieur Karasow hatte seinen Plan durchgesetzt, mit einfachen Mitteln eine Trinkwassergewinnungsanlage zu installieren: Er schmolz einfach am Ende des Fjords das Eis, filterte das so gewonnene Süßwasser, reinigte es und sammelte es dann in bis auf 5 Grad Wärme temperierten Kesseln.

Ab und zu wurde auch gesprengt, rissen die Explosionen ganze Eiswände heraus und schufen weite Höhlungen, und es war wirklich so, wie es Karasow vorher erklärt hatte: Bei einer Höhe des Eisbergs von 421 Metern waren dies Sprengungen, als stäche eine Mücke auf einen Elefanten ein. Der Berg merkte es gar nicht. Und 156,8 Kilometer entfernt war auch das Explodieren nicht zu hören; es blieben dumpfe Laute in der Riesenhöhle des überdachten Fjords.

Vizeadmiral Schesjekin war sehr zufrieden mit seinen fleißigen Genossen. Was sie in diesen vier Monaten geschaffen hatten, war wert, ein kleines Weltwunder genannt zu werden. Die »Nadeshna« war von neuen Versorgungsschiffen abgelöst worden, in einem Seitenarm des Roosevelt-Fjords lagen zwischen hohen Eisschollen und bizarr gezackten Eisbergen die weiß gestrichenen Schiffe geradezu unsichtbar im offenen Wasser, und jedes Nachschubschiff wurde noch auf hoher See, an der Grenze zum Treibeis, mit seinem Tarnanstrich versehen und wurde damit auch für die scharfen Satellitenkameras der US-Überwachung unentdeckbar, ein weißer Punkt in einem weißgesprenkelten Meer.

Admiral Sujin schickte einen Glückwunsch über Funk an Schesjekin, und aus Moskau meldete sich General Wisjatsche und nannte Schesjekin »Mein lieber Wladimir Petrowitsch«. Wen erfreut so etwas nicht?

Nach zwei Monaten langweiliger Wartezeit – denn einmal waren auch die Witze und Kunststückchen von Unterleutnant Temjun erschöpft, und auch was er sang, war nach zwei Monaten immer dasselbe, und wer kann acht Wochen lang immer die gleichen 20 Arien und 14 wehmütigen Steppenlieder hören? – durfte Ljuba Alexandrowna Berreskowa endlich mit einem U-Boot zum Eisberg fahren.

Viel hatte sie von der »Morgenröte« gehört. Die von der Baustelle auf das Versorgungsschiff zurückkehrenden Soldaten, meistens Verletzte oder Kranke, auch einige mit Erfrierungen an den Händen oder den Zehen, berichteten entweder begeistert von der im Eis entstehenden Stadt, oder sie verfluchten den Berg, der ihnen unheimlich vorkam, ein Koloß aus Eis, der unberechenbar war und sich einmal dafür rächen mußte, daß man seinen Leib Stück um Stück zerfetzte.

Jurij Adamowitsch Malenkow wurde nicht ausgetauscht. Er blieb im Berg. Als er vor vier Monaten zur »Nadeshna« zurückgekehrt war, mit den Fotos des Flaggensetzens im Eis und mit hervorragenden Messungen vom Meeresboden und dem Fjord, war er empfangen worden, als käme er von einer Kriegsfahrt zurück und habe eine Menge Schiffe versenkt. Die Bordkapelle spielte von »Schwarze Augen« über »Das Glöckchen« bis zu den »Wolgaschleppern« alles, was man an volkstümlichen Liedern kannte, Schesjekin umarmte und küßte den Helden Malenkow und kündigte ihm einen hohen Orden an, den Admiral Sujin versprochen hatte, ein Festessen gab es, daß die Bäuche schwollen, Oberleutnant Nurian tanzte einen wilden Krakowiak, was ihm niemand zugetraut hätte, die Professoren Kratjinzew und Donkow mußten volltrunken abgeschleppt werden, nur jemand fehlte und blieb auch unsichtbar in den nächsten Tagen: die Berreskowa.

Vizeadmiral Schesjekin, der in den vergangenen langen Wochen Malenkow gegenüber so etwas wie ein väterlicher Freund geworden war, rief zwei Tage nach diesem triumphalen Empfang Malenkow zu sich. »Jurij Adamowitsch«, sagte er in besorgtem väterlichen Ton, »rühren wir nicht lange im Brei herum: Was haben Sie Ljuba Alexandrowna getan? Sie kommt nicht zum Frühstück, nicht zum Mittagessen, nicht zum Tee, nicht zum Abendessen, sie schließt sich ein, und Pralenkow muß ihr alles in die Kabine bringen. Sie sitzt da und schreibt oder liest oder hört Schallplatten, sagt er, hat einen Morgenrock an und gibt auf Fragen keine Antwort. Einfach keine Antwort! Ein paarmal habe ich versucht, zu ihr hineinzugehen – sie macht nicht auf! ›Täubchen‹, habe ich durch die Tür gerufen, ›sagen Sie einem alten Freund, was Sie bedrückt! Schütten Sie Ihr Herz aus. Ein guter Beichtvater bin ich, glauben Sie es mir. Über alles läßt sich reden…‹ Aber nein, sie gibt keine Antwort, und sie schließt auch nicht die Türe auf. Jetzt frage ich Sie, Jurij Adamowitsch: Was ist passiert?«

»Nichts, Genosse Admiral.«

»Kann dieses ewige Eis, kann diese Einsamkeit sie schwermütig machen?«

»Das müssen Sie Ljuba fragen.«

»Sie gibt ja keine Antwort.« Schesjekin beugte sich etwas vor. Seine Augen in dem dicken, runden Gesicht blickten voll Traurigkeit. »Sprechen Sie mit ihr...«

»Ich?« Malenkow schüttelte den Kopf. »Gar keinen Zweck hätte das.«

»Ein Versuch nur...«

»Die Genossin Berreskowa ist ein geheimnisvoller, undurchsichtiger Mensch. Jeden Tag ist sie anders. Wer weiß, wie sie wirklich ist? Niemand weiß es. Ich habe hundert Gesichter von ihr gesehen.«

»Das ist es, Jurij Adamowitsch! Deshalb sollen Sie mit ihr sprechen. Von uns allen kennen Sie Ljuba Alexandrowna am besten.«

»Auch mich wird sie nicht anhören, Genosse Admiral.«

»Versuchen Sie es, Jurij Adamowitsch.«

Malenkow sah keine Möglichkeit mehr, dem Wunsch Schesjekins auszuweichen. Seufzend ging er zu Ljubas Kabine und klopfte an die Tür.

Von innen erklang ihre fragende Stimme: »Bist du es, Nikolai Fedorowitsch?«

»Nein, hier ist nicht Pralenkow.« Malenkow räusperte sich. »Ich bin es, Jurij...«

»Geh weg!«

»Ljuba –«

»Ich will dich nicht sprechen und schon gar nicht sehen.«

Malenkow nickte, als könne die Berreskowa das sehen. So aussichtslos es war, daß sie die Tür öffnete, er blieb dennoch stehen und sprach weiter. »Was ich getan habe, bereue ich«, sagte er. »Jedem Verbrecher wird, wenn er die Strafe verbüßt hat, verziehen. Bin ich weniger wert als ein Verbrecher? Gereizt hast du mich bis aufs Blut, Ljubaschka.«

»Wie ein Tier warst du! Ein Tier! Deine Augen werde ich nie vergessen! Der sanfte, schüchterne Malenkow, und plötzlich ist er eine Bestie!«

»Und wie soll man dich nennen? Seelen zertrittst du, Herzen reißt du in Stücke, zerhackst den Verstand, wie ein erfrischendes Bad ist für dich die Not der Gequälten. Blick in den Spiegel. Was siehst du? Das schönste, herrlichste Ungeheuer!« Malenkow hob erschrocken die Schultern, als plötzlich der Riegel der Kabine zurückgeschoben wurde.

Dann flog die Tür auf, und er sah Ljuba Alexandrowna in unter dem Deckenlicht glänzender Nacktheit, wie sie mit beiden Händen ihre vollen Brüste hob, wie sie mit gespreizten Beinen dastand und in ihrem wilden, schönen Gesicht die fast schwarzen Augen brannten, umweht von den blonden Haaren, als sie den Kopf hin und her warf. »Sieh dir das Ungeheuer an!« schrie sie. »Es hat dir gehört, dir allein! Jetzt aber würde ich dir die Haut herunterreißen, wenn du mich anfaßt!« Sie hob das Bein, gab der Tür einen Tritt, und mit einem lauten Knall schlug sie wieder ins Schloß.

Aber der Riegel wurde nicht wieder vorgeschoben, man brauchte nur die Klinke hinunterzudrücken, um hineinzukommen. Wartete sie darauf?

Malenkow zog pfeifend den Atem durch die Lippen und zuckte mit den Schultern, als bekämpfe er einen Krampf, aber dann wandte er sich ab und ging zurück zu Vizeadmiral Schesjekin.

Wladimir Petrowitsch sah an seinem Gesicht schon, wie der Versuch geendet hatte, bevor Malenkow bedauernd sagte: »Die Genossin Berreskowa will nicht mit mir sprechen. An Ihren Tisch, Genosse Admiral, wird sie zurückkehren, wenn ich wieder auf dem Eisberg bin.«

»Womit haben Sie Ljuba so unverzeihlich beleidigt, Jurij Adamowitsch?«

»Ich weiß es nicht.«

»Hatten Sie einen Streit miteinander?«

»Nein.«

»Dann sind's wirklich die Nerven. Das Warten, das Nichtstun, die Einsamkeit, das Eis. Wir sollten sie so schnell wie möglich zur ›Morgenröte‹ bringen. Wann sind die Häuser bewohnbar? Karasow meint, in drei oder vier Monaten könnte das sein.«

»Vielleicht.« Malenkow lächelte etwas verzerrt. »Sie werden die Genossin noch vier Monate ertragen müssen.«

Eine falsche Rechnung war das. Karasow, getrieben vom Ehrgeiz, das festgesetzte Soll zu unterbieten, meldete schon nach zwei Monaten: »Die Basis ›Morgenröte‹ kann nächste Woche bezogen werden. Die ersten Häuser sind aufgebaut, die Fertigstellung bis zur Funktionsfähigkeit wird noch vier Monate dauern. Es ist noch alles sehr provisorisch, kann aber bewohnt werden.«

Schesjekin nahm diese Meldung zum Anlaß, beim Mittagessen zu der Berreskowa zu sagen: »Täubchen, wenn Sie wollen, bringt ein U-Boot Sie morgen zum Eisberg.«

Nach der Rückkehr der »Gorki« zu dem Eiskoloß saß Ljuba wieder in der Offiziersmesse am Tisch neben Vizeadmiral Schesjekin, so, als habe es keine neun Tage des Verkriechens gegeben. Schesjekin hütete sich, sie darauf anzusprechen; die neun Tage hatte es nie gegeben.

»Morgen?« fragte Ljuba. Sie nippte an einem Glas mit herbem Weißwein von der Krim, schnitt ein Stück Braten ab und ließ sich Zeit. »Morgen...«, sagte sie dann. »Ich bin bereit, Wladimir Petrowitsch.«

»Das U-Boot ›Puschkin‹ wird Sie mitnehmen.« Schesjekin legte ihr die Hand auf den Arm. »Sie werden der erste Zivilist sein, der dieses Wunderwerk sieht. Die Professoren Kratjinzew und Donkow werden frühestens in zwei Monaten nachkommen. Sie sind nicht so ungeduldig wie Sie, Ljuba Alexandrowna. Gestehen Sie es jetzt: Die Langeweile hat Ihre Nerven belastet.«

»Muß ich mich entschuldigen?« Sie sah Schesjekin mit einem strahlenden Lächeln an. Unter diesem Blick bekam auch ein Admiral eine dünne, empfindsame Haut. »Ich tue es hiermit. Wir Frauen sind launische Wesen – die Männer aber auch. Nur zeigen wir es deutlicher. Genosse Admiral, ich bitte um Verzeihung.«

Am nächsten Morgen half ihr der Kommandant des U-Bootes »Puschkin« an Bord, Schesjekin winkte ihr von der Brücke der »Nadeshna« zu, dann wurden die Luken geschlossen, und das Boot versank langsam im Meer.

»Wie verändert sie ist«, sagte Kapitänleutnant Braslowski, mehr kritisch als erstaunt. »Als ginge es zum Tanzen, so benimmt sie sich. Genosse Admiral, werden Sie aus dieser Frau klug?«

»Nein. Ich habe es auch gar nicht versucht.« Schesjekin starrte auf die Stelle, wo die »Puschkin« getaucht war. »Was bringt es, Iwan Gregorowitsch? Eine Frau werden wir Männer nie ganz begreifen lernen. Halten wir uns an ihrer Schönheit und ihrer Zärtlichkeit fest, und ihre Launen schlucken wir hinunter wie eine bittere Medizin.

Fast 30 Jahre bin ich verheiratet – kenne ich meine Frau? Man soll mich etwas weniger Gefährliches fragen.«

Um die Mittagszeit des zweiten Tages unter Wasser tauchte die »Puschkin« in der weiten Bucht des Eisberges auf und fuhr langsam zum Eingang des Fjords. Ljuba stand neben dem Kommandanten im Turm und starrte ungläubig dieses unfaßbare, in der Sonne blauweiß schimmernde, riesige Gebilde aus Eis an. Die 421 Meter hohe, wild zerklüftete Wand ließ ihren Atem stocken, der Staub abbrechender Eisklötze, begleitet von einem dumpfen Grollen aus dem Inneren des Berges, war wie das Einschlagen von Granaten und ließ ein Gefühl von bedrängender Angst in ihr aufkommen. Es war ihr, als würde jeden Augenblick diese riesige Eiswand auf sie niederstürzen, auf dieses geradezu winzige U-Boot, das wie eine Fliege vor einer weißen Hausfassade wirkte. Erst jetzt begriff sie ganz die Ausmaße dieses Eisberges – ein schwimmender Gigant, doppelt so lang und breit wie Groß-Leningrad oder Groß-Moskau!

»Als ich das zum ersten Mal sah, Genossin«, sagte der Kommandant, von der Sprachlosigkeit der Berreskowa gerührt, »habe ich es auch nicht geglaubt. Aber immer neue Wunder erzeugt die Natur. Jetzt ist das Staunen vorbei; was wir im Inneren des Berges tun, muß mehr bestaunt werden. Einen solchen Eisberg hat es noch nicht gegeben, aber eine solche U-Boot-Basis auch nicht. Nachher werden Sie es sehen: Wir bauen eine Stadt in das Eis hinein!« Er zeigte mit ausgestrecktem Arm auf die Einfahrt in den überdeckten Fjord, auf dieses aufgerissene Maul eines Molochs. »Da ist der Eingang, Genossin. 90 Meter hoch und 103 Meter breit. Ein natürlicher, völlig unsichtbarer U-Boot-Hafen.«

Ein paar dumpfe, grollende Laute unterbrachen ihn. Erschrocken starrte Ljuba an der Eiswand empor. Kam jetzt das Knirschen, neigten sich die Eissäulen und begruben alles unter sich?

»Sprengungen.« Der Kommandant nickte ihr aufmunternd zu. »Keine Angst, Genossin. Der Berg merkt davon nichts. Graben Sie ein Loch in die Taiga – stirbt sie deshalb?«

Die Fahrt zu den aus dem Eis gesprengten und gefrästen Piers, zu den großen Höhlen, in die man die Isolierfertighäuser schob, zu den Plateaus, auf denen die Versorgungsgebäude errichtet werden sollten, die Transformatorenhalle, das Heizwerk, die Magazine und

Werkstätten, ein Anblick war's, der den Herzschlag drosselte. In ihrem dicken Pelzmantel, die runde Pelzmütze tief ins Gesicht gezogen, stand Ljuba im Turm am Schanzkleid und verfolgte das Anlegemanöver des Bootes an die Eispier. Auf den verschiedenen Bauplätzen herrschte eifrige Tätigkeit, Kräne kreischten, große Tunnelfräsen fraßen sich in das Eis, Traktoren mit Stahldornenketten schafften das Material heran, Bagger mit breiten Schaufeln schütteten das herausgesprengte Eis ins Wasser.

In dem Gewimmel von Menschen glaubte sie Karasow zu erkennen, auch Oberleutnant Nurian sah sie. Der elegante, schlanke Stahlleib der »Gorki« lag fest vertäut an der langen Zentralpier, einige Matrosen besserten den weißen Anstrich aus, ein zweites U-Boot machte sich bereit zum Auslaufen, aber was Ljuba erwartet hatte, womit sie ganz sicher gerechnet hatte, ließ sich nicht blicken. Auch als die »Puschkin« anlegte und die Taue straff gespannt waren, als zwei Matrosen den eisernen Laufsteg auf das glatt gehobelte Eisplateau schoben und vier andere Offiziere zur Begrüßung an Bord kamen, blieb der Erwartete unsichtbar.

»Willkommen in ›Morgenröte‹«, sagte ein junger Oberleutnant, hob zackig die Hand an die Pelzmütze und ließ seinen Blick bewundernd über Ljuba gleiten. »Ihr Haus ist fertig, Genossin. Sehen Sie, dort die weite Höhle, das zweite Haus links vom Weg, da werden Sie wohnen. Den Standpunkt Ihres Forschungsgebäudes sollen Sie selbst bestimmen. Das Heizwerk ist noch nicht in Betrieb, zwei Monate wird's noch dauern, aber Sie haben einen zentralen Ölofen im Haus, der alle Räume heizt. Auch eine eigene Banja haben Sie, im Anbau.«

Eine Banja, ein eigenes Dampfbad, im Leib eines Eisberges. Kein Märchen konnte so phantastisch sein.

»Atemraubend ist das alles«, sagte sie und stieg über den eisernen Laufsteg auf den festen Boden aus Eis. »Man sieht es und begreift es dennoch nicht.«

»In vier Monaten werden Sie noch mehr staunen.« Stolz klang in der Stimme des jungen Oberleutnants wider. »Wenn alles fertig ist, wird es ein neues Weltwunder sein. Wir alle sind glücklich, hier mithelfen zu dürfen.«

Noch einmal sah sich Ljuba nach allen Seiten um, bevor sie dem

Offizier zu ihrem Haus folgte. Kein Malenkow. Er versteckt sich, dachte sie. Bist ein Feigling, Jurij Adamowitsch! Der große Held der Sowjetunion läuft vor einer Frau davon, verkriecht sich irgendwo, beobachtet vielleicht durch eine Ritze, daß ich angekommen bin. Wirst mir nicht immer aus dem Weg gehen können, Genosse Kapitän. Eine winzige Stadt wird »Morgenröte« sein, und wir werden Jahre hier leben. Jahre, mein feiger Jurij! Oder wirst du zurück nach Rußland flüchten? Zurück nach Sachalin? Komm heraus!

»Ein schönes Häuschen«, sagte sie, als sie sich in ihrer neuen Behausung umgesehen hatte. Der Ölofen brannte, ein einfaches, rundes, eisernes Ding mit einem 10-Liter-Tank. Daneben stand ein Kanister zum Nachfüllen. Um es in den anderen Zimmern – es waren drei im ganzen – auch warm zu haben, mußte man die Türen offenstehen lassen. Nur diesen einen Ofen gab es, aber seine Wärme genügte. Der Anbau, die Banja, war eisig kalt. Auch hier stand ein Ölofen, mit einem halbhohen, oben flachen Umbau aus in Jahrtausenden glatt geschliffenen Steinen. Man hatte sie von der Sturge-Insel mitgebracht, Urgestein, das die Hitze speicherte und das Wasser sofort verdampfte, wenn man es über den Ofen schüttete.

»Wenn das Heizwerk fertig ist, Genossin«, erklärte der junge Oberleutnant, »werden alle Häuser an die Fernheizung angeschlossen. Dann können Sie sogar zwei Öfen in die Banja stellen.«

»Mir gefällt es hier.« Die Berreskowa lehnte sich gegen die holzverschalte Wand. Alle Zimmer waren eingerichtet, zwar einfach, aber dennoch wohnlich. Im Wohnzimmer gab es einen länglichen Tisch mit einer Sitzbank dahinter, drei massive Stühle, eine Art Büfetschrank und ein offenes Regal. Im Schlafzimmer stand ein Bett, zwei kleine Tischchen und ebenfalls ein Stuhl sollten Gemütlichkeit verbreiten, ein zweitüriger Kleiderschrank nahm die Querwand ein, aber die wirkliche Überraschung war das Bild zwischen Fenster und Ecke, ein eingerahmtes großes Foto, das Gorbatschow mit seinem freundlichen Blick zeigte.

Der junge Offizier fing Ljubas Blick auf und lächelte hintergründig. »Es ist ein Wechselrahmen, Genossin, für alle Fälle.«

»Das ist es nicht. Wer auch immer in Moskau regiert, ich habe weder den Genossen Gorbatschow noch einen anderen gern in meinem Schlafzimmer, und auch noch mit einem Blick direkt auf mein Bett.«

»Ein Foto wird nicht aus dem Rahmen springen«, sagte der Oberleutnant etwas anzüglich.

»Diskutieren wir nicht darüber, Genosse. Hängen wir das Bild in das Wohnzimmer.«

Es war plötzlich ein Ton in ihrer Stimme, der den jungen Offizier zur Vorsicht mahnte. Stumm nickte er, nahm das Foto vom Haken und klemmte es unter den Arm.

Zwischen Schlafzimmer und Wohnraum lag eine kleine, schmale Küche, die durch die beiden Türen und das Fenster noch kleiner wirkte. Sie war noch leer; solange an »Morgenröte« noch gebaut wurde, versammelten sich alle zu den Mahlzeiten in einer Kantine, hinter der sich die Küche befand. Zwei Köche der Sowjetmarine und drei Gehilfen rührten hier in drei großen Kesseln das Essen an, von dem der Chefingenieur Karasow behauptete, es grenze an versuchten Totschlag. An einer Theke wurde auch das Frühstück ausgegeben: hartes oder glitschiges Brot, Margarine, billigste Marmelade, Block- oder Dosenkäse, ab und zu Hartwurst oder Leberwurst aus Zinkeimern.

»Wer verdreht hier die Augen, ha?« schrie Chefkoch Anatol Viktorowitsch Sumkow, als die ersten Beschwerden auf ihn niederprasselten. »Zu Hause freßt ihr Birkenrinden und leckt die Gurkentöpfe aus, aber hier wollt ihr leben wie früher die Bojaren, diese Halsabschneider! Wer von euch Hohlköpfen denkt daran, daß alles über Tausende von Kilometern herangeschafft werden muß? Was wollt ihr haben? Saftige Hühnchen, was? Einen fetten Schweinearsch? Schinken, geräuchert über Wacholder? Kaviar vom Aral-See? Multebeeren in Honigsoße? Tanzt einen Dankeswalzer, wenn ihr überhaupt was zu fressen kriegt!«

»Müssen alle zum Essen in die Kantine?« fragte Ljuba und ging zurück in den Wohnraum.

Der Oberleutnant stellte das Gorbatschow-Foto an die Wand. »Ja, Genossin.«

»Auch die Offiziere?«

»Ja, auch wir. Das Offiziershaus soll erst in sechs Wochen gebaut werden, sagt man. Wer glaubt daran? Doch wir haben eine eigene Ecke in der Kantine, Genossin Berreskowa, und dort ist Ihr Platz bereits reserviert.«

»Der Kommandant ißt auch dort?« Es klang harmlos.

»Kapitän Malenkow? Aber natürlich. Ohne ihn fängt keiner von uns an, es sei denn, er ist mit der ›Gorki‹ unterwegs. Jurij Adamowitsch hat Sie noch nicht begrüßt?«

»Nein. Er wird beschäftigt sein. Wer hat schon Zeit, wenn er ein Held der Sowjetunion ist?« Sie setzte sich auf die Eckbank, dachte: Eine Kabine auf der »Nadeshna« ist ein Palastraum gegen dieses Zimmer, viel ist zu tun, um es hier Jahre auszuhalten, und fragte dann: »Wann beginnt das Abendessen, Genosse?«

»Um sieben Uhr. Es sind noch fünf Stunden. Haben Sie Hunger, Genossin? Soll ich Ihnen etwas holen? Sumkow, unser Koch, wird sich die Haare raufen und brüllen: ›Keine Ausnahme! Küche geschlossen!‹, aber bei Ihnen, der einzigen Frau bei uns, wird er eine Ausnahme machen. Vielleicht auch muß ich ihn in den fetten Hintern treten, das wäre eine besondere Freude für mich.«

»Ich habe Durst.« Die Berreskowa faltete die Hände auf der Tischplatte. »Was trinkt man hier?«

»Tee. Darf ich Ihnen eine Thermoskanne holen?«

»Das wäre lieb von Ihnen.«

Der junge Oberleutnant rannte aus dem Haus, glücklich, der schönen Genossin zu Diensten zu sein. Als hinter ihm die Tür zuklappte, erhob sich Ljuba von der Eckbank und ging zum Fenster. Vor ihr lag die Pier II mit dem vertäuten U-Boot »Puschkin«, das flache Gebäude eines Magazins, das offene Wasser des Fjords und gegenüber die atemraubende, gezackte Eiswand.

Und plötzlich sah sie Malenkow. Er war in eine dicke Pelzmütze, einen Fellmantel und Fellstiefel vermummt, aber er mußte es sein, an seinem Gang erkannte sie ihn, an der Eigenart, wie er beim Gehen die Arme bewegte, wie er Entgegenkommende begrüßte.

Malenkow ging an die Eispier, betrat über den eisernen Laufsteg die »Puschkin« und wurde von dem wachhabenden Offizier begrüßt. Er sprach kurz mit ihm, drehte sich um, warf einen Blick in die Richtung des Hauses, das Ljuba gerade bezogen hatte, und verließ dann wieder das U-Boot.

Er hat sich nach mir erkundigt. Wirklich, er ist aufgehalten worden, mich zu begrüßen. Aber jetzt wird er kommen…

Sie trat vom Fenster zurück, lief in das Schlafzimmer, riß den Reißverschluß ihres Koffers fast auseinander, wühlte in ihren Kleidern, warf sie auf das Bett, bis sie das gefunden hatte, was sie suchte. Das eng anliegende, dunkelrote Kleid mit den goldfarbenen Spitzenärmeln und dem Spitzenkragen, das sie einmal in Odessa gekauft hatte, nach einer Modenschau. Aus diesem Kleid hatte Jurij Adamowitsch sie herausgeschält, als sie zum erstenmal miteinander glücklich waren.

Vor dem Spiegel schüttelte sie ihre blonden Haare, weil Jurij eine strenge Frisur verabscheute, strich noch einmal über ihren Körper, der sich in dem engen Kleid deutlich abzeichnete, besprühte sich mit einem Parfüm, das nach Rosen duftete, und eilte dann zurück ins Wohnzimmer.

Jetzt kannst du kommen, Jurij, dachte sie, und ärgerte sich nicht darüber, daß eine unzähmbare Hitze durch ihre Adern floß. Komm, mein Wölfchen, komm...

Aber Malenkow kam nicht.

Eine halbe Stunde wartete Ljuba, von Minute zu Minute steinerner werdend. Dann sprang sie plötzlich auf, riß sich das Kleid vom Leib, warf es mit zusammengepreßten Lippen an die Wand, trampelte lautlos auf ihm herum, hieb mit den Fäusten auf die Wand ein und ließ sich auf das Bett fallen, den Koffer wegtretend und sich auf den Bauch wälzend.

In diesen Minuten war sie fähig, Jurij Adamowitsch das Herz aus der Brust zu reißen.

Zum Abendessen war die Berreskowa pünktlich in der Kantine, so pünktlich, daß sie fast die erste war, die den Saal betrat. Anatol Viktorowitsch Sumkow, der Chefkoch, sah sie hereinkommen und sich suchend umsehen, rannte wie ein Wiesel um die Ausgabetheke herum und stand dann schnaufend vor ihr. »Genossin Berreskowa?« fragte er unnötig. Da es keine andere Frau im Eisberg gab und auch keine mehr kommen würde, war die Frage dümmlich. »Willkommen! Willkommen! Jetzt hat der Namen ›Morgenröte‹ wirklich einen Sinn bekommen. Ich bin Sumkow, der Koch. Nennen Sie mich Anatol Viktorowitsch.« Er sah sich nach allen Seiten um und beugte sich etwas vor. »Kann sein, daß Ihnen das Essen nicht immer gefällt«, flüsterte er, als könne man sie belauschen. »Oh, sicherlich wird es nicht gefallen. Leider habe ich meine Anweisungen, was gekocht werden darf. Aber einen Ausweg gibt es, wie immer im Leben. Sagen Sie mir Ihren Wunsch, tun Sie am Tisch so, als würden Sie ein Häppchen essen, und dann wird Timur, der zweite Koch, Ihnen alles ins Haus bringen. Soll's ein Hähnchen sein, bitte schön. Ein Kalbsbrüstchen, kein Problem. Ein saftiges Gurkengemüse mit Speck, schon gekocht.«

»Ein wahrer Freund sind Sie, Anatol Viktorowitsch.« Ljuba klopfte dem Koch auf die Schulter und lächelte ihn an. Sumkow verdrehte die Augen vor Wonne. »Aber ich esse, was auch die anderen essen. Ich bin keine Ausnahme.« Sie blickte wieder in den Kantinensaal. »Wo ist der Offizierstisch? Da soll ich nämlich sitzen.«

»Genossin, ich begleite Sie hin.«

Sumkow schwebte vor ihr her, als geleite er einen Engel über die Wolken.

Die beiden Offiziere, die bereits an dem langen Tisch Platz genommen hatten, sprangen auf und begrüßten die Berreskowa mit glänzenden Augen und in strammer Haltung.

»Genossin, jetzt wird es gefährlich werden!« sagte der eine. »Unsicher wird der Eisberg sein.«

»Weil ich gekommen bin?« fragte sie und setzte wieder das Lächeln auf, das den Männern in die Seele drang.

»Die Glut aller Herzen, die Ihnen entgegenschlagen ,wird das Eis schmelzen.«

»Genossen Offiziere, das ist zu ändern.« Sie setzte sich auf den Stuhl, den Sumkow ihr zurechtrückte, und winkte, die beiden Strammstehenden sollten sich auch setzen. »Das Eis ist kalt, aber ich kann noch eisiger sein. Man wird's sehen...«

Sumkow goß aus einer großen Thermoskanne Tee ein, rückte den Zuckertopf heran und sagte, als spreche er etwas Unanständiges aus: »Heute abend gibt es gesäuerten Weißkohl mit Kartoffeln und roten Rüben.« Und betonter, wie ein Verschworener: »Sind Sie von der Anfahrt müde, Genossin? Sie haben keinen Hunger, nicht wahr?«

»Anatol Viktorowitsch, ich habe einen Bärenhunger und freue mich auf das Essen.«

Ja, und dann kam Malenkow. Er schlenderte heran, winkte ab, als die beiden untergeordneten Offiziere aufspringen wollten, und sah die Berreskowa mit einem kühlen Blick an. Sie erwiderte ihn mit der gleichen Kälte – daß ihr das Herz bis in den Mund klopfte, konnte niemand sehen.

Gut sieht er aus, wie immer, nur ein neuer Stolz bestimmt seine Haltung und liegt über seinem Gesicht. Ein neuer Held der Sowjetunion... Das hat ihn verändert. Wie verschwunden ist der unsichere, etwas gehemmte Mensch, der, wenn sie ihre Opernplatten spielte, leise ins Zimmer schlich und sich brav und stumm in eine Ecke setzte und sie nur mit seinen Blicken liebkoste. Nur wenig Ähnlichkeit noch ist mit dem Mann, der sich von ihr mit Worten traktieren ließ und wortlos litt, was einen Triumph in ihr auslöste, bis sie ihn aufs Bett zog und sich dann *seiner* Stärke beugte. Das war ein anderer Malenkow, der jetzt vor ihr stand, und sie begriff nun, daß es ein Fehler gewesen war, auf ihn zu warten.

»Bist du zufrieden?« fragte er ohne Anrede und ohne Umschweife.

Sie preßte die Lippen zusammen und antwortete durch einen Spalt: »Man muß es sein.«

»Fehlt irgend etwas?«

»Nein.« Sie hielt seinem Blick stand, nur ihre Augen verengten sich ein klein wenig. Du fehlst mir, du allein, aber du wirst es nicht erfahren. Die Zunge soll man mir herausreißen, wenn auch nur ein Wort davon gesprochen wird. O verdammt, könnte ich dich doch so hassen, wie ich dich liebe... »Wenn ich alles ausgepackt habe, wird es wohnlicher sein. Sehr schön ist das eigene Dampfbad«, fügte sie hinzu.

»Eine Ausnahme. Das hast auch nur du.«

»Ich werde mich bei Admiral Schesjekin bedanken.«

»Er wird sich wundern.« Malenkow ging um den Tisch herum und setzte sich Ljuba gegenüber. »Der Bau deiner Banja geschah auf meine Anordnung.«

»Dann muß ich *dir* danken«, sagte sie gepreßt. »Nötig aber war es nicht. Ich will keine Ausnahme sein.«

»Du bist hier die einzige Frau. Willst du in die Gemeinschaftsbanja gehen?«

»Warum nicht?« Sie warf trotzig den Kopf in den Nacken. »Wir alle sind Menschen. Mir macht der kleine Unterschied nichts aus.«

Die Offiziere – es waren unterdessen neun Genossen geworden – lachten und klatschten begeistert in die Hände. Malenkow blickte die Berreskowa gleichgültig an, hob nur die Schultern ein wenig und winkte dann einem Gefreiten, der als Ordonnanz für den Tisch eingeteilt war.

Die Suppe wurde serviert, eine Fischsuppe von trübem Aussehen, aber gutem Geschmack. Sumkow, der auch an den Tisch kam – was er sonst nie tat, denn wenn er sich beim Essen blicken ließ, schüttete man Kübel voll Schimpfwörter über ihm aus –, sah die Berreskowa flehend an. Sie reagierte nicht darauf und löffelte ihre Fischsuppe. Ab und zu warf sie einen Blick über den Tisch auf Malenkow, aber der tat so, als sei sie gar nicht zugegen, und unterhielt sich angeregt mit seinem Nachbarn, einem Kapitänleutnant, der das U-Boot »Tolstoi« befehligte. Das anschließende Hauptgericht aus Sauerkohl, roten Rüben und Kartoffeln, die bereits Frost mitbekommen hatten und süßlich schmeckten, aß sie tapfer auf. Jetzt hatte sich Sumkow ahnungsvoll in die Küche zurückgezogen und saß geschützt an der Wand zwischen zwei Kesseln, denn aus dem Kantinensaal erscholl lautes Murren, deftige Flüche machten sich Luft, und einer der Offiziere sagte sogar laut: »Man sollte wirklich Anatol Viktorowitsch mit dem nackten Arsch in das Eis setzen…« Dann machte er eine entschuldigende Verbeugung zu Ljuba hin.

Nach dem Abendessen ging die Berreskowa allein zu ihrem Haus zurück. Bis unter die Augen war sie mit Wut gefüllt, beschäftigt mit bösen Gedanken, wie sie Jurij Adamowitschs Benehmen rächen könnte, diese den Atem abwürgende Mißachtung ihrer Gegenwart. Erwartete er, daß *sie* zu ihm kam, nach dieser furchtbaren Stunde im Schwimmbad, in der er sie erniedrigt hatte, wie man ärger keine Frau erniedrigen kann? Der Held der Sowjetunion, erhaben über alle Schuld, über alle Reue? So in Gedanken versunken war sie, daß sie auf dem in das Eis geschlagenen Weg ausrutschte, wild mit den Armen um das Gleichgewicht rang und dann doch hinstürzte.

Mit einem unterdrückten Schmerzenslaut erhob sie sich, ging vorsichtig weiter und atmete auf, als sie ihr Haus erreicht und die Tür hinter sich zugeworfen hatte. Die Lampen, die sie anknipste, brannten trüb; die Stromaggregate, die bis zum vollen Einsatz der Transformatoren im Elektrizitätswerk die »Morgenröte« versorgten, waren zu schwach für eine normale Lichtstärke.

Während sie in der Kantine gegessen hatte, waren ihre restlichen Kisten und Koffer in das Haus gebracht worden, zwei große Ledertaschen mit Wäsche und Kleidung, fünf Kisten mit Meßgeräten, Mikroskopen, gläsernen Laborschalen, Scheidetrichtern, Spiegelglasmanometern, Analysenwaagen, Gebläsebrennern, Mischzylindern, Rundkolben, Dreihalskolben, Destillierkolben und einer Menge anderer Geräte, stoßsicher in Holzwolle verpackt. Die empfindlichen elektronischen Geräte, kleine Wunderwerke, die einen faszinierenden Einblick in den Mikrokosmos erlaubten, lagen noch in dickwandigen Spezialkisten auf der »Nadeshna«. Sie sollten erst in den Eisberg transportiert werden, wenn alle Gebäude der »Morgenröte« errichtet waren und die unsichtbare Stadt im Eis als vollendet gemeldet wurde. Der Ausbau des U-Boot-Hafens war die Stufe I, die wichtigste.

Ljuba Alexandrowna zog den Vorhang vor das Schlafzimmerfenster und streifte ihre Kleidung ab. Im Spiegel, vor dem sie sich drehte, sah sie, wie sich an ihrer linken Hüfte ein großer blauer Fleck bildete, und diese Stelle schmerzte auch sehr und ließ sie hinken. Eine Prellung, harmlos, aber peinigend.

Sie hinkte in die Küche, tauchte ein Handtuch in das kalte Wasser, das aus einem Reservoir unter dem Dach in die Leitung floß, preßte den nassen Lappen gegen ihre Hüfte und setzte sich dann, nackt wie sie war, auf die Eckbank in der Nähe des blubbernden Ölofens.

Die nasse Kühle des Handtuchs tat gut, die Schmerzen verringerten sich, auch als sie aufstand und zurück ins Schlafzimmer humpelte. Als sie noch überlegte, ob sie sich wieder anziehen oder sofort ins Bett legen sollte, klopfte es an der Haustür. Lautlos tappte sie zum Fenster, blickte durch einen Spalt der Gardine nach draußen und sah Malenkow vor dem Haus stehen. Im trüben Licht einer Bogenlampe sah er in seinem Fellmantel wie ein zotteliger Bär aus.

Ohne sich einen Bademantel überzuwerfen oder sich sonstwie zu bedecken, ging Ljuba zur Tür und fragte, als sei sie überrascht: »Wer ist denn da?«

»Ich«, ertönte es von draußen.

»Wer ist ich?«

»Jurij Adamowitsch.«

»Der große Held?«

»Mach auf, Ljuba.«

»Ha! Ist das ein Befehl?«

»Wer könnte dir befehlen? Mach auf, hier draußen ist es kalt.«

»Wie kannst du in deinem Pelz frieren, oder stehst du nackt vor der Tür?« Sie sah an sich hinunter, über Brüste, Bauch und Schenkel und tat nichts, ihre Nacktheit zu verhüllen.

Malenkow gab auf ihre Frage keine Antwort.

Jäh kam in ihr die Furcht hoch, er könne wieder gehen, wie damals auf der »Nadeshna«, als er als Held zurückgekommen war und sie sich eingeschlossen hatte. »Bist du noch da?« fragte sie durch die Tür.

»Ja.«

Einen Moment schloß sie die Augen, preßte beide Hände flach gegen ihre Brüste, und dann schob sie den Riegel zurück, trat einen Schritt nach hinten und blickte auf die Tür, die jetzt von Malenkow aufgestoßen wurde.

Ein eisiger Hauch wehte über sie, als er ins Haus kam, reaktionsschnell warf er sofort wieder die Tür zu und blickte sie von den blonden Haaren bis zu den Zehen wortlos an. Erst dann sagte er: »Ich komme zu keiner guten Zeit? Erwartest du jemanden?«

Schon diese Frage war beleidigend für sie, als schlage er sie ins Gesicht oder spucke auf ihre Brüste. Noch zwei Schritte trat sie zurück, und die Verengung ihrer Augen hätte ihn warnen müssen. »Wenn du die Tür wieder verriegelst, kann niemand mehr herein«, sagte sie mit der Heiserkeit verschluckter Wut.

Gehorsam drehte sich Malenkow um, schob den Riegel wieder vor, und wenn sie gewollt hätte, wäre jetzt Zeit gewesen, ihre Nacktheit zu bedecken. Sie tat es nicht, ging vor ihm her in das Wohnzimmer, setzte sich auf ihren Platz auf der Eckbank, in der Nähe des Ofens, und schlug die Beine übereinander.

Malenkow war in der Tür stehen geblieben, als warte er auf die Aufforderung, eintreten zu dürfen. Dabei knöpfte er seinen dicken Fellmantel auf. Er trug keine Uniform darunter, sondern in den Pelzstiefeln eine schwarze Hose und darüber einen dicken Pullover aus dunkelroter Schafswolle.

Die Berreskowa schwieg, saß in weißer Nacktheit neben dem Ofen und wartete. Auf was? Sie wußte es selbst nicht, sie wollte es nicht wissen, aber das Zittern unter ihrer Haut verriet den Aufruhr ihres Unterbewußtseins.

Malenkow unterbrach die lastende Stille, indem er den Mantel auszog und auf einen Hocker warf; die Pelzmütze folgte ihm, die Handschuhe klatschten hinterher. Mit beiden Händen strich er sich über die Haare und sah dann die Berreskowa an. »Läufst du immer so herum?« fragte er.

»Stört es dich?« Sie lehnte den Kopf zurück an die Wand, was ihre Brüste spannte. »Siehst du Unangenehmes oder Fremdes? Beleidigt dich der Anblick? Sag es ohne Scheu... Ich bleibe trotzdem, wie ich bin.«

Ihr Blick verfolgte ihn, als er wortlos in die Küche ging. Sie hörte, wie er das Schlafzimmer betrat, und sie saß noch immer in provozierender Nacktheit am Tisch, als er zurückkam.

»Soll ich dir beim Auspacken helfen?« fragte er und setzte sich ihr gegenüber auf einen Stuhl.

»Danke, es macht mir keine Mühe.«

»Wo hast du deinen Plattenspieler?«

»In einer der kleinen Kisten. Warum?«

»Ich möchte eine Platte hören.«

»Du? Eine Platte?«

»›Don Carlos‹ von Verdi. Arie des Königs Philipp. ›Sie hat mich nie geliebt...‹ Gesungen hört sich das gut an.«

Sie zog die Augen wieder zu Schlitzen zusammen. »Ich liebe Puccinis ›Tosca‹ mehr: ›Nur der Schönheit weiht' ich mein Leben...‹«

»Das ist eine Lüge.« Malenkow umfaßte mit einem langen Blick ihre Nacktheit und erhob sich dann von seinem Stuhl. »Zu gar keiner Liebe bist du fähig. Ein Symbol der Liebe ist dein Körper, aber dein Herz und dein Geist sind eine Präzisionsmaschine.« Er griff nach dem Fellmantel, warf ihn über seine Schultern und setzte die Pelzkappe auf.

Die Berreskowa ballte unter dem Tisch die Fäuste. »Du willst schon gehen?« fragte sie leise.

»Ja. Ich bin nicht gerne dort, wo man mich nicht braucht. Leb dich bei uns gut ein, Ljuba Alexandrowna.« Er ging zur Tür und drehte sich dort noch einmal um. Sie saß wie vorher starr und regungslos hinter dem Tisch, eine wie aus Marmor gehauene Nacktheit. »Du kannst mich rufen lassen, wenn du die Platte ausgepackt hast. ›Don Carlos‹, Arie des Königs Philipp.«

»Vernichten werde ich sie, an der Wand zerschmettern, zu Staub zertreten...«

Er zuckte wieder mit den Schultern, drehte sich um; sie hörte, wie er den Riegel von der Haustür schob und hinausging. Der Eishauch von draußen kam wie ein Nebelstoß bis ins Wohnzimmer und stieß gegen ihren nackten Körper, nur drei Sekunden lang, aber er drang in sie hinein bis auf die Knochen.

Jurij Adamowitsch ist ein anderer Mensch geworden, das wußte sie jetzt. Aber was hieß das: ein anderer Mensch? Er war der gleiche, der sie gedemütigt hatte, dem ihre versteckte Leidenschaft gehörte; unentwegt dachte sie darüber nach, wie sie nun ihn demütigen konnte. Dann war die Rechnung ausgeglichen, und die Suche nach Neuland in sich und dem anderen konnte beginnen.

Es war drei Tage später, als die Berreskowa beim Mittagstisch beiläufig, als handele es sich um eine völlig unwichtige Sache, zu Malenkow sagte: »Bei einer Kiste mit Glasinstrumenten kannst du mir helfen, heute abend, wenn du dafür Zeit hast.«

»Ich werde für Zeit sorgen«, antwortete er und aß mit einer beleidigenden Gleichgültigkeit weiter. »Muß ich Hammer, Meißel und Zange mitbringen?«

»Das wäre gut.«

»Hast du alles andere ausgepackt?«

»Alles ist an seinem Platz. Nur diese eine große Kiste –«

»Ich komme.« Er zerquetschte mit der Gabel eine Kartoffel in der dünnen Soße. »Spät kann es aber werden.«

»Was heißt spät?«

»Neun Uhr. Wir erwarten noch das U-Boot ›Borodin‹. Neue Verpflegung soll es bringen, Fertigteile für Häuser, Ziegel und Wärmedämm-Matten. Dein Haus ist warm genug?«

»Sehr warm.«

»Auch bei deiner Spezialität des Herumlaufens?«

Sie wußte, worauf er hindeutete, und verzog die Lippen zu einem bösen Lächeln. »Gerade das macht warm!« sagte sie und schob ihren Teller weg. Sie erhob sich und winkte ab, als alle Offiziere aufspringen wollten, schickte ein Lächeln in die Runde und verließ die Kantine.

»Eine mutige Genossin«, sagte einer der Offiziere, der ihr nachgeblickt hatte, bis sie außer Sicht war. »Auf dem Stützpunkt die einzige Frau. Ha, welche Frau! Eines Nachts wird man sie überfallen, einen Sack über ihren Kopf ziehen, und dann wird man über sie hinwegmarschieren, einer nach dem anderen...«

»Welche Phantasien, Luka Michailowitsch.« Malenkow sah den Offizier, einen Major der Pioniere, mit hartem Blick an. »Laß sie nicht aus dir raushüpfen, mein Lieber. Ich bin verantwortlich für Ljuba Alexandrowna. Vor ein Militärgericht kommt jeder, der sie anrührt! Nichts, gar nichts nützt ein Sack über ihren Kopf, ich werde jeden finden. Und Glück muß er schon haben, wenn er eine Verhandlung noch erleben will.«

Die Offiziere nickten. Einig waren sich alle, Beschützer der Berreskowa zu sein.

Den ganzen Nachmittag über war Ljuba Alexandrowna in ihrem Haus beschäftigt. Man hörte sie hämmern, bohren, nageln und feilen, dann, am Abend, qualmte es aus dem Schornstein ihrer Dampfbanja. Eimer voller Eisstücke schleppte sie ins Haus, Eimer um Eimer, wie eine Ameise, die ein Honignest entdeckt hat. Anschließend deckte sie den Tisch mit Tellern und Gläsern und polierten Bestekken, ließ zwei Küchenhilfen hinein und nahm ihnen ab, was Anatol Viktorowitsch, selig, ihr dienen zu können, auf ihren Wunsch geschickt hatte: 200 Gramm Wodka, marinierte Pilze, eine Schüssel Nudelsalat, mit Hühnerfleisch gefüllte Piroggen, ein Töpfchen Rote Beete mit saurer Sahne und einen kleinen, schmalen, aber köstlich duftenden Butterkuchen.

Mit Sinn für Wirkung und Überraschung baute sie alle diese Köstlichkeiten auf dem Tisch auf, und als ihre Wanduhr halb neun zeigte, ging sie in das Schlafzimmer, zog sich aus und schlüpfte in einen rosa Bademantel, auf dem große weiße Blüten appliziert waren.

Malenkow war ein guter Offizier: Pünktlich um neun Uhr klopfte er an die Haustür, auf die Minute genau. Die Berreskowa zündete auf dem Tisch zwei Kerzen an und öffnete ihm. Wie vor drei Tagen hatte er seinen Fellmantel an, die hohe Pelzmütze und die Fellstiefel. Seinen erstaunten Blick nahm sie mit innerer Befriedigung auf.

»In einem Bademantel?« fragte er. »Das ist etwas Neues...«

»Du bist nicht überraschend gekommen, heute habe ich dich erwartet«, antwortete sie mit gleichgültigem Ton. »Wir wollen arbeiten...«

»Und warum hast du dich vor drei Tagen nicht angezogen?«

»Ich hatte keine Lust. Eine Frau ist launisch – wußtest du das nicht?«

»Und wenn ich nicht vor deiner Tür gestanden hätte, sondern ein anderer Mann, wärst du auch dann nackt geblieben?«

»Vielleicht...« Sie ging mit schwingenden Hüften vor ihm her ins Wohnzimmer und fragte über die Schulter hinweg: »Eifersüchtig?«

»Im Zusammenhang mit dir wäre das die sinnloseste Regung.«

Sie wollte herumfahren, ihn anspringen, ihm das Gesicht zerkratzen, mit den Fäusten auf ihn einschlagen, aber sie biß nur die Zähne aufeinander und zeigte auf den Stuhl vor dem reich gedeckten Tisch. »Setz dich.«

»Das sieht nach einer Feier aus.« Malenkow überblickte den Tisch mit den fast künstlerisch garnierten Köstlichkeiten, zog seinen Pullover über den Kopf und knöpfte das Hemd darunter auf. »Gut eingeheizt hast du. Was soll gefeiert werden?«

»Heute vor sechs Monaten bist du die erste Nacht bei mir geblieben.«

Malenkow setzte sich auf den Stuhl und starrte in die flackernden Kerzen. Sechs Monate ist das schon her, dachte er. Ljuba Alexandrowna, zwischen uns gibt es keine Zeit. Wie damals fühlen meine Hände dich, wenn ich die Augen schließe. Aber er sagte etwas ganz anderes: »War das die Nacht, in der du gesagt hast: ›Ob ich dich liebe, weiß ich nicht. Wir sind nur hungrig, und der eine will vom anderen essen‹?«

»Wie gut du das behalten hast!«

»Es gibt Worte, die brennen sich einem ein. Damals war es schwer für mich, sie zu verstehen.«

»Aber heute begreifst du sie?«

»Die Zeit schärft den Verstand.« Er rückte den Stuhl näher an den

Tisch. »Womit fangen wir an, Ljuba Alexandrowna? Mit den marinierten Pilzen?«

»Mit einem Wodka, Jurij.«

Sie setzte sich wieder ihm gegenüber auf die Holzbank, die jetzt mit dünnen Kissen aus quadratischen armenischen Teppichen belegt war.

Malenkow sah auf ihre Finger, als sie den Korken aus der Flasche zog. »Du trinkst Wodka?« fragte er. »Auch etwas Neues.«

»Ich bin voll mit Lastern, du weißt es nur nicht.« Sie schenkte ein, halbvoll jedes Glas, als gehöre ein kräftiges Saufen zu ihrem Alltag. »Eine Megäre bin ich.«

»Aha!« sagte Malenkow.

»Weißt du, was eine Megäre ist?«

»Nein.«

»Eine griechische Rachegöttin der Unterwelt.«

»Du hast mir nie gesagt, daß du auch in Griechenland warst.«

Die Berreskowa stutzte, wußte nicht, was sie von dieser Bemerkung halten sollte, und winkte ab. »Es stimmt«, sagte sie, und es tat ihr wohl, ihn beleidigen zu können. »Nur eine Uniform bist du, eine geschmückte Kleiderstange. Darunter ist Leere.« Sie hob das Glas, sagte das selbstverständliche »Nasdarowne« und goß den Wodka in sich hinein, als habe ihre Kehle ein Loch, das mit Blech ausgeschlagen war. Sie prustete nicht, sie hustete nicht, sie trank den scharfen Alkohol wie Wasser. Malenkow starrte sie fassungslos an, einen kleinen Schluck nur hatte er genommen und spürte das Brennen in seiner Speiseröhre. Und auch die Beleidigung schluckte er hinunter.

Dann begannen sie zu essen, zunächst wortlos, bis Malenkow sagte: »Wir sehen uns morgen die nähere Umgebung des Eisberges an, Ljuba Alexandrowna. Du mußt bestimmen, wo deine Forschungsstation gebaut werden soll.«

»So weit weg wie möglich von euren U-Booten. Wo haben Professor Kratjinzew und Professor Donkow ihre Forschungsstätten stehen?«

»Auch sie kommen in den nächsten Wochen zu uns und sollen ihre Plätze aussuchen.« Malenkow erkannte die Gelegenheit, mit einer Gemeinheit zurückzuschlagen. »Verständigt euch untereinander. Baut nebeneinander. Kratjinzew trägt keine Uniform, und

Donkow ist auch kein Kleiderständer. Klug sind sie beide, große Wissenschaftler, du wirst dich gut mit ihnen verstehen.« Und dann fügte er hämisch hinzu: »Kratjinzew ist 55 und hat's an der Prostata, Donkow ist 56 und ein Diabetiker. Sie werden dir wenig Freuden geben können...«

Einen Augenblick war die Berreskowa versucht, Malenkow die Schüssel mit Roter Beete und saurer Sahne ins Gesicht zu schleudern, aber sie bezähmte sich, zuckte nur gleichgültig mit den Schultern und füllte die Wodkagläser auf.

Nach dem würzig duftenden, aber fetten Butterkuchen – Sumkow mußte tief ins Butterfaß gegriffen haben – schob Ljuba ihren Teller zurück und stand von der Holzbank auf. »Arbeiten wir jetzt!« sagte sie hart. »In der Banja stapeln wir alles, habe ich gedacht.«

»Wie die große Meeresbiologin es wünscht.« Malenkow schob den Stuhl zurück, erhob sich und ging Ljuba nach durch das Schlafzimmer und den kleinen Vorraum, der das Wohnhaus von dem Anbau der Banja trennte. Eine große Hitze schlug ihm entgegen, und als Ljuba die Tür zur Banja aufstieß, kam ihm eine heiße Wand aus Dampf entgegen. »Was soll das?« rief er erstaunt. »Willst du die Geräte gleich sterilisieren?«

»Sterilisieren? Das Gegenteil, Jurenka...«

Der Kosenamen traf ihn wie ein Faustschlag. Da Ljuba in der Dampfwolke verschwand, ging er ihr nach, dunkel war's in der Banja, das Licht brannte nicht, nur wallende Hitze umgab ihn, fast nahm sie ihm den Atem. »Ljubascha, wo bist du?« fragte er ahnungslos. »Was hast du vor?«

Als Antwort bekam er einen dumpfen Schlag auf den Kopf, der ihn taumeln ließ. Er fiel auf die Knie, und da traf ihn der zweite Hieb. Er spürte, wie ihm jemand unter die Achseln griff, ihn über den Boden schleifte, mit großer Mühe auf eine Bank zerrte, auf den Rücken wälzte und an ihm hantierte. Zu jeder Gegenwehr unfähig, registrierte sein Hirn jedoch, daß man ihm die Arme nach hinten bog und etwas um seine Handgelenke zuschnappte; das Gleiche geschah mit seinen Beinen. Lang ausgestreckt lag er auf der Bank, und dann waren Hände da, die sein Hemd von der Brust rissen, die ihm die Hose herunterstreiften, die seine Unterwäsche mit einer Schere auftrennten und ihn völlig entblößten. »Ljuba«, sagte er mit schwacher

Stimme. »Ljuba, was ist passiert?«

»Ein Strumpf, mit Sand gefüllt, ist auf deinen Kopf gefallen.«

Wie von fern hörte er Ljubas Stimme, langsam ließ der lähmende Druck nach, er versuchte sich aufzurichten, der heiße Dampf trieb ihm den Schweiß aus allen Poren, aber bewegen konnte er sich nicht, Arme und Beine wurden festgehalten. Nur den Kopf konnte er heben, und da sah er die Berreskowa, erst verschwommen im Dampf, dann deutlicher. Den Bademantel hatte sie abgeworfen, nackt stand sie vor ihm und betrachtete ihn mit geweiteten Augen.

»Ljuba!« rief er und wollte Arme und Beine bewegen. »Ich kann nicht aufstehen.«

»Es wird auch nicht möglich sein.« Sie beugte sich über ihn, ihr Haar fiel auf seine Augen, und dann küßte sie ihn, tastete mit den Lippen seinen Hals hinunter und biß ihm in die Schulter. »Gefesselt bist du, von der Militärmiliz habe ich die Fesseln geholt... Wie schön du vor mir liegst! Du kannst dich nicht bewegen. Wehrlos bist du. Alles, was ich will, kann ich mit dir machen, und du mußt es ertragen.« Sie setzte sich neben ihn auf die Bank, strich mit den Fingernägeln über seinen Körper, seinen Bauch und zwischen seine Schenkel, ganz zart, aber doch so, daß er es spürte; Erregung erfüllte ihn, er zerrte wieder an den Fesseln und starrte dabei in Ljubas Gesicht. Triumph sah er in ihm, unverhüllte Gier und Leidenschaft.

»Erinnerst du dich?« fragte sie und spielte weiter mit seinem Körper. »Das Schwimmbad auf der ›Nadeshna‹? Ein Tier war da plötzlich, das über mich herfiel. Fast hätte es mich zerrissen...«

»Ljuba.« Er stöhnte unter ihren jetzt tiefer in die Haut dringenden Fingernägeln, dem heißen Dampf, ihrer Stimme, die mehr flüsterte als tönte, ihren Brüsten, die über sein Gesicht glitten, und ihrem Mund, der ihn abtastete. »Mach... mach die Fesseln los.«

»O nein, Jurenka. Ich will dich willenlos sehen. Mir ausgeliefert, mir allein... und was ich auch tue, du mußt es ertragen! Wie lange habe ich darauf gewartet! Geträumt habe ich davon, alles im Traum gesehen, wie es jetzt ist... Der große Held der Sowjetunion, der Kapitän Jurij Adamowitsch Malenkow, Kommandant der ›Gorki‹ und der U-Boot-Basis ›Morgenröte‹, gefesselt und nackt auf der Bank einer Banja und wehrlos, völlig wehrlos. Was ich will, kann ich mit ihm tun! Gibt es einen noch schöneren Triumph? Eine glühendere Rache? Vernichten werde ich dich mit mir, mein Wölfchen. Stehen bleiben soll dein Herz…«

Mit einem in Hitze und Dampf zerflatternden Lachen warf sie sich über ihn, grub ihre Nägel in seinen Bauch und umpreßte ihn mit ihren Schenkeln. Einen hellen, nicht mehr menschlichen Schrei stieß sie aus, als sie ihr Ziel erreichte, und dann versank alles, was um sie beide war, nichts war mehr da als das Gefühl eines unsagbar schönen Sterbens…

Am nächsten Morgen vermißte man am Offizierstisch den Kapitän Malenkow. Aber man fragte nicht: Ein Kommandeur ist immer entschuldigt.

Erschöpft lag Jurij Adamowitsch in einem bleiernen Schlaf auf Ljubas Bett. Sie lag neben ihm, schmiegte sich an seinen Körper und betrachtete sein Gesicht, die geschlossenen Lider, die atmende Brust.

Wenn Liebe eine Art von Wahnsinn ist, dann war sie jetzt die irrste aller Irren. Vor ihren Gedanken, als sie ihn betrachtete, schrak sie selbst zurück. Kannibalisch waren sie: Sie hatte den Wunsch, ihn mit den Zähnen zu zerreißen und zu verschlingen, damit er für immer in ihr war und er keinem, nur ihr allein, gehörte.

Sie legte den Kopf auf seinen Leib, saugte sich mit ihren Lippen an ihm fest und weinte vor der Unfaßbarkeit ihres Glückes.

Die Verhöre und Untersuchungen, die zehn Offiziere unter Leitung von General Seymore vornahmen, brachten kein Ergebnis. Seymore hatte es befürchtet; nichts, gar nichts hatte man in der Hand, keinen Verdacht und vor allem auch kein Motiv als nur das eine: Der Mörder von Alan Cobb wollte Virginia Allenby beschützen. Er verhinderte durch Mord eine Vergewaltigung. Selbst anhand der benutzten Waffe konnte man ihn nicht identifizieren. Man kannte das Kaliber, eine 9-mm-Pistole, aber die hatten auf »Big Johnny« fast alle in der Halfter.

Der Vorschlag von Vizeadmiral Warner, jeden, der am Eisberg arbeitete, auf einen Sandsack schießen zu lassen und die Geschosse unter dem Mikroskop miteinander zu vergleichen, war zwar vernünftig, aber undurchführbar. Zwei Besatzungen von den Transportriesen Hercules C-130 waren wieder nach McMurdo zurückgeflogen, um neuen Nachschub für die Bauten heranzubringen, und außerdem waren die Ärzte im Schiffslazarett nicht geschult, um unter dem Mikroskop Gleichheiten an Geschossen zu entdecken.

Es nutzte auch wenig, daß Master-Sergeant Benny Mulder herumbrüllte und den Täter aufforderte, kein stinkender Feigling zu sein, sondern sich zu melden, es gebe vor Gericht mildernde Umstände, denn schließlich habe er eine Frau beschützt: Die Flieger, Matrosen und Pioniere sahen ihn an wie Hunde, die grundlos geprügelt wurden.

General Seymore gab schweren Herzens nach Washington die Frage durch, ob es angesichts der reinen Männerwelt von »Big Johnny« nicht ratsam wäre, Miß Allenby in die USA zurückzuholen. Als einzige Frau unter Hunderten von Männern, die monatelang wie im Zölibat leben mußten, war sie eine gefährliche Provokation geworden.

Das Pentagon antwortete mit einem Nein. General Pittburger ließ Seymore wissen: »Es muß doch möglich sein, einer einzelnen Frau Schutz zu gewähren.«

»Die großen Weisen am grünen Tisch!« sagte Seymore verbittert und gab das Funktelegramm an Vizeadmiral Warner weiter. »Soll ich Miß Allenby festbinden oder mit mir wie einen Rucksack herumtragen? Es wird hier noch mehrere Alan Cobbs geben... 3000 Männer sehen täglich eine schöne, verführerische Frau und können nicht ran. Das ist, als hätten wir eine Bombe vor der Brust. Aber bitte, bitte, Washington weiß es mal wieder besser!«

Am Abend ließ Seymore Lieutenant Henderson zu sich kommen. Mit einem Hubschrauber landete er auf dem riesigen Flugdeck der »Lincoln«. Nach kurzer militärischer Begrüßung zeigte Seymore auf einen Sessel und sagte: »Ich habe Sie zu einem Privatgespräch hergebeten, Ric. Nehmen Sie Platz. Einen Drink?«

»Danke, nein, Sir.« Henderson setzte sich in den Sessel. »Ich muß noch zurück zu ›Big Johnny‹.«

»In der Nacht noch?«

»Ja, Sir. Ich habe Miß Allenby versprochen, auf sie aufzupassen.«

»Sie geben mir das Stichwort, Ric! Darum wollte ich Sie privat sprechen. Ihre Freundschaft mit Miß Virginia ist doch mehr als eine unverbindliche Kameradschaft, nicht wahr?«

»Wie soll ich das verstehen, Sir?« fragte Henderson steif zurück.

»Mein Gott, spielen Sie nicht den Ahnungslosen! Sie lieben Virginia.«

»Ja, Sir.«

»Und Virginia liebt Sie?«

»Ich nehme es an, Sir.«

»Wann wollen Sie heiraten?«

»Darüber haben wir nie gesprochen, Sir.« Henderson holte tief Atem. Jetzt oder nie, eine solche Gelegenheit kam nicht wieder. Wer konnte schon privat mit General Seymore sprechen? »Das heißt, der Gedanke ist uns schon mal gekommen, aber dann haben wir ihn fallen gelassen.«

»Warum? Eine solche Frau nicht zu heiraten grenzt an Idiotie!«

»Das ist es, Sir. Miß Allenby ist eine anerkannte Wissenschaftlerin. Sie soll eine der besten Meeresbiologinnen sein. Ein Lehrstuhl ist ihr sicher, wenn sie aus der Antarktis zurückkommt. Sie ist ein As, wie man so sagt. Und was bin ich? Ein kleiner Lieutenant der Air Force. Eine Pik Sieben...«

»O je, Sie haben Minderwertigkeitskomplexe, Ric? Ausgerechnet Sie?«

»So ist das nicht, Sir. Aber mit meinem Lieutenant-Gehalt kann ich kaum eine Familie ernähren. Virginia müßte weiter arbeiten. Für einen Mann ist es deprimierend, sich von seiner Frau das Geld vorzählen zu lassen.«

Seymore schwieg und sah Henderson mit etwas geneigtem Kopf an. Er kannte die Eintragung in dessen Personalakte genau, auch den Hinweis, eine Beförderung vorläufig auszusetzen. Wieder so ein absurdes Verhalten des Pentagon, eine kleinliche Rache, die einen guten Mann niederknüppelte. Seymore dagegen mochte Henderson. Dieser war ein hervorragender Flieger, ein verläßlicher Kamerad, ein Mann, der sein Wort hielt, zu jedem Einsatz bereit und mutig dazu, was er jetzt am Eisberg täglich bewies.

»Ric«, sagte Seymore betont, »was ich jetzt sage, ist nicht privat.«

»Jawohl, Sir.« Henderson nahm im Sitzen Haltung an.

»Ich verspreche Ihnen, daß Sie innerhalb der nächsten sechs Monate zum Oberleutnant befördert werden...«

»Danke, Sir.«

»... und daß Sie ›Big Johnny‹, wenn alles aufgebaut ist – also in etwa einem Jahr – als Hauptmann verlassen.«

»Danke, Sir.«

»Es steht also in finanzieller Hinsicht einer Heirat mit Miß Allenby nichts mehr im Weg. Ich stehe zu meinem Wort!« Seymore beugte sich etwas vor. »Ric, der Mord an Cobb ist erst der Anfang, befürchte ich. Das könnte sich ändern, wenn ihr zwei heiratet. Dann ist Virginia – militärisch ausgedrückt – kein Niemandsland mehr, das man erobern kann.«

»Ich werde es mit Miß Allenby besprechen, Sir.«

»An Bord der ›Lincoln‹ sind drei Pfarrer, ein katholischer, ein evangelisch-lutherischer und ein baptistischer. Von dieser Seite aus kann also alles schnell gehen.« Seymore erhob sich, und auch Henderson sprang auf und stand stramm. Seymore winkte ab. »Bleiben wir doch privat, Ric. Wenn Sie Miß Allenby heiraten, richte ich die Hochzeitsfeier aus...«

»Danke, Sir.«

In der Nacht noch flog Henderson zum Eisberg zurück und machte auf dem Eisfeld, nur im Licht seiner eigenen, kleinen Bordscheinwerfer, eine waghalsige Landung. Ein eisiger Wind fegte über das Eis und brachte aus der Tiefe des Berges Schneewolken mit, deren verharschte Flocken wie Nadeln in die Haut stachen. Die Nachtwache, die in einer Isolierhütte am Rand des Flugfeldes ihren sinnlosen Dienst verrichtete – denn wer sollte hier bei gegenwärtig 39 Grad Kälte etwas anstellen? –, glotzte Henderson ungläubig an, als er in die überheizte Hütte stolperte, mit glitzerndem Eis überzogen.

»Lieutenant«, sagte der wachhabende Sergeant fassungslos, »wo kommen Sie denn her?«

»Aus dem Kino, das sehen Sie doch. Ich habe mich nur verlaufen.«

Ein Motorschlitten brachte Henderson zur Station und zum Haus der Wissenschaftler. Virginia saß mit Dr. Smith, Jim Bakker und Sam Baldwin am Tisch und spielte Black Jack. Sie schien zu gewinnen: Ein kleiner Haufen Dollarnoten lag vor ihr.

»Gut, daß Sie kommen, Ric!« rief Bakker und stieß den Zeigefinger in Richtung Virginia. »Miß Allenby hat das Glück gepachtet! Fast jedes Spiel gehört ihr! Sie zieht uns die Hosen runter...«

»Das wäre kein vergnüglicher Anblick, Jim.« Henderson lachte, trat hinter Virginia und gab ihr einen Kuß in den Nacken. »Damit Sie nicht alle pleite werden, entführe ich sie.«

In ihrem Zimmer sah Virginia fragend auf Ric hinunter. Er saß auf der Bettkante und wartete, bis sie Bluse, Rock und Pullover ausgezogen hatte und nur bekleidet mit Slip und BH im Zimmer hin und her lief. Es war sehr warm im Raum, und draußen zischte der Eiswind um das Haus.

»Was hast du, Ric?« fragte sie. »Wo warst du die ganze Zeit?«

»Seymore hat mich rufen lassen.«

»Du warst auf der ›Lincoln‹? Bei diesem Wetter? Und bist auch noch zurückgekommen? Mein Lieber, solche Art von Heldentum gefällt mir gar nicht. Das ist purer Leichtsinn!«

»Wir haben von Seymore den Befehl bekommen, schnellstens zu heiraten.«

»Das ist doch wohl ein Witz?«

Sie blieb vor Ric stehen, sein Blick umfaßte die Schönheit ihres Körpers, das Atmen fiel ihm schwerer, und er griff nach ihrem BH, um ihn herunterzuziehen. Ein leichter Schlag auf seine Hand ließ ihn zurückzucken. »Kein Witz«, sagte er mit angerauhter Stimme. »Seymore meint es verdammt ernst.«

»Und du gibst es wieder, als hieltest du eine Trauerrede! Ist der Gedanke so furchterregend?« Sie wehrte mit beiden Händen ab, als er etwas sagen wollte. »Ich weiß, ich weiß: der kleine Lieutenant mit seinem mageren Gehalt. Liebling, wir werden uns schon durchbeißen. Verhungern werden wir nicht, und ab und zu eine Büchse Bier werden wir uns auch leisten können.« Sie lachte, bog sich in den Hüften, was ungemein erotisch aussah, und tänzelte zwei Schritte zurück, als Ric wieder nach ihr griff.

»In einem Jahr werde ich Hauptmann sein«, sagte er. »Seymore hat mir darauf sein Wort gegeben. Dieses Problem ist also weg vom Tisch.«

»Und wo liegt das nächste Problem?«

»Ich weiß nicht genau, ob du mich liebst und mich zum Ehemann willst.«

»Du bist ein Schafskopf, Lieutenant Henderson!«

»Überleg es dir: Es ist für ein Leben lang.«

»Was soll ich darauf antworten?« Sie knöpfte den BH auf, zog den Slip herunter und kam auf ihn zu. Mit beiden Händen drückte sie ihn nach hinten aufs Bett, ließ sich dann auf ihn fallen und umklammerte ihn mit Armen und Beinen. »Willst du noch eine bessere Antwort?« flüsterte sie und biß ihn ins Ohrläppchen. »Ric Henderson, ich liebe dich, ich liebe dich, ich bin verrückt vor Liebe!«

Am nächsten Morgen rief Ric über Funktelefon bei General Seymore auf der »Lincoln« an.

»Sir«, sagte er militärisch knapp, »Miß Allenby und ich sind uns einig geworden, in Kürze zu heiraten.«

»Bravo, Ric!« Seymore schien wirklich aufzuatmen. »Mein Antrag für Ihre Beförderung zum Oberleutnant ist schon raus. An General Pittburger persönlich. Wann heiraten Sie?«

»Wenn das Pentagon Ihrem Antrag stattgibt, Sir.«

»Erpresser!« Seymore lachte und beendete damit das Gespräch. Irgendwie – er konnte nicht sagen, warum – war Henderson für ihn eine Art Sohn. Vielleicht, weil er keinen Sohn hatte, sondern drei Töchter, die längst verheiratet waren. Und einen Sohn hatte er sich immer gewünscht.

Tagelang hatten Ljuba und Jurij Adamowitsch nach der Stelle auf dem Eisberg gesucht, wo die Meeresforschungsstation der »Morgenröte« gebaut werden sollte.

»Es hat keinen Sinn, das Labor bei euch auf dem Fjord zu errichten«, sagte sie, als Malenkow sie fragte, warum sie einen Platz suche, wo doch genug davon vorhanden wäre. »Ich brauche den ständigen Kontakt mit dem Meer. Du hast deine U-Boot-Station, ich brauche die offene See. Das Plankton vergiftet ihr mit eurem Öl, die Fische verjagt ihr, die Laichplätze werden vernichtet – wir müssen eine Stelle finden, wo ich direkt am Meer wohnen kann.«

Nach fünf Tagen hatte die Berreskowa den idealen Platz gefunden. Ein langgestrecktes Eistal war es, eine riesige, breite Gletscherspalte, die sanft bis zum Meer abfiel und die man gefahrlos und ohne Mühe hinabgehen konnte. Am Ende der Eisschlucht ragte ein großes Plateau hinaus ins Meer, zehn Meter hoch, in das man leicht eine breite Treppe schlagen konnte.

»Hier ist es!« sagte Ljuba Alexandrowna und stampfte zur Bekräftigung mit den dicken Fellstiefeln auf das Eis. »Genau hier. Sieh dir das an, Jurij. Ein Spaziergang von der Höhe, eine Ebene, auf der ein großes Haus stehen kann, das Meer zu meinen Füßen, sag: Es ist ein schöner Platz!«

»Schlimm ist er.« Malenkow blickte sich nach allen Seiten um. »Die Eisstürme werden dich wegwehen, hinaus aufs Meer. Das Haus werden sie packen und wegschleudern wie einen leeren Karton! Hier hält sich nur der Teufel!«

»Bin ich das nicht?« Sie lehnte sich an ihn und sah ihn mit dem Blick an, der ihn widerstandslos machte. »Hast du's nicht gesagt? ›Mein Teufelchen‹, hast du gerufen, ›mein verdammtes Teufelchen!‹ «

»Du weißt genau, in welcher Situation das war.« Malenkow schüttelte den Kopf. »Hier baust du nicht, Ljubascha...«

»Hier baue ich, Jurischka! Nur hier!«

»Es sind 30 Kilometer bis zur Basis.«

»Haben wir Russen uns jemals um Entfernungen gekümmert?«

»Willst du jedesmal 30 Kilometer durch Eisstürme und Frost fahren, wenn du zu mir willst?«

»Nein. *Du* wirst zu mir kommen, Held der Sowjetunion!«

»Das wird nur einmal in der Woche sein.«

»Um so wilder und kräftiger wird mein Wölfchen sein.« Sie lachte, ging vorsichtig bis zum Abbruch des Plateaus zum Meer und starrte hinunter in das heute träge blauschwarze Wasser. Wie klar es ist, dachte sie. Tief kann man hinabblicken, und da zieht ein großer Schwarm von silberglänzenden Fischen vorbei, und dort, vielleicht 200 Meter entfernt, steigt die Fontäne eines luftblasenden Wals in die klare Luft. Sie drehte sich zu Malenkow herum, der stehen geblieben war. »Ist es nicht schön hier?«

»Nein.« Malenkow ging zu dem Motorschlitten zurück, den er am Ausgang der Eisschlucht zurückgelassen hatte. »Man sollte mit dem Genossen Admiral darüber sprechen.«

»Schesjekin ist für die Marine verantwortlich, nicht für mich.«

»Du unterstehst seinem Kommando.«

»Ich habe eine Sonderaufgabe, davon versteht Schesjekin nichts!

Hier«, sie stampfte wieder mit den Stiefeln auf das Eis, »hier wird mein Haus gebaut!«

Natürlich wurde alles so, wie es die Berreskowa wünschte. Wer konnte ihr widerstehen! Am wenigsten der Genosse Schesjekin.

Schon am nächsten Tag brachten Raupenfahrzeuge die Fertigteile der dick isolierten Baracke zu dem Eisplateau, das die Berreskowa »Die Schöpfung« benannt hatte, bauten innerhalb drei Tagen das langgestreckte Holzhaus auf und holten die Kisten mit den Laborgeräten, die Möbel, die Ölöfen und Proviant für drei Monate aus dem Magazin. Ein kleiner, mit Öl betriebener Generator erzeugte elektrisches Licht für die Forschungsgeräte und das große Zimmer, in dem Ljuba wohnen würde. Malenkow nannte das alles Wahnsinn, aber Ljuba strahlte vor Freude und klatschte immer wieder in die Hände wie ein spielendes Kind. Sogar Vizeadmiral Schesjekin ließ sich, dick in Felle vermummt, zu dem einsamen Haus bringen, stand am Meer, sah in greifbarer Nähe drei riesige Blauwale herumschwimmen, Kolosse von 30 Meter Länge – größer als die Ausflugsschiffe auf dem Don – und einem Gewicht von 130 Tonnen.

Die Berreskowa hatte dafür einen Vergleich, der auch Schesjekin imponierte: »So ein Blauwal hat ein Gewicht wie 32 ausgewachsene Elefanten oder 1500 Menschen«, sagte sie. »Sie können bis zu 20 Knoten schnell schwimmen, die Schläge ihrer bis zu 7,5 Meter breiten Schwanzflosse sind vernichtend, und in Wut können sie selbst starke Bordwände von Schiffen einrennen, wie ein Rammbock!«

»Und mit solchen Biestern wollen Sie allein hier leben, Ljuba Alexandrowna?« fragte Schesjekin besorgt.

»Sie klettern nicht auf den Eisberg, Genosse Admiral.« Ljubas Fröhlichkeit sprang nicht auf die Männer über, vor allem Malenkow zog ein Gesicht, als habe er eine schlechte Salzgurke gegessen. »Aber hier ist der beste Platz, um zu beobachten, ob ein schwimmender Eisberg dieser Größe von der Tierwelt besiedelt wird. Werden hier Kaiserpinguine brüten? Tauchen hier die Bartenwale auf, die Glatt- und Grauwale, der Buckel- oder Seiwal? Sammeln sich in den Buchten und Falten des Eisberges große Kolonien von Plankton und Krill, durchsichtigen Krebstierchen? Wird man beobachten können, ob auch hier sich die Blattfüßerkrebse ansiedeln? Beeinflußt die riesige Eismasse des Berges den Lebensraum der verschiedenen Antarktis-Fische? Flieht der Tomopteris vor dem kalten Schmelzwasser des Eisriesen? Wirkt das Schmelzwasser stimulierend auf die Euphausia? Wie verhält sich unter diesen neuen Lebensbedingungen die Pteropode?«

Malenkow warf beide Hände vors Gesicht und wandte sich Schesjekin zu. »Soll man mit so etwas leben, Genosse Admiral?« rief er dramatisch aus. »Kann man das überhaupt? Ein Weib, das sich mit Trompeterus beschäftigt –«

»Tomopteris«, sagte Ljuba und hob belehrend den Finger. »Das ist ein Borstenwurm.«

»Genosse, kann man sein Leben mit einem Borstenwurm teilen?« Malenkow ging zerknirscht hin und her und schlug die Arme um den Körper, denn trotz der dicken Fellkleidung drang der Frost bis unter die Haut. »Man stelle sich das vor: Ich umarme Ljuba, und sie denkt an einen Borstenwurm! Wer kann das aushalten?«

»Oder an einen Temora Longicornis, das ist ein kopepoder Kleinkrebs«, sagte die Berreskowa fröhlich. »40000 verschiedene Weichtiere gibt es im Meer, aber nur 20000 verschiedene Arten von Meeresfischen.«

»Und die kennst du alle?« Malenkow starrte Ljuba ungläubig an.

»Nein. Aber wenn ich sie sehe, kann ich sie in ihre Gruppe einordnen.« Sie ging voraus in das warme, langgestreckte Haus, zog ihren Pelz aus und mischte in dem mit Petroleum beheizten Samowar aus Teesud und heißem Wasser einen starken, duftenden Tee. Malenkow und Schesjekin hockten sich auf eine Bank an dem stabilen Holztisch. In der Ecke glühte der Ölofen gegen die Kälte an, die mit dem Öffnen der Tür in den Raum gedrungen war, greifbar, nebelartig, wie der Atemausstoß eines Riesen.

»Ich werde Ihnen eine Wache schicken, Ljuba Alexandrowna«, sagte Schesjekin und schlürfte den dampfenden Tee aus einer flachen, irdenen Tasse, die mit einer armenischen Blumenglasur überzogen war. Die Berreskowa hatte noch einen guten Schuß Rum hineingegeben, es duftete köstlich und wurde in dieser Umgebung zum herrlichsten Getränk der Welt.

»Männer? Ich brauche keine Männer hier.«

»Eine Wache! Wachen sind keine Männer...«

»Auch keine Wache, Genosse Admiral.«

»Allein, ganz allein wollen Sie hier leben?«

»Ja. Vor wem sollte ich Angst haben? Es gibt hier keine Banditen, niemand wird mich überfallen, und die Tiere werden friedlich sein – sie kennen noch keine Menschen.«

»Sparen wir uns jedes Wort!« Malenkow schlürfte seine Tasse leer. »Wer kann Ljuba überzeugen, wenn sie nicht will? Genosse Admiral, wir müssen vor Einbruch der Dunkelheit wieder in der Basis sein.«

Schesjekin erhob sich und wühlte sich wieder in seinen dicken Fellmantel. »Haben Sie eine Waffe, Ljuba Alexandrowna?« fragte er.

»Zwei Gewehre, eine Pistole, 200 Schuß Munition, ein Funkgerät: Ich fühle mich sicher.« Sie lachte wieder, als sie Malenkow ansah, der am Tisch hockte wie ein trauriger,heimatloser Hund. »Und was sind 30 Kilometer, Genosse?«

»Bei Sturm mit 150 Kilometer Windgeschwindigkeit und minus 70 Grad Kälte eine Ewigkeit. Sie werden vom Eis weggeweht, einfach weggeweht wie ein Zeitungsblatt.« Vizeadmiral Schesjekin ging zur Tür. »Jurij Adamowitsch, nehmen Sie Abschied von der Genossin Berreskowa. Ich warte draußen am Schlitten, aber lassen Sie mich nicht erfrieren.« Er ging hinaus, wieder flutete die Kälte nebelartig in den Raum und zerbrach an dem glühenden Ölofen.

Malenkow zog die Schultern hoch. »Ljubascha«, sagte er leise, und seine Zärtlichkeit drang tief in ihr Herz. »So oft ich kann, werde ich kommen.«

»Ja, Jurij.« Sie schlang die Arme um seinen Hals, küßte ihn mit all der Leidenschaft, die sie jetzt hergab, ohne sie nutzen zu können. »Sei vorsichtig, mein Liebster. Unsterblich ist ein Held der Sowjetunion, aber nicht dein Körper. Mußt du wieder zu den Versorgungsschiffen tauchen?«

»Nächste Woche, zusammen mit zwei anderen Schiffen.«

»Ich habe Angst, Jurij. Nie habe ich es dir gesagt, aber ein U-Boot ist etwas Schreckliches. Ich hasse es, hasse es! Ein großer, schwimmender Sarg, schon versenkt im Meer...«

Sie küßten sich wieder, streichelten über ihre Gesichter und ihre Körper und zitterten vor Sehnsucht und Begehren. Doch dann, als sie dieses unaufhaltsam schwindelnde Gefühl ergriff, stieß sie sich mit einem harten Stoß von Malenkow weg, atmete tief durch und streckte den Arm zur Tür aus. »Geh!« sagte sie rauh. »Geh endlich!«

»Ljuba«, Malenkow hob beide Hände und tappte auf sie zu, »Ljubascha...«

»Geh!« Jetzt schrie sie es und ballte dabei die Fäuste. »Hinaus! Schesjekin wartet! Nun geh doch endlich! Warum soll ich dich noch länger ansehen? Warum?«

Malenkow nickte. Er schlüpfte in seinen Fellmantel, riß die Tür auf, sprang fast hinaus in die Kälte und schlug die Tür hinter sich zu. Kurz darauf hörte Ljuba das Aufheulen des Schlittenmotors; wie der Schrei eines verwundeten Wolfes klang es, aber sie ging nicht zum Fenster und blickte hinaus, wollte sie nicht abfahren sehen, nein, sie preßte die Hände auf die Ohren, setzte sich auf die Bank und ließ die Stirn auf die Tischplatte fallen. Sie warf ihre Teetasse um, und der Tee mit dem Rum floß über ihr Gesicht.

Von der Höhe der Schlucht blickte Malenkow noch einmal zurück. Er hielt den Schlitten an und zog den mit Eiskristallen gespickten Mundschutz höher zu den Augen. Klein und erbärmlich sah von hier aus das Haus aus, kaum erkenntlich unter seinem weißen Anstrich, ein Hügelchen auf dem Eis; nur die rote Fahne blähte sich im eisigen Wind an der Stange, die man tief ins Eis gerammt hatte, damit sie allen Stürmen trotzte.

»Eine mutige Frau ist sie!« sagte Schesjekin, kaum hörbar in seinem Pelzgebirge. »Verdammt mutig, sage ich. Wollen Sie Ljuba heiraten, Jurij Adamowitsch?«

»Wenn sie es will, Genosse Admiral.«

»Ein lebenslanger Kampf zwischen euch wird es werden.«

»Man sollte sich darauf freuen. Jede Liebe ein Sieg.«

»Ihr jungen Kerle! Für mich wäre das zu anstrengend...« Schesjekin gab Malenkow einen Stoß in die Rippen. »Fahren Sie weiter, Malenkow, mir bohrt die Kälte bereits in die Knochen.«

Und dann war um sie herum wieder das glitzernde Eis, die Einsamkeit und die Lautlosigkeit, jetzt unterbrochen vom hellen Knattern des Schlittenmotors. Kein Leben, keine Bewegung, nur zu phantastischen Gebilden erstarrtes Wasser und ein Weg, der sich durch eine Wunderlandschaft schlängelte.

Der Sturm brach über Nacht auf den Eisberg herein, ohne Vorzeichen, ohne Warnung, nur Jim Bakker sagte nach einem Blick auf seine Instrumente: »Da tut sich was. Das Barometer spielt verrückt. Jungs, hauen wir Pflöcke ins Eis und binden uns daran fest. Das wird ein Wehen geben!«

Alles Leben außerhalb der Häuser erstarb. Von McMurdo kamen keine Transportflugzeuge mehr nach »Big Johnny«, ein Flug war unmöglich geworden, eine Landung glatter Selbstmord. Über die »Lincoln« heulte der Sturm und trieb die Wellen so hoch, daß Vizeadmiral Warner die Angst äußerte, die schweren Ankerketten könnten reißen und den Flugzeugträger ankerlos gegen die Eiswände des Fjords drücken, und Seymore rief jede Stunde die Station an und fragte: »Wie geht's euch? Halten die Häuser es aus? Brooks, wie sieht es aus?«

»52 Grad minus, Sir«, meldete Commander Brooks. Seymore hörte das Pfeifen des Windes im Funksprechgerät. »Zum Glück haben wir Whiskey und Rum genug ...«

»Sagen Sie bloß, der ganze Stützpunkt ist besoffen!«

»Mehr oder weniger, Sir.« Brooks lachte kurz und wurde dann wieder ernst. »Nur ein Problem haben wir.«

»Also doch, Commander.«

»Im Kino sind 69 Mann eingeschlossen. Der Sturm hat sie überrascht, gerade als sie ›Jenseits von Afrika‹ sahen.«

»Es ist ja auch pervers, bei 40 Grad minus einen Film über Afrika zu zeigen!«

»Nun sitzen die 65 –«

»69, sagten Sie.«

»Vier hatten sich angeboten, durch den Sturm zu brechen, um was zum Trinken zu holen. Sie sind mit Erfrierungen zweiten Grades beim Magazin angekommen, nun weigern sie sich, wieder zum Kino zurückzurennen.« Brooks räusperte sich. »Also 65 sitzen noch im Kino und können nicht raus. Sie würden glatt umgeweht und weggetragen. Dazu treiben große Schneemassen mit dem Wind über den Berg, gefrorener Schnee, beinhart, Sir. Nun überlegen wir, wie wir die Jungs aus dem Kino holen können.«

»Mit den Raupenschleppern, Commander.«

»Haben wir versucht. Selbst die bleiben stecken! So was von

Sturm habe ich noch nicht erlebt. Dazu die Kälte! Da kommt keiner durch. Wir hoffen darauf, daß es morgen etwas besser wird. Jeder Sturm muß sich mal legen, selbst Taifune blasen nicht ewig.«

Es war ein falscher Vergleich. Taifune und Hurrikane ziehen weiter, ein Eissturm in der Antarktis bleibt. 12,4 Millionen Quadratkilometer Erdfläche, mit durchschnittlich 2000 Meter dickem Eis bedeckt, 92 Prozent allen Eises auf der Erde, sind eine Geburtsstätte für Stürme, die nie enden wollen. Und so heulte auch jetzt, ununterbrochen sechs Wochen lang, der eisige Orkan über den Eisberg und begrub »Big Johnny« unter dem abgewetzten Flugschnee.

Brooks war es gelungen, nach drei Tagen die Kinogänger aus ihrem Gefängnis zu befreien. Sie hatten unterdessen viermal »Jenseits von Afrika«, dreimal »Der Pate«, viermal »Die Vögel« und dreimal »High Noon« gesehen und glotzten sich gerade zum zweitenmal »Goldfinger« an, als der schwerste Raupenschlepper sich durch die Verwehungen fressen konnte. Die Rückfahrt erlebten die meisten nur noch schemenhaft. Zunächst wurden die Whiskeyflaschen, die man gebracht hatte, restlos ausgetrunken, dann ballten sich 65 Betrunkene zu einem Menschenkloß zusammen, denn die Ladefläche des Schleppers war viel zu klein, in zwei Gruppen wollte man nicht fahren, denn wer garantierte der zweiten Gruppe, daß der Schlepper wieder durchbrechen konnte, und wenn auch Master-Sergeant Mulder herumbrüllte wie beim Strafexerzieren, die letzten der 65 lagen auf den Schultern und Köpfen der anderen, aber sie kamen mit. Am Kantinengebäude setzte man sie ab, sie schwankten in den warmen Saal, schrien nach Hot dogs und Hamburgern, Bier und Cola und wurden erst ein wenig nüchterner, als ein Lieutenant rief: »Herhören, ihr Saubande! Begreift ihr, daß ihr nicht in eure Quartiere könnt? Ihr müßt hier auf den Tischen schlafen! Wer die Kantine verläßt, wird als Selbstverstümmler angeklagt.«

Fünf Tage kampierten die Eingeschlossenen auf Tischen, Bänken und Stühlen in der Kantine, bestens verpflegt, denn niemand konnte ja zum Essen kommen, was wiederum dazu führte, daß alle Klosette überliefen: Die Abflußleitungen waren trotz der Isolierung zugefroren.

Nur einmal in diesen sechs höllischen Wochen ließ der Sturm soweit nach, daß – es war am neunten Tag – die 65 sich durch den Eiswind kämpfen konnten und ihre Quartiere erreichten. Noch war es warm in den Häusern, noch arbeiteten die Transformatoren und Generatoren, aber wie lange sie es noch taten, das wußte niemand. Nur eines wußte man: Wenn die Heizung ausfiel, würden sie alle in kurzer Zeit zu Eiszapfen erstarren, würden sie konserviert werden wie in einem Tiefkühlschrank. An Hilfe war nicht zu denken, schon gar nicht von der »Lincoln«, die seit drei Tagen im Eis eingeschlossen war, bewegungsunfähig, ein großes, mit Eis überzogenes bizarres Gebilde in einem Sturm, der alles, was sich auf Deck zeigte, wegblies.

In der vierten Woche meldete Commander Brooks: »Die Vorräte in den Häusern werden knapp. Zu den Magazinen kommen wir nicht durch. 32 Mann haben es versucht, alle liegen jetzt mit Erfrierungen auf der Sanitätsstation. Gestern haben wir 59 Grad minus gemessen.«

»Wie geht es Miß Allenby?« fragte Seymore über Funk.

»Ich weiß es nicht, Sir. Lieutenant Henderson ist bei ihr im Haus.«

»Dann geht's ihr gut!« Seymore versuchte einen faden Witz. »Vor allem hat sie's schön warm...« Und als Brooks nicht lachte, fügte er hinzu: »So kann sich Ric an ein Zusammenleben gewöhnen... Commander.«

»Sir?«

»Washington fragte an, wie weit wir mit dem Ausbau sind. Es geht denen dort zu langsam.«

»Sie sollen mal herkommen, Sir«, knurrte Brooks. »Wenn der erste sich den Arsch abgefroren hat, denken sie anders.«

»So ähnlich habe ich auch geantwortet. Ich habe den Einsatzstab zu einem Besuch eingeladen.«

»Und sie kommen, Sir?«

»Natürlich nicht. Aber einen schönen Vergleich haben sie angebracht: Was der Russe in Sibirien kann, müßten wir auch am Südpol können.«

»Sir, ich bedaure, daß ich nicht antworten konnte.« Brooks hieb mit der Faust auf den Tisch. Diese Arschlöcher in Washington, dachte er wütend. Diese Eierköpfe von Theoretikern! Durch sie haben wir in Korea verloren, in Vietnam und in der Schweinebucht von

Cuba. Alles wissen sie besser als die armen Säue, die vorne im Dreck liegen und den Kopf hinhalten müssen! »Wenn der Miststurm vorbei ist, Sir, werde ich einen Bericht schreiben, wie sie noch keinen bekommen haben.«

»Was nützt das, Jim?« Brooks konnte sich denken, daß Seymore jetzt mit der linken Hand resigniert abwinkte. »Die haben alle ein dickes Fell, sonst säßen ihre breiten Hintern nicht im Pentagon...«

Nach sechs Wochen – wie lang können doch sechs Wochen sein, wenn man unter Schnee begraben liegt – hörte, wieder über Nacht, der Eissturm auf. Ein klarer Morgen mit einem blauen wolkenlosen Himmel ließ die kalte Sonne auf den Eisberg scheinen, als habe es nie eine sechswöchige Vernichtung gegeben. Einige Häuser mußten sich ausgraben, die meisten aber standen wieder auf dem blanken Eis, das der letzte Wind sauber gefegt hatte. Das Thermometer zeigte noch immer 49 Grad minus, aber es gab keinen auf »Big Johnny«, der nicht vor die Tür trat, vermummt mit Pelzen und Atemschutz, und vorsichtig die klare, reine Luft einatmete, diese trockene Luft, die alle Bakterien tötet und daher keinen Schnupfen aufkommen läßt.

Auch Virginia und Henderson standen vor ihrem Haus, blickten fassungslos und doch fasziniert in den strahlend blauen Himmel und hatten die Arme umeinander gelegt.

»Haben wir sechs Wochen nur geträumt, Ric?« fragte sie.

»Es sieht fast so aus, Liebling.« Er küßte sie auf die freien Augen, an denen sich bereits nach einer Minute kleine Eiskristalle bildeten. »Da war doch so etwas wie ein Sturm...«

»... und wir sind im Bett zusammengekrochen und haben gewartet, daß das Haus wegfliegt.«

»Das waren die schönsten Träume. Irgendwann habe ich aufgehört, die Tage und Nächte zu zählen. Du warst da: Damit war meine Welt vollkommen. Einmal hast du gesagt: ›Nun sind schon fünf Wochen rum. Hört das denn nie auf?‹ Und ich habe geantwortet –«

»›Was sind fünf Wochen? Es soll nie aufhören!‹ Und dann sind wir wieder ins Bett gestiegen.« Sie wandte sich ab, ging ins Haus zurück und zog den Mundschutz herunter. »Ich hätte nie gedacht, Ric, daß ich so lieben kann. Ich bin ja unersättlich. Sag es mir, Ric: ›Du bist eine Unersättliche! Du kannst einen töten mit deiner Unersättlichkeit!‹ Sag es.«

»Ich liebe dich, Virginia.«

Sie umarmten und küßten einander wieder, als hätten sie sechs Wochen lang danach gehungert, aber als Ric sie wieder zum Bett tragen wollte, wehrte sie sich, lief lachend vor ihm weg, schlüpfte durch die Schlafzimmertür und schloß blitzschnell von innen ab.

Henderson klopfte mit den Fäusten dagegen. »Mach auf«, rief er dabei. »Gina, mach auf. Wir müssen weiterträumen, der Wind kommt wieder.«

»Lügner! Die Sonne scheint, alles ist wie eine glitzernde Märchenstadt. Geh in die Küche und koch einen starken Kaffee, back die Brötchen auf, setz Honig und Wurst und Erdnußbutter auf den Tisch, brate Spiegeleier, für jeden zwei Stück, und vergiß nicht den Speck dabei, und wenn du fertig bist, rufst du: ›Liebling, wir können frühstücken...‹«

»Erst einen Kuß. Das ist, als wenn man einen Motor anwirft...«

»Du hast sechs Wochen lang deinen Motor angeworfen, aber dich immer bedienen lassen. Jetzt bist du dran, Ric Henderson!«

Sie lachte laut, und Henderson gab es auf, an die Tür zu klopfen und um einen Kuß zu betteln, wohl wissend, daß es nicht bei einem Kuß bleiben würde. Er ging hinüber in die Küche, setzte Wasser auf, heizte den kleinen Backofen vor und begann, den Tisch zu decken. Während er aus dem Kühlschrank die Brötchen holte – es gab wirklich in fast jedem Haus einen Kühlschrank, obgleich draußen über 40 Grad minus waren, aber ein Kühlschrank gehört nun mal zum amerikanischen Leben –, klopfte es kurz, und Commander Brooks kam herein. An seinem Pelz hingen kleine Eiszapfen.

»Ric der Hausvater!« rief er und musterte Henderson, wie er die Brötchen zum Aufwärmen in den Backofen legte. »Ein völlig neues Henderson-Bild!«

»Sie sollten erst mal sehen, wie perfekt ich abwaschen und staubsaugen kann, Commander. Alles Übungen für den Ernstfall, daß ich mal heirate. Die zukünftige Mrs. Henderson muß noch lange mitarbeiten, wenn wir uns ein Häuschen leisten wollen. Arbeitsteilung ist dann selbstverständlich.«

»Ric, es geht aufwärts.« Brooks legte seinen Pelz ab und warf einen Blick ins Wohnzimmer. »Virginia ist nicht da?«

»Doch, im Schlafzimmer.«

»Störe ich, mein Lieber?« Brooks grinste breit. »Frühstück im Bett, was? Daran habt ihr euch in den sechs Wochen wohl gewöhnt?«

»Sie hat sich eingeschlossen, Commander.« Henderson zuckte mit den Schultern. »Mit der Sonne kam die Enthaltsamkeit zurück.«

»Trotzdem sind Sie ein Glückspilz, Ric.« Brooks setzte sich auf einen Stuhl neben dem Backofen und beobachtete die Brötchen. »Ich bin gekommen, um Ihnen als erster zu gratulieren.«

»Wozu? Der Heiratstermin steht noch nicht fest.«

»Hat General Seymore Sie noch nicht angerufen?«

»Nein, Commander.« Henderson, der gerade ein Stück Butter in die Butterdose legte, ließ das Messer auf die Tischplatte fallen. »Sagen Sie bloß –«

»Genau das ist es! Washington hat erstaunlich schnell reagiert. Ich freue mich für Sie, Ric, und für Virginia... Herr Oberleutnant...«

»Muß ich Ihnen jetzt um den Hals fallen, Jim?«

»Das heben Sie sich für Virginia auf. Ich nehme an, daß Seymore Sie auf den Flugzeugträger kommen läßt, um Ihnen die Ernennungsurkunde zu überreichen.« Brooks erhob sich und bekam eine feierliche Stimme. »Und ich tue noch eins drauf: Ric, ich übergebe Ihnen hiermit die zweite Staffel des Geschwaders und den Befehl über die auf ›Big Johnny‹ eingesetzten Hubschrauber.« Er kam auf Henderson zu, drückte ihm die Hand, und dann, in einer Aufwallung von Rührung, zog er ihn an sich und umarmte ihn. »Junge, darauf hast du lange warten müssen, aber man schlägt ja auch einem Vorgesetzten nicht so ohne weiteres in die Fresse.« Er beendete die Umarmung mit einem Stoß in die Rippen und zeigte auf die Brötchen im Backofen. »Ric, damit überzeugen Sie Virginia aber nicht. Ihre Brötchen sind halbverbrannt und sicherlich knochenhart!«

»Du lieber Himmel!« Henderson riß die Backofentür auf, schaufelte die Brötchen in einen geflochtenen Brotkorb und drückte ein Brötchen mit dem Daumen ein. »Noch eßbar, Commander. Außerdem gut für die Zähne und die Kaumuskeln...« Er deckte weiter den Tisch und machte sich daran, die Spiegeleier mit viel Speck zu braten. Bevor er sie in die Pfanne schlug, nickte er zur Schlafzimmertür hin. »Commander, wenn Sie Virginia rufen, kommt sie heraus. Wenn ich rufe, lacht sie nur hinter der Tür. Spiegeleier muß man heiß essen.«

Brooks grinste wieder verständnisvoll, ging zur Tür und klopfte.

Von innen ertönte Virginias Stimme. »Was ist? Ich mache erst auf, wenn du schwörst, vernünftig zu sein.«

»Ich schwöre!« antwortete Brooks mit tiefer, verstellter Stimme.

»Spiel kein Theater, Ric!« Virginia klopfte von der anderen Seite an die Tür. »In fünf Minuten bin ich fertig. Ich habe gebadet und ziehe mich jetzt an.«

»Das wird die Spiegeleier kaum interessieren«, sagte Brooks mit seiner normalen Stimme. »Auch im Bademantel sehen Sie bezaubernd aus, Virginia.«

Stille. Ein stummes Erstaunen. Dann die zögernde Frage: »Wer ist da? Wer sind Sie? Wo ist Lieutenant Henderson?«

»Er brät Eier mit Speck. Und einen Lieutenant Henderson gibt es nicht.«

»Ich denke, er macht Spiegeleier?«

»So ist es. Der Tisch ist gedeckt, und Oberleutnant Henderson erwartet Sie, Miß Allenby...«

»Oberleutnant?« Der Schlüssel drehte sich im Schloß. Virginia stieß die Tür auf, sie hatte wirklich einen Bademantel an, weißes Frottee mit goldenen Blumen darauf, und raffte ihn über der Brust zusammen. Es war ein kurzer Mantel, der ihre schönen schlanken und langen Beine bis zur Mitte der Oberschenkel freigab. »Jim, Sie?«

»In voller Größe und voll Bewunderung weiblicher Schönheit.«

»Sie... Sie haben eben Oberleutnant gesagt...«

»Wie es sich gehört.«

»Ric!« Virginia rannte an Brooks vorbei in die Küche, breitete die Arme aus und fiel Henderson um den Hals. Er hatte gerade den von Fett triefenden Pfannenwender in der Hand und hielt ihn weit von Virginia weg, während sie ihn über das ganze Gesicht küßte und sich benahm wie ein verliebter Teenager. »Du bist Oberleutnant?« rief sie. »Washington hat alles vergessen, Seymore hat sein Wort gehalten... O Ric!«

»Aufhören!« Brooks war in die Küche gekommen und klopfte gegen eine der Tassen. »Das ist ja nicht zum Aushalten, diese Knutscherei! Miß Allenby, auch ich bin nur ein Mann und seit einigen Monaten ohne weibliche Zärtlichkeit. Provozieren Sie mich nicht.«

Er lachte, als Virginia auch ihm einen Kuß auf die Wange hauchte und dann mit offenem wehenden Bademantel zurück ins Schlafzimmer rannte. Daß sie nichts darunter trug als ihre blanke, schimmernde Haut, entdeckte er in der Sekunde, in der sie an ihm vorbei stürzte. »Ric«, sagte er und setzte sich an den Tisch, »da Sie nun einmal den braven Hausvater spielen, holen Sie noch ein Gedeck und hauen Sie noch zwei Eier mehr in die Pfanne. Ich lade mich bei euch zum Frühstück ein. Es ist doch erlaubt?«

»Sie sitzen ja bereits, Commander.« Henderson holte aus dem Küchenschrank Teller, Tasse und Untertasse und stellte alles vor Brooks hin. »Da kann man nichts machen.«

Im Wohnzimmer erklang ein hoher Pfeifton. Unwillkürlich zuckte Ric zusammen und nahm die Pfanne von der Kochplatte. »Das Funktelefon, Commander.«

»Ich höre.« Brooks faltete die Hände. »Wetten, das ist Seymore? Jetzt erfahren Sie es amtlich, Ric. Und dann trinken wir einen darauf. Übrigens: Seymore hat sein Versprechen gehalten, nun halten Sie auch Ihres! Wann heiraten Sie Virginia?«

An einem Morgen, drei Tage später, hatte es Virginia endlich erreicht, daß Master-Sergeant Benny Mulder durch ihr Bitten so weichgeklopft war, daß er jeden Widerstand aufgab. Henderson war im »Dorf« bei den Pionieren, die eine Straße in das Eis bauten, indem sie den Gehsteig mit Brettern und runden Knüppeln belegten.

»Was ich tue, Miß Allenby, ist eine Degradierung wert. Man wird mich aus der Air Force hinauswerfen!«

»Nein, Benny.« Virginia schüttelte den Kopf, und ihr Nein klang wirklich überzeugend. »Ich werde mich vor Sie stellen. Aber sehen Sie sich das Wetter an. Dieser blaue Himmel, die Sonne – kann es noch besser werden für einen Ausflug über ›Big Johnny‹? Nur ein kleiner Rundflug, Benny. Einmal um den Eisberg herum… In zwei Stunden sind wir wieder hier. Es erfährt es niemand.«

»Aber genug werden es sehen.« Master-Sergeant Mulder vermied es, Miß Allenby in die Augen zu schauen, ganz zu schweigen vom Anblick ihres Körpers, der auch noch in dem dick wattierten Skioverall verführerisch wirkte. »Außerdem bekomme ich keinen Hubschrauber ohne Einsatzbefehl.«

»Sie werden es schon schaffen... Sie schaffen ja alles, Benny. Wie sagen doch die Männer hier? Brauchst du was für Herz und Magen, mußt du Benny Mulder fragen...«

»Das ist mir neu, Miß Allenby.« Mulder tat etwas verschämt, aber man sah doch deutlich, wie großer Stolz in ihm hochkam. »Ich will sehen, was sich machen läßt.«

Er war schon ein toller Bursche, dieser Mulder. Nach einer halben Stunde rief er vom »Flugplatz« aus an und berichtete: »Miß Allenby, ich habe einen Hubschrauber. Vor zehn Minuten ist Oberleutnant Henderson zur ›Lincoln‹ abgeflogen. Commander Brooks ist ebenfalls auf dem Träger. Ich glaube, es geht alles gut, verdammt nochmal!«

Virginia warf sich in ihren Pelz, setzte die dicke Fellkappe auf und zog die hohen Pelzstiefel an. Ein Raupenschlitten, den sie auf der Straße anhielt, brachte sie zum Flugfeld. Der junge Pionier, der sie fuhr, war stolz darauf, ihr einen Dienst erweisen zu können, und strahlte vor Glück, als sie ihm dankend auf die Schulter klopfte.

Mulder erwartete sie an dem Hubschrauber, einer kleinen Sikorski, die zum Pendeln zwischen der Stadt im Eis und dem Flugzeugträger eingesetzt wurde. Sie hatte keine Druckkabine, flog nur auf Sicht; man saß vorn in einer gläsernen Rundumkanzel, vor sich und zu Füßen die grandiose Natur, die Eistürme und Gletscherspalten, die bizarren Kunstwerke aus gefrorenem Wasser und die tiefen, grünblauen Gletscherseen. Eine kleine Libelle im ewigen Eis.

Mulder flog ziemlich niedrig über die atemraubende Eislandschaft, über glitzernde gezackte Gebirge und Felder mit langen Eiswellen, umkreiste einmal einen See und einen Eisbuckel, der aussah wie ein kleiner Fudschijama. Seine Kuppe glitzerte blaugolden in der Sonne.

»Wunderbar!« sagte Virginia, ergriffen von so viel Schönheit. »Ist das nicht wunderbar, Benny? Und das alles ist nur ein Eisberg, der langsam in den Pazifik treibt. So etwas gibt es nie wieder...«

Sie hatten ungefähr 120 Kilometer in der Länge abgeflogen, als ein merkwürdiges Rütteln und Schütteln den Hubschrauber ergriff. Der Rotor drehte sich wie bisher, alle Instrumente zeigten eine normale Tätigkeit an, aber irgend etwas stimmte dennoch nicht. Sie verloren an Höhe und lagen merkwürdig schief in der Luft.

»O Scheiße!« rief Mulder wütend und zerrte an einem Hebel. »Das hat uns noch gefehlt! Scheiße – Scheiße!«

»Was ist los, Benny?« Virginia, die gerade ein Foto von einer besonders schönen Eisspitze gemacht hatte, drehte sich zu Mulder um. »Stimmt was nicht?«

»Das kriege ich noch hin«, wich Mulder aus. »Keine Angst, Miß Allenby!«

»Was wollen Sie hinkriegen?«

»Die Höhensteuerung ist blockiert, die ganze Steuerung überhaupt...« Mulder zerrte wieder an Hebeln und drückte Knöpfe, durch das Flugzeug fuhr ein Zittern, als Mulder mehr Gas gab und die Geschwindigkeit erhöhte. Aber das half gar nicht; nur das Gebrüll des Motors wurde lauter, der Höhenmesser sank immer weiter ab. Als Mulder in einem Bogen von den nahenden Eisspitzen wegwollte, versagte auch die Seitensteuerung. Mit entsetzensweiten Augen erkannte er, daß er unaufhaltsam auf die näherkommende Eiswand zuflog, ohne ausweichen zu können. »Glauben Sie an Gott, Miß Allenby?« schrie er durch den Motorlärm.

»Ab und zu, Benny. Warum?«

»Ich nicht! Aber jetzt sollten Sie beten...«

»Was... was kann passieren?« stotterte sie. Die wild gezackte Wand kam näher, und sie flogen genau auf die Mitte zu, nur knapp 50 Meter höher war der freie Himmel, aber es waren 50 Meter zu viel. »Steigen Sie doch höher, Benny!«

»Das ist es ja, es geht nicht! Die Steuerung muß vereist sein.« Mulder zerrte verzweifelt an der Steuerung, aber sie reagierte nicht um einen Meter. »Miß Allenby, wir stürzen ab, wir stürzen...«

»Benny, tun Sie doch was!« Erst jetzt begriff Virginia voll die Lebensgefahr, in die sie geraten waren. Sie klammerte sich an dem Türgestänge fest und starrte auf die Eiswand, die nun fast greifbar vor ihr aufragte. Eine herrliche Wand mit Eisgebilden wie von der Hand eines phantasievollen Bildhauers. Eine tödliche Eiswand, bläulich in der Sonne schimmernd. »Benny, wir rammen sie!«

Der Hubschrauber sank und sank, und die Eiswand wuchs vor ihnen empor, als reiche sie bis zur Sonne.

Über Mulders Gesicht strömte der Schweiß. Er hatte die Hände um die Steuerung gekrallt und es aufgegeben, das Flugzeug hochzureißen. Es rührte sich ja doch nichts. »Virginia«, brüllte er heiser und tastete nach ihrem Arm, »es ist nicht meine Schuld. Halten Sie sich fest, auch wenn's wenig nützt! Ich stelle den Motor ab und lasse uns fallen. Das ist noch eine Chance; gegen die Wand haben wir keine.«

Der Höhenmesser zeigte 65,60 Fuß, knapp 20 Meter.

Mein Gott, was sind schon 20 Meter? Nicht mehr als 20 Schritte, aber es ist etwas anderes, ob man sie geht oder herunterfällt.

Mulder schaltete den Motor aus, und sofort sackte der Hubschrauber ab. »Festhalten!« schrie er noch einmal, zog dann den Kopf tief zwischen die Schultern und stemmte sich gegen das Armaturenbrett und die eisernen Fußstützen.

Und dann prallten sie auf das Eis, gegen einen kleinen Hügel vor der Wand. Die Glaskanzel zerplatzte wie ein durchsichtiger Ballon, Gestänge, Eisenteile und Verkleidungen wirbelten durch die eisige Luft, und das letzte, was Virginia noch sah, war ein abgerissener Rotorflügel, der über sie hinwegflog wie ein riesiger Bumerang und dann an einer Eisspitze zerschellte. Seine Splitter kamen wie Geschosse, wie Querschläger, in die Kabine zurück. Dann war Dunkelheit um sie, Vergessen, gnädige Bewußtlosigkeit. Und Glück, denn der Benzintank explodierte nicht und ließ sie nicht in einem Feuermeer verbrennen.

Sie kehrte ins Leben zurück wie aus einem tiefen Schlaf, und mit dem Bewußtsein kam auch die Frage: Was ist geschehen? Sie lag hingeworfen auf dem herausgerissenen Sitz inmitten der verstreuten Teile des zerplatzten Hubschraubers und wunderte sich, daß sie lebte, daß sie die Kälte spürte, daß sie sehen und hören konnte, und als sie ganz vorsichtig Arme und Beine bewegte und den Oberkörper aufrichtete, war nichts von Schmerzen zu spüren, nur eine schwere Müdigkeit lag in ihren Gliedern.

Vorsichtig, als traue sie ihrer Unversehrtheit nicht, hob sie den Kopf und blickte herum. In der zerbrochenen halben Kanzel sah sie Benny Mulder liegen, seltsam verkrümmt und mit Flugschnee überzogen. Entsetzen packte sie. Sie richtete sich auf, kroch ungefähr zwei Meter über das Eis, bis sie es wagte, aufzustehen und wirklich zu gehen. Schwankend erreichte sie die halbierte Kanzel, kniete vor Mulder nieder und wischte den Schnee von seinem Gesicht.

Er sah schrecklich aus, aber er lebte noch. Von der Nase über die Stirn bis zum Haaransatz zog sich eine klaffende Wunde hin, ein jetzt erstarrter Blutbach hatte das Gesicht überzogen, und aus diesem roten gefrorenen Blutsee starrten sie Mulders Augen an, trüb wie zersprungene Glaskugeln, aber doch lebend.

»Benny«, sagte sie und beugte sich tief über ihn. »Mein Gott, Benny! Wie schön, daß Sie leben! Haben Sie Schmerzen? Die Wunde im Gesicht, die wird bald heilen. Bestimmt suchen sie uns schon, und sie werden uns finden. Benny, an allem bin ich allein schuld. Ich habe Sie zu diesem Flug überredet.«

Mulder schloß die Augen, sein Atem war flach und von einem leisen Pfeifen begleitet. Als sich sein Mund unter dem gefrorenen Blut öffnete, kam zunächst ein heiseres Röcheln aus seiner Kehle.

Virginia schüttelte den Kopf. »Nicht sprechen, Benny. Wir leben, und wir werden weiterleben... Liegen Sie ganz still.«

»Der Rotor...« Mulders Stimme klang wie aus einem langen Trichter. »Gegen das Eis... zersplittert... Splitter... haben mich getroffen... Kopf... und Brust... Sie stecken drin... Muß die Lunge sein... Kann nicht atmen...« Und als Virginia ihm mit zitternden Händen die Brust freimachen wollte, röchelte er: »Nicht... nicht anfassen...Vorbei... Alles vorbei...«

»Benny, verdammt, geben Sie nicht auf! Sie werden uns suchen.« Sie beugte sich wieder tief über ihn, nahe zu seinem Mund, aus dem die Worte immer schleppender, immer leiser drangen. Seine Lippen waren fast weiß mit einem blauen Schimmer. Er verblutet innerlich, dachte sie und begriff ihre völlige Hilflosigkeit. Aus der zerrissenen Lunge läuft das Blut in ihn hinein. Warum kommt denn niemand? Warum höre ich kein Suchflugzeug? Ihr müßt uns doch längst suchen! Benny Mulder verblutet, helft doch, helft doch! »Sie schaffen es, Benny«, sagte sie und strich über sein blutverschmiertes Gesicht. »Hören Sie auf zu sprechen, es strengt zu sehr an...«

Mulders Atem begann hohl zu rasseln. Kleine Blutbläschen quollen über seine farblosen Lippen. »Vir... Virginia...«, sagte er leise. Seine Augen suchten sie. »Ich... ich war es...«

»Nicht reden, Benny.«

»Ich... ich...« Mulder schien seine letzte Kraft zu sammeln. Sogar den Kopf hob er etwas, und sofort schob Virginia ihre Hände unter ihn und stützte ihn. »Cobb... Lieutenant Cobb... ich... erschossen... Keiner wird... es erfahren... nur Sie... Ich... ich habe Sie gerettet... Cobb, dieses Schwein...«

»Benny, *Sie* haben Cobb ermordet?« Wie ein Krampf zog es über Virginias Gesicht. Einen jeden hätte sie verdächtigt, nur Master-Sergeant Mulder nicht. Seinen Revolver zu untersuchen, auf diese Idee wäre niemand gekommen. Mulder, der wochenlang den Mörder gesucht hatte.

»Nicht... ermordet...« Mulder röchelte wieder und schloß die Augen. »Ich... ich hab's getan... für Sie... Sah, wie er... zu Ihnen schlich... Ich... ich konnte nicht... anders...« Mulder öffnete wieder die Augen. Die Unendlichkeit lag schon in ihnen, die unbegreifliche Weite jenseits des Irdischen. »Virginia...«

»Ganz ruhig bleiben, Benny.«

»Ich... ich liebe Sie... Verzeihung...« Unter dem erstarrten Blut lächelte er. Mit einem Seufzer legte er den Kopf zur Seite, berührte mit seinen Lippen ihre seinen Kopf stützende Hand und schien unendlich glücklich zu sein.

Erst Minuten später merkte Virginia, daß sie den Kopf eines Toten in ihren Händen hielt; vorsichtig, als könne es ihm noch weh tun, legte sie ihn auf das Eis zurück, zog seine Lider über die Augen, und dann kniete sie vor ihm, faltete die Hände und weinte.

Und die Lautlosigkeit um sie herum, diese völlige eisige Stille kam ihr vor, als sei auch sie losgelöst von der Welt, von Zeit, Raum und Leben.

Man muß verstehen, wie Malenkow litt, daß sein Täubchen Ljuba so allein und einsam auf einem Eisplateau nahe über dem Meer lebte, nur, um sich mit Plankton und Fischschwärmen zu beschäftigen.

Da half es auch nichts, daß Vizeadmiral Schesjekin etwas anzüglich sagte: »Mein lieber Jurij Adamowitsch, Sie sehen blaß und zerknittert aus. Sie sollten mehr Bewegung haben.« Und er schickte Malenkow mit seiner »Gorki« zu den getarnten Versorgungsschiffen, die ganze Strecke in Tauchfahrt unter dem sich immer mehr schließenden Eis.

So kam es, daß Malenkow den sechswöchigen Eissturm auf dem Versorgungsschiff »Sokol« vorbeiblasen lassen mußte, sechs Wochen, in denen er nachts mit Ljuba sprach, gedanklich natürlich, oder mit leisen Worten, wenn er vor ihrem Foto saß, erregt bei der Vorstellung, sie liege jetzt neben ihm auf dem Bett und reize ihn mit dem Spiel ihrer Zehen.

Siebzehnmal in diesen langen sechs Wochen funkte Malenkow seine flehentliche Bitte an Schesjekin, zur »Morgenröte« zurückkommen zu dürfen, und jedesmal antwortete Wladimir Petrowitsch, dieses Ungeheuer, wie Malenkow ihn im stillen nannte: »Nein! Sie bleiben. Hier ist die Hölle ausgebrochen.«

»Was ist mit Ljuba Alexandrowna, Genosse Admiral?«

»Sie wird in ihrer Hütte neben dem Ofen liegen.«

»Keine Nachricht von ihr?«

»Keine. Keine Verbindung. Sie antwortet nicht. Unmöglich, zu ihr hinzukommen. An Stürme bin ich gewöhnt, auf allen Meeren, aber so etwas wie hier, das vergißt man nie.«

Malenkow trauerte mit tiefem Gefühl, nahm in den sechs Wochen zehn Pfund ab, lief hohlwangig und mißgelaunt auf dem Versorgungsschiff herum, schnauzte jeden an, der mit ihm ein Schwätzchen halten wollte, und wachte des Nachts ein paarmal schweißgebadet auf, wenn ihn seine Sehnsucht ständig neue Variationen von Ljubas Liebeskunst erleben ließ. Er stellte sich dann unter die Dusche, besprühte sich erst heiß, dann kalt, kroch bibbernd zurück ins Bett und träumte dennoch gegen Morgen von neuen erotischen Exzessen.

Er wurde ungenießbar wie ein Dörrfisch ohne Wasser, bastelte sich eine Scheibe aus Holz und malte den Kopf von Vizeadmiral Schesjekin darauf, lieh sich aus der Bordküche drei große Fleischermesser und begann, sich im Messerwerfen auszubilden. Bei jedem Treffer in Schesjekins Kopf rief er: »So geschieht's dir recht, du Halunke! Ha! Du hinterlistiger Biber! Du quietschende Ratte! Und noch ein Messerchen, und noch eins, und eins noch drauf!« Wie toll war er, und als er einen Glückstreffer landete, ein Messer mitten ins rechte Auge von Schesjekin, hüpfte er im Zimmer herum wie ein tanzender Indianer und brüllte: »He, he, aus ist's mit dem Augenblitzen, Genosse Admiral! Jetzt kommt das andere dran, das andere...«

Aber das gelang ihm nicht. Schesjekins linkes Auge war einfach nicht zu treffen. Immer drehte sich das Messer und knallte nur mit dem Holzgriff darauf.

»Blau ist es immerhin«, sagte Malenkow erschöpft und sank auf sein Bett. »Wer kann schon sagen, daß er Schesjekin ein blaues Auge geschlagen hat?«

An dem Morgen, an dem der Sturm vorbei war, rief er sofort bei der U-Boot-Basis an und wartete ungeduldig, bis sich Schesjekin meldete.

»Mein lieber Jurij Adamowitsch«, sagte der Vizeadmiral mit – so nahm es Malenkow auf – widerlich schleimiger Freundlichkeit, »Sie können zurückkommen. Ein herrlicher Tag ist hier! Ich befehle: Alle Boote hierher! Die ›Gorki‹ wird mit Verpflegung beladen, ›Puschkin‹ und ›Tolstoi‹ nehmen so viel Bau- und Ausrüstungsmaterial mit, wie hineingeht. Nutzt jeden Winkel aus! Wir brauchen vor allem Ersatzteile für die Maschinen, die Bagger, Räumer und Traktoren. Genosse Karasow hat eine lange Liste; er wird sie Ihnen vorlesen, Jurij. Ja, und noch etwas: Bringen Sie für die Genossin Berreskowa Süßigkeiten mit. Schokolade, Pralinen, was sie da haben. Kandierte Früchte, Marmeladen, Honig... Ljuba Alexandrowna ist ein Leckermäulchen, das wissen Sie doch, Malenkow.«

»Ich werde mich bemühen, Genosse Admiral.«

Malenkow schaltete das Tonbandgerät ein, begrüßte kurz Ingenieur Karasow und ließ ihn dann die lange Wunschliste aufs Band sprechen. Als er sie hinterher abhörte, griff er sich an die Stirn und seufzte laut. Um Karasows Wünsche zu erfüllen, brauchte man zehn U-Boote, was nichts anderes bedeutete, als daß in den nächsten Wochen sämtliche Boote der »Morgenröte« mit Pendelverkehr unter Wasser beschäftigt waren. Für Ljuba würde keine Zeit übrig bleiben. Man mußte sich weiter mit Träumen behelfen.

Dennoch gelang es Malenkow, nach drei Tagen schon einen Motorschlitten mit Raupenantrieb von den Arbeitskolonnen abzuziehen und hinauszufahren in die Eiswüste. Schesjekin selbst hatte ihm Urlaub gegeben, die »Gorki« lief erst in drei Tagen wieder aus, und Malenkow tat innerlich Abbitte, daß er dem Bild des Vizeadmirals ein Auge ausgeschlagen und das andere blau geschlagen hatte. »Der blinde Zorn, Genosse«, sagte er lautlos. »Verzeihung. Aber wer so viel im Traum gesehen hat wie ich... Der Mensch ist schwach, kann ich's ändern?«

Auf dem Weg zu Ljuba, in der völligen Stille um sich herum, in dieser eisigen Einsamkeit zwischen Eisspitzen und Gletscherspalten, hielt er plötzlich an und stellte den Schlittenmotor ab. Sein vorzügliches Gehör hatte einen anderen Ton aufgenommen, und jetzt, die Lautlosigkeit um sich, glaubte er weit, weit weg, hergetragen von dem Wind, ein Geräusch zu hören, das wie ein Knattern klang.

Malenkow hob den Kopf, schob die Fellmütze etwas nach hinten, legte ein Ohr frei und lauschte angestrengt: Ganz in der Ferne ertönte ein Surren und Knattern, das Malenkow – verrückter Gedanke – an einen Hubschrauber erinnerte. Er setzte sich auf die heiße Motorhaube, schob die Fellmütze wieder über seinen Kopf zurück und rückte die fast schwarze Sonnenbrille zurecht. Die Strahlung des in der Sonne glitzernden Eises war so stark, daß die Augen ohne Schutz in kurzer Zeit erblinden konnten.

Malenkow sah auf den Kilometerzähler und den Kompaß seines Schlittens. Ungefähr 30 Kilometer war er von der U-Boot-Basis entfernt und vielleicht 15 von Ljubas Haus am Meer. Um zu ihr zu kommen, mußte er viele Spalten und Eissäulen umfahren und in einem großen Bogen auf der linken Seite des Berges den Weg durch das Eistal erreichen, das bei Ljubas Plateau endete.

Aber obwohl er sich einen Spinner nannte, die absolute Stille war gestört. Es blieb dieses Geräusch in der Luft, dieses helle Knattern, das Malenkow gut kannte.

Er überlegte kurz, warf dann den Motor wieder an und änderte die Richtung. Statt zu Ljuba versuchte er dem Geräusch entgegen zu fahren, holperte über ein Eisfeld, das wie ein riesiges Waschbrett aussah und das ihn an seine Großmutter erinnerte, die noch am Ufer des Dnjepr auf einem Stein kniete, die Wäsche über ein Brett rubbelte, sie dann im Fluß hin und her schwenkte und auf einem flachen, sauberen Stein ausschlug. Hinter der gewellten Eisebene erhoben sich wieder die bizarren Eisspitzen, dicht zusammenstehend und so eine unüberwindliche Eiswand bildend. Und hinter dieser Wand erklang jetzt deutlich das Motorengeknatter, verbunden mit einem hellen Pfeifen.

Malenkow hielt wieder an und wischte sich mit seinen Fellhandschuhen die Eiskristalle aus dem Gesicht. Ein Hubschrauber auf der »Morgenröte«! Woher kommt hier ein Hubschrauber? Er verfluchte seine Nachlässigkeit, keinen Funksprechapparat mitgenommen zu haben, weil Ljuba ja einen auf ihrer Station besaß, und wozu brauchte man Funk, wenn man den Weg zu seiner Liebsten so genau kannte wie er?

Er war noch mit seinen Selbstvorwürfen beschäftigt, als ein lautes Krachen die Stille zerriß. Wie eine sichtbare Wolke, so geballt, trieb der hallende Schlag auf ihn zu, und Malenkow duckte sich instinktiv hinter seinen Schlitten, als gälte ihm der Abschuß einer Kanone. Dann war es wieder still, völlig still, eine bedrückende Lautlosigkeit nach einem Geräusch des Lebens.

»Jurij Adamowitsch, da ist etwas passiert!« sagte Malenkow laut, vor allem um die Stille aufzubrechen und seine Beklommenheit zu verjagen. »Da war ein Hubschrauber, und der ist abgestürzt. Es ist verrückt, so was zu denken. Man wird dich auslachen, wenn du das später erzählst; aber was soll es anderes gewesen sein? Jurij Adamowitsch, steh nicht dumm rum, sieh nach!«

Er brauchte drei lange Stunden, um einen Weg durch die Eiswand zu finden, mußte inmitten der gezackten Säulen den Schlitten zurücklassen und arbeitete sich zu Fuß durch die Eisschluchten. Als er endlich wieder ein freies Feld vor sich sah, genau so waschbrettähnlich wie die hinter ihm liegende Ebene, blieb er zunächst stehen, schabte den festgefrorenen Schweiß von seinem Gesichtsschutz und von der Schneebrille und mußte dabei die Augen schließen. Als er sie wieder öffnete, lagen vor ihm die verstreuten Trümmer eines Hubschraubers, die halbe Glaskanzel, die zerfetzten Rotorflügel, das verbogene und abgerissene Gestänge, die Türen, das Dach und das Heck mit der Steuerschraube. In der zerborstenen Glaskanzel lagen zwei dunkle Klumpen aus Pelz, und Malenkow wußte, daß es Menschen waren.

Mit langen Schritten und Sprüngen, soweit das möglich war, rannte er hinunter zu dem Wrack und blieb erschrocken, ja entsetzt stehen, als sich der eine Fellklumpen bewegte, ein Kopf hervorkam und zwei Augen ihn anstarrten. Mit einem Satz sprang der Körper auf die Beine, riß die Pelzmütze vom Kopf, und schwarze lockige Haare fielen über das schmale Gesicht.

Eine Frau! Hier auf dem Eisberg eine Frau, abgestürzt mit einem Hubschrauber! Malenkow schüttelte den Kopf, stieß den Atem aus und stellte erleichtert fest, daß er den Atemnebel sah und also nicht mit offenen Augen träumte. Er kam noch einen Schritt näher und sagte höflich: »Ich bin Jurij Adamowitsch Malenkow. Haben Sie sich verletzt? Wo kommen Sie her?«

Er wartete auf eine Antwort, aber die Frau hob nur bedauernd die Schultern und schüttelte den Kopf. Malenkow ging an ihr vorbei, kniete sich neben das andere Fellbündel und sah, daß es ein blutbedeckter toter Mann war. Als er sich wieder aufrichtete und sich umblickte, stand die Frau hinter ihm und hatte einen Revolver in der Hand. Aber sie zielte nicht auf ihn, ihr Arm hing schlaff zu Boden.

Malenkow hob seine Hand und zeigte auf sich: »Ja... Russki... Ty...?«

Sie verstand seine Geste und antwortete mit tonloser Stimme: »Ich bin Amerikanerin.«

Durch Malenkow zog es wie ein heißer Strom. Amerikaner? Die Amerikaner auf dem Eisberg? Ein Zufall nur? Kamen sie von McMurdo, um neugierig den Eiskoloß zu überfliegen? Aber von McMurdo bis zum Berg, mit so einem kleinen Hubschrauber, das überstieg die Reichweite des Flugzeugs und war unmöglich. Wo also kamen sie her? Was wollten sie hier?

»Ty... Amerikanski?« fragte er, um ganz sicher zu gehen.

»Ja. Ich heiße Virginia Allenby.« Sie musterte Malenkow jetzt mit forschenden Augen und dachte das Gleiche wie er. »Was machen Sie hier auf dem Eisberg? Sie sind ein Russe? Wieso kommen Sie hierher, und dann noch zu Fuß?«

Das ist englisch, dachte Malenkow. Ich kann zwar kein Englisch, aber ich hör's am Klang. Ein amerikanischer Hubschrauber... Schesjekin wird der Schlag treffen. Er blickte sich wieder um, erkannte an einem weggefetzten Stück der Verkleidung das amerikanische Hoheitszeichen, einen Stern, und wußte in diesem Augenblick, daß der Hubschrauber eine Militärmaschine gewesen war.

Die amerikanische Luftwaffe auf der »Morgenröte«! Wieder durchrann es heiß Malenkows ganzen Körper, und er konnte nicht stehenbleiben, er mußte sich bewegen und seine Erregung ablaufen. Ein paarmal umkreiste er die zerborstene Glaskanzel, verfolgt von Virginias Blicken. Warum kommen sie nicht? dachte sie. Sie müssen uns doch längst suchen! Sie müssen doch gemerkt haben, daß etwas passiert ist. Wir hätten schon seit zwei Stunden wieder auf dem Flugplatz sein müssen. Ric, warum kommst du nicht? Ein Russe ist auf dem Eisberg! Ein Russe! Er kann nicht allein hier sein! Wie kommt er auf den Berg? Ric... Jetzt kommt er auf mich zu... Wo bleibst du denn, Ric, wo bleibst du?

Malenkow sah Virginia ernst an, obwohl ihn ihre Schönheit, von der er nur das Gesicht und die Haare sah, milde stimmen konnte. Aber jetzt war er der sowjetische Offizier, der Kapitän Malenkow, der neue Held der Sowjetunion, der Kommandant des Atom-U-Bootes »Gorki«, und vor ihm lag ein zerschellter amerikanischer Militärhubschrauber, der nicht hierher gehörte und der nur eine kurze Strecke fliegen konnte. Von wo war er aufgestiegen? Wer hatte ihn über den Eisberg geschickt? Er machte eine weite Handbewegung und sagte unnötig: »Kaputt! Ty... Soldat?«

»Nein.«

Das »No« verstand er, lächelte Virginia mokant an, zeigte auf den Stern an der abgesprengten Verkleidung und schüttelte den Kopf. Dann machte er eine Handbewegung, die Mitkommen bedeutete.

Virginia nickte und zeigte in Richtung des Eisfeldes, also auf »Big Johnny« zu, aber Malenkow wedelte mit beiden Händen und zeigte dann auf die Eiswand.

»Nein!« sagte Virginia wieder. »Dahin!«

»Njet! Dawai!«

Er faßte sie an den Ärmel des Pelzmantels, aber sie schüttelte seinen Griff mit einem energischen Ruck ab. Ihre Hand mit dem Revolver zuckte. Ich kann doch nicht schießen, dachte sie verzweifelt. Ich kann ihn doch nicht einfach erschießen, weil er ein Russe ist! Er will mir helfen, aber er weiß auch, daß es ein Hubschrauber der Air Force war. Aber wer ist er? Wo lebt er in diesem Eis? Womit ernährt er sich? Ein Mensch allein kann hier doch nicht bestehen!

Bevor sie reagieren konnte, hatte Malenkow ihr den Revolver aus der Hand gewunden und ihn in seinen Pelz versenkt. »Miß –«, sagte er dabei. Es war eines der wenigen Worte, die er vom Fernsehen kannte. »Prichoditj!« (»Mitkommen!«) Und dann fügte er, auch auf russisch, hinzu: »Einsehen müssen Sie, daß Sie nicht mehr zurück können.«

Sie nickte, weil sie ahnte, was er gesagt hatte, betrachtete ihre leere Hand und überlegte, wie sie Henderson eine Nachricht hinterlassen konnte, wenn er die Trümmer des Hubschraubers finden sollte. Sie zeigte auf den toten Mulder, faltete die Hände, und Malenkow, obwohl ohne Religiosität erzogen, verstand sie trotzdem und nickte.

Es war ein kurzes Abschiednehmen. Virginia kniete neben dem Toten nieder und blickte auf seinen blutverkrusteten Kopf. »Ich bin schuld, Benny, ich ganz allein«, sagte sie noch einmal. »Ich werde das nie vergessen.«

Während sie Mulder die Pelzkappe über das Gesicht zog, sah sie in der zerfetzten Glaskanzel eine leere Coladose liegen. Mulder mußte sie vor dem Start getrunken haben – auch in der Antarktis ist ein Amerikaner ohne Cola undenkbar. Schnell steckte sie die Coladose in ihren Pelz, zögerte in innerer Abwehr einem Toten gegenüber, griff aber dann doch unter Mulders Pelz, fand in der Daunenjacke einen Kugelschreiber und das Doppel der Übergabebescheinigung für den Hubschrauber. Sie schob alles zu der Coladose in ihren Pelzmantel und wandte dann den Kopf zu Malenkow.

Er hatte nichts gesehen, stand etwas abseits, anscheinend um das Gebet nicht zu stören, und winkte jetzt, als sie sich aufrichtete. »Miß«, rief er, »dawai!«

»Ich komme.«

Noch einmal lauschte sie angespannt in die Stille hinein, aber kein Motorengeräusch war zu hören. Tief drückte sie ihre Fellkappe über den Kopf, schob den Mundschutz bis zu den Augen und tappte hinüber zu Malenkow.

Er nickte zufrieden, zeigte auf die zerklüftete, zackenkronige Eiswand und setzte sich in Bewegung.

Virginia folgte ihm. Er rettet mich, dachte sie. Wohin er mich auch bringt, er rettet mich. Ein Russe auf dem Eisberg, was soll man davon halten?

Als sie jenseits der Eismauer den Motorschlitten erreichten, wußte Virginia plötzlich, daß er nicht allein war. Wo ein Motorschlitten ist, muß auch Benzin sein, und Treibstoff kommt nicht von allein auf einen Eisberg, da mußte es ein Lager geben, und in dem Lager andere Russen, und niemand wußte davon, ahnungslos baute Washington die neue Laserforschungsstation auf, das größte Geheimnis der USA, das einmal jede Atombombe veralten ließ und überflüssig machte. Der lautlose, gebündelte Strahlentod war schrecklicher und sicherer. Aber die Russen waren auch schon da...

Während sie nebeneinander zu dem Schlitten gingen, sah Virginia kurz von der Seite auf Malenkow. Was wußte er von »Big Johnny«? War schon alles verraten, bevor die Experimente überhaupt begonnen hatten? War alles umsonst gewesen? Sie blieb stehen.

Malenkow drehte sich mit einem Ruck zu ihr um. »Dawai!« sagte er wieder.

Virginia schüttelte den Kopf, machte eine Bewegung, die ein Niederhocken ausdrücken sollte, und streckte den Zeigefinger aus. Geh weiter, ich muß mich hinhocken, du weißt schon, warum.

Malenkow verstand sie sofort, grinste breit und nickte. Er ging weiter, ohne sich umzudrehen, und stand dann wartend am Schlitten. Flüchten kann sie nicht, dachte er. Wo sollte sie hin und sich verstecken? So klug wird sie sein, nicht in den eigenen Tod zu rennen.

Virginia suchte sich einen Eisbuckel, hockte sich dahinter und holte mit bebenden Fingern die leere Coladose, den Kugelschreiber und das Blatt Papier unter ihrem Pelz hervor. Sie legte das Papier auf ihre Knie und schrieb in größter Eile: »Der Mann läßt mich nicht los! Er nimmt mich mit. Wir gehen zum anderen Ende des Berges. Ich bin unverletzt. V. A.«

Papier und Kugelschreiber stopfte sie dann in die Colabüchse, legte sie so an den Eisbuckel, daß man das leuchtend rote Blech sehen konnte, erhob sich aus ihrer Hocke und ging hinüber zu dem wartenden Malenkow. Er hatte ihr den Rücken zugedreht, ein höflicher Mensch war er ja, und Virginia wunderte sich zum erstenmal, wie verständig er war, wie zivilisiert, wie menschlich, ganz anders, als man in den USA einen Sowjetrussen schilderte. Dort waren sie die unbeliebtesten Menschen, die eine ganze Welt in Brand stecken wollten, nur noch übertroffen von den Deutschen, die in den zahllosen Comics immer noch als Menschenschinder und brutale Mörder, als Bestien in Uniform geschildert wurden.

Sogar galant war Malenkow: Er wickelte Virginia in eine große Felldecke ein, als sie auf dem Nebensitz im Schlitten Platz genommen hatte, und kontrollierte ihren Gesichtsschutz.

»Danke«, sagte Virginia erstaunt.

»Spassibo!« antwortete Malenkow, was auch »Danke« hieß.

Der Schlittenmotor knatterte los. Wohin? fragte sich Jurij Adamowitsch. Jetzt noch zu Ljuba? Nicht, daß es zu spät war, zwei Tage und Nächte hatte man für sich, aber was sollte die Amerikanerin dabei? Zusehen und zuhören? Was würde Ljuba tun, wenn er sie mitbrachte? Er wagte nicht weiterzudenken und sah den Zwang ein, auf Ljubas Leidenschaft zu verzichten und zurück zur »Morgenröte« zu fahren. Mit Schesjekin sollte man sprechen und um einen Sonderurlaub bitten: Nicht jeder bringt eine Amerikanerin von einem angeblich unbewohnten Eisberg mit. Das sollte eine Belohnung von zwei Tagen wert sein. Seien Sie nicht so geizig, Genosse Admiral...

Malenkow vollführte einen Bogen auf dem Waschbretteis und fuhr die Spur zurück, die seine Raupenketten hinterlassen hatten. Schweigend saßen sie nebeneinander, blickten sich ein paarmal an und lächelten sich verhalten zu. Was jeder dachte, verriet dieses Lächeln nicht.

Muß ich ihr vor »Morgenröte« die Augen verbinden? dachte Malenkow. Aber wozu eigentlich? Sie wird keine Gelegenheit mehr haben zu erzählen, was sie gesehen hat. Kann Schesjekin Englisch? Wer kann überhaupt Englisch von uns? Französisch einige, viele Deutsch, das haben sie auf der Schule gelernt. Der Deutschunterricht gehörte zum Erziehungsprogramm; warum, das wußte Malenkow nicht, vielleicht aus Tradition oder in der großen Hoffnung, Deutschland einmal sowjetisieren zu können, wer weiß es. Sicher aber war, daß man mit Englisch Schwierigkeiten haben würde.

Wo fährt er mich hin? dachte Virginia. Wie wird sein Lager aussehen? Wie viele Russen sind auf dem Eisberg? Werden sie alle so höflich sein wie dieser freundliche und sympathische Mann? Schöne Augen hat er, einen freien Blick. Nichts Hinterhältiges merkt man an ihm, wie man bei uns immer von den Russen sagt. Wie heißt er eigentlich? Sie tippte Malenkow an, zeigte auf sich und sagte: »Ich – Virginia.«

Und Malenkow antwortete: »Tak! Virginia. Ja – Jurij Adamowitsch.«

»Jurij Adamowitsch.« Sie wiederholte den Namen und sah, wie in Malenkows Augen ein Leuchten erschien.

»Krassiwo« (»Schön«), erwiderte er. Und da sie kein Russisch verstand, versuchte er, mit Deutsch weiterzukommen. »Du... nix

Angst habben«, sagte er.

Virginia schüttelte den Kopf. »Du sprichst Deutsch, Jurij?« rief sie erstaunt.

»Wennig... sehr wennig... von Schulle.«

»Ich auch wenig und vom College.« Sie lachte und warf den Kopf in den Nacken. »Ist komisch, was? Ein Russe und eine Amerikanerin... auf einem Eisberg... und sprechen Deutsch miteinander. Verstehst du, Jurij?«

»Ich alles verstähen, Virginia. Du woher kommen?«

»Und du?«

»Erst saggen du.«

»Aus San Francisco.«

»Du lachen überr mich.« Malenkow wandte sich beleidigt ab, gab mehr Gas und ließ den Raupenschlitten über das bucklige und gerillte Eis hüpfen. Und bei jedem Stoß dachte er: Wie schön sie lacht! Wie dunkel ihre Augen sind! Sie ist ganz anders als Ljuba Alexandrowna. Ein fröhliches Frauchen. Kein Teufelchen wie Ljubascha. Er seufzte, zog den Pelz dichter vor sein Gesicht und ließ den Schlitten weiter über das schimmernde Eis rasen.

Drei Stunden fuhren sie mit allen notwendigen Umwegen, kreuz und quer und um aufragende Eisspitzen herum. Virginia, die sich den Weg merken wollte, verlor schnell jegliche Orientierung, aber dann sah sie mit ungläubigem Staunen, wie zwischen wild gezackten Eissäulen und tiefen Gletscherspalten kleine graue Rauchwolken hervorquollen, die sich in dem immer wehenden Wind schnell auflösten und keinerlei Spuren hinterließen.

Am Einstieg zur U-Boot-Basis, einem ins Eis gesprengten und mit Aluminiumplatten ausgelegten Schacht mit einem Schrägfahrstuhl, den Chefingenieur Karasow genial konstruiert hatte und der die einzige Verbindung zur Oberfläche des Eisberges war, bremste Malenkow den Schlitten ab und half Virginia aus den Felldecken. »Virginia«, sagte er, wieder auf deutsch, »Augen zu bei dir. Verstähen? Du nix sähen... Ich dich an Hand nähmen.«

»Warum?« fragte sie und sah sich um. Der Qualm aus den Löchern im Eis roch nach Heizöl. Hatten die Russen im Eis ein Lager gebaut? Hatten sie sich in den Berg eingegraben? Wenn sie Heizöl hatten, mußten sie auch versorgt werden. Wer versorgte sie?

»Großes Geheimnis…« Malenkow nickte ihr ermutigend zu. »Du nix Angst habben.«

»Ich habe keine Angst, Jurij.«

»Sähr gutt!« Malenkow nahm seinen Gesichtsschutz ab und band ihn Virginia um die Augen. Sie sah wirklich nichts mehr, nur die Nässe des Felltuches rann ihr über das Gesicht. Sie streckte die Hand aus und atmete auf, als sie Malenkows Griff spürte.

»Gähen!« sagte er und streichelte plötzlich über ihre Pelzmütze, was sie aber nicht spürte, denn sie war mit Eiskristallen übersät. »Gähen langsam… Ich dich fästhalten…«

An Malenkows Hand tappte Virginia vorwärts, spürte plötzlich eisfreien, festen Boden unter sich, hörte ein dumpfes Summen, wurde in irgendeinen Raum geschoben, eine Tür schloß sich mit einem schmatzenden Laut, und dann hatte sie das Gefühl, gefahren zu werden, begleitet von einem leisen Schütteln.

Das ist mehr als ein einfaches Lager, dachte sie erschrocken. Das hört sich an wie eine Zahnradbahn. Eine Zahnradbahn, die in den Eisberg hineinführt? Wo bringt mich Jurij hin? Was haben die Russen hier gebaut? Warum hat unsere Satellitenüberwachung nichts gesehen?

Mit einem hellen Knirschen hielt die Kabine, Malenkow griff wieder nach ihrer Hand und zog sie heraus. Wieder ließ sie die Stiefel über den Boden gleiten: Kein Eis, eher wie Holzdielen fühlte es sich an.

»Jetzt kommt Träppe«, sagte Malenkow. »Ich sagä: Eins – zwei… Das ist Stufä… Du nix fallen, ich dich fästhalten.«

Es ging abwärts, eins-zwei, eins-zwei, zweiundzwanzigmal eins-zwei, 22 Stufen also. Virginia zählte sie und umklammerte Malenkows Hand. Dann knirschte wieder eine Tür, und plötzlich war sie von Geräuschen umgeben, von brummenden Motoren, kreischenden Sägen, Hämmern und dem Quietschen von Kränen, Raupenkettenrasseln und Klopfen und einem vielfältigen Stimmengewirr. Ein paar Rufe konnte sie verstehen, es war Russisch.

Mein Gott, dachte sie, keiner von uns weiß es: Die Sowjets haben eine Stadt unter dem Eis! Sie haben sich in den Berg gebohrt, und niemand hat es gemerkt und gesehen. Wie sicher war sich General Seymore, allein auf dem Eisberg zu sein. Amerikas größtes Geheimnis, und nebenan, als Nachbar, ist schon der Russe eingezogen. Wie ist diese Blindheit möglich?

Malenkow, noch immer Virginia mit ihren verbundenen Augen an der Hand führend, blieb stehen. Er sah von der Pier II Oberleutnant Nurian kommen und winkte ihm zu. »Nix Angst«, sagte er wieder beruhigend zu Virginia.

»Ich habe keine Angst«, erwiderte sie. »Ich bin nur erstaunt.«

Nurian winkte zurück und kam mit langen Schritten zu Malenkow. Erst als er vor ihm stand, erkannte er, daß die Person neben ihm die Augen verbunden hatte. »Wer ist denn das, Jurij Adamowitsch?« fragte er. Es war nicht zu erkennen, daß unter dem dicken Pelz eine Frau verborgen war.

»Wo ist der Genosse Admiral?« fragte Malenkow zurück.

»In der Kommandantur.« Nurian starrte auf das vermummte Gesicht. Seine Phantasie reichte nicht aus, um eine Erklärung zu finden. Nur so viel stellte er fest: Niemand hier trug einen solchen Pelz, es war ein Grisfuchs von großer Schönheit. Hier trug man dagegen Wolfspelze oder Hundefelle von sibirischen Haskis oder dicke Steppmäntel, gefüllt mit roher Schafswolle oder Gänsedaunen. »Wer ist das?« fragte er wieder.

»Virginia Allenby, neugieriger Bock!«

»Das klingt ja englisch!« rief Nurian entgeistert aus.

»Eine Amerikanerin ist sie.«

»Eine Amerikanerin auf unserer ›Morgenröte‹?« Nurian riß den Mund auf, was sein Gesicht nicht schöner machte. »Das kann man ja gar nicht begreifen...«

»So ist es.« Malenkow legte den Arm um Virginias Schulter. Sie drehte bei dieser Berührung den Kopf zu ihm, als könne sie ihn durch den Augenverband ansehen. »Wer kann's erklären? Nur sie allein. Wir müssen sofort zu Vizeadmiral Schesjekin.«

Das letzte Stück des Weges begleitete Nurian sie. Malenkow und Nurian hatten Virginia untergehakt und führten sie durch ein Spalier von staunenden Marinesoldaten zur Kommandantur.

»Wer ist der andere Mann?« fragte Virginia, als sich Nurian bei ihr unterhakte.

»Deutsch!« Nurian starrte Malenkow entgeistert an. »Eine Deutsche ist sie?«

»Eine Amerikanerin, die Deutsch sprechen kann, du verrosteter Topf!«

Nurian blickte Virginia in das verbundene Gesicht. »Ich auch sprächen Deitsch«, sagte er breit. »Nix vill, aber värstähen…«

»Wann nehmt ihr mir endlich das Fell weg?« fragte sie.

»Bei Admirall…«

»Admiral?«

Das war alles, was sie noch sagte; sie wußte plötzlich, wohin man sie gebracht hatte. Wo ein Admiral ist, gibt es auch Soldaten, und wo Soldaten sind, handelt es sich um ein militärisches Objekt.

Der Russe hat unseren Eisberg besetzt!

Virginia zog den Kopf tief in den Pelz und tat einen Schwur: Ich werde schweigen. Auf alle Fragen werde ich stumm bleiben. Nichts werden sie über »Big Johnny« hören. Aus dem Himmel bin ich gefallen, Jurij wird das bestätigen, und weiter sage ich kein Wort.

Über eins aber war sie sich jetzt im klaren, und diese Wahrheit krampfte ihr Herz zusammen: Sie würde »Big Johnny« nie wiedersehen und auch Ric nicht, und ihre Hochzeit konnte sie vergessen. Was vor ihr lag, war das Unbekannte, das noch keinen Namen hatte.

Leb wohl, Ric… Sollten wir uns wiedersehen, wird diese Welt sich verändert haben, oder sie und du und ich werden nicht mehr bestehen.

Man kann nicht behaupten, daß Vizeadmiral Schesjekin sich begeistert die Hände rieb, als Malenkow seinen Fang wie einen Bären an der Hand in den Raum führte. Erst hier nahm er Virginia die Fellbinde ab und zog ihr die Pelzmütze vom Kopf. Die nassen Haare klebten an ihr, aber auch jetzt noch sah sie schön und stolz aus. Schesjekin biß sich auf die Lippen, streichelte seine Knollennase und begegnete Virginias Blick mit einem Zusammenziehen der Augenbrauen. Es sollte den Ernst der Lage unterstreichen, in der sich Virginia befand.

»Genosse Admiral«, meldete Malenkow vorschriftsmäßig, »das ist Miß Virginia Allenby – das sagt sie jedenfalls. Sie spricht kein Russisch, nur etwas Deutsch, und ist mit einem Hubschrauber ungefähr 30 Kilometer von hier abgestürzt. Der Pilot ist tot. Sie ist unverletzt. Eine Amerikanerin.«

»Bedeutet das, daß die Amerikaner auch auf dem Eisberg sind?«

»Genosse Admiral, das weiß ich nicht. Sie sagt darüber kein Wort, jedenfalls nicht auf deutsch.«

Schesjekin, der einer armen Fischersfamilie entstammte und eine Bilderbuchkarriere hinter sich gebracht hatte, vom Proletarier zum Admiral, was nur in Sowjetrußland möglich war, wo Können und Fleiß mehr galten als Protektion, Hinternkriecherei oder schöngefärbte Schulzeugnisse, hatte weder Deutsch noch Englisch gelernt, sprach aber dafür sieben Sprachen der Sowjetunion, sogar Samojedisch und Tschuktisch. Er nickte Virginia nur kühl zu und blickte wieder auf Malenkow. »Jurij Adamowitsch, warum haben Sie die Amerikanerin mitgebracht?«

»Sie ist abgestürzt.«

»Ist das ein Grund?«

»Allein wäre sie erfroren, verhungert. Ich habe ihr das Leben gerettet.«

»War das nötig, Genosse?«

Malenkow senkte den Blick und schwieg. Zum erstenmal empfand er eine Kluft zwischen sich und Schesjekin, einen Abgrund, den man nicht überspringen konnte. Zwar verstand er diese Härte – ein Fremder hatte jetzt die Basis der sowjetischen U-Boote gesehen –, aber es war eine Frau, und er wehrte sich innerlich dagegen, eine Frau so zu behandeln wie einen gegnerischen Soldaten.

»Es war nötig«, sagte Malenkow, als Schesjekin offensichtlich auf eine Antwort wartete. »Der abgestürzte Hubschrauber war ein amerikanisches Militärflugzeug.«

Schesjekin kratzte sich wieder die fleischige Nase, musterte Virginia wie eine zum Verkauf angebotene Stute, ging um seinen Schreibtisch herum und setzte sich. Die Gewißheit, daß auch die Amerikaner ein Interesse an dem Eisberg hatten, veränderte die gesamte Situation von »Morgenröte«. Was wußten die Amerikaner bereits? Wo war der Hubschrauber gestartet? Schliefen die elenden Fettärsche von der Satellitenüberwachung? Ha, wie konnte man jetzt Admiral Sujin in die Suppe spucken, und die Genossen Generäle Wisjatsche und Koronjew, diese Hochmütigen in Moskau, sollten rote Ohren bekommen. Hier hieb man eine ganze Stadt aus dem Eis, baute einen Hafen für zehn U-Boote, und was tat man in der Heimat? Man fraß, soff, hurte und schlief, und heimlich ist der Amerikaner da!

Malenkow zuckte wie unter einem Schlag zusammen, als Schesjekin plötzlich sagte: »Ljuba Alexandrowna soll sofort kommen. Rufen Sie sie sofort herbei, Jurij Adamowitsch!«

»Ljuba? Warum soll Ljuba kommen?«

»Sie spricht Englisch! Das weiß ich. Sie ist die einzige, die mehr erfahren kann. Los, Jurij, lassen Sie die Genossin Berreskowa kommen.«

»Und was soll mit Miß Allenby geschehen?«

»Sie bleibt bei mir. Über ihr weiteres Schicksal wird Moskau entscheiden.«

Malenkow nickte. Er wandte sich an die in ihrem dicken Pelz schwitzende Virginia und sagte auf deutsch: »Ausziehen!«

Virginia preßte die Lippen zusammen und schüttelte den Kopf. »Nein! Ich ziehe mich nicht aus. Nur mit Gewalt...«

»Mantäll ausziehen!«

»Ach so! Danke.« Sie knöpfte den Pelz auf, streifte ihn ab, ließ ihn auf die Holzdielen fallen und öffnete auch die ersten drei Knöpfe ihres Daunenoveralls.

Schesjekin sah sie mit offenem männlichen Interesse an und stellte fest, daß es eine Schande war, sie als einen Gegner zu behandeln. Er winkte zu einem Stuhl hin, und als sich Virginia setzte, nickte er ihr freundlich zu. Sie war vorsichtig genug, es als ein hilfloses Grinsen anzusehen, weil es zwischen ihnen keine Unterhaltung geben konnte. In solchen dummen Situationen ist ein Lächeln wie eine schmale Brücke von Mensch zu Mensch.

Malenkow und Nurian hatten das Zimmer verlassen, um über Funk Ljuba zur Basis zu rufen. In drei Stunden konnte sie hier sein, wenn das schöne Wetter auch am Nachmittag anhielt und sie sofort mit ihrem Motorschlitten losfuhr. Schesjekin war allein mit Virginia in dem überheizten Zimmer und grübelte angestrengt darüber nach, wie man die Amerikanerin unterhalten konnte.

Zunächst einen Wodka, dachte Schesjekin. Wodka ist immer gut und nützlich. Wodka beweist die Gastfreundlichkeit, macht bei ökonomischem Verbrauch einen klaren Kopf und löst die Zunge, wenn man ein Gläschen zu viel getrunken hat. Und dann Gebäck.

Wodka und Gebäck sind Bruder und Schwester. Oder, eine alte sibirische Weisheit: Wer bei Wodka ißt, merkt nicht, wieviel er trinkt.

Schesjekin grinste Virginia wieder an, drehte sich im Schreibtischsessel herum und ließ seine Faust gegen die Holzwand donnern. Sekunden später stürzte Obermaat Pralenkow ins Zimmer, erstarrte, als sein Blick auf Virginia fiel, blickte dann seinen Admiral an und fragte sich, wo der Genosse hier am Südpol eine zweite Frau hatte ausfindig machen können. Die Möglichkeiten eines Admirals schienen unbegrenzt.

»Nikolai Fedorowitsch«, sagte Schesjekin freundlicher als sonst.

Aha, einen guten Eindruck will er auf das schwarze Schwänchen machen, dachte Pralenkow.

»Wodka brauchen wir, Gebäck und zwei Gläser.«

»Zwieback, Genosse Admiral?«

»Gebäck!« brüllte Schesjekin. »Kuchen!«

»Kuchen!« Pralenkow stierte dümmlich auf seinen Admiral. »Wo gibt's hier Kuchen?«

»Sumkow, der Schweinehund, backt für sich immer einen Kuchen. Ich weiß es! Jeden Tag frißt er einen Kuchen! Überrascht habe ich ihn dabei! Die Suppen sind dünn wie Pisse, aber er backt sich Kuchen von dem gesparten Mehl!« Schesjekin hieb auf den Tisch. »Einen großen, saftigen, frischen Kuchen bringst du mir, Nikolai Fedorowitsch!«

Pralenkow grüßte stramm und war froh, als er die Tür hinter sich zuziehen konnte. Er rannte hinüber zum Kantinenbau und traf Sumkow an, wie er in den großen Kesseln das Abendessen umrührte. Es roch nach Graupen und Gewürzen. In der Brühe schwammen ein paar Fleischbröckchen herum.

»Raus!« schrie Sumkow sofort, als er Pralenkow sah. »Deine Schokolade hast du schon kassiert!«

»Einen Kuchen brauche ich. Einen frischen, saftigen, großen.«

»Zu Hilfe! Hier ist einer verrückt geworden!« schrie Sumkow. »Verschwinde, oder du bekommst den Rührstock an die Ohren!«

»Der Admiral braucht einen Kuchen. Ich soll dir sagen, Anatol Viktorowitsch, daß der Genosse Schesjekin –«

Sumkow verdrehte die Augen, winkte ab und wußte genau, was Schesjekin bestellt hatte. Mit einem tiefen Seufzer ließ er den langen

Rührstock in der Graupensuppe stecken, schlurfte zu einem Schrank aus weißemailliertem Blech, schloß ihn auf und holte einen herrlichen Topfkuchen, durchzogen von einer dicken Schokoladenader, hervor.

Pralenkow fielen die Augen aus dem Kopf. »O du Halunke!« sagte er und schluckte den Speichel hinunter, der sich beim Anblick dieses köstlichen Kuchens in seinem Mund sammelte. »Du Mutterverführer! Du Schwesternstößer! Du Jungfrauenschänder! Morgen backst du für mich einen mit! Erschlagen sollte man dich, einfach erschlagen! Gib her!«

Mit bösem Blick, aber wortlos reichte Sumkow ihm den Kuchen hin, aber bevor Pralenkow die Küche verließ, rief er ihm nach: »Soll ich deinen Kuchen mit Rattengift oder Arsen würzen?«

»Was du willst, Anatol Viktorowitsch. Wir werden ihn gemeinsam vertilgen. Eine Freude wird das sein...«

So schnell hatte Schesjekin nicht mit der Rückkehr von Pralenkow gerechnet. Er hatte über das Versorgungsschiff »Sokol« und über Satellit Verbindung mit Sachalin aufgenommen, aber Admiral Sujin war nicht auf dem Stützpunkt. Er fuhr mit dem Schweren Kreuzer »Tallin« im Ochotskischen Meer herum und hielt eine Seeübung ab. Die Funkleitstelle auf Sachalin versprach, Sujin zu benachrichtigen. Niemand wußte, ob er von der »Tallin« die »Sokol« im Gebiet des Roosevelt-Fjords erreichen konnte.

»Zum Mond fliegen sie«, sagte Schesjekin bitter, »schießen Raumstationen in den Himmel, schweben wie Engelchen durch das All, belästigen Mars und Venus, aber ein Funkgespräch zum Südpol reißt ihnen die Hose vom Hintern! Ah, Pralenkow, welch ein Kuchen! Welcher Duft! Anatol Viktorowitsch ist ein Künstler der Küche, ich habe es immer gesagt; nur was er für uns kocht, ist ein Mordversuch! Man sollte ihn in seinen Suppen und Breien ersäufen!«

Virginia blickte Schesjekin abweisend an, als Pralenkow den Kuchen angeschnitten und die Wodkagläser gefüllt hatte. Sie schüttelte den Kopf, als der Admiral eine einladende Geste machte.

Die elende Propaganda, dachte Schesjekin. Denkt, ich will sie vergiften! Trau keinem Sowjetrussen – das haben sie den braven, ahnungslosen Bürgern eingehämmert. Diese Banditen von Journalisten, diese Teufel von Politikern! Schlagen auf uns Russen ein, bis dieser degenerierte Westen wirklich glaubt, wir wollten die Welt vernichten! Aufbauen wollen wir sie, besser, erträglicher machen für alle, denn wir alle sind Brüder, ein Millionenkollektiv, und für diese Ziele braucht man ein gutes, unbesiegbares Militär, die besten Soldaten auf dieser Erde, die vorzüglichsten Waffen und einen weiten Blick in die Zukunft. Und diese Zukunft gehört uns! Jedes Opfer bringen wir dafür.

Schesjekin unterbrach seine so väterlichen Gedanken, lächelte Virginia wieder an, griff nach einem Stück Kuchen, aß einen großen Happen davon und spülte mit Wodka nach. Er hatte zu hastig getrunken, kämpfte mit einem Rülpser, verfärbte sich rot im Gesicht und geriet in Verzweiflung, als er das Aufstoßen nicht bändigen konnte. Geistesgegenwärtig drückte er ein Taschentuch vor den Mund, simulierte einen Husten und packte in den Hustenanfall seinen satt klingenden Rülpser ein. »Paschaluista!« sagte er und rang nach Atem. Dabei zeigte er auf das Kuchenstück.

Virginia verstand, daß Schesjekin »bitte« gesagt hatte, griff zögernd zu und aß ein wenig von dem Gebäck, trank ein paar Tropfen Wodka und lächelte zurück. »Danke!« sagte sie dabei.

Schesjekin lächelte erneut. »Thank you«, das war etwas, was er verstand. Dazu »Yes« und »No«, aber dann war Schluß. Zu wenig, um sich drei Stunden mit einer schönen Frau zu unterhalten.

Wie lang können drei Stunden sein, wenn man sich nur ansehen kann und die einzige Konversation aus Kuchen mit Schokoladenfüllung und Wodka besteht. Auch Malenkow, dieser Rattenschwanz, kam nicht zurück, um über den Umweg der deutschen Sprache wenigstens für etwas Unterhaltung zu sorgen. Schesjekin schickte Pralenkow los, den Genossen Kapitän zu suchen, aber Nikolai Fedorowitsch kam zurück und meldete, daß Malenkow nirgendwo aufzutreiben sei.

Aber dann, nach über drei Stunden, klopfte es an der Tür, und Ljuba Alexandrowna kam ins Zimmer. Wie die Winterfee im Märchen war es, Eiszapfen hingen an ihrem zotteligen Wolfspelz, die Fellmütze glitzerte im Lampenlicht, von den Fellstiefeln tropfte es auf den Dielenboden, ihre Augenbrauen schimmerten von weißen Kristallen.

Schesjekin sprang auf und kam mit ausgestreckten Armen auf sie zu. »Genossin Berreskowa!« rief er überschwenglich. »Sie sind gekommen! Das Vaterland verlangt einen großen Dienst von Ihnen.«

»Jurij hat es mir schon gesagt.« Sie riß sich die Pelzmütze vom Kopf, ihr blondes Haar quoll über den Kragen, sie schüttelte es zur Seite und drehte sich zu Virginia um.

Ihre Blicke trafen sich wie zwei Säbel, und in dieser Sekunde wußte Virginia, daß ihr gnadenlosester Feind gekommen war.

Wenn zwei besonders schöne Frauen einander begegnen, kann man getrost behaupten, daß alle Freundlichkeit zwischen ihnen und alle wohlklingenden Worte die größte Heuchelei sind, zu der menschliche Wesen fähig sind. Ihr Haß aufeinander ist unergründlich, unheilbar und maßlos. Man sieht das nicht, man hört das kaum, aber jede weiß von jeder, was die andere in ihrem aufgewühlten Inneren denkt.

Auch Ljuba Alexandrowna behandelte Virginia mit großer Höflichkeit, aber hinter der glatten Maske, in die sich ihr Gesicht gewandelt hatte, lauerte ein geradezu tierischer Vernichtungswille. Weder Malenkow noch Schesjekin merkten es, dafür spürte Virginia fast körperlich die erbarmungslose Feindschaft.

Sie saßen sich vor Schesjekins Schreibtisch gegenüber, Malenkow lehnte an der Wand, und Schesjekins dicker Körper in der Admiralsuniform rutschte unruhig auf dem Sessel hin und her. Er hatte Admiral Sujin noch nicht erreichen können, und ohne eine Stellungnahme von Alexander Mironowitsch wollte Schesjekin keine Entscheidung treffen. Ein solcher Fall verlangte das Eingreifen höchster Militärstellen; das Oberkommando der Marine, noch besser das Ministerium selbst hatte hier das letzte Wort. Es war eine Angelegenheit der Generäle Wisjatsche und Koronjew.

Das Dreiergespräch, das jetzt begann, war mühsam und doch kurz. Schesjekin gab seine Fragen auf russisch, Ljuba wiederholte sie auf englisch und übersetzte Virginias Antworten wieder zurück ins Russische. Aber es gab da wenig zu übersetzen, das Gespräch war schnell beendet.

Ljuba Alexandrowna fragte: »Sie sind Amerikanerin? Gut, das wissen wir. Ihren Namen haben Sie genannt. Wo kommen Sie her?«

»Aus San Francisco«, antwortete Virginia und blickte Ljuba in die katzengleichen Augen. Kurz vor dem Verhör hatte sie einen Blickwechsel zwischen Malenkow und der Berreskowa beobachtet und ahnte, in welcher Beziehung die beiden zueinander standen. Und noch etwas anderes, Wichtigeres nahm sie wahr: Der fette Schesjekin war ein harmloser Mann, dem nur die Admiralsuniform ein kriegerisches Aussehen verlieh, und Malenkow war ein guter, tapferer Offizier, aber kein militärischer Fanatiker. Er sah die Dinge klar und dachte realistisch. Die einzige Gefahr hieß Ljuba Alexandrowna, ein eiskalter blonder Engel...

»Der Genosse Admiral will nicht wissen, wo Ihre Heimat ist, er will wissen, woher Sie auf diesen Eisberg gekommen sind.«

»Kein Kommentar.«

»Es war ein Militärhubschrauber.«

»Kein Kommentar.«

»Was sind Sie von Beruf?«

»Meeresbiologin.«

Ljubas Gesicht belebte sich durch ein schwaches Lächeln. Eine Kollegin, sieh an. Oder war's nur ein Trick, um glauben zu machen, sie komme von einer Forschungsstation? Sie beugte sich etwas vor und schoß eine neue Frage ab: »Was ist eine Pleurobrachia?«

»Eine Rippenqualle, auch Seestachelbeere genannt.«

»Warum sind Sie auf dem Eisberg gelandet?«

»Warum sind *Sie* auf dem Berg? Sowjetisches Militär...«

»Dieser Berg ist Niemandsland.«

»Sehen Sie, das ist die Antwort.«

»Wollen die Amerikaner den Eisberg annektieren?«

»Wir sind keine Russen, und der Eisberg ist nicht Afghanistan.«

Schesjekin lief rot an, als Ljuba die Antworten übersetzte, und hieb mit der Faust auf den Tisch. Für einen sowjetischen Funktionär gibt es einige Reizwörter wie Selbstbestimmung und GULAG, Regimekritiker und Dissidenten; Afghanistan gehört zu den Wörtern, die einem Tritt in den Bauch gleichkommen.

»Schluß!« sagte Schesjekin laut und kratzte sich wieder die knollige Nase. »Hören Sie auf, Ljuba Alexandrowna. Nichts wird sie sagen, nur Frechheiten. Die Entscheidung wird das Oberkommando treffen. Führt sie weg.«

»Als Gefangene?« fragte Malenkow.

Ljubas Kopf zuckte zu ihm hin. Diese Frage klang wie ein Vorwurf. Sie ist so schön, dachte sie voll Gift. Jurij Adamowitsch, sieh dich vor! Noch niemand hat es gewagt, eine Ljuba Alexandrowna zu hintergehen. Wage es nicht, mein Wölfchen! Denk daran, wie man Wölfe jagt…

»Ein Gast ist sie!« sagte Schesjekin. »Soll man sagen, wir seien unfreundlich? Genossin Berreskowa, kann Miß Allenby in Ihrem Haus wohnen? Es steht leer, wenn Sie wieder in Ihrem Labor sind.«

»Wenn Sie es befehlen, Genosse Admiral…«

»Wer könnte Ihnen befehlen, Ljuba.« Schesjekin setzte seinen Charme ein oder das, was er dafür hielt. Bei ihm wirkte es wie die plumpe Drehung eines Tanzbären. »Ihr Haus ist das schönste und sicherste, und es ist am besten zu überwachen.« Und dann sagte er etwas, was besser ungesagt geblieben wäre: »Jurij Adamowitsch, Sie sorgen dafür, daß Miß Allenby nicht belästigt wird. Sie sind mir für sie verantwortlich.«

»Ich nehme sie auf!« Ljuba erhob sich von ihrem Stuhl. Ihr Gesicht war wieder maskenhaft, ihre Augen unergründlich. Als ihr Blick zu Malenkow ging, blähte dieser die Nasenflügel. Ihre Eifersucht, ihren Haß spürte er auf der Haut. »Wie lange, Genosse Admiral?«

»Bis aus Moskau eine Entscheidung eintrifft. Das ist eine Sache der obersten Führung.« Schesjekin machte eine kleine Verbeugung zu Virginia hin und sagte, schon wieder etwas versöhnlicher: »Do swidanija.«

»Auf Wiedersehen, Admiral«, antwortete Virginia.

Ljuba, Malenkow und Nurian begleiteten Virginia zum Haus der Berreskowa. Muffige, schimmelige Luft schlug ihnen entgegen, als die Haustür aufgeschlossen war. Seit Ljubas Weggang zur Forschungsstation war hier selten gelüftet worden. Der Ölofen flackerte auf der kleinsten Stufe und verhinderte lediglich das Einfrieren der Leitungen; Malenkow ging sofort zu ihm und stellte ihn auf volle Brennleistung.

Ein langer, böser Blick der Berreskowa begleitete ihn. Wie besorgt er um sie ist! Nicht ein bißchen frieren und zittern darf das schwarze Kätzchen. Trag sie doch ins Bettchen, Jurij, deck sie zu – ein warmes Körperchen ist doch eine deiner Wonnen. Dankbar wird sie dir sein, weil sie merkt, welch ein Idiot du bist. Aber sieh dich vor, Jurenka, sieh dich vor! Leicht kann man auf blankem Eis verunglücken, und das warme Körperchen kann für ewig kalt werden...

Malenkow und Nurian blieben nur kurze Zeit, und dann waren die beiden Frauen allein, saßen sich auf der Eckbank gegenüber und blickten einander stumm an.

»Du bist tot«, sagte Ljuba plötzlich mit ihrem harten Englisch. »Du weißt es noch nicht, aber du bist tot für alle Zeiten, auch wenn du leben darfst. San Francisco siehst du nie wieder.«

»Man wird mich suchen.«

»Wer?«

»Ric.«

»Wer ist Ric?«

»Mein Verlobter. Wir wollten in vierzehn Tagen heiraten.«

»Und wo ist Ric jetzt?«

»Kein Kommentar«, antwortete Virginia wie bei dem Verhör.

Ljuba Alexandrowna verzichtete auf weitere Fragen. Verlobt ist sie, heiraten wollten sie. Das muß man Jurij sagen. Eine gute Nachricht ist das. Sie sah Virginia wieder mit ihren Katzenaugen an und lächelte ihr zu. Aber das Mißtrauen blieb, die Eifersucht, der Neid auf ihre Schönheit und die Angst vor Unheil. Es wird kommen, dachte sie. Es wird kommen und uns alle wie ein Strudel abwärtsziehen...

3

Henderson und Brooks landeten nach der Lagebesprechung mit Seymore und Warner am frühen Nachmittag auf dem Eisfeld und rannten gegen den Wind an, der über die Ebene fegte. Ein Raupenschlepper mit einem bis zur Unkenntlichkeit vermummten Fahrer zog die Maschine in den sicheren Hangar.

Prustend und sofort mit Eiskristallen überzogen stolperten sie in die Wachbaracke und rieben sich die Gesichter mit einem Handtuch ab, das ihnen der Wachhabende, ein Sergeant der Air Force, gereicht hatte.

»Besondere Vorkommnisse?« fragte Brooks dabei. Es war eine routinemäßige Frage.

Der Sergeant hob die Schultern und machte ein unglückliches Gesicht. »Ich weiß nicht, Commander.«

Brooks warf sein Handtuch weg und knöpfte seinen Pelz auf. »Was wissen Sie nicht, Sergeant Hicks?«

»Miß Allenby und Master-Sergeant Mulder –«

»Was ist mit Virginia?« Henderson fuhr herum. »Sergeant, würgen Sie nicht an den Worten herum! Was ist los?« Seine Stimme überschlug sich fast.

Hicks sah es für nützlich an, eine stramme Haltung einzunehmen. »Mulder hat sich eine Sikorski geliehen, Sir«, sagte er unsicher.

»Was hat er?« schrie Brooks.

»Geliehen, Sir. Es ist ordnungsgemäß im Wachbuch eingetragen.«

»Und Miß Allenby?«

»Sie ist mit Mulder weggeflogen.«

»Sind Sie wahnsinnig geworden, Hicks?« brüllte Henderson. Plötzlich war eine Angst in ihm, die ihm fast die Luft abdrückte. »Sie haben Virginia und Mulder einen Hubschrauber überlassen?«

»Ich dachte, Sie wären davon unterrichtet, Sir«, sagte Hicks unglücklich. »Mulder tat so, als sei alles in Ordnung. ›In zwei, spätestens drei Stunden sind wir wieder zurück‹, sagte er. ›Nur ein kleiner Rundflug. Ist das Wetter nicht zum Hemdhochheben?‹ Verzeihung, Sir, aber genau das hat Mulder gesagt.«

»Wann war das?« fragte Brooks mit plötzlich belegter Stimme.

»Vor... vor knapp fünf Stunden.«

»Funkverbindung?« bellte Brooks.

»Keine, Commander.«

»Und da sitzen Sie Affe so ruhig herum und kauen Gummi? Warum haben Sie keinen Alarm gegeben?« brüllte Henderson.

»Ich dachte, Sir...«

»...daß der Sprit nicht für fünf Stunden reicht. Haben Sie daran gedacht?«

»Nein, Sir.« Hicks kroch in sich zusammen. Mir kam das gleich verdächtig vor, dachte er. Aber wer kann gegen Mulder ankommen? Und dann war doch Miß Allenby dabei – wie kann man da an etwas Unerlaubtes denken? Herumbrüllen kann jetzt jeder... Wenn Mulder was sagt, muß das jeder glauben.

Brooks ließ sich auf keinen weiteren Wortwechsel ein, stürzte zum Telefon und tat das, was Hicks in seiner Gutgläubigkeit versäumt hatte: Er gab Alarm. »Lieutenant McColly, Sergeant Lamboretti und Sergeant Panzer sofort zum Flugfeld! Mit Einsatzkleidung! Ebenso Dr. Silverton und ein Sanitäter. Sofort heißt: Ich zähle die Minuten. Ende.« Er warf den Hörer auf die Gabel und wandte sich Henderson zu.

»Noch ist alles offen, Ric«, sagte er beruhigend, obwohl auch ihm die Kehle wie gewürgt vorkam. »Mulder kann irgendwo gelandet sein, weil der Treibstoff ausging, und wartet jetzt auf Hilfe.«

»Hilfe, ohne anzufunken?« Hendersons Stimme war leise geworden.

Brooks wandte ihm den Rücken zu. Er hat ja recht, der Junge. Wie kann jemand helfen, wenn er nicht gerufen wird? Fünf Stunden, da *muß* etwas passiert sein! Ein kleiner, zweisitziger Hubschrauber hält sich nicht so lange in der Luft. Das braucht man Ric nicht zu sagen, und alle anderen Worte sind jetzt völlig überflüssig. Wir müssen suchen und nicht daran denken, was wir vielleicht finden werden.

Eine halbe Stunde später standen sie startbereit auf dem Eisfeld, vier Lastenhubschrauber, aufgetankt bis zum Überlaufen, beladen mit zwei Motorschlitten und Nylonseilen, Tragbahren und Bergausrüstungen. Dr. Silverton hatte in seinem Hubschrauber eine Art Notlazarett eingerichtet mit einem zusammenklappbaren OP-Tisch, einem tragbaren Narkosegerät, chirurgischem Besteck, Verbänden, Schienen und einem Arzneikoffer.

»Wir fliegen in einer Reihe auf Sichtweite!« sagte Brooks und studierte die von Hamilton und Buttler nach ihren Fotos gezeichnete Karte des Eisberges. »Ungefähr 30 Kilometer vom anderen Ende von ›Big Johnny‹ steht eine gezackte Eiswand, das ist der äußerste Punkt, den sie erreicht haben können. Den Rückweg hätten sie dann mit den letzten Tropfen Sprit geschafft. Mulder ist ein erfahrener Pilot und geht nie ein Risiko ein, vor allem nicht, wenn er Virginia an Bord hat. Irgendwo in dieser Gegend müssen wir sie finden.«

»Und warum gibt es keinen Funkspruch von Mulder?« fragte Henderson zum wiederholten Male.

»Das werden wir sehen.« Commander Brooks blickte auf seine Armbanduhr. »Über sechs Stunden... Zu den Maschinen, Leute!« Er ging voraus und kämpfte sich geduckt durch den Wind. Froh war er, nicht mit Henderson in einer Maschine zu fliegen. Konnte man ihm sagen, daß er keine Hoffnung mehr hatte? Vielleicht ahnte Ric es schon selbst und fraß es in sich hinein.

In einer weit ausgedehnten Kette flogen die fünf Hubschrauber über den Berg, über Eiszinnen und Gletscherspalten, längliche Seen und zerklüftete Eishänge. Wenn hier eine Notlandung versucht worden war, bedeutete das eine Katastrophe.

Sie flogen drei Stunden über den Eisberg, vollführten große Kreise, um nichts zu übersehen, und je weiter die Zeit fortschritt, um so trostloser fühlte sich Brooks. Wie es jetzt Henderson zumute war, wagte er nicht zu denken. Das erste, was ich tue, nahm er sich vor, ist, dem Idioten Mulder die Litzen abzureißen und ihn zu degradieren. Seymore wird das schriftlich bestätigen und an das Oberkommando melden. Vielleicht wird das sogar eine unehrenhafte Entlassung aus der Air Force. Dann ist Mulder erledigt – wer will so einen Menschen noch nehmen?

Ein Funkspruch schreckte Brooks auf, unterbrochen von einem Aufschrei aus Hendersons Hubschrauber.

»Ich sehe was, Commander!« rief Lieutenant McColly. »Links von mir, vor dieser verdammten Zackenwand. Sieht wie Trümmer aus.«

»Es *sind* Trümmer!« schrie Henderson ins Mikrofon. »Ich drehe ab und zu ihnen hin. Gehe runter auf hundert Fuß. Verdammt, verdammt, es ist der Hubschrauber, auseinandergeplatzt, die Trümmer liegen herum. Jim –«

»Ja, Ric?« Brooks kam sich sehr elend vor. »Ich komme zu dir.« Jetzt, zum erstenmal, duzte er Henderson und kam sich vor wie ein Vater, der einen Sohn trösten mußte. Aber was war jetzt Trost? Zuerst kam der unendliche Schmerz.

Nacheinander landeten die fünf Hubschrauber. Henderson war der erste, der über das Eis rannte, zweimal hinfiel und endlich die zerbrochene, halbe Glaskanzel erreichte. Neben Mulder, den bereits eine dünne Eisschicht überzog, kniete er nieder und befreite dessen Gesicht von dem Pelz. Das Gesicht mit dem erstarrten Blut beantwortete jede Frage.

Da war auch schon Brooks heran, warf einen Blick auf Mulder und legte wie betend die Hände übereinander. »Komm, Ric«, sagte er heiser. Er gab sich keine Mühe, seine Erschütterung zu verbergen. »Wir nehmen alles mit.«

»Wo ist Virginia, Jim?« Henderson erhob sich von den Knien. Er weinte in sich hinein, und Brooks hielt es für selbstverständlich, daß ein harter Mann wie Henderson auch Tränen hatte.

»Wir suchen sie, Ric. Mulder ist beim Absturz getötet worden. Daß Virginia nicht neben ihm liegt, ist eine winzige Hoffnung. Sie kann nur verletzt sein und hat sich irgendwo verkrochen, in Sicherheit gebracht. Ric, wir finden sie … Ich glaube, wir sind nicht zu spät gekommen. Sieh dir das an. Sie hat Mulder noch zugedeckt. Sie lebt, Ric!«

Über eine Stunde suchten sie, weit ausgeschwärmt, und eine Stunde lang schrie Ric ununterbrochen: »Virginia! Gina! Virginia! Wir sind hier! Melde dich! Wo bist du, Virginia?«, bis er so heiser wurde, daß kein Ton mehr aus seiner Kehle kam.

Aber Virginia fanden sie nicht. Nicht eine Spur von ihr, nicht einen Anhalt, nicht einen Hinweis. Hatte es eine Spur gegeben, so hatte der Wind sie verweht. In jeder Höhle der zerklüfteten Eismauer suchten sie, schauten in jede Eisspalte, drangen sogar durch tiefe Risse in die Wand ein. Nach einer Stunde trafen sich alle wieder bei dem toten Mulder, den Dr. Silverton notdürftig untersucht hatte.

»Getötet durch Splitter«, sagte er und starrte Brooks an. »Nichts von Miß Allenby?«

»Nichts, Doktor.« Brooks holte tief Atem. »Sie muß in eine Gletscherspalte gestürzt sein, aber in welche? Und wenn wir's wüßten, da bekommen wir sie nie heraus.«

Henderson ging mit gesenktem Haupt zu seinem Hubschrauber zurück. Niemand folgte ihm, niemand sagte ein Wort, sie wußten alle, daß er jetzt allein sein wollte, daß er allein das Unbegreifliche erfassen mußte. Trost brauchte er nicht; hier gab es nichts mehr zu trösten.

»Alles einladen!« sagte Brooks mit harter Stimme. »Wir werden nie erfahren, wie das passieren konnte. Habt ihr den abgerissenen Tank gesehen? Er ist noch halb voll!«

Es dauerte nochmals eine Stunde, bis sie die Trümmer und den toten Mulder eingeladen hatten und zurückfliegen konnten.

Brooks meldete sich über Funk bei Henderson. »Bist du okay, Ric?« fragte er.

»Ja, Jim.«

»Kannst du allein fliegen, oder soll ich jemand zu dir schicken?«

»Ich schaffe es allein, Jim. Danke.«

»Es tut mir leid, Ric.« Brooks' Stimme klang gepreßt. »Aber wir müssen darüber hinwegkommen. Ich werde für dich Urlaub einreichen, sechs Wochen Florida oder Hawaii.«

»Was hat das für einen Sinn, Jim? Ich flüchte nicht. Wenn ich zurückkomme auf diesen verfluchten Eisberg, ist alles wie vorher. Laß mich hier.«

»Okay, Ric.« Brooks ließ die Motoren seines Hubschraubers an. »Glaub mir, es geht mir auch an die Nieren. Flieg jetzt bloß vernünftig und mach keine Dummheiten, hörst du, Ric?«

»Keine Sorge, Jim. Wenn du solche Gedanken hast – ich muß weiterleben! Ich muß doch Virginia suchen, und wenn der Berg sie verschluckt hat – einmal finde ich sie doch. Wir haben ja eine Menge Zeit vor uns.«

Brooks sah hinüber zu Hendersons Hubschrauber. Er hob gerade vom Eis ab und schwebte senkrecht in den nun fahlen Abendhimmel. Die anderen Hubschrauber folgten; Brooks war der letzte, der das bucklige Eisfeld verließ. Noch einmal umkreiste er die Absturzstelle in der verzweifelten Hoffnung, doch noch etwas zu sehen, dann flog er den anderen hinterher und kam sich wie zerschlagen vor.

Vier Tage lang suchte Henderson weiter nach Virginia, flog immer wieder die gleiche Route ab, kroch immer wieder in der gezackten Eiswand herum und rief und rief Virginias Namen, obgleich er wußte, wie völlig sinnlos das jetzt war. Hatte sie den Absturz wirklich überlebt, dann war sie jetzt längst erfroren. Nur das Wo interessierte ihn noch, die Hoffnung, sie doch noch zu finden und heimzubringen in ihr Haus.

Am vierten Tag erst entschloß sich Henderson, die Eiswand zu überfliegen. »Das ist Blödsinn«, sagte er sich. »Die Absturzstelle ist *vor* der Wand, und Virginia ist unmöglich durch die Eisrisse geklettert. Wo hätte sie denn hingewollt? Für sie gab es nur den Weg zurück.«

Trotzdem überquerte er die schreckliche Zackenwand und sah dahinter die waschbrettähnliche Ebene. Es war einfach, hier zu landen, in der Nähe der Wand war es sogar windgeschützt. Ein paar hundert Meter weiter begannen wieder die zerrissenen Eishügel, die Spalten und die bizarren Formen aus glitzernden Kristallen.

Wider alle Vernunft stieg Henderson aus, ging zurück zur Mauer und blickte lange über die gewellte Ebene. Einen Körper in einem dicken Pelzmantel mußte man sehen, er mußte sich dunkel von dem Eis abheben, ein Fleck auf dem makellosen Weiß. Aber nichts hob sich ab, unberührt wie seit Hunderten von Jahren glitzerte das Eis in der Sonne.

In der sowjetischen U-Boot-Basis »Morgenröte« hatte es unterdessen Alarm gegeben. Schesjekin stellte alle Arbeiten ein, eine lähmende Stille senkte sich über die Stadt im Eis. Hendersons Hubschrauber war in die sowjetische Radarüberwachung geraten.

Sofort war Schesjekin in die Überwachungszentrale geeilt, wo die komplizierten Geräte für Sonar und Radar installiert waren und über einen Computer blitzschnell das entdeckte Objekt und sein

Standort ermittelt wurden.

Der Radarspezialist riß die Computerberechnungen von der Papierrolle, als der Vizeadmiral eintrat. »Es handelt sich um einen Hubschrauber, Genosse Admiral!« meldete er. »Vor vier Minuten ist er gelandet.«

»Wo?« Schesjekin nahm das Papier entgegen, starrte darauf und war wie ein Arzt, der ein EKG nur fehlerhaft lesen konnte, aber so tat, als verstände er alles.

»Ungefähr drei Kilometer von der Station der Genossin Berreskowa entfernt. Es muß die Eisfläche sein, die Kapitän Malenkow entdeckt hat.«

»Die Genossin Berreskowa muß sofort gewarnt werden!«

Vor zwei Tagen war Ljuba Alexandrowna zu ihrem Eisplateau zurückgekehrt. Drei Verhöre, die sie mit Virginia angestellt hatte, waren ohne Erfolg geblieben. Man wußte, sie war Meeresbiologin, kam aus San Francisco, wollte – wer glaubte das? – die verschiedenen Walarten beobachten und die Auswirkungen des Ozonlochs auf das biologische Gleichgewicht des Meeres untersuchen, aber mehr war aus ihr nicht herauszulocken. Auch die versteckte Drohung, man habe genug Mittel, jemanden zum Sprechen zu zwingen, zeigte keine Wirkung. »Kein Kommentar!« war alles, was Virginia auf alle besonderen Fragen antwortete. Schesjekin brach die Verhöre ab und ließ Ljuba zu ihrer Forschungsstation zurückfahren.

In diesen Tagen hatte er auch endlich Admiral Sujin erreichen können.

»Eine Schweinerei ist das, Wladimir Petrowitsch!« hatte Sujin ausgerufen. »Und wieder ist es der Genosse Malenkow, der unserem Vaterland einen großen Dienst erwiesen hat. Ich werde beides sofort nach Moskau melden. Wie heißt die Amerikanerin? Allenby? Unser Nachrichtendienst wird sich damit beschäftigen.«

Fünf Stunden später meldete sich Sujin wieder. »General Wisjatsche nimmt das plötzliche Erscheinen von Virginia Allenby sehr ernst«, sagte er. »Von irgendwoher ist sie ja gestartet, hatte einen Piloten bei sich und flog in einem Militärhubschrauber. Das kann nur bedeuten, daß –«

»– daß sich amerikanische Truppen in der Nähe des Eisberges befinden«, ergänzte Schesjekin den Satz. »Auf dem Schelfeis können sie nicht sitzen, McMurdo ist zu weit entfernt für einen so kleinen Hubschrauber. Was kann man da vermuten, Genosse Sujin?«

»Einen Flugzeugträger«, antwortete Sujin. »Das bedeutet höchste Alarmstufe!«

»Wir sind nicht einsehbar, weder aus der Luft noch vom Meer her, uns gibt es nicht.« Schesjekin sagte es mit einem gewissen Stolz. Was Chefingenieur Karasow in dem eisüberdachten Fjord geleistet hatte, war ein kleines Weltwunder an Baukunst. »Hat Fjodor Lukanowitsch schon entschieden, was mit Virginia Allenby geschehen soll?«

»Vorerst bleibt sie bei Ihnen, Wladimir Petrowitsch. Wenn die neuen Versorgungsschiffe eintreffen, nehmen die zurückkehrenden die Amerikanerin mit. Wisjatsche will sie in Moskau haben. Offiziell ist sie vermißt. Den Amerikanern wird nichts anderes übrigbleiben, als sie für tot zu erklären. Bis zu ihrem wirklichen Lebensende wird sie in Moskau oder irgendwo in Sibirien bleiben, so lange jedenfalls, wie ›Morgenröte‹ besteht.«

»Das kann Jahre dauern.«

»Damit rechnet Wisjatsche. Denken Sie an das sibirische Sprichwort: Wer zu viel sieht, kann blind werden. Was hat sie übrigens gesehen?«

»Alles!« antwortete Schesjekin kurz.

»Dann wird sie zu den lebenden Toten gehören. Die Sicherheit des Vaterlandes steht über allem!«

Nach diesem unerquicklichen Gespräch mit Sujin ließ Schesjekin noch einmal Virginia kommen. Aber wie immer drehte man sich im Kreis, bis die Berreskowa wütend sagte: »Genosse Admiral, es hat keinen Zweck! Sie wird nichts sagen. Jedes Wort ist Verschwendung.« Und mit einem Blick auf Malenkow, der wie bei allen Verhören zugegen war und an der Wand lehnte: »Wann wird sie nach Moskau gebracht?«

»Mit der nächsten Schiffsablösung. Das kann in zwölf Wochen sein.« Schesjekin winkte, und zwei Marinesoldaten führten Virginia aus dem Raum. Malenkow folgte ihnen, und Ljuba Alexandrowna biß die Zähne aufeinander.

Bevor sie mit ihrem Raupenschlitten abfuhr, stieg sie noch einmal hinauf zu ihrem Haus. Malenkow und Virginia saßen am Tisch und tranken Tee. Obermaat Pralenkow war es wirklich gelungen, den wilden Sumkow zu bändigen und zu erpressen. Mit dem Mehl, um das er die Matrosen und Pioniere in der Kantine betrog, buk er jetzt jeden Tag auch für Pralenkow einen Kuchen, bald mit Honig gefüllt, dann mit Multebeerenmarmelade oder mit Apfelstückchen, die säkkeweise als Dörrobst im Magazin der Küche standen, was nur ein kleiner Kreis um den Chefkoch wußte. Anatol Viktorowitsch war schon ein rechter Gauner, und weil Pralenkow es ihm ins Gesicht sagte, war es das Klügste, täglich einen Kuchen zu backen.

Treu ergeben teilte der Obermaat die Sonderration mit seinem Kommandanten Malenkow. Der hütete sich, lange zu fragen und erst zu sagen: »Nikolai Fedorowitsch, du betrügst alle Genossen!» – es war besser, anzunehmen und nicht zu wissen, woher es kam.

Mit einem kurzen Blick auf Virginia ging Ljuba Alexandrowna in das Schlafzimmer, stieß die Tür zu dem kurzen Verbindungsgang in die Banja auf und heizte sie an. Dann setzte sie sich aufs Bett, hörte aus dem Zimmer das Lachen von Malenkow und Virginia, ballte die Fäuste und hieb auf Kissen und Bett ein.

Die Banja hatte sich unterdessen aufgeheizt, ein Probeguß auf die heißen Steine verdunstete sofort mit einem hellen Zischen. Ljuba Alexandrowna zog sich aus, legte sich auf eine der Holzliegen und genoß das Prickeln auf ihrer Haut, als der Schweiß aus den Poren drang.

Nach einer kurzen halben Stunde verließ sie die Banja, duschte sich kalt und trocknete sich ab. Dann ging sie, nackt wie sie war, ins Wohnzimmer, als sei es selbstverständlich, so entblößt herumzulaufen. Sieh her, amerikanisches Püppchen, sollte das heißen. So ist es immer zwischen Jurij und mir. Nur ist er heute angezogen, und wir können nicht tun, was wir sonst machen. Mustere mich nur genau – ist dein Körper so schön wie meiner? Kleinere Brüste hast du, viel zu kleine – Jurij liebt volle straffe Brüste, seinen Kopf legt er immer zwischen sie, seine ganze Wonne ist es, und er sagt: »Wie Pfirsich duftest du!« oder: »Ich liege wie auf einer Blumenwiese.« Was willst du schon mit deiner künstlich heruntergehungerten amerikanischen Figur! Sie setzte sich neben Jurij auf die Eckbank, gab ihm einen Kuß auf das linke Ohr und griff nach einem Stück von Pralenkows Kuchen.

Malenkow, das sah man deutlich, war sehr verlegen und zischte sie aus den Mundwinkeln an: »Zieh dich an! Kennst du keine Scham?«

»Vor wem?« Sie lächelte siegerhaft, goß sich eine Tasse Tee ein und süßte ihn mit viel Zucker. Was hatte Schesjekin gesagt? Sie sei ein Leckermäulchen. »Am Tisch sitzt eine Frau, die weiß, wie eine Frau aussieht, und du, kennst du nicht jeden Zentimeter meines Körpers? Warum soll ich mich schämen?«

»Störe ich?« fragte Virginia auf englisch. »Soll ich gehen?«

»Wohin denn, Miß Allenby?« Ljuba Alexandrowna legte ihren Arm um Malenkows Hüfte. »Draußen ist es kalt, Sie werden frieren... Jurij Adamowitsch ist ein ausdauernder Liebhaber. Wie ein grusinischer Hengst.«

»Was sagst du von Grusinien?« fragte Malenkow, der nur dieses Wort verstand.

»Ich habe sie gefragt, ob sie schon von Grusinien gehört hat. Sie gibt keine Antwort, du hörst es.«

»Zieh dich endlich an!« sagte Malenkow.

»In meinem Haus gehe ich herum, wie es mir gefällt. Du bist verlegen, mein Jurenka. Warum? Soll das amerikanische Schwänchen nicht wissen, daß wir hier immer nackt herumlaufen?« Sie schlürfte ihren Tee, aß das Stück Kuchen auf und erhob sich dann von der Eckbank. Sie war wirklich schön, aufreizend mit ihren starken Brüsten und der schmalen Taille, den wohlgeformten Oberschenkeln und den schlanken Beinen. Sie kannte die Wirkung ihres Körpers genau, ging noch einmal vor Virginia im Zimmer herum und warf dann die Tür des Schlafzimmers hinter sich zu.

»Schöne Frau«, sagte Virginia auf deutsch. Ljubas Demonstration hatte sie sofort verstanden, und ein bißchen Neid war doch in ihr erwacht. Gibt es eine Frau, die die Schönheit einer anderen Frau betrachtet, ohne einen Vergleich mit sich selbst anzustellen? »Ihre Geliebte, Jurij? Sie haben mir von ihr nichts erzählt.«

»Nix wichtig.« Malenkow suchte nach deutschen Worten, um eine Erklärung zu formulieren. Aber sein Kopf war plötzlich leer, das wenige Deutsch verflüchtigt. »Ljuba... Ich... Verzeihung...«, bekam er noch zusammen. Dann beschäftigte er sich intensiv mit dem Samowar und vertrieb seine Verlegenheit mit einem leisen Pfeifen.

Welch ein Unterschied zwischen ihnen! dachte er wieder. Würde Virginia nackt und provozierend herumgehen und sich so schamlos benehmen? Nie würde sie das, nie, das glaubte Malenkow zu wissen. Sie war das, was die Bourgeoisie eine Dame nannte. Ljuba dagegen war nur ein heißer Körper, wild und schonungslos wie ein Herbststurm über der Steppe. Virginia, warum bist du eine Amerikanerin? Sie werden dich in den sibirischen Wäldern verschwinden lassen, und die Taiga wird deine Schönheit zerbrechen. Niemand kann dir helfen, auch ich nicht. Was bin ich denn? Ein kleiner U-Boot-Kommandant, der gelernt hat zu gehorchen.

Ljuba Alexandrowna kam wieder herein, in ihren Pelz gehüllt. »Ich fahre jetzt«, sagte sie mit Kälte in der Stimme. »Wann kommst du zur Station, Jurij?«

»Wenn mich Schesjekin gehen läßt.«

»Bewach sie gut!« Sie nickte zu Virginia hinüber, und als sie lächelte, war es mehr eine verzerrte Maske. »Vielleicht riecht sie nach Erdbeeren – erzähl es mir später.« Ohne weiteren Gruß verließ sie das Haus, stieg draußen in ihren Raupenschlitten, ließ den Motor aufheulen und rasselte den sanften Eishang hinauf zu Karasows genialer Aufzugskonstruktion. Nicht einmal hinausgegangen ist er, dachte sie. Hat mich abfahren lassen ohne ein Wort, ohne einen Kuß, ohne ein Nachwinken. Hat getan, als sei ich ein unwillkommener Fremder. Geschämt hat er sich, ja, geschämt! Wir werden dein amerikanisches Täubchen rupfen, Jurij Adamowitsch, mir wird etwas einfallen, was du nicht verhindern kannst. Zwölf Wochen, Jurij, sind eine lange Zeit, um darüber nachzudenken. Sei nicht so sicher, mein Wölfchen …

Nun aber hatte das Radar den Hubschrauber entdeckt, Vizeadmiral Schesjekin war sich sicher, daß er nur ein amerikanisches Flugzeug sein konnte. Es war in nächster Nähe von der Berreskowa gelandet, aber trotz wiederholter Funkrufe war Ljuba nicht zu erreichen.

Sie wird ahnungslos am Meer sitzen, stellte sich Schesjekin vor, und die Fischschwärme beobachten. Sie erwartet Pinguine, hat sie gesagt, Pinguine, und die Amerikaner landen unterdessen auf dem Eisberg. Ljuba Alexandrowna, versteck dich! Wir sind unsichtbar, denk daran.

Über »Morgenröte« senkten sich Stille und kampfbereites Warten.

Obgleich es sinnlos war, hatte Henderson die Suche nach einer Spur aufgenommen und tappte auf dem Waschbrett aus Eis herum. Er fing mit einem kleinen Kreis an und erweiterte ihn bei jeder Runde, blickte hinter jeden Buckel und gab nicht auf, als ihm seine Vernunft befahl, diesen Unsinn zu beenden.

Beim fünften großen Kreis sah er plötzlich hinter einem Eiskloben etwas Rotes in der Sonne blinken. Sein Herz begann wie wahnsinnig zu schlagen, er rannte und schlidderte über das Eis, glitt aus und rutschte die letzten Meter auf den Gegenstand zu.

Eine Coladose! Eine amerikanische Coladose auf dem Eis, jenseits der Zackenmauer. Virginia! Virginia!

Henderson riß die Dose an sich, sie war leer, das dreieckige Trinkloch war aufgerissen. Er saß auf dem Eis, starrte über die glitzernde Weite und wußte, daß er einen Zipfel des Geheimnisses in der Hand hielt. Virginia, du bist hier gewesen. Du bist weggelaufen, aber in die falsche Richtung. Virginia, ich finde dich, ich bringe dich zurück.

In einem Anfall ohnmächtiger Wut schüttelte er wild die Coladose und hielt in der Bewegung ruckartig inne. Etwas klapperte in der Dose, leise, gedämpft, auf keinen Fall ein zu einem Eisstückchen gefrorener Colarest.

Er drehte die Dose um, schüttelte sie, hieb dann mit einem Eisklumpen auf das Deckelblech, bis es zerriß und sich nach innen bog. Mit bebenden Fingern holte er ein Blatt Papier heraus und sah, daß es die Empfangsbescheinigung für den Hubschrauber war, unterschrieben von Master-Sergeant Benny Mulder.

Mulder hatte tot in der zerbrochenen Glaskanzel gelegen, er hatte die Coladose hier nicht wegwerfen können. Nur Virginia konnte es. Virginia...

Henderson drehte das Papier um, und einen Augenblick überfiel ihn ein Schwindel. Ein paar Zeilen... Virginias Schrift, geschrieben mit einem Kugelschreiber... Sie hat noch schreiben können, mein Gott, sie ist bei klarem Verstand gewesen, als sie hier auf dem Eisbuckel saß und ein Lebenszeichen hinterließ.

Er blickte wieder auf das Papier, die Schrift wurde wieder klar.

»Der Mann läßt mich nicht los. Er nimmt mich mit. Wir gehen zum anderen Ende des Berges. Ich bin unverletzt. V. A.«

Unverletzt, das war zunächst das Einzige, was in Henderson hängen blieb. Unverletzt – er hatte nie ein schöneres Wort gelesen. Aber dann begriff er auch die anderen Worte. Der Mann läßt mich nicht los. Er nimmt mich mit...

Ein Mann? Was für ein Mann? Hier gibt es außer uns noch Menschen? Noch jemand anderes ist auf dem Eisberg? Woher kommt er? Was tut er hier? War er auf dem Eiskoloß, als er vom Schelfeis abbrach? Ein Forscher? Ein Mensch, der jetzt hilflos mit dem Eisberg auf dem Ozean schwimmt? Wie kann er hier überleben? Wo wohnt er? Wovon ernährt er sich? Von rohem Fisch? Warum bleibt er nicht hier und wartet auf die Rettungsflugzeuge? Er läßt mich nicht los. Er nimmt mich mit... Wohin nimmt er Virginia mit?

Henderson steckte das Papier in seinen Pelz. Eine Menge Fragen, und mit jeder wuchs seine Sorge und seine Unruhe.

Wir gehen zum anderen Ende des Berges!

Was bedeutete das? Das andere Ende von »Big Johnny« war eine Steilküste aus Eis, zerklüftet und zerrissen. Die Fotos und die Karten zeigten es deutlich. Hier gab es kein Leben, hier war ein Überleben unmöglich, hier hieben die Winde auf das Eis und zerfraßen den Berg.

Henderson lief zu seinem Hubschrauber zurück. Ich finde dich, Virginia, dachte er wieder. Es ist zwar Wahnsinn, mit einem Helikopter in die Luftwirbel zu fliegen; was nützt es, ein noch so guter Pilot zu sein, wenn der Windstrudel dich hinabzieht und du dich nicht wehren kannst, aber ich tue es. Virginia, ich muß dich finden.

Er wollte gerade wieder zurück in die Glaskanzel steigen, als er in der Stille ein näherkommendes Geräusch hörte. Ein Rasseln und Knirschen, ein Brummen wie von einem Motor, Laute, die in der Einsamkeit verstärkt wurden. Mit einem Ruck riß Henderson eine Maschinenpistole aus einer Halterung neben seinem Sitz und sprang zurück aufs Eis.

Menschen! Motoren! Und niemand weiß, daß sie auf unserem Berg sind. In Washington wird man umdenken müssen.

Und dann sah er den Motorschlitten mit den stählernen Raupen, er kam schnell näher, umfuhr ein paarmal tückische Eisspalten, und der in einen Wolfspelz vermummte Mann war ein hervorragender Fahrer, der den Schlitten lenkte, als jage er über eine betonierte Piste.

Henderson lud seine Maschinenpistole durch, klemmte sie unter den Arm und ging dem Schlitten entgegen. Ungefähr zehn Meter von ihm bremste der Fahrer, stellte den Motor ab und kam auf Henderson zu. Er war unbewaffnet, soweit es Ric sehen konnte; trotzdem ließ er die Maschinenpistole in seine Hände gleiten und brachte sie in Anschlag. »Stehenbleiben!« rief er mit militärischem Kommandoton. »Strecken Sie die Arme vor! Keine falsche Bewegung! Wer sind Sie? Nennen Sie Ihren Namen!«

Der Vermummte gehorchte. Er warf einen Blick hinüber auf den Hubschrauber mit dem Stern der US Air Force, griff dann nach seiner Mütze und zog sie vom Kopf. Blonde Haare wehten über den Pelzkragen. »Ein unhöflicher Empfang ist das!« sagte der Mensch zu Hendersons ungläubigem Staunen.

Eine Frau! Das gab es doch nicht! Eine Frau auf dem Eisberg? Hatte Virginia nicht geschrieben: Der Mann läßt mich nicht los? Das Rätsel wurde immer größer, aber die Lösung war nun nah. Eine Frau mit einem sehr harten Englisch... Henderson ließ den Lauf der Maschinenpistole nach unten zeigen. »Wer sind Sie?« wiederholte er.

Ein Lächeln verschönte das vom Wind gerötete Gesicht, blaugrüne Augen strahlten ihn an.

»Ich bin Ljuba Alexandrowna Berreskowa«, sagte sie. »Und Sie sind Ric.«

»Das stimmt. Woher kennen Sie mich?«

»Ich habe Sie erwartet, Ric.«

»Erwartet? Mich?«

»Ich habe viel von Ihnen gehört, von Virginia.«

Der Name schlug in ihm ein wie ein Blitz. Er machte zwei große Schritte vorwärts und starrte Ljuba in das erregende Gesicht. »Wo ist Virginia?« schrie er sie an. »Wo ist sie? Lebt sie noch? Wo haben Sie sie hingebracht?« Sie ist eine Russin, durchfuhr es ihn gleichzeitig. Ljuba Alexandrowna Berreskowa, so kann nur eine Russin heißen! Wie kommen die Russen auf unseren Eisberg? Allein ist sie nicht hier; sie hat einen Raupenschlitten, und der fällt nicht wie eine Schneeflocke vom Himmel, der Motor muß Benzin haben, es muß ein Haus oder ein gepolstertes, gut isoliertes Zelt geben, weder verhungert noch von der Kälte zerstört sieht sie aus... Der Russe auf »Big Johnny«, und niemand hat eine Ahnung davon!

»Virginia ist bei mir. Gut geht es ihr, Ric.«

Ljubas glänzender Blick irritierte ihn. Er stellte sich vor, wie sie ohne Pelz aussehen konnte, und begriff noch weniger, daß sie im Eis wohnte. »Sie sind Russin?« fragte er und begegnete ihrem Blick. Er wollte ihm ausweichen, aber es gelang ihm nicht; ihre strahlenden Augen hielten ihn fest, und sie waren stärker als seine Gegenwehr. Ein plötzliches, völlig unbekanntes Gefühl breitete sich in ihm aus und bedrängte sein Herz. Das ist ja Wahnsinn, dachte er. Du bist verrückt. Du stehst hier in der eisigen Einsamkeit, um Virginia zu suchen, Virginia, und diese Ljuba, diese Russin, steht im Weg.

»Ja, ich bin Russin«, sagte Ljuba. Sie lockte mit ihrer Stimme, stülpte die Pelzmütze wieder über ihre blonden Haare und berührte mit ihrer ausgestreckten Hand Hendersons Maschinenpistole. »Werden Sie mich jetzt erschießen, Ric?«

»Führen Sie mich zu Virginia.«

»Darum bin ich gekommen, als ich Ihren Hubschrauber hörte. Steigen Sie ein.« Sie zeigte auf den Raupenschlitten, eine einladende Geste, als fahre sie einen Luxuswagen.

Henderson schob die Maschinenpistole wieder unter seinen rechten Arm. Er zögerte, aber als Ljuba etwas spöttisch sagte: »Ihren Hubschrauber klaut hier keiner«, ging er an Ljuba vorbei zu dem Schlitten und setzte sich auf den Beifahrersitz. »Was machen Sie hier?« fragte er, als sie sich neben ihm in eine Felldecke wickelte und den Gesichtsschutz hoch bis zu den Augen zog.

»Ich bin Meeresbiologin.«

»Auch?«

»Ich weiß, Virginia ist es auch. Darum verstehen wir uns auch so gut.« Ihre Katzenaugen blitzten ihn wieder an. »Ist das nicht ein verrückter Zufall? Keiner wird das glauben, wenn man's erzählt. Auf einem schwimmenden Rieseneisberg treffen sich zwei Frauen und haben denselben Beruf. So was fällt selbst einem Schriftsteller nicht ein.«

»Wieviel Mann zählt Ihre Station?«

»Keinen. Ich bin allein.«

»Warum lügen Sie?« Henderson griff in seinen Pelz und holte Virginias Nachricht hervor. Gespannt, geradezu sprungbereit belauerte Ljuba ihn. »Mindestens ein Mann ist hier.«

»Ich weiß, welche Informationen Sie da haben, aber sie sind falsch. Sie werden es in Kürze selbst sehen. Ich bin allein.«

»Natürlich sind Sie allein. Der Mann ist in Deckung gegangen.«

»Warum sollte er sich verstecken?«

»Virginia hat geschrieben: Der Mann läßt mich nicht los. Er nimmt mich mit.« Henderson hielt das Papier vor Ljubas Augen.

Stumm las sie die wenigen Zeilen und drückte dann Hendersons Hand weg. »Wo haben Sie das her?« fragte sie mit veränderter, harter Stimme.

»Gefunden. Vorhin hinter einem Eisbuckel. Es stak in einer leeren Coladose. Streiten Sie nicht ab, daß es ein Beweis ist. Es gibt mindestens *einen* Mann auf dem Eisberg außer Ihnen.«

Eine Nachricht hat sie geschrieben, dachte Ljuba und sah Jurij vor sich, wie er, von der fremden Frau fasziniert, ahnungslos über das Eis stampfte. Ein Trottel bist du, Kapitän Malenkow, Held der Sowjetunion. Man wird dich fragen müssen: Wo warst du, als sie diese Nachricht schrieb? Du hast nichts gesehen, nicht mal eine Coladose? Genosse, wie kann ein Blinder U-Boot-Kommandant sein?

»Gar kein Beweis ist das«, sagte sie und ließ den Motor an. »Ich habe Virginia aufgelesen, sie irrte hier umher und hatte die Orientierung verloren. Vielleicht hat sie mich für einen Mann gehalten, bis ich im Haus den Pelz auszog.«

Das wäre möglich, dachte Henderson. Er steckte den Zettel wieder ein und hielt sich an einem Gestänge fest, als der Schlitten plötzlich anzog und vorwärts schoß. Nur über eine Frage kam er nicht hinweg, ebenso wie Ljuba darüber nachgrübelte. »Wie hat sie diese Nachricht geben können, ohne daß Sie es gesehen haben?« schrie er durch das Knattern und Knirschen von Motor und Raupenketten zu ihr hin.

»Ich weiß es nicht!« schrie Ljuba zurück. »Ich kann's mir nicht erklären. Fragen wir sie gleich selbst! In wenigen Minuten sehen Sie meine Station.«

Henderson duckte sich und zog seinen Pelz eng um sich. Der Fahrtwind zerrte an ihm, durch jede Ritze zog der Frost herein und brannte sofort auf der Haut. Er tauchte sein Gesicht in den Pelzkragen und zog ihn mit einer Hand zusammen, mit der anderen Hand klammerte er sich fest. Ein paarmal blickte er zur Seite auf Ljuba Alexandrowna, bewunderte ihre Tapferkeit vor Frost und Fahrtwind und ihren Mut, auf einem schwimmenden Eisberg zu leben.

Wer aber unterstützt sie? Wer brachte ihr den Nachschub? Und wenn sie die Sterne vom Himmel schwor, sie war nicht allein! Wer sie auf dem Berg abgesetzt hatte, sorgte auch für sie. Seymore mußte sofort benachrichtigt werden.

Mit einem Ruck hielt der Schlitten. Ljuba zeigte in die Tiefe. Am Rand eines Plateaus, das geradezu kunstvoll ins Meer hinausragte, angelehnt an einen sanften Eishügel, zu dem eine gut befahrbare, leicht abfallende natürliche Straße führte, stand das langgestreckte Holzhaus. Eine dünne Rauchfahne hing über dem Kamin und verwehte schnell im immerwährenden Wind.

»Das ist es.« Ljuba zog den Gesichtsschutz etwas herunter und lachte, als sie winzige Eiszapfen von ihren Augenbrauen zupfte. »Ric, Sie sehen aus wie Väterchen Frost. Sie könnten Modell gestanden haben für die Bilder in unseren Märchenbüchern. Dabei sind Sie der Typ, aus dem man Märchenprinzen macht.«

Ihre Offenheit, das auszusprechen, was sie dachte, ihre fast kindliche Hemmungslosigkeit erstaunten ihn. Aber in das Staunen mischte sich auch ein anderes Gefühl, das ihn ärgerte, unsicher und schuldbewußt machte. Um sich dagegen zu wehren, sagte er wieder: »Bringen Sie mich zu Virginia. Wir müssen zurückfliegen, bevor es dunkel wird.«

»Das stimmt. Es wird bald dunkel werden…« Sie sah ihn mit einem merkwürdigen Blick an, den er nicht deuten konnte, ließ den Motor wieder aufheulen und fuhr die sanft abfallende Eisstraße hinunter. Die mit Stahlspitzen gespickten Ketten krallten sich fest und hielten den Schlitten in der Spur.

Ein verdammt cleveres Mädchen, dachte Henderson wieder. Fährt wie der Teufel, redet wie ein Partygirl und ist eine Wissenschaftlerin. Und hübsch, sogar sehr hübsch ist sie auch noch. Warum muß sie ausgerechnet eine Russin sein?

Ljuba bremste vor dem Eingang des Hauses neben Ölfässern und Stapeln gesägten Kaminholzes, Netzen und Bojen, ein neuer Beweis, daß sie nicht allein auf dieser Station war. Sie sprang auf das Eis, warf die Felldecke zurück in den Schlitten und sah zu, wie Henderson steif und durchgefroren seinen Sitz verließ.

Er blickte sich um und wartete. Erstaunen lag in seinem Blick. »Was ist mit Virginia?« fragte er besorgt. »Ist sie etwa doch verletzt?«

»Wieso?« fragte Ljuba zurück.

»Jede andere Frau würde uns jetzt entgegenstürzen. Sie hat doch gehört, daß wir gekommen sind. Sie kann uns am Fenster sehen – warum...«

Er wollte die zwei Schritte bis zum Schlitten zurücklaufen, aber Ljuba war schneller. Mit einem wahren Raubtiersprung war sie vor ihm da, riß die Maschinenpistole vom Sitz und richtete den Lauf auf Henderson. »Ric, seien Sie vernünftig!« sagte sie dabei. Ihre Stimme war sanft und schmeichelnd wie bei einer Liebeserklärung. »Seien Sie ein Märchenprinz.«

Henderson stand wie erstarrt vor ihr und blickte auf die Maschinenpistole, die genau auf seinen Magen zielte. Ljubas Zeigefinger lag gekrümmt um den Abzugshebel. »Lassen Sie den Unsinn«, sagte er gepreßt.

»Das ist kein Unsinn, Ric!«

»Sie werden nicht schießen.« Er streckte die rechte Hand aus. »Ljuba, geben Sie das Ding her.«

»Ich werde schießen.«

»Ihre Hände sind zum Streicheln da, aber nicht zum Töten.«

»Versuchen Sie jetzt bloß nicht, den großen Charmeur zu spielen.« Sie schwenkte kurz den Lauf der MP zur Tür des Hauses und dann zurück auf Henderson. »Gehen Sie hinein. Die Tür ist offen. Hier bricht niemand ein.«

»Wo ist Virginia?«

»Ihr geht es gut, sie ist gesund und genießt die beste Pflege.« Ihr Gesicht wurde wieder maskenhaft bei dem Gedanken an Jurij Adamowitsch und seine läppischen Bemühungen, Virginia für sich zu interessieren. »Genügt das nicht?«

»Nein. Ich will sie sehen.«

»Sie werden Sie sehen, Ric. Ich verspreche es Ihnen.«

»Ich glaube Ihnen nicht mehr, Ljuba. Sie haben mich überlistet, hierher gelockt, und alles, was Sie bisher gesagt haben, ist gelogen.

Virginia... lebt nicht mehr.« Er holte tief Atem. Ein innerer Druck machte ihm sehr zu schaffen. »Ist das die Wahrheit?«

»Nein. Sie lebt recht munter. Man hat sie weggebracht.«

»Der Mann, von dem sie schreibt?«

»Ja. Ein mutiger und in vielen Dingen interessanter Mann. Kein strahlender Märchenprinz wie Sie, Ric.«

»Hören Sie endlich mit Ihrem dummen Märchenprinzen auf!« Er blickte auf seine Armbanduhr. »In spätestens einer Stunde muß ich wieder starten. Führen Sie mich zu Virginia.«

»Ich bringe Sie hin, Ric. Aber es wird ein anderes Wiedersehen sein, als Sie erhoffen. Sie werden erstaunt sein, was Sie vorfinden, Virginia und ein anderer Mann –«

»Reden Sie keinen Blödsinn, Ljuba. Damit können Sie mich nicht reizen. Für Virginia gibt es keinen anderen Mann als mich.«

»Der dämliche Stolz der Männer – Ric, Sie haben ihn ja auch! Und ist Virginia die einzige Frau, für die Sie Augen haben? Nicken Sie nicht, Sie Heuchler! Ich bin kein kleines, dummes Mädchen mehr, ich habe gelernt, die Blicke der Männer richtig zu deuten, und es war immer ein Volltreffer. Auch aus Ihren Augen lese ich: Wie sieht diese Ljuba unter dem Pelz aus? Stimmt das? Was wird sie tun, wenn ich sie anfasse? Ist es so? Es muß wahnsinnig sein, mit ihr im Bett zu liegen! Wünschen Sie sich das? Ric, Männer sind einer wie der andere, und Sie sind keine Ausnahme.«

Henderson antwortete nicht. Er war verlegen geworden, wußte keinen überzeugenden Protest, empfand sich wie entlarvt und tappte an Ljuba vorbei zum Haus. Er stieß die Tür auf, die Hitze traf ihn wie ein Fausthieb, er drehte sich um und sah Ljuba, die MP immer noch im Anschlag, hinter sich stehen. »Wollen Sie sich garkochen lassen?« fragte er. »Diese Hitze hält ja kein Mensch aus!« Er warf seinen Pelz auf den Boden und die Fellmütze hinterher. An dem wattierten Fliegeroverall zog er den Reißverschluß bis zu den Hüften herunter.

Ljubas Blick glitt abschätzend an ihm hinunter. Größer ist er als Jurij, dachte sie und freute sich über das leise Prickeln, das auf ihrer Haut entstand. Kräftiger, männlicher, sportlicher. Viel Sport treiben sie, die amerikanischen jungen Männer. Das liest man immer. Baseball, Football, Basketball, Schwimmen, Boxen, sie trainieren ihre Körper durch, vor allem, wenn sie ein College besuchen oder wie Ric Henderson auf einer Militärakademie ihren Offizier machen. Voller Muskeln wird sein Körper sein. Sie fuhr sich mit der Zunge schlangenschnell über die Lippen und trat hinter sich die Tür zu, um die MP nicht aus der Hand legen zu müssen. »Ich habe eine eigene Art zu wohnen«, sagte sie lässig. »Wenn man ganz allein ist, sieht einen nur der Spiegel. Und wer ist darin? Nur ich!« Sie zeigte mit dem Lauf auf die Holzbank. »Setzen Sie sich, Ric.«

Gehorsam ließ sich Henderson auf der Bank nieder, während auch Ljuba, die MP griffbereit an ihr Bein gelehnt, den Pelz abwarf, die Mütze auf einen Hocker schleuderte, die blonden Haare aufschüttelte und dann die Steppjacke und die lange Stepphose abstreifte. Mit zwei Schwüngen beförderte sie die Fellstiefel in eine Ecke. Unter der warmen Kleidung trug sie einen wollenen Trainingsanzug, hellblau mit roten Streifen an den Seiten, wie ein General an seiner Uniform. Der Anzug umschloß eng ihren Körper, verbarg nicht ihre Formen und betonte ihre runden Brüste. Henderson bemühte sich, das alles mit Gleichmut anzusehen, aber es gelang ihm nicht.

»Ich brauche Ihr Ehrenwort, Ric«, sagte Ljuba plötzlich. »Ihr Ehrenwort als Offizier.«

»Wofür?«

»Daß Sie nicht weglaufen, nicht versuchen, mich zu überrumpeln, daß Sie sich benehmen wie ein Gast. Dann kann ich die Waffe weglegen.«

»Mein Ehrenwort, Ljuba.«

»Danke.« Sie lehnte die Maschinenpistole an die Wand, zog den Reißverschluß über ihrer Brust auf und lief unbefangen mit einem weißen, spitzenbesetzten Büstenhalter im Zimmer herum.

Henderson schüttelte den Kopf. »Ich wußte nicht«, sagte er mit ehrlicher Verwunderung, »daß es in der Sowjetunion BHs aus Spitzen gibt.«

»Das fällt Ihnen auf, Ric?« Sie lachte, zeigte dabei ein makelloses Gebiß und bog sich zurück. Die Trainingsjacke klaffte noch weiter auf und gab ihren ganzen Oberkörper frei. »Ich habe ihn in Odessa gekauft. In einem Intershop. Für Devisen kann man dort alles haben. Ich konnte mit Dollars bezahlen. Um an fremde Währungen heranzukommen, habe ich öfter den Fremdenführer gespielt. Jeder ausländische Geldschein war ein geheimer Schatz.«

»Und mit diesem Leben wollt ihr die ganze Welt beglücken? In einer klassenlosen Gesellschaft Läden für Privilegierte – sieht denn keiner von euch, wie ihr alle betrogen werdet?«

»Wollen wir politisieren? O nein, Ric, bloß das nicht.«

Sie setzte sich keck auf die Tischkante, stemmte die Beine neben Henderson auf die Bank und ließ die Zehen spielen. »Wann haben Sie zum letztenmal einen Wodka getrunken? Einen echten russischen?«

»Noch nie.«

»Das kann doch nicht wahr sein.« Sie schlug die Hände zusammen wie ein kleines Mädchen, das einen Ball geworfen hat. »Er kennt keinen Wodka! Aus ideologischen Gründen? Alles, was russisch ist, rühr' ich nicht an ...« Sie beugte sich zu ihm. Daß Henderson ihr dabei tief in den Busen blicken konnte, schien sie nicht zu berühren. »Wir haben nicht bloß Atomraketen, die schwersten Panzer und einen Vorsprung im All. Wir können mehr bieten.«

»Das sehe ich«, sagte Henderson trocken.

Sie lachte wieder mit einem kehligen Unterton, bog sich zurück und ließ sich vom Tisch gleiten. Mit dem lautlosen Gang einer Katze ging sie hinüber zu einem Schrank, nahm eine Flasche Wodka heraus, öffnete schnell ein Fenster, stellte die Flasche in einen an der Außenwand hängenden Korb und schloß das Fenster wieder.

»Mein Kühlschrank«, sagte sie und fuhr sich mit beiden Händen durch die blonden Haare. »Ein lauwarmer Wodka schmeckt wie Urin.«

»Da kann ich nicht mitreden. Ich habe noch keinen Urin getrunken.« Henderson blickte wieder auf seine Armbanduhr. »Wann bringen Sie mich zu Virginia?«

»Virginia! Virginia! Können Sie nicht für eine kurze Zeit Virginia vergessen?«

»Ich muß zurückfliegen.«

»Zurück? Wohin zurück? Wo kommen Sie her?«

Henderson schwieg. Die ganze Zeit hatte er auf diese Frage gewartet und sich überlegt, was er darauf antworten sollte. Wo konnte ein Militärhubschrauber herkommen, hier im Eis des Südpols, auf einem gigantischen Eisberg? Das logisch zu erklären war ein kleines rhetorisches Kunststück.

Ljuba erleichterte ihm die Antwort mit der Bemerkung: »Sie und Virginia haben natürlich den gleichen Standort.«

»Sie haben es erkannt, Ljuba«, sagte Henderson etwas spöttisch.

»Virginia und Sie hatten einen Hubschrauber. Der tote Pilot und Sie tragen eine Uniform, ein amerikanischer Flugzeugträger ist also in der Nähe. Habe ich recht?«

»Wer kann Ihnen widersprechen, Ljuba?« Henderson erhob sich von der Holzbank. »Wir kommen von einem Forschungsschiff, das dieses Gebiet der Antarktis auf irgend etwas untersuchen will. Ich habe keine Ahnung davon, ich soll nur die Forscher herumfliegen. Virginia ist Meeresbiologin, nicht ich. Ich habe nur meinen Auftrag auszuführen. Ein Forschungsschiff, kein Flugzeugträger, das ist ein Unterschied. Und Sie, Ljuba?«

»Ich forsche auch.« Sie stieß das Fenster wieder auf, holte die Flasche herein und verriegelte wieder das Fenster. Mit der Hand streichelte sie über die Flasche, eine greifbare Zärtlichkeit am gefühllosen Objekt. »Kalt! So schnell geht das, Ric. Dagegen ist jeder Kühlschrank ein Bratofen.« Sie stellte zwei kleine runde Gläser auf den Tisch, goß den Wodka ein und setzte sich wieder auf die Tischkante. »Warum stehen Sie so unruhig herum?« fragte sie.

»Bringen Sie mich zu Virginia, Ljuba.«

»Sie sehen sie noch früh genug. Gönnen Sie ihr doch ein paar zärtliche Stunden mit dem anderen Mann.«

»Sie erwarten, daß ich jetzt herumtobe?« Henderson setzte sich wieder. »Sie irren, Ljuba. Ich vertraue Virginia. Sie ist keine Frau für schnelle Abenteuer. Sie ist das schönste, treueste Mädchen!«

»Und Sie sind ein ahnungsloser, dummer und gutgläubiger Junge, Ric. Wollen Sie nicht den Namen des Mannes wissen?«

»Nein.«

»Er heißt Jurij Adamowitsch.«

»Was habe ich davon? Virginia wird sich nie für einen Russen interessieren.«

»Ich habe auch nie gedacht, daß ich mich für einen Amerikaner interessieren könnte. Gerade ich nicht!«

Plötzlich lag eine schwere lastende Stille über ihnen, eine Lautlosigkeit, die wie ein Magnet wirkte.

Ljuba hob ihr Glas, stieß mit Hendersons Glas an, und dann kippte sie den Wodka mit einem Schluck in sich hinein, ohne eine Miene zu verziehen, ohne zu hüsteln, ohne tief Atem zu holen.

Henderson dagegen rang einen Augenblick nach Luft. »Teufel noch mal, was ist das für ein Zeug?« hustete er dann. »Dieser Rachengerber ist Wodka?«

»Ja. 55 Prozent Alkohol.«

»Du meine Güte! Nach wieviel Gläschen fällt man um?«

»Das kommt auf Ihr Stehvermögen an, Ric.« Sie goß wieder ein, hob ihr Glas, prostete Henderson zu, warf den Kopf in den Nacken und rief: »Na sdarowje!«

Wieder nur ein einziger Schluck. Henderson tat es ihr nach, spürte den Wodka durch seine Kehle brennen, durch die Speiseröhre, in den Magen, aber er rang nicht mehr nach Luft. Das ist das Verblüffende am Wodka: Man gewöhnt sich sofort an das Kippen.

Das vierte Glas begann Henderson zu spüren. Eine beseligende Leichtigkeit ergriff ihn, gepaart mit einer Schwere in den Beinen, die gar nicht unangenehm war, denn der Wille zu laufen wurde immer schwächer. Er fühlte sich ausgesprochen wohl auf der Holzbank, streckte die Beine von sich, ließ seinen Blick über Ljuba, ihre geöffnete Trainingsjacke und den prall gefüllten Spitzen-BH gleiten und hielt fordernd sein Glas hoch für den fünften Schluck.

»Willst du nicht die dumme gefütterte Uniform ausziehen, Ric?« fragte Ljuba, beugte sich über ihn und streichelte ihm über das Haar. »Es ist wirklich zu warm hier. Die Hitze erdrückt einen. Man kann kaum atmen.« Sie rutschte von der Tischkante, zog die Jacke aus, streifte die Trainingshose ab und kam in Slip und BH zum Tisch zurück. Ihr Körper strahlte eine unwiderstehliche Lockung aus.

»Es ist wirklich heiß«, sagte Henderson mit pelziger Zunge. »Ljuba, Sie sind eine wunderschöne Frau. Das habe ich sofort gesehen. Wenn Virginia nicht wäre...«

»Ich will den Namen nicht mehr hören, Ric! »Sie kam zu ihm, zog ihn von der Bank hoch und nestelte an seiner wattierten Fliegerkombination. Ihre schnellen Finger streiften das Oberteil herunter und nestelten dann an seinem Gürtel. »Ich helfe dir.« Ihr Stimme zerbröselte unter ihrem stoßweisen Atem. »Halte dich an mir fest... Die

Gürtelschnalle kriege ich nicht auf ... So, jetzt habe ich es ... Erst das eine Bein, jetzt das andere ... Halt dich fest, Ric, gleich wird dir wohler sein.« Sie zog die Kombination von ihm, warf sie in das Zimmer, unter das Fenster, und streifte ihm auch noch das Hemd über den Kopf.

Der Anblick seiner Muskeln, seiner behaarten Brust, der breiten Schultern, der geschwungenen Seitenlinie seines Oberkörpers, die an den schmalen, aber kräftigen Hüften endete, der festen Oberschenkel und der muskulösen Beine versetzte Ljuba in einen Rausch, der in Raserei überging. Ihr Kopf stieß vor, ihre zitternden Hände tasteten Rics Körper ab, und als sie bei seinem Nacken begann, sich mit den Lippen an ihm festzusaugen, und ihre Zähne ganz sanft, aber wie mit Strom geladen über seine Haut ritzten, Stück um Stück abwärts, als sie sich vor ihn kniete und ihr Mund mit hellen Seufzern von ihm Besitz ergriff, bäumte sich Henderson auf, riß ihr den Halter von den Brüsten und preßte den Mund auf sie.

In seinem Kopf kreiste der Wodka, ein unbeschreibliches Gefühl durchrann ihn, als platze er auseinander und werde befreit von jedem Druck, und es gab keine Gedanken mehr, keinen Willen, weder Zeit noch Raum, nur noch eine das Herz verbrennende Glückseligkeit.

Am Abend wurde Commander Brooks vom Wachhabenden des Flugplatzes angerufen.

Ein Lieutenant Bob Gilles meldete sich und schien sehr verunsichert zu sein. »Sir«, sagte er, »ich weiß nicht, was ich davon halten soll: Ric ist von seinem Suchflug noch nicht zurück.«

»Was sagen Sie da, Bob?« Brooks zuckte hoch. Die volle Tragweite dieser Meldung begriff er erst nach Sekunden. »Ric ist überfällig?« Er spürte, wie Kälte sich in ihm ausbreitete. Das kann nicht sein, versuchte er sich zu beruhigen. Ric ist nichts zugestoßen. Er ist einer der besten Flieger der Air Force. Er würde nie ein Risiko eingehen. Aber jetzt ist es dunkel draußen, und er ist noch nicht zurück. »Kein Funkspruch, Bob?«

»Nichts, Sir. Das macht mir Sorge. Starker Wind ist aufgekommen, die Temperatur ist auf 45 Grad gesunken. Es ist unmöglich, daß Ric draußen bleiben kann und vielleicht im Hubschrauber übernachtet. Er würde ein Eisklotz werden.«

»Malen Sie kein schwarzes Bild, Bob!« Brooks wischte sich über das Gesicht. Erst Virginia und jetzt auch Ric? Er wehrte sich gegen diesen Gedanken und spürte doch einen immer stärkeren Druck auf seinem Herzen.

»Was sollen wir tun, Sir?« hörte er Gilles' Stimme, als sei sie ganz weit weg und nicht knapp 1000 Meter von ihm entfernt. »Sollen wir Ric suchen?«

»Wo, Bob? Wir können in der Nacht nicht 160 Kilometer in der Länge und 40 Kilometer in der Breite ableuchten, auch wenn wir alle Maschinen einsetzen! Wie ist der Wind?«

»Zwischen Stärke 9 und 10, Sir.«

»Das haut jeden Helikopter vom Himmel!«

»Das befürchte ich auch, Sir.«

Brooks schloß einen Moment die Augen. Seine Hilflosigkeit gegenüber der Natur, die Kapitulation der Technik vor den elementaren Kräften lösten bei ihm Untergangsstimmung aus. »Ric wird einen Grund haben, später zu kommen«, sagte er, sich selbst belügend.

»Warum meldet er sich dann nicht? Seit einer Stunde rufen wir ihn an. Er reagiert nicht.«

»Was soll ich Ihnen darauf antworten, Bob?« schrie Brooks. Er mußte jetzt schreien, es befreite, milderte den inneren Druck. »Wir können nur warten.«

Warten. Ein grausames Wort, wenn man nicht daran glaubt.

Brooks zog seinen wattierten Anzug an, fuhr in die Fellstiefel, legte den dicken Pelzmantel um und drückte die Pelzmütze tief ins Gesicht. Wenig später stolperte er in das Wachgebäude des Flugfeldes, vom Eiswind geschüttelt und von der Erkenntnis, daß Henderson dieses Wetter draußen auf dem Berg nie überstehen konnte. Nur eine einzige, winzige Hoffnung gab es noch: Er hatte sich in eine Eishöhle verkrochen, geschützt vor dem Wind, und wartete dort bis zum neuen Tag.

»Hoffen wir, Bob, daß es so ist«, sagte er zu Lieutenant Gilles und trank einen Bourbon aus der Flasche. »Denken Sie an die Eskimos. Die überleben jeden Sturm in ihren Iglus. Aus Eisblöcken gebaut. Ich habe mir sagen lassen, daß es darin sogar warm ist. Und eine Eishöhle ist nichts anderes als ein Iglu. Ich mache mir mehr Sorgen um den Hubschrauber.«

Bob Gilles nickte. Sie betrogen sich jetzt alle um die Wahrheit, weil sie sich weigerten, sie anzunehmen. Kein Funkruf von Henderson, das war die schreckliche Erkenntnis ihrer Ohnmacht.

Commander Brooks blieb die Nacht über auf dem Flugfeld. Als der Morgen dämmerte und der Wind nachließ, wußte er, daß Ric Henderson nicht mehr zurückkommen würde.

Auch im sowjetischen U-Boot-Hafen hatte sich die Unruhe vermehrt. Vizeadmiral Schesjekin saß im Radarraum, rauchte eine Papyrossa nach der anderen, obwohl er den grob geschnittenen Tabak haßte und lieber an einer armenischen Zigarre sog; aber die vorhandenen Kisten hatte er aufgeraucht, neue hatten die letzten Versorgungsschiffe nicht mitgebracht, und bis die nächsten eintrafen, konnten noch Monate vergehen.

Der Radarschirm blieb leer, der Computer schwieg. Kein flimmernder Punkt mehr. Keinerlei Bewegung auf dem Eis und in der Luft, nur die Wetterstation meldete starken Wind. Hier unten im eisüberdachten Fjord spürte man nichts davon, nur das Wasser war unwesentlich unruhiger. Der denkbar beste Hafen für U-Boote war es.

»Der Hubschrauber ist weg, Genosse Admiral«, sagte der Radarspezialist, als habe er einen Fehler gemacht und müsse sich entschuldigen. »Einfach weg.«

»Den Abflug habt ihr verpaßt, das ist es!« bellte Schesjekin und kratzte seine Knollennase. »Sitzen vor dem Radar und schlafen! Ihr seid nicht wert, an dieser großen Aufgabe mitzuarbeiten.«

»Wir haben keinen Augenblick die Kontrolle verloren, Genosse Admiral«, versuchte der Radarspezialist eine Verteidigung.

»Aber den Hubschrauber habt ihr verloren. Genügt das nicht? Wo kommt er her, was glaubt ihr? Der zweite schon! Und wenn der erste vom amerikanischen Militär kam, na, woher kam dann der zweite? Von den Umweltschützern? Stopfen das Ozonloch zu, was? Bin ich denn nur von Idioten umgeben?«

»Der Hubschrauber kann auf dem Eis geblieben sein, Genosse Admiral.«

»Bei diesem Wetter?«

»Alles ist möglich.«

»In euren hohlen Köpfen, jawohl! Da ist viel Platz für Unsinn!« Schesjekin zündete sich wieder eine Papyrossa an und verzog das Gesicht beim ersten Zug voll Ekel. »Meldet sich Ljuba Alexandrowna endlich?«

»Nein, Genosse Admiral.«

»Normal ist das doch auch nicht!« rief Schesjekin und kaute auf dem Pappmundstück der Papyrossa herum. »Um diese Zeit, bei diesem Wind ist sie doch nicht draußen am Meer! Rufen Sie den Genossen Kapitän Malenkow an.«

Aber auch Malenkow meldete sich nicht. Das Telefon klingelte in einem leeren Haus. Schesjekin blickte auf die Uhr an der Wand. Neben ihr hing links ein Bild von Lenin, rechts ein Foto von Gorbatschow. In einem Wechselrahmen – wußte man, wie schnell sich in Moskau alles ändern kann? Lenin blieb, darum hatte er auch einen festen Rahmen.

Schesjekin zog das Telefon zu sich und wählte die Nummer von Ljubas Haus am Eishang, in dem jetzt Virginia Allenby untergebracht war. Es dauerte eine Weile, bis sich eine verschlafene Stimme meldete. Schesjekin schnaufte durch die Nase. Meine Ahnung, dachte er. Mein Scharfsinn! »Jurij Adamowitsch! Die Bewachung der Amerikanerin nehmen Sie aber genau! Was tun Sie um diese Zeit noch bei ihr? Schlafen kann sie allein, und Sie gähnen mir entgegen. Sie sind ein sowjetischer Offizier, vergessen Sie das nicht, erhoben zu einem Helden der Sowjetunion, und liegen im Bett einer Systemfeindin! Sie liegen doch im Bett?«

»Genosse Admiral, ich liege hier auf der Eckbank. Im Bett liegt Miß Allenby.«

»Wer glaubt Ihnen das?«

»Am wenigsten wird die Wahrheit geglaubt.«

»Warum sind Sie nicht in Ihrem Haus?«

»Miß Allenby hatte Magenschmerzen, Genosse Admiral.«

»Das arme Täubchen! Das Bäuchlein haben Sie ihr gestreichelt, in den Schlaf haben Sie sie gewiegt und ein Schlummerlied dabei gesungen...« Schesjekin hieb auf den Tisch. »Beleidigen Sie mich nicht mit Ihrer Frechheit! Morgen früh unterhalten wir uns darüber. Ein sowjetischer Offizier und eine Amerikanerin – ausspucken muß man vor Ihnen! Jurij Adamowitsch, ist das Jucken in Ihrer Hose stärker als Ihr Ehrgefühl? Legen Sie einen Eisklumpen drauf, davon haben wir genug!«

Malenkow schwieg. Es hatte keinen Sinn, sich gegen einen wütenden Schesjekin zu wehren. Aber was er jetzt durchs Telefon brüllte, hätte man auch weniger grob, ein bißchen diskreter sagen können.

Malenkow blickte zur Seite auf Virginia. Sie schlief fest. Natürlich lag er nicht auf der harten Eckbank, in eine Decke eingewickelt – in wohliger, gegenseitiger Wärme waren sie eingeschlafen, bis das Telefon ihn weckte.

Wie von selbst war das alles gekommen. Jurijs Erinnerung war kurz: Am vierten Abend war es gewesen – also gestern –, da hatte er Virginia, die aus der Banja kam, eingehüllt in Ljubas Bademantel, die schwarzen Haare über der Stirn mit einem roten Band hochgebunden, ohne Worte, ohne Fragen, ohne Gewalt, nur mit scheuer Zärtlichkeit in seine Arme genommen und geküßt. Er erwartete eine Gegenwehr, einen Tritt gegen sein Schienbein, wilde Schläge ihrer Fäuste, zumindest das Wegziehen ihres Kopfes, aber sie nahm den Kuß wehrlos hin. Und als seine Hand in den Ausschnitt des Bademantels tastete und ihre Apfelbrust umspannte, als er begann, sie zu streicheln und diese nach Rosenseife duftende Brust zu küssen, ließ sie die Arme hängen und warf den Kopf in den Nacken.

Er streifte ihr nicht den Bademantel ab – es war ihm ein Triumph, Virginia in Ljubas Kleidung zu lieben.

Warum lasse ich das zu? dachte Virginia und dehnte sich unter seinen Küssen. Warum tue ich das? Ric, bin ich wahnsinnig geworden? Das bin doch nicht ich, die diesen Mann umklammert, diesen Russen, Jurij Adamowitsch! Habe ich zwei Leben? Wer erklärt mir das?

Als habe Malenkows Liebe sie betäubt, schlief sie hinterher schnell ein.

»Jurij Adamowitsch, sind Sie noch da?« bellte Schesjekin im Telefon.

»Zur Stelle, Genosse Admiral.« Malenkow zog die Decke über Virginias blankem Körper höher.

»Warum spielen Sie Fisch?«

»Fisch?« fragte Malenkow irritiert zurück.

»Die sind stumm und reden nur mit dem Schwanz.«

»Genosse Admiral... Wladimir Petrowitsch –«

»Ljuba meldet sich nicht!«

»Schlafen wird sie. Einen tiefen Schlaf hat sie immer, wenn sie allein ist.«

»Der Hubschrauber ist auch verschwunden.«

»Das ist gut.«

»Gut ist das?« schrie Schesjekin und zerdrückte seine Papyrossa auf der Tischplatte. »Er ist nicht aufgestiegen. Ist auf dem Eis geblieben. Fast genau an der Stelle, an der Sie Miß Allenby auf Ihren Schlitten geladen haben. Ist das ein Zufall?«

»Zufälle sind oft merkwürdig, sonst wären sie keine Zufälle.«

Schesjekin schnappte nach Luft. »Sie fahren zu Ljuba«, sagte er schwer atmend. »Beim Morgengrauen. Nehmen Sie Oberleutnant Nurian mit. Und Waffen! Finden Sie den Hubschrauberpiloten, nehmen Sie ihn gefangen.«

»Soll er auf der Station der Genossin Berreskowa eingeschlossen werden?« fragte Malenkow in dienstlichem Ton.

»Bringen Sie ihn hierher.«

»Genosse Admiral, dann sieht er doch den Hafen. Dann ist der doch kein Geheimnis mehr.«

»Miß Allenby sieht auch alles – was kann sie damit anfangen? Auch der andere Gefangene wird nichts berichten können – es gibt ihn nicht mehr. Verschollen bleibt er, für immer.«

»Einfacher wäre es, Genosse Admiral, ihn verunglücken zu lassen. Das Eis ist glatt, leicht kommt man ins Rutschen, und wer ins Meer fällt, erfriert in kurzer Zeit.«

»Jurij Adamowitsch, welch eine gute Idee!« Schesjekin genoß die kleine Pause, die er jetzt einlegte. »Machen Sie es so, und wenn Sie zurück sind, werfen Sie auch Virginia ins Meer.«

»Sie... sie ist keine Gefahr«, sagte Malenkow stockend. Er warf einen Blick auf Virginias entspanntes, glückliches Gesicht. Ab und zu fuhr ein Zucken durch die Haut. Sie träumt, dachte er zärtlich, sie träumt. Wie schön sie ist... »Können Sie eine Frau töten, Wladimir Petrowitsch?«

»Ich? *Sie* werden es tun, Kapitän Malenkow.« Schesjekin tat es sichtlich wohl, so etwas Ungeheuerliches zu sagen. Das martert ihn, dachte er. Das läßt sein Herz bluten. Was traut er mir zu... Natürlich werde ich diese Untat verbieten. Aber bis morgen soll er schmoren.

»Ist das ein Befehl?« fragte Malenkow mit plötzlich heiserer Stimme.

»Was sonst, Genosse?« Schesjekin freute sich und bleckte die gelblichen Zähne. »Spione! Betrachten wir sie als solche. Und schlafen Sie jetzt nicht weiter, Jurij Adamowitsch. Versuchen Sie immer wieder, Ljuba zu erreichen. So tief kann kein Mensch schlafen. Meine Sorge um sie scheint größer zu sein als Ihre!«

»Das... das ist eine falsche Einschätzung, Genosse Admiral.« Malenkow legte den Hörer auf. Er beugte sich über Virginia und berührte ganz sacht mit seinen Lippen ihre geschlossenen Lider. Sie wachte nicht auf, aber als er wieder an ihre Seite kroch und seine Hand auf ihre Brust legte, dehnte sie sich und seufzte im Schlaf. Malenkow schob seinen Kopf auf ihren Leib und schloß die Augen.

Nicht an Morgen denken, Jurij Adamowitsch, nicht an den anderen Tag. Überhaupt nicht denken, nur fühlen, ihren Körper, ihre Wärme, ihre duftende Haut und den Schlag ihres Herzens...

Noch vier Gläschen Wodka hatte Henderson getrunken, dann schlief er wie narkotisiert vom Alkohol und von Ljubas unermüdlicher Liebe.

Sie saß mit untergeschlagenen Beinen neben ihm, streichelte immer wieder seine Muskeln, spielte mit seinen Brusthaaren und wußte, daß dieser Mann, Ric Henderson, ihr Schicksal verändert hatte. Die Welt war kleiner geworden, zusammengeschrumpft auf einen einzigen Menschen, der nun alles Leben bestimmte, Gegenwart und Zukunft und – wenn es das gab – die Ewigkeit. Ein Amerikaner... Ljuba, vergiß, was du bist. Du mußt es vergessen, laß aus dir einen neuen Menschen wachsen, sei ein Teil seines Körpers, ein Atem in seinem Atem, ein Herzschlag von seinem Herzen. Ric, ich liebe dich! Wie hell ist diese Welt geworden...

Sie rüttelte ihn an den Schultern und rief seinen Namen, aber Henderson blieb in seinem betäubten Schlaf. Zufrieden küßte sie ihn auf den Bauch und schwenkte die Beine aus dem Bett. Leise zog sie sich an und schlich hinaus. Das schwache Licht ließ sie brennen.

Draußen tobte der Wind, fegte Wolken von Eiskristallen über den Hang und das Plateau und überzog das Haus mit einer weißglitzernden Schicht. Den Kopf tief in den Pelz eingezogen, nach vorn geduckt und oft den Atem anhaltend, kämpfte sich Ljuba bis zu dem Raupenschlitten vor, der etwas geschützt zwischen zwei Holzstapeln stand. Sie nahm die Eispickel vom Sitz, klemmte sich dann auf das gepolsterte Kunstleder und steckte den Schlüssel ins Schloß. Elfmal mußte sie starten, bis der Motor unwillig ansprang und sich die Raupen durch das Eis walzten. Als sie aus dem Schutz der Holzstöße herausfuhr, ergriff sie voll der Wind, zerrte an ihrem Pelz, schlug mit dem Flugeis auf sie ein und drückte sie fast vom Sitz.

»Mich hältst du nicht auf!« sagte sie durch den Gesichtsschutz und blickte dabei kurz in den fahlen Nachthimmel. Als schwimme der Berg nicht mehr im Ozean, sondern in den Wolken, so sah es aus. Grauschwarz war alles um sie herum, nur das Eis schimmerte wie immer, rätselhaft, geheimnisvoll, als werde es von innen schwach erleuchtet. »Du nicht! Fall über mich her, du verfluchter Wind, ich halte dir stand!«

Über eine Stunde brauchte sie, bis sie sich die sanft ansteigende Hangstraße hinaufgequält hatte, immer die Angst in sich, der Motor könne aussetzen und versagen und sie dem Wind ausliefern; aber der Schlitten erreichte den Hang und rasselte auf die Ebene, die Jurij mit dem Waschbrett seiner Großmutter verglichen hatte. Vom Kopf bis zu den Stiefeln war Ljuba mit Eis überzogen, kaum sah man noch den Pelz, aber sie fuhr weiter; die beiden starken Scheinwerfer des Gefährts durchbrachen die Eiswolken und ließen die auf Ljuba zuschießenden Kristalle zu silbern glitzernden Nadeln werden, die sich in ihren Pelz bohrten.

Endlich erfaßten die Lichter Hendersons Hubschrauber vor der aufragenden Eiswand. Er zitterte und schwankte von dem Anprall des Windes, aber er trieb nicht weg. Ljuba fuhr nahe an ihn heran, bremste und ließ den Motor laufen, als sie vom Sitz kletterte.

Sie zerrte ein dickes Kunststoffseil aus dem Transportkasten hinter sich, stampfte zu dem Gestänge der Hubschrauberkufen und schlang das Seil ein paarmal um die Stahlstreben; aber ein fester Knoten machte ihr so viel Mühe, daß sie, als er ihr endlich gelang, erschöpft gegen die Glaskanzel lehnte und die Stirn dagegen drückte.

Kurze Zeit blieb sie stehen, ihr Herz schlug, als würde es gleich zerplatzen, in ihren Schläfenadern klopfte das Blut so stark, daß alles Denken ausgeschaltet war, aber dann spürte sie neue Kraft in sich, nahm das Seil, schleppte es zum Schlitten und band es hinter dem Transportkasten an einen eisernen Haken.

»Es wird halten«, sagte sie zu sich. »Es muß halten. Ich will es so, also wird es auch so sein! Hörst du, Seil, hörst du, Hubschrauber? Ljuba Alexandrowna will es. Wehrt euch nicht dagegen. Nie gebe ich auf! Nie!«

Sie setzte sich wieder in den Schlitten und fuhr ganz vorsichtig an. Das Seil spannte sich, durch den Hubschrauber fuhr es wie ein Schütteln, und dann knirschten seine Kufen über das Eis, der wespenähnliche Körper bewegte sich, die Glaskanzel schwankte hin und her, aber er hing sicher am Seil und folgte dem Zug der Raupenketten.

Langsam kehrte Ljuba zu ihrem Haus zurück. Auf der abfallenden Straße wurde es am schlimmsten: Der Hubschrauber glitt von selbst die schiefe Ebene hinab, die Glaskanzel schob sich über Ljuba hinweg, der Schlitten fuhr jetzt zwischen den Kufen, als würde er transportiert und nicht das Flugzeug, und nur das Gestänge verhinderte, daß es nicht über Ljuba hinwegglitt und schneller, immer schneller werdend den Hang hinab polterte und vielleicht auch den Schlitten mit sich riß.

Endlich war die Straße geschafft. Ljuba zog den Hubschrauber an ihrem Haus vorbei, fuhr auf das Eisplateau und hielt knapp vor dem Absturz zum Meer an. Der Wind hieb auf sie ein, aber jetzt, so nahe am Ziel, war er für sie kein Feind mehr. Besiegt hatte sie ihn, ihr Wille war stärker gewesen. Als sie vom Schlitten stieg, ein lebendes Gebilde aus Eis, spürte sie den Frost nicht mehr; der Triumph war wie eine Hitze, die alles schmelzen ließ.

Noch schwerer, als den Knoten um das Gestänge zu schlingen, war es, ihn wieder aufzuziehen. Es gelang ihr nicht, das Seil war so vereist, der Knoten war so zusammengeschweißt, daß jede Mühe sinnlos war. Sie ging zum Schlittenkasten, holte ein Beil heraus und hatte selbst mit ihm erst nach neun Schlägen den Knoten durchtrennt.

Sie ruhte sich wieder ein paar Sekunden aus. Sie schwitzte jetzt und spürte die Feuchtigkeit auf ihrem Körper, betrachtete noch einmal den Hubschrauber und den amerikanischen Stern an seinen Seiten, straffte sich dann und ging um ihn herum.

»Du schaffst es, Ljuba Alexandrowna«, sagte sie wieder zu sich. »Du willst es! Immer hat es dir bisher geholfen, dieses ›Du willst!‹. Und nun, Hubschrauber, bewege dich!«

Sie drückte von hinten mit aller Kraft gegen das Gestänge, stemmte die Beine in das Eis und stieß den Kopf vor. Langsam, ganz langsam glitten die Kufen über die glatte Fläche, rutschte der Hubschrauber auf die Kante des Plateaus zu, schob sich über die Kante hinweg, schwebte einen Augenblick über dem Meer, bis das Gleichgewicht überwunden war. Er kippte nach vorn weg, klatschte auf das Wasser, schwamm noch Minuten tanzend auf den Wellen, bis die Kabine sich vollgesaugt hatte und er mit der Glaskanzel zuerst wegtauchte und lautlos im Meer versank. Der Schwanzpropeller drehte sich sogar, bevor eine große Woge ihn in die Tiefe riß.

»Jetzt gibt es dich nicht mehr, Ric Henderson«, sagte Ljuba dumpf durch den mit Eiszapfen behangenen Gesichtsschutz. »Tot bist du, aber ich gebe dir ein anderes Leben.«

Sie fuhr mit dem Schlitten wieder zurück zu ihrem Haus, stellte ihn zwischen den Holzstößen ab, stolperte durch die Tür in den kleinen Vorraum und hieb mit den Fäusten das Eis von ihrem Pelzmantel, ehe sie ihn aufknöpfen konnte. Die Hitze im Haus war wunderbar. Noch während sie durch Wohnzimmer und Küche zum Schlafraum ging, warf sie Stück um Stück ihrer Kleidung ab und ließ sie auf dem Boden liegen, und als sie vor dem Bett stand, war sie nackt, ihre Haut war kalt, und aus den Haaren tropfte das schmelzende Eis.

Henderson lag auf dem Rücken, tief schlafend, wie sie ihn verlassen hatte. Die Decke war aufgeschlagen, jeder Atemzug wölbte seine muskulöse Brust. Mit glänzenden Augen betrachtete Ljuba ihn, kniete sich dann im Bett neben ihn und ließ ihre Hände über seinen Körper gleiten.

»Ganz mein bist du jetzt«, sagte sie leise. »Gehörst nur mir. Ein neues Leben hast du; alles, was war, gibt es nicht mehr. Nicht eine Spur bleibt von dir zurück.«

Sie legte sich an seine Seite, kuschelte sich in seine Armbeuge und gab sich dem Gefühl der Zärtlichkeit hin, bis sie einschlief.

Gegen Morgen flaute der Wind ab. Das Phänomen, das man auf diesem Eisberg schon mehrmals erlebt hatte, zeigte sich auch jetzt: Mit dem neuen Tag lichtete sich der Himmel, er wurde stahlblau, die Eisfelsen und bizarren Eisskulpturen glitzerten in blendender Reinheit, und eine strahlende, kalte Sonne beschien Meer und Treibeis und den Berg, als sei die Nacht klar und sternenhell gewesen.

Commander Brooks erwachte auf einem der harten Klappbetten, mit denen die Wachstube des Flugfeldes ausgestattet war.

Lieutenant Gilles rüttelte an seiner Schulter und meldete, als Brooks die Augen aufriß: »Sir, die Staffel steht bereit.«

»Was steht bereit?« Brooks richtete sich verschlafen auf und wischte sich mit beiden Händen über das Gesicht. Aber dann war er voll da, sprang vom Bett auf und verzichtete auf solche Grundpflege wie Waschen und Zähneputzen. »Keine Nachricht von Ric, Bob?«

»Nichts, Sir. Wir haben es vor zehn Minuten wieder versucht. Keine Reaktion.«

Brooks zog seine Pelzjacke an und fuhr in die dicken Fellstiefel. Das schmerzhafte Gefühl in ihm erschreckte ihn. Nein, nein, nein, sagte er zu sich. Denk nicht daran! Jag diesen Gedanken weg! Der Berg hat sich schon genug dafür gerächt, daß wir ihn besetzt haben. Cobb, Mulder, Virginia, genügt das nicht? Muß jetzt auch Ric dafür bezahlen? Ich weigere mich, daran zu denken! »Was halten Sie davon?« fragte er und zog den linken Stiefel hoch.

»Es sieht nicht gut aus, Sir.« Lieutenant Gilles drückte sich vorsichtig aus. Auch er scheute sich, die Wahrheit, die für ihn feststand, auszusprechen.

»Sie haben keine Hoffnung, Bob?«

»Man soll sie nicht kampflos aufgeben. Ich habe mir das mit der Eishöhle überlegt. Das könnte eine Chance gewesen sein, die Ric das Leben rettete. Die einzige Gefahr war das Erfrieren bei diesem Wind. Er kann ihn in einer Höhle überlebt haben.«

»Wenn nicht vorher –« Brooks sprach den Satz nicht zu Ende. »Gut. Er erreichte noch eine Eishöhle, aber warum gibt er jetzt keinen Laut von sich?«

»Ich weiß es nicht, Sir.« Gilles suchte nach einem neuen Strohhalm, an dem er sich festklammern konnte. »Vielleicht ist sein Funkgerät ausgefallen, die Antenne abgeknickt. Es gibt eine Reihe von

Möglichkeiten.« Er stockte, überlegte, ob er es sagen solle, und sprach es dann doch aus: »Was auch passiert ist, Sir, wir werden auf jeden Fall den Hubschrauber finden; dann wissen wir mehr.«

»Der Himmel mag's hören, Bob. Aber denken Sie an Miß Allenby. Spurlos verschwunden in diesem verfluchten Berg.«

»Aber der Hubschrauber war da... und Mulder.« Gilles schluckte mehrmals, seine Kehle war plötzlich trocken und ledern. »Wir wußten, was geschehen war.«

Brooks hob die Schultern, als friere er. Ich muß General Seymore anrufen, dachte er. Aber dazu muß ich zurück zur Basis, an das Funkgerät. Von hier aus geht es nicht. Belüg dich, daß es nicht geht. Von jedem Flugzeug aus kannst du per Sprechfunk die »Lincoln« erreichen. Aber sei ehrlich, du willst nicht. Du schreckst davor zurück, Seymore zu melden: »Oberleutnant Henderson wird vermißt. Wir rechnen mit dem Schlimmsten.« Nein, das darfst du noch nicht sagen, damit hast du Ric bereits in den Sarg gelegt. Wir finden ihn, ganz gleich in welchem Zustand. Erst dann werde ich Seymore Meldung machen. Verdammt, erst dann!

Brooks warf einen letzten Blick auf Lieutenant Gilles, ehe er die Wachstube verließ. »Bob, sehen Sie mich nicht mit solchen Kuhaugen an. Noch lebt Ric für uns!« sagte er gepreßt.

»Es ist nur die Müdigkeit, Sir. Ich habe die ganze Nacht nicht geschlafen.«

»Sie sind Rics Freund, nicht wahr?«

»Ric hatte nur Freunde, Sir.«

»Das stimmt.« Brooks hob berichtigend die Hand. »Ihre Grammatik ist falsch, Bob. Nicht Vergangenheit – hat Freunde, muß es heißen. Noch lebt er...«

Auf dem Flugfeld wartete wieder die erste Hubschrauberstaffel. Die Rotoren kreisten bereits und wirbelten den Eisstaub nach allen Seiten weg. Brooks rannte geduckt zu seiner Maschine, kletterte in die Kanzel und verriegelte die Tür. Der Pilot neben ihm, ein Sergeant, grüßte durch Handanlegen an den Helm. Brooks nickte. »Dann wollen wir mal, Jess«, schrie er durch den Motorenlärm. »Zur Absturzstelle von Mulder!«

Die Rotoren donnerten heller, der Hubschrauber hob sich senkrecht in die Höhe und nahm dann Kurs auf die zerklüfteten Eissäulen. Die anderen Helikopter folgten ihm und nahmen Brooks in die Mitte. In einer Linie nebeneinander, wie bei einer Übung für ein Schaufliegen, zogen sie über den Eisberg.

Bevor sie sich der Stelle näherten, wo Mulders Hubschrauber zerschellt war, schaltete Brooks sein um den Hals hängendes Sprechgerät ein. »Herhören, Jungs«, sagte er. »Wir teilen uns, wenn wir Mulder erreicht haben.« Er sprach so, als stehe der Master-Sergeant unten im Eis und warte auf sie. »Eins und zwei schwenken nach Backbord, drei und vier nach Steuerbord ab. Ich fliege geradeaus und über die Eiswand hinweg. Es ist immerhin möglich, daß Ric auch dieses Gebiet nach Miß Allenby abgesucht hat. Wir bleiben in dauernder Sprechverbindung.« Er räusperte sich und fügte dann forsch hinzu: »Viel Glück, Jungs. Wer Ric zuerst sieht, bekommt von mir eine Flasche Bourbon und eine Stange Chesterfield.«

»Danke, Sir!« schallte es im Kopfhörer von allen Maschinen. Die vier Hubschrauber schwenkten ab. Brooks stellte den schweren Feldstecher auf seine Knie. Unter ihm begann jetzt die wildgezackte Wand mit ihren Eisspitzen und Spalten – unmöglich, daß Virginia hier durchgekommen war. Das mußte auch Henderson so sehen. War er weitergeflogen, dann nur, weil er an Virginias Tod nicht glauben wollte. Brooks konnte ihn jetzt verstehen.

Die schreckliche Wand unter ihnen war überquert, das »Waschbrett« lag vor ihnen, blank und glitzernd, als sei es geputzt und poliert, aber steuerbords stieg das Eis wieder an und hatte hohe, runde Hügel gebildet, die zum Meer abfielen. Deutlich sah man den von Treibeisschollen bedeckten blauen Ozean; etwa 15 Kilometer entfernt, taxierte Brooks. »Hier hätte er landen können, Jess!« sagte er. »Die letzte Möglichkeit. Noch weiter ist undurchdringbare Eiswildnis. Sehen Sie sich das vor uns an: aufrecht stehende Riesensäulen mit Spalten und Abgründen und Schmelzwasserseen. Da hat auch Ric nicht gesucht. Wenn wir ihn finden –« Brooks stockte. Das Wenn lag ihm schwer auf dem Herzen; wenn bedeutete immer Zweifel. »– dann hier!« Er hob seinen Feldstecher und suchte die gewellte Gegend ab. Der Sergeant flog eine alte, bewährte Technik ab: einen Kreis, der sich immer mehr vergrößerte. Es gab keine toten Winkel mehr. War Henderson hier gelandet, mußte er entdeckt werden.

Jess warf von der Seite einen schnellen Blick auf Brooks und bedauerte ihn. Und wenn er ein Glas mit Radar hätte, Ric wird er nie finden. Hier nicht. Irgendwo muß er sein, müssen Trümmer des Hubschraubers liegen, wenn es ihm wie Mulder ergangen ist, aber nicht auf diesem Eisfeld, das man weit übersehen kann. Und wenn er Miß Allenby gesucht hat, die nach dem Absturz zu Fuß weitergelaufen ist, wird er nur ein paar Kilometer im Umkreis der Unglücksstelle nach einer Spur gefahndet haben. Weiter kann sie nicht gekommen sein. Sir, wir suchen an der falschen Stelle. Aber er schwieg, tat Brooks schweigend den Gefallen und kreiste und kreiste und machte damit die sowjetische Radarüberwachung verrückt.

Sie hatte die fünf Flugobjekte auf dem Bildschirm, der Computer errechnete, daß es Hubschrauber von der gleichen Größe waren wie gestern nachmittag das Objekt, das plötzlich verschwunden war.

Vizeadmiral Schesjekin kaute wieder an dem Pappmundstück einer Papyrossa, starrte auf das Radarbild, sah grüne, flimmernde Punkte hin und her wandern und winkte mit beiden Händen mißgelaunt ab, als Malenkow hereinkam und »Wie befohlen, melde ich mich, Genosse Admiral!« sagte.

»Sehen Sie sich das an!« bellte Schesjekin und zeigte auf den Radarschirm. »Fünf Stück! Der abgestürzte und der von gestern dazu, das sind sieben Stück. Jurij Adamowitsch, das ist ein Beweis! Die Amerikaner haben ein Nest auf dem Berg! Vor unserer Nase. Aber wo? Wo? Schläft unsere Satellitenüberwachung?«

»Fragen wir doch bei Admiral Sujin an! Oder direkt in Moskau!«

Schesjekin sah Malenkow an, als habe er in seiner Gegenwart einen lauten Wind abgelassen. Moskau fragen, unter Umgehung aller Instanzen – so einen Gedanken darf ein Russe gar nicht haben.

»Denken Sie erst, bevor Sie solchen Unsinn aussprechen!« sagte Schesjekin. »Bin ich ein Clown, und übe ich für den Staatszirkus? Als Nachfolger des herrlichen Popow? Wir bekommen den Befehl, unsichtbar zu sein, Geheimstufe eins, und wir sind unsichtbar geworden; aber der Amerikaner flattert durch die Luft, als sei das selbstverständlich! Da versteckt sich keiner! Warum haben wir keine Hubschrauber?«

»U-Boote mit Hubschraubern hat man noch nicht konstruiert, Genosse Admiral.« Malenkow blickte auf die flimmernden Punkte im Radar. Schesjekin wollte losbrüllen, aber Malenkows ausgestreckter Arm lenkte seinen Blick wieder auf den Bildschirm. »Wie Geier benehmen sie sich!«

»Erklären Sie das, Jurij Adamowitsch.«

»Sie kreisen. Ununterbrochen, immer im Kreis. Immer über denselben Stellen.«

»Das stimmt, Genosse Admiral«, bestätigte der Radarspezialist Malenkows Beobachtung. »Sie suchen etwas.«

»Merkwürdig. Die Trümmer und den Toten haben sie doch längst gefunden.« Malenkow setzte sich hinter dem Spezialisten auf einen Stuhl und blickte ihm über die Schulter. »Und da, der einzelne, da sieht man's am deutlichsten: immer im Kreis herum.«

»Sie suchen Nummer zwei.« Schesjekin kratzte sich wie immer, wenn er erregt war, seine knollige Nase.

»Ich denke, der Hubschrauber ist gestern abend abgeflogen...«

»Er denkt! Unser Held kann denken! Na so was! Ich bin ergriffen!« Schesjekin donnerte seine Faust auf den Tisch. »Genosse Kapitän!«

»Genosse Admiral.« Malenkow nahm bei diesem dienstlichen Ton eine stramme Haltung an.

»Er ist *nicht* aufgestiegen! Sie suchen ihn, ein Beweis ist das! Sucht man jemanden, der zu Hause ist?« Schesjekin wartete keine Antwort ab, sondern schlug wieder mit der Faust auf die Tischplatte. »Zu Hause! Malenkow, haben Sie Ljuba Alexandrowna erreicht? Meldet sie sich endlich?«

»Vor einer halben Stunde habe ich mit ihr gesprochen. Ich habe sie geweckt – sie schlief noch.«

»Warum hat sie gestern keine Antwort gegeben?«

»Sie hat geschlafen, Genosse Admiral.«

»Um diese Zeit? So früh?«

»Wodka...« Malenkow lächelte, als müsse er sich für Ljuba entschuldigen. »Wodka. Eine einsame Frau, was bleibt ihr übrig? Ein Schlückchen ab und zu für das Vergessen. Man verjagt damit die Einsamkeit.«

»Ich war von Anfang an dagegen!«

»Wir alle, Genosse Admiral. Wer kann aber gegen Ljuba seinen Willen durchsetzen? Sie hat ihre Meinung, und damit basta! Sie hat einen guten Platz ausgesucht; wir haben ihn ja gesehen. Walrudel vor der Tür. Fischschwärme.«

»Was sagte die Genossin?«

»Es geht ihr gut. Erst gähnte sie, aber dann war sie lustig.«

»Lustig?«

»Sie fragte: ›Hast du Virginia schon gesagt, daß ihre Brüste zu klein sind für dich?‹ «

Schesjekin starrte Malenkow entgeistert an. »Lustig nennen Sie das?«

»Sehr lustig... Virginia habe ich das längst gesagt.«

»Kapitän Malenkow!« Schesjekins Brüllen ließ den Radarspezialisten nach vorn sinken und die Schultern hochziehen, als erwarte er einen Schlag in den Nacken. »Belogen haben Sie mich! Mit Miß Allenby haben Sie *doch* gehurt! Ein wahrer Bock sind Sie! Ein scharrender Hengst! Ein Betrug an Ljuba Alexandrowna! Kann man das begreifen? Mit einer Amerikanerin! Wo ist Ihr Verstand, Malenkow? Ihre Ehre als sowjetischer Offizier? Sie haben das geheimste Kommando des Vaterlandes und gehen mit einer Amerikanerin ins Bett! Wie soll ich das Admiral Sujin melden? Man wird Sie sofort ablösen und in die Nordsee abkommandieren. Ein Held der Sowjetunion... Welche Schande! Warum haben Sie mir das angetan, Jurij Adamowitsch?«

»Ich liebe Virginia«, antwortete Malenkow schlicht. »Weiter nichts. Für die ganze übrige Welt existiert sie nicht mehr, seitdem sie ›Morgenröte‹ gesehen hat. Ihr zweites Leben beginnt mit mir...«

»Heiraten wollen Sie Virginia?« Schesjekins Gesicht rötete sich gefährlich.

»Ich werde einen Antrag an das Marineoberkommando stellen.«

»Und Sujin genehmigt ihn! Völlig verblödet sind Sie, Genosse Malenkow. In spätestens zwölf Wochen wird Miß Allenby weggebracht. Wird dem KGB übergeben! Allein der bestimmt, was mit ihr passiert. Gegen Moskau wollen Sie sich wehren?«

»Bis zum Genossen Gorbatschow werde ich gehen.«

»Bis dahin sind Sie eine Null – empfängt der Generalsekretär Nullen? Ein Briefchen? Den Hintern wird sich ein kleiner Beamter lachend damit abwischen!« Schesjekin hatte sich in höchste Erregung geredet, er begann zu husten, starrte Malenkow aus hervorquellenden Augen an und bebte mit seinem dicken Bauch. »Ljuba Alexandrowna, haben Sie's ihr schon gesagt?«

»Nein, Genosse Admiral.«

»Aha! Da sind Sie feig.« Schesjekin schlug die fetten Hände zusammen. »Erwürgt werden wird der tapfere Malenkow! Erstochen, mit einer Axt gespalten, was weiß ich! Alles kann man der Genossin Berreskowa zutrauen! Wann wollen Sie's ihr sagen? Ein blindes Schwein sind Sie, Jurij Adamowitsch!«

Beide zuckten sie zusammen – die Stimme des Radarspezialisten erdrückte ihren Streit.

»Sie fliegen zurück!« rief er erregt. »Sie sammeln sich zur Formation und geben auf.« Sein Finger deutete auf die fünf Punkte, die jetzt nebeneinander lagen. »Sie nehmen Kurs entlang der Küste. Gefährlich ist das; sie kommen dabei in die Nähe der Genossin Berreskowa. Wenn sie zum Meer abschwenken, müssen sie die Station sehen.«

»Malenkow!« schrie Schesjekin und sprang schneller hoch, als man es seinem massigen Körper zugetraut hätte. »Alarmieren Sie Ljuba! Das Funkgerät! Zum Teufel, wo ist das Funkgerät?«

»Einen Raum weiter, Genosse Admiral!«

Sie rannten nebeneinander in den Nebenraum, behinderten sich an der Tür, die wie jede Tür zu schmal war, zwei Personen durchzulassen, und als Schesjekin brüllte: »Machen Sie Platz, Malenkow!«, stieß dieser ihn zur Seite und erreichte zuerst das Funkgerät.

Malenkow stellte Ljubas Frequenz ein, drückte dann auf die Sendetaste und wartete. Bei Ljuba mußte jetzt ein schnarrender Ton zu hören und ein Blinken der kleinen roten Kontrollampe zu sehen sein.

»Warum kommt sie nicht?« schrie Schesjekin und knetete seine Knollennase. »Hat schon wieder Wodka gesoffen, am Morgen... Zum Verzweifeln ist das!«

Im Funkgerät blinkte ein grünes Lämpchen auf.

Malenkow atmete hörbar auf. »Sie ist da. Sie hört uns. – Hier sind Admiral Schesjekin und ich, Jurij. Fünf amerikanische Hubschrauber fliegen auf dich zu, Ljuba. Höchste Gefahr!«

»Ich höre sie schon, Jurij.« Ljubas Stimme klang keineswegs sorgenvoll oder erregt. »Der Krach ist laut genug. Wenn sie parallel zur

Küste fliegen, sehen sie uns nicht. Ich liege geschützt am Hang.«

»Aber vom Meer aus, da sieht man dich!«

»Vielleicht. Aber hier ist alles von der Nacht her vereist. Das Haus und alles drumherum ist mit Eiskristallen dick überzogen. Ich weiß nicht, ob man aus der Luft etwas erkennen kann.«

»Man kann, Ljuba!«

»Von einem niedrig fliegenden Hubschrauber kann man alles sehen!« schrie Schesjekin in das Mikrofon hinein.

»Bleib ganz ruhig«, sagte Malenkow.

»Ich bin ruhig, Jurij. Ich sehe keinen Grund, nervös zu sein.«

»Wenn sie landen, Genossin Berreskowa –«, setzte Schesjekin an, aber sie unterbrach ihn mit fester Stimme.

»Wenn die Amerikaner landen«, sagte sie und warf dabei einen Blick auf die an der Wand lehnende MP von Henderson, »werden sie nicht mich, sondern ich sie überraschen. Eine gute Maschinenpistole habe ich neben mir.«

»Ljuba, keine Dummheiten!« rief Malenkow entsetzt. »Gegen fünf Hubschrauber kommst du nicht an! Das sind mindestens zehn Mann!«

»Aber keine zehn Maschinenpistolen, Jurij. Sie wollen suchen, aber nicht schießen. Pistolen werden sie bei sich haben, aber ich habe zwei volle Magazine und eine Maschinenpistole. Und ihre Überraschung nutze ich aus. Mir helfen ein paar Sekunden...«

»Sie wird nicht schießen!« sagte plötzlich eine männliche Stimme auf englisch dazwischen. »Außerdem drehen die Hubschrauber ab.«

Schesjekin und Malenkow sahen sich entgeistert, mit weiten Augen an. Das grüne Lämpchen am Funkgerät erlosch. Ljuba Alexandrowna hatte ausgeschaltet.

»Was... was war denn das?« stotterte Schesjekin. »Das war ja englisch. Wer hört denn da mit? Die Amerikaner haben unsere Frequenz! Malenkow!« Schesjekin schnappte nach Luft, ein Riesenfisch, der an Land geworfen war. »Was hat er gesagt?«

»Ich kann kein Englisch, Genosse Admiral.« Malenkow nagte an der Unterlippe und ordnete seine zahlreichen jagenden Gedanken. Am Abend keine Verbindung zu Ljuba, in der Nacht keine Reaktion, am späten Morgen ihre verschlafene Stimme, der gezielte Stich mit Virginias Busen, ihre Fröhlichkeit – ja, alles paßte zueinander, wie in einem einfachen Mosaik, ein simples Puzzle. Der Schlußstein war die männliche Stimme, eine amerikanische. Ein Wunder? Ein Wahnsinn? Unser Untergang?

»Die Stimme kam aus Ljubas Station, Genosse Admiral«, sagte Malenkow und schaltete auch sein Funkgerät aus. »Die Amerikaner kennen unsere Frequenz nicht.«

»Das... das gibt es doch nicht, Jurij Adamowitsch!« Schesjekins Stottern verleitete Malenkow dazu zu nicken. »Das ist unmöglich! Ein Amerikaner bei Ljuba Alexandrowna?«

»Der Pilot von Nummer zwei«, sagte Malenkow trocken.

»O Himmel, sie ist in seiner Gewalt!«

»Umgekehrt möchte ich das sehen.« Malenkows Gesicht bekam einen resignierenden Ausdruck. »Die Genossin Berreskowa ist wie eine Spinne: Sie frißt die Männchen auf.«

Schesjekin setzte sich ächzend auf einen Stuhl und bedeckte die Augen mit beiden Händen. Seine Erschütterung war echt, tief und niederdrückend. So unterhöhlen uns die Amerikaner, dachte er. Eine neue Taktik. Sie besiegen uns im Bett! Wer kann dagegen an? Die stärkste Waffe eines Mannes ist der Schwanz. Wohin sind wir gekommen... »Ein Kommando sofort zur Station«, sagte er schwach. Er machte plötzlich einen schwerkranken Eindruck. Malenkow empfand Mitleid mit ihm. »Nurian soll es führen. Ljuba Alexandrowna und dieser... amerikanische Spion werden verhaftet! Ins Gesicht sollte man sie spucken! Sofort ein Trupp zur Station!« Schesjekin erhob sich, warf noch aus hohlen Augen einen langen Blick auf Malenkow, schüttelte den Kopf, als begreife er das alles nicht, und verließ mit schweren Schritten den Raum.

Und Malenkow lächelte. Er dachte an Virginia und an das gnädige Schicksal, das alle Probleme gelöst hatte und vier Menschen miteinander verband.

Hatte es alle Probleme gelöst? Da war noch Moskau, da war noch eine Mauer vor dem Paradies, aber Moskau war jetzt weit, weit weg.

Commander Brooks weigerte sich, die Wahrheit anzuerkennen, die sich ihm bot. Mit versteinertem Gesicht hockte er in der Kanzel seines Hubschraubers, und während Sergeant Jess unentwegt herumkreiste und immer wieder die gleichen Stellen überflog, empfing

Brooks die Meldungen der anderen vier Suchflugzeuge.

»Nichts, Sir.«

»Keine Trümmer, Sir.«

»Es gibt hier keinen Meter, den wir nicht abgeflogen hätten, Sir.«

»Dann fliegt jeden Zentimeter ab!« schrie Brooks in das Mikrofon. »Ein Hubschrauber und ein Mensch können nicht einfach verschwinden!«

Noch eine halbe Stunde lang kreisten sie wieder über den Eisfeldern und der zerklüfteten Mauer, um Brooks diesen Gefallen zu tun und nicht zu sagen: »Sir, es ist doch vergebens. Wir müssen uns damit abfinden. Dieser Eisberg ist verflucht.«

Eine Erklärung des Phänomens, daß zwei Menschen und ein Helikopter spurlos verschwunden waren, gab es nicht. Man begriff es einfach nicht, und mit diesem Rätsel mußte man nun leben. Vielleicht gab das Eis eines Tages Miß Allenby und Oberleutnant Henderson frei, wenn das Eis im Südpazifik schmolz, wenn der Koloß von Berg auseinanderbrach, wenn er zusammenschrumpfte. Aber wie lange dauerte das? In drei Jahren, in fünf Jahren? Wann schmelzen 12800 Kubikkilometer Eis? Eine Frage, die nur theoretisch zu beantworten ist.

Brooks saß am Ende der Suchaktion zusammengesunken auf seinem Sitz und stierte vor sich hin. Schon lange tastete er mit dem Feldstecher nicht mehr das Eis ab, aber Jess flog noch immer seine Kreise und wartete auf ein Wort des Commanders. Ab und zu schielte er zu ihm hin, empfand mit ihm den bohrenden Schmerz der Enttäuschung und zuckte deshalb zusammen, als Brooks laut sagte: »Jess, es hat keinen Sinn mehr. Wir brechen ab. Zurück zur Basis.« Und durch das Mikrofon rief er den anderen Hubschraubern zu: »Ende der Aktion. Wir fliegen zurück!«

Noch einen letzten großen Bogen flogen sie, dann überquerten sie wieder die furchtbare Eismauer. Die anderen vier Hubschrauber schlossen sich an, und in Formation zogen sie in Richtung Küste – das war der Augenblick, in dem Vizeadmiral Schesjekin aus den Fugen geriet –, schwenkten dann ab und knatterten in Sichtweite der Küste auf »Big Johnny« zu.

Zum Mittagessen erschien Brooks nicht im Kasino. Er blieb in seinem Containerhaus und sprach über Funktelefon mit General Seymore. Jedes Wort, das er sagte, klang in ihm wie ein Schmerz wieder. Obwohl Brooks nur 14 Jahre älter war, hatte er Ric wie einen Sohn angesehen, und nun, da Washington dem Jungen seinen fatalen Fehltritt verziehen hatte und der Weg frei war zu einer großen militärischen Karriere, flog er davon ins Nichts, ohne ein Zeichen, ohne eine Spur, als sei er nie auf dieser Erde gewesen. Wer konnte das begreifen?

»Es gibt keine Hoffnung mehr, Sir«, sagte Brooks, nachdem er Seymore alles eingehend geschildert hatte. »Wir müssen uns damit abfinden, so ungeheuerlich es auch klingt. Wir haben alles abgesucht, glauben Sie mir.«

»Ein Hubschrauber mit einem Menschen kann sich nicht einfach in Luft auflösen, Brooks!« sagte Seymore hart. Er war noch in der Phase, wo man Derartiges nicht einfach hinnehmen kann. »Das gibt es nicht!«

»Ich bin gern bereit, Sir, mit Ihnen noch einmal alles abzufliegen.«

»Überlegen Sie doch mal: Wir leben auf einem Eisberg! Auch wenn er 156 Kilometer lang und 40 Kilometer breit ist – man kann ihn überblicken. Natürlich nicht an einem Tag! Henderson kann wer weiß wo heruntergegangen sein, bei einer Fläche von über 6280 Quadratkilometern hat er Platz genug. Suchen Sie weiter, Commander.«

»Es besteht keine Hoffnung mehr, Ric noch lebend zu finden, Sir.«

»Dann bringen Sie mir den toten Ric! Und den Hubschrauber! Ich weigere mich, es hinzunehmen, daß beide so einfach verschwunden sind. Nicht die geringste Erklärung gibt es dafür.«

»So habe ich auch gedacht, Sir.« Brooks starrte gegen die Zimmerwand und trank einen Schluck Whiskey. Die Kälte des Fluges lag noch in seinen Knochen. »Wir stehen vor einem Rätsel.«

»Kann Henderson sich verirrt haben und ist ganz woanders gelandet?«

»Ric war mein bester Pilot, Sir. Ich halte das für unmöglich.«

»Die Instrumente können versagt haben. Bei dieser Kälte, unter diesen extremen Bedingungen ist alles möglich. Die Elektronik spielte verrückt, und Ric kam völlig vom Kurs ab. Als er das merkte, ist er herunter und wartet jetzt auf Rettung.«

»Dann hätte er längst gefunkt.«

»Auch das Funkgerät fällt aus.«

»Es hat eine eingebaute Notbatterie, die tut's immer, Sir.«

»Es *muß* eine Erklärung geben, Brooks.« General Seymore trommelte mit den Fingern auf den Tisch, Brooks hörte es deutlich im Telefon. »Erst stürzt Mulder ab, und Miß Allenby verschwindet spurlos. Das wäre noch zu erklären. Aber dann macht sich Henderson auf die Suche nach Miß Allenby, fliegt vier Tage lang herum und ist plötzlich auch verschwunden. Da ist doch etwas faul, Brooks!«

Brooks hob die Schultern, hilflos und wie ermattet. »Ich kann nicht mehr, Sir«, sagte er. »Natürlich können wir den ganzen Berg absuchen, nach allen Seiten, aber wir werden nichts finden. Vor allem am anderen Ende, in dem zerklüfteten Eisgebirge, ist jede Suche sinnlos. Wenn Ric hier abgestürzt ist, liegt er in einem Eisriß, begraben von Eisbrocken, die er beim Absturz mitgerissen hat. Unsichtbar. Oder er liegt auf dem Grund eines der tiefen Gletscherseen, auch unsichtbar, bis eines Tages dieser Mistberg geschmolzen ist. Aber wenn Sie es befehlen, Sir, suchen wir weiter.«

»Ich werde mit dem Pentagon sprechen, Commander. Natürlich suchen Sie weiter. Es gibt doch auch noch andere Gegenden, wo Henderson gelandet sein kann.«

»Im Norden, aber da muß er schon weit abgekommen sein.«

»Unmöglich ist nichts.« General Seymore trommelte wieder mit den Fingern. »Sie wissen doch, Brooks: Unmöglich gibt es für mich erst dann, wenn ich in Arlington liege. Und da ich nie auf diesem Friedhof liegen werde, gibt es für mich kein Unmöglich!«

»Ich verstehe, Sir.« Brooks legte den Hörer auf, trank seinen Whiskey zu Ende und warf sich auf das Bett. Ihm war elend zumute, wie zerschlagen kam er sich vor, wie nach Hieben in die Magengrube. Was Seymore eben gesagt hatte, war kein Trost, keine neue Hoffnung, nur der Befehl, einen Toten zu suchen, um das Gefühl der Unerklärbarkeit begraben zu können.

General Louis Pittburger holte ein Adjutant aus einer Konferenz, die im abhörsicheren Raum II/A sich mit einer sensationellen Entdeckung der CIA beschäftigte: der neuen Waffentechnik der Sowjets.

Pittburger hatte im kleinsten, vertrauten Kreis und in Gegenwart des Verteidigungsministers die letzte Liste mit den Erkenntnissen des Geheimdienstes vorgelegt. Eine erschreckende, alarmierende Liste, die alles in Frage stellte, was bisher die Grundlage einer amerikanisch-sowjetischen Annäherung bildete.

Die CIA berichtete, in aller Stille habe die Sowjetunion ihre SDI-Kapazitäten, also den Krieg im Weltall, ausgebaut. Sie habe bodengestützte Hochenergielaser stationiert, mit denen es möglich sei, feindliche Zielobjekte in bis zu 600 Kilometer Höhe zu vernichten und sogar in bis zu einer Höhe von 1100 Kilometern so zu beschädigen, daß sie unwirksam würden. In fünf Jahren, so hatte der Luftwaffengeneral und Leiter des amerikanischen Weltraumkommandos John L. Piotrowski ausgerechnet, würden die Sowjets in der Lage sein, mit diesen Laserstrahlen die amerikanischen Satelliten in geostationärer Umlaufbahn zu vernichten. Sogar ein bildlicher Beweis lag vor: Der französisch-schwedische Satellit SPOT hatte Aufnahmen gefunkt, die auf einem 2300 Meter hohen Berg in Tadschikistan vier Gebäude in Halbkugelform und eine Reihe von Teleskopen zeigten, die erste entdeckte Anlage eines Superlasers.

»Das ist genau das, was wir heute auch entwickeln«, sagte Pittburger ernst, »was wir am Südpol auf dem Eisberg ›Big Johnny‹ erproben wollen! Die Sowjets sind uns also wieder um eine Nasenlänge voraus, aber wir werden das aufholen. Und noch etwas entwickeln sie, bei dem *wir* um einen Schritt weiter sind: Radiofrequenzwaffen! Wir wissen alle, daß die Nuklearwaffen dann völlig überflüssig werden und jeder Atomsperrvertrag nur noch Papier ist. Ich habe immer wieder auf diese neue Waffe hingewiesen. Mit Impulsen elektromagnetischer Strahlungen werden Menschen unschädlich gemacht, ja getötet.« Er las aus den Berichten der CIA vor.

»Diese Radiofrequenzwaffen eröffnen alle Möglichkeiten des Einsatzes: tragbare Geräte für gezielte Vernichtung einzelner Personen. Mobile taktische Gefechtswaffen, montiert auf Lastwagen oder in Flugzeugen, können ganze Gebiete abdecken. Boden- und luftgestützte strategische Waffen mit Radiofrequenztechnik bilden einen sicheren Schirm gegen alle feindlichen Objekte. Es ist die revolutionärste Entwicklung der Kriegsführung überhaupt. Entwickelt wurde diese Methode für Rußland von dem Leiter des Institutes für Spektroskopie in Moskau A. M. Prokorow. Er erhielt dafür kürzlich die Lomonossow-Medaille in Gold.«

Pittburger warf einen Blick in die schweigende, wie gelähmte Runde. Selbst der Verteidigungsminister sah sehr krank aus. Der Vorwurf, diese Entwicklung bisher kaum verstanden und daher vernachlässigt zu haben, traf ihn hart.

»Aber das ist noch nicht alles«, fuhr Pittburger fort. »Ich kann Ihnen, meine Herren, keine weiteren Schocks ersparen. Der Bericht der CIA enthält noch einen anderen Komplex.«

»Wollen Sie uns einen Herzinfarkt bescheren, Louis?« fragte einer der erschütterten Generäle.

»Wenn Sie es so sehen, Gerald... Ich will damit nur dokumentieren, daß wir nicht so sorglos sein dürfen, wie wir es nach all den schönen Verträgen und Versprechungen und Liebesbeweisen der Sowjets bereits sind. Die Gegenseite hat keinen Salto geschlagen, sie braucht nur Zeit, um aufzuholen und uns zu überholen. In aller Stille, und wir haben die Beweise, daß es ihnen gelingen wird, wenn wir weiter den gläubigen Bräutigam spielen. Also – noch einen Bericht der CIA.« Pittburger nahm ein anderes Blatt Papier vom Tisch. »Wir alle wissen, daß wir in strengster Geheimhaltung den Mikrowellensender GYPSY entwickeln, der besonders für unsere Air Force gedacht ist. Mit Mikrowellenimpulsen haben wir eine neue Waffe, die im konventionellen Bereich, der ja aus allen Verträgen ausgeklammert ist, weil man sich nur auf die in ein paar Jahren altmodischen Nuklearwaffen beschränkte, ungeahnte Möglichkeiten schafft. Die Wirkungen auf dem Schlachtfeld sind mit denen der Atomwaffen vergleichbar. Man kann die GYPSY auf einen Anhänger montieren, auf Lastwagen, auf Wohnmobile; die Bedienungs- und Steuergeräte brauchen wenig Platz, sie sind kompakt. Die Hochfrequenzwaffen sind eine Abart der elektromagnetischen Strahlungsimpulse, über die vorhin gesprochen wurde. Hier arbeiten die Sowjets fieberhaft, um unseren kleinen Vorsprung aufzuholen. Dafür haben sie etwas entwickelt, was wiederum uns sehr zu schaffen macht: eine Spezialpanzerung für die Kampfwagen. Nach unseren bisherigen Erkenntnissen wird die Panzerabwehr durch unsere Abwehrraketen sehr problematisch. Die neue Zusatzarmierung der sowjetischen Panzer besteht aus speziellen Sprengstoffplatten, die an besonders gefährdeten Stellen auf der Normalpanzerung befestigt werden. Der Effekt: Wenn unsere Abwehrrakete die Aktivpanzerung trifft, dann lenkt deren Explosion den fast 1000 Grad heißen Massestrahl unserer Hohlladung ab, und die darunter liegende eigentliche Panzerung wird nicht mehr aufgeglüht. Mit dieser neuen Doppelpanzerung sollen alle 50000 Panzer der Warschauer-Pakt-Staaten ausgerüstet werden. Die von uns entwickelte Tandemrakete Tow-2A ist noch nicht ausgereift. Beim Anflug kippt sie um und torkelt durch die Gegend. Mir liegt ein Bericht aus dem NATO-Hauptquartier vor. Sprechen wir es klar aus: Bis Mitte der neunziger Jahre haben wir im Westen überhaupt keine Waffe mehr, mit der wir sowjetische Panzer vernichten könnten. Das ist die bittere Wahrheit. Während wir längst hinfällige Atomverträge beklatschen und bejubeln, werden wir von Rußland in aller Stille überholt. Der Verteidigungsauftrag der freien Welt, den wir übernommen haben, ist damit ins Absurde geführt. Wenn wir nichts tun, sind wir in zehn Jahren gegenüber der Sowjetunion auf dem Stand eines schwarzafrikanischen Staates! Ich messe deshalb dem Projekt Eisberg eine große Bedeutung bei. Dort können wir, ebenso heimlich wie die Russen, an unserer Lasertechnik und den Hochfrequenzwaffen arbeiten und sie ausprobieren. Der Witz, über den unsere Enkel oder Urenkel, wenn es sie noch gibt, lachen werden, ist der, daß es sich um nicht verbotene, nicht kontrollierbare konventionelle Waffensysteme handelt. Wir brauchen gar keine Atombomben mehr! Die Vernichtung der Welt geschieht durch ganz andere Energien. Ohne Knall, ohne Atompilz, lautlos, meine Herren, lautlos, ein Tod auf Samtpfoten.«

In diesem Augenblick trat der Adjutant ein, flüsterte Pittburger etwas zu und nickte.

»Ich bitte um eine Pause von zehn Minuten«, sagte Pittburger, plötzlich merkwürdig verändert. »Herr Minister, ich bitte Sie, in dieser Zeit zu überlegen, ob das Pentagon nicht den Kongreß davon überzeugen muß, daß unsere Einschränkung des Anti-Satelliten-Tests aufzuheben ist und noch mehr Gelder zur Verfügung gestellt werden, um, wie General Piotrowski sagt, eine sowjetische Aggression im Weltraum abwehren zu können.« Er verließ den kleinen Saal und blieb draußen im Flur stehen. »Eine Katastrophe auf ›Big Johnny‹, sagten Sie?« Er atmete ein paarmal tief durch. »Was ist da los, Major?«

»General Seymore will es Ihnen selbst sagen, Sir.«
»Wie kann ich ihn sprechen?«
»Er ist am Apparat, Sir. Wir stellen das Gespräch durch, gleich hier, ins Nebenzimmer.«
Pittburger nahm den Hörer auf, nachdem er den Raum betreten hatte, und hörte zunächst nur ein helles Rauschen. »Hallo!« rief er. »Hallo! Herbert, hören Sie mich? Hier Louis Pittburger. Hallo...«
»Ich höre Sie gut, Louis«, klang Seymores Stimme im Hörer. »Wie geht es Ihnen?«
»Um meinen Zustand zu erfahren, rufen Sie doch nicht vom Südpol an? Was ist passiert? Gibt es Stockungen im Ablauf? Wir müssen Zeit aufholen, Herbert, den Wettlauf mit den Russen müssen wir gewinnen.«
»Die Arbeiten gehen planmäßig weiter, da ändert sich nichts, Louis.«
»Aber?«
»Miß Allenby ist nach dem Absturz eines Hubschraubers, in dem sie flog, verschwunden. Oberleutnant Henderson, der sie daraufhin suchte, wird seit gestern ebenfalls vermißt. Nicht die geringste Spur von seinem Hubschrauber und ihm. Eine Staffel hat das ganze Gebiet abgeflogen. Absolut nichts.«
»Das gibt es nicht, Herbert!«
»Genau so habe ich auch reagiert. Aber die Tatsache ist nun mal: Zwei Menschen und einen Helikopter gibt es plötzlich nicht mehr. Wie mit dem Wind ins Meer getrieben.«
»Herbert, da haben Sie ja die Lösung des Rätsels ausgesprochen!«
»Sie ist zu einfach und unreal. Von den möglichen Katastrophenorten ist das Meer ungefähr 15 Kilometer entfernt. Im günstigsten Fall sind es 11 Kilometer! So weit kann niemand vom Wind weggeweht werden. Ein Hubschrauber schon gar nicht. Außerdem trägt auch der stärkste Wind niemanden einen Berg hinauf!«
»Und... und was folgern Sie daraus, Herbert?«
»Ich finde keine Erklärung. Ich habe alle Flugzeuge der ›Lincoln‹ eingesetzt, Vizeadmiral Warner wird noch einen Bericht darüber schicken. Wir haben den ganzen Eisberg abfliegen lassen, ohne Erfolg; auch die nähere Umgebung. Außer drei Handelsschiffen unter argentinischer Flagge in der Nähe des Roosevelt-Fjordes ist nichts

zu sehen. Auch von McMurdo aus war die Suche erfolglos. Es bleibt dabei: Keine Spur von Oberleutnant Henderson.«

»Das Meer!« Pittburgers Stimme klang irgendwie resigniert. »Er ist ins Meer gestürzt, Herbert. Da gibt es keine Spuren. Nur das kann eine Erklärung sein. Melden Sie Henderson als vermißt, mit großer Wahrscheinlichkeit tot. Er wird in Arlington ein symbolisches Grab erhalten. Das war alles, Herbert?«

»Mir genügt's, Louis.«

»Wir müssen jetzt mehr Dampf machen!« Pittburgers Stimme wurde wieder dienstlich und unpersönlich. Der Fall Ric Henderson war für ihn abgehakt. »Die Sowjets schlafen nicht. Unsere Laserwaffe muß allen überlegen sein.«

»Dr. Smith will zusammen mit Bakker und Baldwin in Kürze mit dem ersten Test beginnen. Er wird einen riesigen Laser losschicken mit einer Stärke von zwei Millionen Watt. Wie er das schafft, davon habe ich keine Ahnung.«

»Sie müssen es schaffen, Herbert. Ich schicke Ihnen noch eine Truppe von Spezialisten ins Eis, und bitte, jeden Tag einen Bericht an mich. Wir stehen im Augenblick mit dem Hintern an der Wand.« Pittburger legte den Hörer auf, dehnte sich, als habe er lange Zeit krumm gelegen, und ging dann in das Sitzungszimmer zurück. Eine erregte Debatte empfing ihn, die bei seinem Eintritt verstummte. »Nichts Wichtiges«, sagte er, als der Minister ihn fragend ansah. »Seymore vom Südpol. In Kürze beginnen die Tests mit unserem Superlaser. Erwärmen wir uns in der Hoffnung, daß es bald wieder ein Kopf-an-Kopf-Rennen mit den Sowjets gibt...«

Ric Henderson saß auf der Bettkante, ein Handtuch um seine Lenden gelegt, als schäme er sich seiner Nacktheit. Die Ernüchterung am Morgen war deprimierend gewesen. Er wachte auf, als Ljuba im Nebenraum in ein Funkgerät sprach, was ihm schlagartig bewies, daß sie doch nicht so allein auf dem Eisberg war, wie er angenommen hatte. Er verstand zwar kein Wort, aber den Ausdruck »Admiral« konnte man nicht mißverstehen. Auch »Jurij« hörte er, den Namen des Mannes, der Virginia mitgenommen hatte.

Virginia...

Das Schuldgefühl in ihm preßte sein Herz zusammen. Nicht allein, daß er sie betrogen hatte, lastete auf ihm – wenn er sich fragte, wie das möglich geworden war, kam er immer wieder zu der erschreckenden Antwort: Ich liebe Ljuba. Sie ist völlig anders als Virginia. Von sanfter Zärtlichkeit bis zur Raserei besitzt sie alle Möglichkeiten der Liebe, deren ein Mensch fähig ist. Zum erstenmal in seinem Leben hatte Ric eine solche Frau besessen, und bis zu dieser Nacht hatte er nicht gewußt, wessen Leidenschaft fähig sein kann. Er war wie ein staunender Junge gewesen, der durch ein Tor geht und ein unbekanntes, herrliches Land betritt von einer Schönheit, die selbst ein Traum nicht bot. In Ljubas Armen hatte er gelernt, in die verborgensten Tiefen einer Frau einzutauchen. Was auch kommen mochte, er wußte, daß ihn nichts mehr von Ljuba trennen konnte, auch Virginia nicht mehr. Er hatte nur Angst vor einem Wiedersehen mit ihr.

Ein fernes Brummen und Knattern ließ ihn hochschrecken. Hubschrauber, das sind Hubschrauber, unverkennbar! Sie suchen mich! Sie werden meinen Hubschrauber entdecken. Hier bin ich, Jungs, hier! Direkt an der Küste! Bei Ljuba Alexandrowna! Holt mich hier raus! Zusammen mit Ljuba! Sie wird in den Staaten ein neues Leben beginnen. Mit mir, Jungs! Kommt näher, näher zur Küste! Hierher! Hierher!

Er knotete das Handtuch um seine Hüften, lief in das Wohnzimmer und wollte etwas sagen, aber Ljuba winkte ab. In betörender Nacktheit saß sie am Funkgerät, das blonde Haar noch zerwühlt vom Schlaf, lächelte ihm zu und spitzte die Lippen, ihn aus der Entfernung küssend. Henderson zeigte nach oben, das Knattern der Rotorflügel kam näher, und sie nickte ihm zu, griff zur Seite, zu seiner Maschinenpistole, und legte sie quer über ihren blondgelockten Schoß.

Das war der Augenblick, in dem Ric ins Mikrofon rief: »Sie wird nicht schießen!«

Sofort unterbrach Ljuba die Verbindung, ihre graublauen Augen blitzten und bekamen einen grünlichen Ton. »Du hast alles zerstört«, sagte sie und stellte die MP wieder an die Wand.

»Was habe ich zerstört?«

»Unsere eigene kleine Welt. Jetzt werden sie kommen und dich abholen.«

»Wer wird kommen? Wer ist der Admiral? Mit wem hast du gesprochen?«

»Du wirst es sehen, Ric. So schön wäre es gewesen mit uns, niemand hätte es gemerkt, die Zeit wäre dahingeflogen...«

Sie hoben beide den Kopf. Das Geknatter der Hubschrauber entfernte sich schnell. Henderson hieb beide Fäuste gegeneinander. Sie fliegen weiter! Jungs, habt ihr denn keine Augen? Mitten auf dem Eisfeld steht mein Hubschrauber, den kann man doch nicht übersehen!

»Tut es dir leid?« fragte sie und stand von dem Stuhl auf. Mit einem Ruck riß sie ihm das Handtuch von den Hüften, ihr Gesicht erstarrte in einem gezwungenen Lächeln.

»Was soll mir leid tun? Diese erste Nacht mit dir? Nein.«

»Gibt es eine zweite, eine dritte, hundert Nächte? Ein ganzes Leben lang unsere eigene Nacht? Unsere eigenen Tage? Auf den Knien werden wir Moskau bitten müssen, und Moskau wird nach Osten zeigen: Sibirien, du in Norilsk, ich im Lager von Kap Deschnew. Ich werde mich dort umbringen, Ric!«

»Red nicht solchen Unsinn, Ljuba!« sagte Henderson gepreßt.

»Warum soll ich allein leben, ohne dich jemals wiederzusehen? Sie werden uns nie mehr zusammenlassen.«

»Wären meine Freunde gelandet und hätten uns entdeckt, ich hätte dich mit in die Staaten genommen. In ein absolut freies Land.«

»Ich bin eine Russin, Ric!«

»Wir kennen keine Vorurteile. Bei uns ist jeder nur ein Mensch, ob weiß, schwarz, braun oder gelb. Ob aus Samoa oder Moskau, er kann bei uns leben.«

»Das ist es nicht, Ric. Ein Russe hat immer Heimweh in der Fremde.«

»Du bist bei mir. Du sagst, daß du mich liebst. Ist russisches Heimweh stärker als die Liebe?«

»Nein! Nein!« Sie lehnte sich an ihn, und die Berührung mit ihrem Körper durchrann ihn wieder wie ein warmer Strom. »Deshalb töte ich mich am Kap Deschnew.«

»Noch sind wir hier auf einem Eisberg.«

»Sie sind schon unterwegs, uns zu holen.«

»Wer, zum Teufel?«

»Vielleicht Jurij Adamowitsch. Oder ein anderer Offizier mit einem Trupp sowjetischer Marinesoldaten.«

»*Was* sagst du da?« Henderson starrte Ljuba ungläubig an. »Hier auf dem Eisberg sind sowjetische Soldaten?«

»*Im* Eisberg, Ric! Eine kleine Stadt *im* Berg. Und ein Hafen, ein U-Boot-Hafen. Jetzt kannst du es wissen... Es gibt für dich kein Zurück mehr.«

»Wann können sie hier sein, Ljuba?«

»Vielleicht in drei Stunden.«

»Zeit genug, um uns abzusetzen. Zieh dich an, wir fahren zu meinem Hubschrauber und sind längst in der Luft, bevor die Truppe uns erreicht.« Er wollte ins Schlafzimmer, aber Ljubas fester Griff um seinen Unterarm hielt ihn zurück.

»Du hast keinen Hubschrauber, Ric«, sagte sie leise.

»Er steht oben auf dem Eisfeld, das weißt du doch.«

»Er ist nicht mehr da.« Sie drängte sich wieder an ihn, umschlang seinen Nacken und rieb ihren warmen nackten Leib an seinem Leib. »Laß uns einander noch einmal lieben, Liebling, bevor sie uns abholen. Noch einmal...«

»Was ist mit meinem Hubschrauber?« Henderson streichelte ihren Rücken und ihre zu ihm drängenden Schenkel, aber eine Erregung stellte sich nicht bei ihm ein.

»Er ist im Meer versunken.«

»Nein!«

»Ich selbst habe es getan. Welche Mühe war das! Fast erfroren wäre ich. Eine schreckliche Nacht war das. So fest hast du geschlafen, mein Herz. So glücklich warst du...«

»Dann ist wirklich alles zu Ende.« Er befreite sich von ihren Armen und trat an das von außen mit Eiskristallen bedeckte Fenster. Vor ihm lag das Plateau und das dunkelblaue Meer, und er sah auch den Motorschlitten und das an ihm verknotete Seil. »Du hast unsere Freiheit versenkt, Ljuba, den einzigen Weg in eine freie Zukunft.«

»Ich will dich ganz allein für mich haben, Ric! Für immer! Du solltest nicht wieder wegfliegen zu deinen Leuten und vielleicht nie wiederkommen. Du gehörst mir, wie ich dir gehöre.«

»Irgendwo in Sibirien!«

»Wir werden um Gnade bitten. Winseln werden wir, uns treten

lassen, bespucken sollen sie uns, peitschen, quälen, alles, alles sollen sie mit uns machen, aber sie sollen uns nicht trennen. Ric, auch in Sibirien können wir leben, wenn wir zusammenbleiben. Sibirien ist das Land der Zukunft, es wird täglich neu entdeckt, es wird Rußland zur größten Macht dieser Erde machen. Seine Bodenschätze, seine Wälder, seine Flüsse, seine Berge, alles ist voll von Schätzen, so etwas gibt es nicht zweimal auf unserer Welt. Ric, wenn Moskau will, leben wir in eine herrliche Zukunft hinein.«

»Und wenn Moskau nicht will?«

»Töte ich mich.«

»Und das nennst du eine Zukunft? Ljuba, welchen Weg gibt es, von hier wegzukommen?«

»Keinen.«

»Ich werde mich wehren bis zum Letzten...«

»Hat das einen Sinn?« Sie blickte wie Ric zur Wand, an der die Maschinenpistole lehnte. »Du kannst 10 oder 20 Männer erschießen, und dann? Dann sind die Magazine leer, sie ergreifen dich und schlagen dich tot wie einen Hund. Wo ist der Unterschied zu Sibirien? Wenn es dich nicht mehr gibt, töte ich mich.«

»Mein Gott, so sehr liebst du mich?«

»Ja«, sagte sie schlicht. »Ja.«

Sie liebten einander nicht noch einmal, sie zogen sich an, küßten sich und saßen dann Hand in Hand vor dem Fenster und warteten auf das Sonderkommando der »Morgenröte«.

»Wie gut kennst du diesen Jurij?« fragte Henderson einmal.

Und Ljuba antwortete: »Er war mein Geliebter.«

»Er wird mich sofort umbringen.«

»Nein, froh wird er sein, daß wir uns lieben.« Sie faßte nach seiner Hand. »Aber du wirst ihn töten.«

»Warum?«

»Er ist der Geliebte von Virginia.«

»Red nicht solch einen Unsinn, Ljuba.« Er stellte sich die veränderte Situation vor und wunderte sich, daß er so ruhig darüber nachdenken konnte. Wie habe ich mich verwandelt! stellte er fest. Was hat diese Frau in einer einzigen Nacht aus mir gemacht! Was wird aus mir werden in hundert Nächten? Ich werde sie brauchen wie Wasser, wie Brot, wie alles, was man zum Leben braucht. Sie werden uns in Moskau nicht auseinanderreißen. Was bin ich denn? Ein kleiner amerikanischer Oberleutnant, keine Gefahr für das riesige Rußland. Sie werden mich und Ljuba freilassen, und behalten sie uns im Land, werde ich ein Bauer in Sibirien werden oder Transportflugzeuge in neu erschlossene Gebiete fliegen, das ist etwas, was ich kann, und sie werden es ausnutzen. Wir gehen nicht unter, Ljuba, wir verändern nur unser Leben. Und wie wird es Virginia ergehen?

»Woran denkst du, Ric?« fragte Ljuba. Sie lehnte den Kopf an seine Schulter und sah hinaus auf das Eis, das Meer und den mit ihm zusammenstoßenden Horizont. Ab und zu hing eine dünne Wasserfontäne in der Luft, Blauwale, die längs des Eisberges zogen.

»Ich denke daran, ob dieser Jurij nicht eines Tages Virginia wegwirft, wenn er ihrer überdrüssig geworden ist.«

»Jurij Adamowitsch ist ein Ehrenmann. Er ist Kapitän der Marine, Befehlshaber der Gruppe I der U-Boot-Flottille.«

»Man wird ihn degradieren und auch in die Verbannung schicken, nicht wahr?«

»Das wird Schesjekin verhindern.«

»Wer ist Schesjekin?«

»Der Vizeadmiral. Sein Wort wird auch in Moskau gehört. Er ist ein Freund von Admiral Sujin. Und Sujin wiederum kennt General Wisjatsche. Auf ihn kommt es an. Man muß Beziehungen in Rußland haben, um besser leben zu können.«

»Und du hast auch diese Beziehungen?«

»Ich hoffe es. Ich weiß noch nicht, ob sie einflußreich genug sind. Wer weiß das schon bei uns? Gestern warst du ein Unbekannter, heute bist du ein Vertrauter, morgen kannst du schon ein Staatsfeind sein. Das ändert sich alles schnell.«

Noch einmal machte Ljuba Tee für sie, noch einmal tranken sie ihn mit etwas Wodka darin, noch einmal küßten sie sich wie bei einem Abschied für immer. Dann hörten sie das Surren der Motorschlitten und das Knirschen der Raupenketten im Eis. Kurz darauf sahen sie die Soldaten, in Felle vermummte Männer, vor der Brust die Maschinenpistolen. Sie sprangen aufs Eis, bildeten vor dem Haus einen drohenden Ring und zielten auf Tür und Fenster. Ein einzelner Vermummter ging auf den Eingang zu.

»Es ist nicht Jurij«, sagte Ljuba ruhig, griff nach ihrem Pelz und zog ihn an. »Es ist Oberleutnant Nurian. Der Erste Offizier des U-Bootes ›Gorki‹. Nurian ist ein guter Mensch. Er wird dir nichts tun.«

Auch Henderson zog seinen Pelz an und stülpte die Mütze über den Kopf. Ohne Hast, als komme ein lieber Gast, ging Ljuba zur Tür und öffnete sie, noch bevor Nurian mit dem Lauf seiner MP an das Holz klopfen konnte.

»Kommen Sie herein, Genosse!« sagte sie. »Einen schönen Tag bringen Sie mit.«

Nurian schwieg. Er kam ins Zimmer, starrte Henderson an, warf einen Blick auf die an der Wand lehnende Maschinenpistole und hob erstaunt die Augenbrauen. »Ich nehme Sie gefangen«, sagte er in seinem harten Englisch. Das hatte er unterwegs geübt, und damit war er schon zu Ende. »Auch Sie, Genossin Berreskowa«, wandte er sich an Ljuba. »Befehl von Vizeadmiral Schesjekin.«

»Wir sind bereit.« Ljuba zog ihre Pelzmütze über die blonden Haare. »Wir haben Sie oder Jurij Adamowitsch erwartet.«

»Der Genosse Kapitän ist beschäftigt.«

»Was sagt er über Jurij?« fragte Henderson.

»Er berichtet, daß Jurij lieber bei Virginia bleibt.«

»Dawai!« Nurian winkte mit dem Lauf seiner MP zur Tür. Dann erblickte er plötzlich den Tee, goß sich eine Tasse ein, schlürfte das heiße, dampfende Getränk und nickte Ljuba anerkennend zu. »Eine gute Köchin waren Sie schon immer«, sagte er. »Aber die Mühe lohnt sich nicht. Ein Amerikaner ißt nur Steaks oder einen Hamburger mit Currysoße. Er weiß nicht, wie gut eine Borschtsch schmeckt.«

»Auch Steaks kann ich braten!« Sie ging an Nurian vorbei, drehte sich in der Tür um und griff nach Hendersons Hand. Gemeinsam traten sie hinaus, vor die Läufe der auf sie gerichteten Maschinenpistolen. »Gehen wir, Genosse Nurian. Und nehmen Sie meinen Schlitten mit. Ich brauche ihn nicht mehr. Ist es so?«

Nurian antwortete nicht, nur den Kopf senkte er, und das war Antwort genug.

Vizeadmiral Schesjekin wartete in der Kommandantur auf die Rückkehr des Trupps. Unruhig ging er hin und her, die Hände auf dem

Rücken, die Augen zusammengekniffen, voll von angestauter Wut und tiefer Enttäuschung. Malenkow, der neben der Tür an der Wand lehnte, hielt es für klüger, ihn jetzt nicht anzusprechen.

Mit einem Ruck blieb Schesjekin stehen und kratzte sich, wie immer bei unbewältigten Problemen, die dicke Nase. »Haben Sie das der Genossin Berreskowa zugetraut?« fragte er.

»Was, Genosse Admiral?«

»Geht mit einem Amerikaner ins Bett! Versteckt ihn bei sich, ruft nicht bei uns an, geht nicht an das Funkgerät! Verstehen Sie das?«

»Vielleicht«, antwortete Malenkow vorsichtig.

»Was heißt ›vielleicht‹?«

»Wer liebt, fragt nicht nach einem Paß. Bei Ljuba ist es zufällig ein Amerikaner.«

»Ljuba Alexandrowna ist doch *Ihre* Braut! So ruhig nehmen Sie das hin?« Schesjekin schlug sich etwas dramatisch gegen die Stirn und schickte einen verzweifelten Blick zur Decke. »Was rede ich? Sind Sie anders, Jurij Adamowitsch? Auch Sie haben ja eine Amerikanerin im Bett! Dankbar sind Sie, und Sie werden Ljuba die Hand drücken, ist es so? Keine Vorwürfe, keine Eifersucht – jeder hat ja sein Liebchen! Ich bin von Verrückten umgeben. Von Verrückten!«

Auf dem Flur kam Lärm auf. Stimmen, Klappern, ein Lachen. Ljubas Lachen. Fröhlich ist sie, dachte Malenkow, lacht und weiß doch genau, was man mit ihr machen wird. Nichts scheint es zu geben, was diese Frau besiegen kann.

Es klopfte, die Tür sprang auf, und Nurian trat ein. Er grüßte stramm, trat dann zur Seite, und zwei Soldaten mit schußbereiter Kalaschnikow schoben zuerst Ljuba, dann Henderson ins Zimmer. Schesjekin zog das feiste Kinn an. Mit dem ersten Blick erkannte er die amerikanische Fliegeruniform. Ljubas und Malenkows Blicke kreuzten sich, dann wandten sie sich voneinander ab. Es gab nichts mehr zu sagen, zu erklären oder zu beschönigen. Wie leicht das ist! dachte Malenkow und erschrak über sich selbst. Wie weggewischt sind die Monate mit ihr! Wer hätte gedacht, daß das so einfach ist?

»Sind Sie Ljuba Alexandrowna Berreskowa, oder gefällt Ihnen jetzt ein amerikanischer Name besser?« bellte Schesjekin sofort.

»Ich war und bin und bleibe immer die Genossin Berreskowa«, antwortete Ljuba stolz.

»Und wer ist der da?« Schesjekins Finger stach in Richtung Hendersons.

»Ric Henderson, Oberleutnant der amerikanischen Air Force.«

»Sehr schön! Sehr schön! Fällt vom Himmel in ein sowjetisches Bett! Welch ein Wunder! Haben Sie noch eine Ehre, Ljuba?«

»Ich fühle mich nicht entehrt, Genosse Admiral. Glücklich bin ich... Frißt Glück die Ehre auf?«

»Wozu diskutieren?« Schesjekin warf einen langen Blick auf Henderson. Gut sieht der Kerl aus, stabil, sicherlich ein guter Sportler. Viel Kraft wird er auch brauchen in den Steinbrüchen oder Bergwerken von Sibirien. »Ich kann es mir ersparen, ihn zu verhören, was? Er wird kein Wort sagen.«

»Würde ich etwas verraten, wenn man mich gefangengenommen hätte?« fragte sie zurück.

»Sie haben bereits Ihr Vaterland verraten!« schrie Schesjekin auf. Die Erregung würgte ihn, er mußte tief Luft holen. »Was wissen Sie von diesem Amerikaner? Was hat er Ihnen erzählt?«

»Nichts.«

»Wo kommt er her?«

»Von einem amerikanischen Flugzeugträger. Er ankert im McMurdo-Sund.«

»Aha!« Schesjekin starrte zu Malenkow hin. Ein Flugzeugträger! In der Nähe der »Morgenröte«! Die Gefahr vor der Tür! »Was will er dort?«

»Ein normales Manöver unter erschwerten Bedingungen, weiter nichts.«

»Sagt er!«

»Ich glaube ihm, Genosse Admiral.«

»Natürlich, natürlich... Was glaubt man nicht alles, wenn es im Bett ins Ohr geflüstert wird!« Schesjekin nahm seine Wanderung durch das Zimmer wieder auf, den Kopf gesenkt, ein stampfendes Flußpferd.

»Was hat er gesagt?« fragte Henderson und legte den Arm um Ljuba.

Malenkow sah es mit der Ruhe eines Menschen, den so etwas nicht mehr interessierte.

»Er verzichtet auf ein Verhör. Ich habe ihm gesagt, daß es bei dir keinen Sinn hat.«

»Danke, mein Liebling.«

Henderson warf einen Blick auf Malenkow. Auch ohne ihm jemals begegnet zu sein oder ein Bild von ihm zu kennen, wußte er, daß dies Jurij war. Jurij, der Virginia erobert hatte – wenn Ljuba die Wahrheit sagte. »Bitte, übersetz das«, sagte er mit fester Stimme. »Herr Admiral, was ich bisher gesehen habe, diese U-Boot-Basis im Eis, ist ein Meisterwerk an Planung und Ausbau. Es gibt auf der ganzen Welt nichts Vergleichbares. Ich gratuliere Ihnen, auch wenn dieser Hafen im Eisberg gegen mein Land gerichtet ist.«

Ljuba übersetzte es wörtlich.

Schesjekin blieb stehen, hörte es sich an und musterte dann wieder seinen amerikanischen Gegner. »Genossin, sagen Sie ihm, daß ich mich bedanke. Aber die schönsten Worte ändern nichts an den Tatsachen und an ihren Folgen. Einen amerikanischen Offizier Henderson gibt es nicht mehr.« Er hob die dicke Hand und machte damit eine Wedelbewegung, als verscheuche er ein brummendes Insekt. »Sie können in Ihr Haus gehen, Ljuba Alexandrowna. Der Gefangene steht unter Arrest, darf das Haus nicht verlassen. Genosse Malenkow, Sie bürgen dafür.«

Die Soldaten kamen wieder ins Zimmer und führten Ljuba und Henderson ab. Malenkow folgte ihnen bis zu Ljubas Haus und blieb dann vor der Tür stehen.

»Du bleibst draußen?« fragte sie.

»Ja.«

»Virginia ist im Haus.«

»Ja.«

»Hast du Angst mitanzusehen, wie sie Ric um den Hals fällt!«

»Und du hast keine Angst davor?«

»Ich habe Angst!« Sie blickte zu Henderson hinauf, nahm plötzlich seinen Kopf zwischen ihre Hände und küßte ihn. »Ich bleibe auch vor dem Haus«, sagte sie dann. »Gehen wir etwas spazieren, Jurij. Zeig mir das neue Heizungswerk.« Und zu Henderson sagte sie: »Geh hinein, mein Liebling. In einer halben Stunde bin ich wieder da.«

Henderson zögerte, die Türklinke hinunterzudrücken. Er ahnte, wen er im Haus antreffen würde, zu deutlich war die Absicht, ihm die Begegnung allein zu überlassen. Unschlüssig blickte er Ljuba und Jurij nach; sie gingen die mit Holz belegte Eisstraße hinunter zu den Piers, an denen vier U-Boote im Wasser lagen. Ljubas blondes Haar leuchtete im Licht der vielen Lampen und Scheinwerfer, die der Stadt im Eis die Sonne ersetzten.

Ich liebe sie, sagte er zu sich und versuchte, damit eine Wand vor sich aufzubauen. Verdammt, ich liebe sie. Ich lebe plötzlich ein anderes Leben. Mit einem Ruck drückte er die Klinke hinunter und trat in das Haus.

Und dann standen sie sich gegenüber, in dem großen, warmen Wohnzimmer der Berreskowa, standen da und sahen sich an, mit hängenden Armen und klopfendem Herzen, sagten kein Wort, gingen nicht aufeinander zu und umarmten sich nicht.

So standen sie eine Weile voreinander, bis Henderson leise sagte: »Virginia...«

»Ric...«

»Ich habe dich gesucht.«

»Jurij hat es mir erzählt. Es ist gut, daß wir uns wiedersehen.«

Sie sagte »gut«, nicht »schön«, kein Jubel war in ihrer Stimme, nicht Tränen der Freude. »Gut«, sagte sie. Nur »gut«. Henderson wandte sich ab und trat an das Fenster. An der Pier sah er Ljuba stehen, Malenkow erklärte ihr etwas mit großen Gesten. »Du hast mit Jurij geschlafen?« fragte er.

»Ja.« Es war eine klare Antwort ohne den Ton einer Entschuldigung. »Und du? Hast du mit Ljuba geschlafen?«

»Ja.« Henderson trat vom Fenster weg und wandte sich wieder Virginia zu. Er war erstaunt, wie ruhig er war, wie wenig ihn ihr Eingeständnis berührte. »Liebst du ihn?«

»Ich weiß es nicht, Ric. Er ist so anders als du. Ein romantischer Mensch. Ein Held der Sowjetunion, der mir Shakespeare vorliest, auf deutsch. Der keine Ahnung von Football hat und nicht jeden Morgen ein paar Kilometer joggt.«

»Wie schön für dich, Virginia!«

»Liebst du Ljuba, Ric?«

»In nur einer Nacht bin ich ein anderer Mensch geworden.«

»Glücklich?«

»Sehr glücklich, Gina.« Henderson ging zum Tisch und setzte

sich auf die Eckbank. Der Tisch war gedeckt, als habe sich ein lieber Besuch angesagt. Duftender Tee, ein Kuchen, den Sumkow gebakken hatte, nachdem Pralenkow ihn wieder an seine Unterschlagungen erinnert hatte, Geschirr aus grusinischem Porzellan, mit blauen und goldenen Sternen bemalt. Sogar Papierservietten lagen auf den Tellern. Vier Gedecke, als sei das selbstverständlich.

»Seymore und Brooks werden keine Ruhe geben, bis sie uns gefunden haben«, sagte Ric.

»Sie werden uns nicht finden. Aus der Luft ist gar nichts zu sehen, in die Bucht und den Fjord kommt man nur unter Wasser. Man wird uns nie entdecken.«

»Du sagst das, als wenn du dich darüber freust.« Er goß sich Tee ein und süßte ihn mit dem Honig, der auf dem Tisch stand. »Wer von euch hat den ersten Schritt getan?« fragte er plötzlich.

»Ich weiß es nicht. Es ist einfach geschehen. Plötzlich waren wir uns nahe. Wie war es bei dir?«

»Ich war betrunken vom Wodka, aber dann, in der Nacht, war es Liebe, wie eine Explosion in mir.« Er staunte darüber, wie ruhig man über diese Dinge sprechen konnte, wie wenig das Herz darauf reagierte. »Du weißt, was die Russen mit uns vorhaben?«

»Ja. Aber Jurij will es verhindern.«

»Es wird ihm nicht gelingen. Jetzt hat nicht mehr Schesjekin zu entscheiden, sondern Moskau. Und er wird gehorchen. Er ist in erster Linie Offizier.«

»Er wird alles versuchen, Ric.«

»Und er wird alles verlieren. Sie werden uns nach Sibirien bringen, sagt Ljuba.« Er hob die Schultern und schlürfte den heißen Tee. »Auch sie glaubt an ein Wunder. Ich nicht. Wir haben zu viel gesehen, wir kennen dieses große Geheimnis der Sowjetunion, wir müssen für die Welt tot sein. Warum soll man großherzig sein? Wir gelten als vermißt, und nicht lange wird es dauern, und man hat uns vergessen.«

»Ich glaube auch an ein Wunder, Ric. Irgendwo in Rußland werden wir weiterleben.«

»Jurij, ein degradierter Kapitän zur See. Das hält er nicht aus.«

»Du hältst es auch aus, Ric.«

»Mir bleibt keine andere Wahl. Ich würde lieber mit Ljuba auf einer Farm in Tennessee leben.«

»Sie auch?«

»Es gibt keinen Platz auf dieser Welt, auf dem wir nicht glücklich sein könnten.«

»Und da fragst du mich, was aus mir und Jurij wird? Vielleicht kann ich in Rußland als Meeresbiologin arbeiten. Meinen Namen kennen die sowjetischen Kollegen sicherlich.«

Es klopfte dreimal an der Haustür. Jurij und Ljuba kamen herein, legten ihre Mäntel ab und waren so fröhlich wie spielende Kinder.

»Tee und Kuchen!« rief Ljuba und klatschte in die Hände. »Der gute Sumkow! Und mein bestes Geschirr habt ihr gedeckt. So ist es richtig, ein Feiertag ist heute.« Sie beugte sich über Virginia, gab ihr einen Kuß auf die Stirn, und Virginia stellte mit Staunen fest, daß es eine andere Ljuba war als die, welche sie verhört hatte. Verwandelt war sie, ein völlig anderer Mensch.

Zum erstenmal streckte Jurij seine Hand Henderson hin. Er machte ein ernstes Gesicht und sprach einige Worte.

»Er sagt: ›Wir wollen Freunde sein‹«, übersetzte Ljuba. »›Zwischen uns gibt es keine Staaten, wir haben das gleiche Schicksal.‹«

»Das sieht er genau richtig.« Henderson erhob sich, ergriff Malenkows Hand, drückte sie fest, und dann umarmten sie sich wie gute Freunde, die sich nach langer Zeit wieder getroffen haben.

Unterdessen hatte Vizeadmiral Schesjekin die Funkverbindung mit Admiral Sujin aufgenommen. Ihm war es gleichgültig, welche Zeit sie jetzt auf Sachalin hatten – als Sujin sich meldete, sagte Schesjekin: »Verzeihen Sie, Alexander Mironowitsch, den zu Miß Allenby gehörenden Mann haben wir erwischt. Nein, gratulieren Sie nicht, kein Grund dazu. Zum Heulen ist es eher. Wo haben wir ihn gefunden? Im Bett der Genossin Berreskowa. Jetzt holen Sie Luft wie ich! Die Vier schicke ich Ihnen mit dem nächsten Schiff.«

»Wieso vier?« fragte Sujin erstaunt. Schesjekins Nachricht erschütterte ihn weniger als den Dicken.

»Miß Allenby und ihr Liebhaber Kapitän Malenkow, Ric Henderson und seine Geliebte Ljuba Alexandrowna…«

»Sagen Sie das noch einmal, Wladimir Petrowitsch«, sagte Sujin mit hölzerner Stimme.

»Es ist nicht zu glauben, aber wahr ist es trotzdem.«

»Verhindern Sie jede Flucht, Genosse!«

»Hier kommt niemand raus«, sagte Schesjekin mit ein wenig Stolz. »Hier sind sie sicherer als in einem Lager an der Steinigen Tunguska.«

Minuten später flog die Nachricht um die halbe östliche Welt.

Admiral Sujin rief General Wisjatsche an. Wisjatsche berichtete sofort an Marschall Ogarkow, dem obersten Führer der sowjetischen Streitkräfte. Ogarkow benachrichtigte umgehend Tschebrikow, den gefürchteten Chef des KGB. Und Tschebrikow sprach sofort mit Ligatschow, dem Leiter des ZK-Sekretariats, nach Gorbatschow dem mächtigsten Mann im Glasnost-und-Perestroika-Rußland. Sie hatten alle nur einen Gedanken: Diese vier Menschen durfte es nicht mehr geben. Man konnte sie liquidieren, und niemand erfuhr etwas davon, am wenigsten der Genosse Gorbatschow. Aber dann einigte man sich im Sinne von mehr Menschlichkeit, sie in der Weite Sibiriens verschimmeln zu lassen.

Schesjekin, der am Abend den Befehl von Sujin erhielt, die Vier vom Eisberg wegzuschaffen, machte einen Vorschlag. »Nur unter Wasser ist hier wegzukommen, das wissen Sie, Genosse Sujin«, erklärte er. »Der beste Kenner des Weges unter dem Eis ist Malenkow. Ich möchte ganz sicher gehen, daß sie bei den Versorgungsschiffen ankommen. Ich schlage vor: Malenkow wird mit der ›Gorki‹ die Amerikaner und Ljuba Alexandrowna zu den Schiffen bringen, und erst dort wird auch er verhaftet. Man sollte es ihm nicht vorher sagen. Es gibt keinen besseren U-Boot-Kommandanten als Jurij Adamowitsch.«

»Genehmigt. Eine Schande ist's!«

Schesjekin schaltete ab. War es auch nicht ausgesprochen, er wußte klar, was Ljuba und Jurij in Moskau erwartete. Im günstigsten Fall ein Leben in der Vergessenheit.

»Und alles nur, weil es unten juckt!« sagte Schesjekin laut in das leere Zimmer hinein. »Zum Haareausraufen ist es!«

Am nächsten Tag – Virginia und Ljuba hatten in ihrem Bett, Jurij und Ric auf der Holzbank geschlafen – befahl Schesjekin den Kapitän Malenkow zu sich in die Kommandantur. »Es ist entschieden worden«, sagte er und blickte angestrengt auf eine große Seekarte, um nicht Malenkows Augen zu begegnen. »Die Gefangenen werden auf das Versorgungsschiff ›Minsk‹ gebracht. Die Ablösung ist da, drei Frachter unter argentinischer Flagge. Sie liegen noch 40 Seemeilen vor dem Roosevelt-Fjord im Treibeis und werden weiß gestrichen. In vier Tagen ankern sie an dem Nebenarm, wie immer. Genosse Malenkow, Sie werden mit der ›Gorki‹ die Amerikaner in Tauchfahrt dorthin bringen und auf der ›Minsk‹ abliefern.«

»Und die Genossin Berreskowa?« fragte Jurij Adamowitsch steif.

»Sie wird Henderson begleiten.«

»Was wird mit Miß Allenby geschehen?«

»Weiß ich das, Jurij Adamowitsch?« Schesjekin hob beide Hände. Ein guter Schauspieler war er, er wunderte sich selbst darüber. »Wissen Sie es? Keiner weiß es. Abliefern, heißt es. Was geht uns das andere an?«

»Ich bitte um Urlaub, Genosse Admiral«, sagte Malenkow. Er sprach, als sei seine Kehle ein Reibeisen.

»Urlaub?« Schesjekin hob den Kopf. Das war etwas Neues. Daran hatte keiner gedacht. »Urlaub? Wozu?«

»Ich will Virginia nach Moskau begleiten und mit dem Oberkommando sprechen. Nurian ist ein guter Offizier. Die ›Gorki‹ kann man ihm anvertrauen, bis ich wiederkomme.«

Wiederkommen, sagt er, dachte Schesjekin und senkte wieder den Blick auf die Seekarte. Mein lieber Jurij Adamowitsch, wo du hinkommst, gibt es kein Wiederkommen mehr. Es fiel ihm deshalb leicht, zu nicken und zu antworten: »Genehmigt. Sie erhalten Urlaub.«

»Danke, Genosse Admiral.«

Schesjekin blickte jetzt doch auf. Er zwang sich, Malenkows Augen standzuhalten. Ich bin machtlos, mein Lieber, sagte er in sich hinein. Auch mir erteilt man Befehle. Was könnte ich für dich tun? Auf deine Pistole zeigen? Dann weißt du, was ich meine. Aber du tust es nicht, du hast noch Hoffnung für Virginia und dich. Gnade in Moskau. Was bist du doch für ein dummer Mensch, Jurij Adamowitsch! Mit 32 Jahren noch ein Träumer – und ein Held der Sowjetunion. Wie paßt das zueinander? Das Leben ist verworren, mein Freund. »Bereiten Sie alles vor, Genosse«, sagte Schesjekin. Er lehnte sich zurück, der Stuhl ächzte unter seinem Gewicht. »Es kann sein, daß die Ablösung schneller im Fjord ist als gedacht. Sie fahren sofort weiter, wenn sie weiß gestrichen sind. Es kann schon in zwei Tagen sein.«

»Die ›Gorki‹ ist jederzeit auslaufbereit, Genosse Admiral.«

Schesjekin nickte kurz.

Malenkow war entlassen. Er ging von der Kommandantur hinunter zu den Piers, betrat über die Gangway das U-Boot und kletterte über den Turm ins Innere. Allein war er, eine Bordwache war nicht notwendig, in diesem Hafen aus Eis gab es keine Überraschungen, keine Vorfälle. Jeden Mann brauchte man zum Aufbau der Stadt.

Malenkow ging langsam durch sein Boot, vom Kiel bis zum Heck, von den vorderen bis zu den hinteren Torpedos, von der Steuerzentrale zum atomgetriebenen Wunderantrieb, von den ausfahrbaren Raketenrampen bis zur blitzsauberen Bordküche. Er ging durch die Mannschaftslogis und setzte sich dann im Kommandantenraum an den blanken Tisch, an dem er fast drei Jahre gesessen hatte. Niemand sprach darüber, aber jeder wußte es: Von Moskau führte kein Weg mehr zurück zur »Gorki«. Sein schönes, sein geliebtes Boot, der Stolz der sowjetischen Marine. Aber Virginia würde ihm bleiben, ein Trost war es, der Beginn eines anderen Lebens. Man nimmt Abschied und geht in eine andere Welt.

Allein war er, ganz allein in seinem Boot. Malenkow legte die Stirn auf die Tischplatte und weinte.

Commander Brooks hatte in einer langen, schlaflosen Nacht noch einmal alles überdacht, was General Seymore ihm gesagt hatte. Zwei Menschen können nicht einfach verschwinden, auch nicht in der Antarktis und schon gar nicht auf einem Eisberg, den man, mag er noch so gewaltig sein, überblicken kann. Nach Lage der Dinge muß man Henderson und Virginia als vermißt melden, aber vermißt heißt nicht, daß sie nicht mehr leben! Und auch ein Hubschrauber kann sich nicht in Luft auflösen, bei jedem Absturz bleiben doch die Trümmer zurück, und Trümmer sieht und findet man – es sei denn, er ist ins Meer gestürzt und dort versunken.

Im Meer? Warum sollte Ric im Meer versunken sein? Über dem Meer hatte er nichts zu suchen, die Überreste von Mulder und seiner

Maschine hatte man mitten auf einem Eisfeld gefunden, Kilometer vom Meer entfernt. Warum sollte Henderson über das Meer geflogen sein?

Seymores Worte raubten Brooks alle Ruhe. Mehrmals stand er in dieser Nacht auf, wanderte im Zimmer herum, stand lange am Fenster, starrte hinaus in die helle Nacht und sprach mit sich selbst. »Jim«, sagte er zu sich, »Jim, du hast keine Hoffnung mehr. Gib es zu. Aber ebenso wie Seymore kannst du einfach nicht glauben, daß dieser Mistberg Ric und Virginia einfach verschluckt hat! So etwas gibt es nicht! Versuch's noch einmal, Jim! Nur noch einmal, das letzte Mal! Flieg die Küste und das Meer ab, auch wenn's sinnlos ist. Gib jetzt nicht auf, such weiter gegen alle Logik! Schieb Ric und Virginia nicht ab zu den Toten!«

Am Morgen nach dieser durchwachten Nacht rief Brooks General Seymore auf der »Lincoln« an. Seymore saß gerade beim Frühstück, man hörte durchs Funktelefon, wie er kaute.

»Sir«, sagte Brooks, »ich bitte um Erlaubnis, noch einmal nach Ric suchen zu dürfen.« Seine Stimme klang etwas gepreßt und rauh.

»Genehmigt, Commander.« Seymore schluckte den Bissen, den er gerade im Mund hatte, hinunter. »Ich weiß, es ist zum Kotzen, es ist fast Spinnerei, aber geben wir nicht auf! Wo wollen Sie noch suchen?«

»An der Küste und über dem Meer, Sir.«

»Das ist sinnloser Kräfte- und Treibstoffverbrauch.«

»Dessen bin ich mir bewußt, Sir. Es... es ist der letzte Versuch. Ich will mir später nicht vorwerfen, auch scheinbar Sinnloses nicht beachtet zu haben. So viel im Leben ist jenseits aller Logik.«

»Da haben Sie recht. Viel Glück, Commander Brooks.«

»Danke, Sir.«

General Seymore legte auf. Nachdenklich blickte er über den Tisch, schob das Frühstücksgeschirr von sich und legte die Hände übereinander. Sein Appetit war vergangen, der verlockende Duft der frischgebackenen Brötchen konnte ihn nicht mehr reizen. Über dem Meer, dachte er. Wenn Ric über das Meer geflogen ist, dann muß er etwas Außergewöhnliches gesehen haben. So weit vom Kurs abzukommen war unmöglich; selbst der schlechteste Flugschüler hätte so etwas nicht fertiggebracht. Aber Brooks würde nichts finden, dessen war sich Seymore sicher, und zurückbleiben würde das große, unlösbare Rätsel, daß zwei Menschen und ein Hubschrauber auf einem Eisberg spurlos verschwinden konnten.

Noch einmal, zum letztenmal, wie sich Brooks sagte, alarmierte er seine beste Staffel. Lieutenant McColly, Sergeant Lamboretti, Sergeant Panzer und Sergeant Jess meldeten sich auf dem Flugfeld bei der Wachbaracke, bekleidet mit ihren dicken Polarfliegerkombinationen und den gepolsterten Helmen mit dem eingebauten Sprechfunk. Wortlos sahen sie Brooks an, in ihren Augen las man deutlich das Mitleid.

»Ich weiß genau, was ihr denkt«, sagte Brooks halblaut und blickte vom einen zum anderen. »Der Alte ist verrückt, denkt ihr. Er rennt einem Phantom nach. Verrückt bin ich nicht; aber wenn es ein Phantom gibt, dann will ich's sehen, da habt ihr recht! Wir werden die ganze Küste von ›Big Johnny‹ abfliegen, rundum, und auch das Meer absuchen.«

»Die Küste?« fragte McColly. »Ric hat Miß Allenby gesucht, und die ist bestimmt nicht im eisigen Meer schwimmen gegangen.«

»So logisch kann ich auch denken. Trotzdem könnte Ric zur Küste abgebogen sein, aus welchem Grund auch immer. Es ist unser allerletzter Versuch! Also: An die Maschinen!«

Die Staffel stieg auf, formierte sich in der Luft zu einer Querreihe und flog bis zu der Stelle, wo sie Mulder gefunden hatten. Dort schwenkte sie ab zur Küste, löste sich auf, und hintereinander suchten sie die wild zerklüftete Küste des Eisberges ab und das von dikken Eisschollen übersäte Meer. Ab und zu führten wie riesige Rutschbahnen Gletscher in die See, oder es waren sogar sanfte Hänge, die an flachen Ufern endeten; diese gingen dann wieder in hohe, spitze Eissäulen, zerklüftete Spalten und kleine Berge über: eine schreckliche und doch faszinierende Urlandschaft, die nie eines Menschen Fuß betreten konnte.

Ab und zu, in Abständen von jeweils zwei Minuten, empfing Brooks in seinem Kopfhörer die Meldungen der anderen Hubschrauber.

»Nichts, Sir.«

»Nichts Neues, Sir.«

»Nichts, Sir.«

Brooks nickte. Er hatte nichts anderes erwartet. Er flog am Ende der Kette, in der Hoffnung, etwas zu finden, was die anderen übersehen hatten. Vielleicht einen Öfleck; Öl kommt nicht von allein auf einen Eisberg. Wo Öl ist, muß auch ein Mensch oder eine Maschine sein. Öl ist die verläßlichste Spur. Gott im Himmel, laß uns eine Ölspur finden...

Brooks zuckte heftig zusammen, als er die Stimme von Lieutenant McColly im Kopfhörer vernahm.

»Commander, da ist etwas!« rief McColly aufgeregt. »Ich sehe was!«

»Öl?« schrie Brooks zurück.

»Nein, unter mir ist ein Haus, eine Baracke, weiß gestrichen... fabelhaft getarnt. Eine Baracke an einem Hang, der in eine Art Plateau aus Eis übergeht, wie eine Aussichtsplattform über dem Meer.«

»McColly, wenn das stimmt... Alle Maschinen zu Lieutenant McColly! Bleiben Sie über dem Objekt!«

»Verstanden, Commander.«

Brooks ließ die Motoren aufknattern, gab Vollgas und flog mit höchster Geschwindigkeit zu den anderen Maschinen. Wie Riesenhornissen umschwirrten sie einen kleinen Küstenstreifen, wie schreiende Geier, die ihr Opfer einkreisen. Brooks sah es jetzt auch: an den Eishang angelehnt eine weiß gestrichene Baracke, seitlich davon zwei Stapel verschneites Holz und ein abgedeckter Klumpen, den man aus der Luft nicht bestimmen konnte.

Ein Haus! Ein Haus auf einem unbewohnten Eisberg! Getarnt, nicht sichtbar für ein Satellitenauge! Menschen, von denen niemand eine Ahnung hatte! Ric und Virginia... War hier das Geheimnis ihres spurlosen Verschwindens?

Brooks' Herz begann wie irr zu klopfen. Er hörte, wie ihm das Blut rauschend in den Kopf stieg und sich ein Druck unter der Schädeldecke bildete. »Wir... wir landen!« rief er in sein Mikrofon. »Wie sind wir bewaffnet?«

Eine berechtigte Frage. Wer jemanden sucht, nimmt kaum eine Waffe mit. Was soll man auch mit einer Waffe auf einem unbewohnten Eisberg?

Nacheinander meldeten sich die Piloten.

»Eine Pistole, Sir!« Das war McColly.

»Auch eine Pistole.« Das war Jess.

»Eine MP!« Das war Lamboretti.

»Sehr gut!« rief Brooks dazwischen.

»Ich leider auch nur eine Pistole, Commander«, meldete sich als letzter Sergeant Panzer. »Wer konnte das ahnen?«

»Also dann: Hinunter mit uns!« Brooks räusperte sich. »Werden wir angegriffen, benehmen wir uns kriegsmäßig: Wir schießen zurück und fliegen Tiefangriff!«

»Verstanden, Commander.«

Aber nichts geschah, als sie sich wirklich wie Geier auf das Haus und das Eisplateau stürzten. Ungehindert konnten sie landen, sprangen aus den Kanzeln, gingen sofort in Deckung und beobachteten die weiß gestrichene Baracke.

Brooks sah jetzt, daß der abgedeckte Klumpen ein getarnter Motorschlitten war. »Kommen Sie raus!« schrie er zu dem Haus hinüber. »Wer Sie auch sind, kommen Sie heraus. Sie haben keine Chance, überzeugen Sie sich! Sie sind von fünf Hubschraubern umzingelt!«

Niemand antwortete. Nichts rührte sich in der Baracke. Brooks verließ vorsichtig seine Deckung und ging aufrecht auf das Haus zu. Sergeant Lamboretti zielte mit seiner MP auf das Fenster. Wenn etwas geschah, dann nur vom Fenster aus.

Brooks hatte die Tür erreicht, ergriff die Klinke und drückte sie nieder. Er gab der Tür einen Tritt und sprang zur Seite. Sie klappte auf, schlug innen an die Holzwand und blieb offen.

Nichts rührte sich.

Brooks winkte. Die anderen sprangen auf, hetzten zu ihm hin, stürmten in die Baracke und verteilten sich sofort auf alle Räume. Brooks blieb im Wohnzimmer stehen.

»Leer…« McColly kam aus dem Schlafzimmer zurück.

»Das ist 'n Ding, Commander.« Sergeant Panzer nahm seinen Helm ab. »Hinten ist ein richtiges Laboratorium, mit Flaschen, Kolben, Reagenzgläsern und allem Drum und Dran!«

Brooks stand vor der Längswand des Wohnzimmers und zeigte auf ein eingerahmtes Bild. »Und Lenin blickt uns an!« sagte er.

»Russen!« McColly entledigte sich ebenfalls seines Helmes und setzte sich auf einen der Stühle. »Das haut einen um. Auf unserem

Berg sitzen auch die Sowjets! Und keiner hat davon eine Ahnung.« Er blickte sich um und nickte mehrmals. »Fast luxuriös. Direkt gemütlich. Wohnzimmer, Küche, Schlafzimmer und ein Labor.«

»Sogar ein Doppelbett«, sagte Jess und grinste breit. »An alles hat man gedacht.«

»Und hier waren auch Virginia und Ric!« Brooks schlug die Fäuste zusammen. »Ich gehe in ein Kloster, wenn das nicht stimmt! Hier sind beide verschwunden.«

»Das heißt, daß noch mehr Sowjets auf dem Eisberg sind«, sagte McColly.

»Genau das heißt es. Jungs, wir sind in einen ganz großen, in einen riesigen Scheißhaufen getreten. Ich bin sicher: Ric und Virginia leben!«

»Und Wodka ist da!« rief Lamboretti. Er hatte den Wandschrank geöffnet und schwenkte eine helle Glasflasche. »Und Gläser auch!«

»Stell sie wieder weg. Saufen ist das Letzte, was wir jetzt gebrauchen können. Sehen wir uns die sowjetische Station näher an!« Brooks ging hinüber ins Schlafzimmer und blieb vor dem Bett stehen. Es sah aus, als sei jemand gerade aus ihm aufgestanden. Laken, Decken und Kissen waren zerwühlt, ein Bademantel lag auf der Erde. Brooks hob ihn auf und sah, daß es ein Frauenbademantel war; kein Mann trägt große Blumen, selbst ein Schwuler nicht. »Hier lebte eine Frau!« sagte Brooks laut. »Und ein Mann war auch da! Das Bett sieht aus wie eine Kampfstatt.«

»Hoppe, hoppe, Reiter...« Sergeant Jess hatte sich gebückt und zog jetzt unter dem Bett etwas hervor. Er schwenkte es in der Hand und lachte dabei. »Da hat der kühne Reiter sein Unterhemd verloren.« Er warf das Hemd Brooks zu.

Dieser fing es auf, betrachtete es und erstarrte. »Weißt du, was das ist?«

»Ein Unterhemd, das störte.«

»Aus dem Wäschebestand der US Air Force!« Brooks hielt das Hemd hoch.

Deutlich sah man jetzt den Stempel auf der Innenseite. Die anderen drängten sich um Brooks, starrten auf den Stempel und stellten ihr Grinsen ein. Brooks zerknüllte das Unterhemd und warf es auf das zerwühlte Bett. »Es gehört Ric. Er war hier, hat hier geschlafen.«

»Beigeschlafen«, sagte McColly mit einem bitteren Unterton. »Der gute, treue Ric...«

»Pufft eine Russin.« Sergeant Panzer schüttelte den Kopf. »Man hätte es nicht für möglich halten sollen.«

»Wer sagt das?« Brooks fuhr herum. »Es kann auch Virginia gewesen sein. Schließlich sind sie verlobt und wollen heiraten.«

»Und bumsen unter sowjetischen Augen?« McColly wischte sich über die Augen. »Das traue ich Ric nicht zu. Niemals.«

»Zerbrechen wir uns darüber nicht den Kopf!« Brooks nahm das Hemd wieder von dem zerwühlten Kissen und steckte es in seine Tasche. »Ric war hier, das wissen wir nun! Und wo ist er jetzt? Warum hat man das Labor verlassen? In größter Eile, wie's aussieht? Was ist hier passiert? Draußen steht ein Motorschlitten, alles ist bestens eingerichtet, der Vorrat reicht für mindestens zwei Wochen, das Labor ist voll funktionsfähig... Die weiß getarnte Baracke ist also ein Außenposten. Das Hauptlager ist woanders. Und dort, genau dort werden wir Ric und Miß Allenby finden! Jungs, die Russen sind auf dem Eisberg! Wißt ihr, was das bedeutet? Das kann die Welt aus den Angeln heben, wenn sie erfahren, was wir hier machen wollen. Amerikas größtes Geheimnis bewachen wir, und jetzt guckt uns der Russe über die Schulter.«

»Und was brauen sie hier im Labor?« fragte Panzer.

»Das werden unsere Experten aufklären. Jungs, jetzt beginnt eine unruhige Zeit. An die Maschinen! Wir müssen das sowjetische Hauptlager suchen.«

Wenig später flogen sie in V-Formation dem anderen Ende des Eisberges entgegen, jetzt mit Brooks an der Spitze, wie es sich gehörte bei einem Kriegseinsatz. Er hatte die Frequenz der »Lincoln« eingestellt, ließ General Seymore suchen und sagte dann, als sich Seymore meldete: »Sir, wir haben von Ric eine Spur.«

»Fabelhaft, Brooks!« rief Seymore begeistert. »Haben Sie seinen Hubschrauber entdeckt?«

»Nein, Sir, sein Unterhemd.«

»Was, bitte?« fragte Seymore etwas verwirrt zurück.

»Sein Unterhemd. Es lag in einer sowjetischen Laborbaracke.«

»Jim, sind Sie besoffen?« rief Seymore wütend. »Was faseln Sie da?«

»Wir haben an der Küste ein weißgetarntes Haus entdeckt, Sir, das ein verlassenes sowjetisches Laboratorium ist. Lenin hängt an der Wand. Russische Bücher liegen herum, russische Schallplatten. Das Haus muß fluchtartig verlassen worden sein. Das Bett war so, als sei es gerade verlassen worden, der Bademantel einer Frau lag auf dem Boden, die Schränke sind voller Vorräte, zwei gebrauchte Tassen und Teller und Bestecke lagen in der Küche... Es muß ein sehr hastiger Aufbruch gewesen sein.«

»Und wo lag Rics Unterhemd?« Seymores Stimme zitterte vor Erregung.

»Unter dem Bett, Sir.«

»Ich weigere mich zu glauben, was ich jetzt denke.«

»Ich auch, Sir.« Brooks starrte unter sich über das wild zerklüftete Eisgebirge. »Wir sind auf der Suche nach dem sowjetischen Hauptlager.«

»Brooks, machen Sie kehrt! Das ist nicht mehr unsere Aufgabe. Das muß jetzt das Pentagon entscheiden! Ich gebe in Washington Alarm.«

»Es geht um Miß Allenby und Ric, Sir. Wir müssen wissen, wo die Basis der Russen ist, und verhindern, daß den beiden etwas passiert, ehe Washington überhaupt reagiert.«

»Hier werden sie sofort reagieren. Brooks, bloß keine Dummheiten! Hören Sie! Ruhe bewahren! Das ist wie ein Griff zum Roten Telefon! Washington wird sofort reagieren.«

»Hoffen wir es, Sir!« Brooks schaltete ab und wieder zurück auf den Sprechfunk seiner Staffel. Zum erstenmal in seinem Leben bei der Air Force überhörte er bewußt einen Befehl, ignorierte er die Sorgen seines Generals. Die fünf Hubschrauber flogen weiter, verfolgt vom sowjetischen Radar, auf dessen Schirmen die Gefahr immer deutlicher wurde.

Schesjekin saß wie versteinert vor den Bildschirmen und starrte auf die schnell herankommenden, flimmernden Punkte.

Klar und nüchtern tönte die Stimme des Radarkommandanten durch den sonst stillen Raum. »Noch 22 Kilometer... Noch 18 Kilometer... Direkte Richtung auf uns... Noch 13 Kilometer.«

Schesjekin blickte die Offiziere an, die um ihn herumsaßen und ebenso fasziniert wie er auf die Bildschirme starrten. »Wenn sie über uns sind, sollen wir sie abschießen?« fragte er tonlos. »Wir müssen das jetzt entscheiden, Genossen. Es ist keine Zeit mehr, Moskau zu fragen!«

»Fünf sind es, Genosse Admiral«, sagte ein Major. »Mit unseren Mitteln sind wir kaum in der Lage, alle fünf zu liquidieren. Wir sind eine Marinebasis, eine unsichtbare, und haben nie damit gerechnet, entdeckt zu werden, schon gar nicht von Amerikanern.«

»Das weiß ich auch!« bellte Schesjekin außer sich. »Aber jetzt sind sie da! Eine Notsituation, Genossen. Wir müssen handeln!«

»Es kann sein, daß sie uns nicht entdecken.« Ein anderer Major sagte es sehr zaghaft. »Wer kann durch 400 Meter dickes Eis blikken?«

»Man kann, Sie Eisentopf!« brüllte Schesjekin. »Es gibt Geräte, die durchdringen alles, wie der Ultraschall bei den Medizinern.«

»Und ausgerechnet die haben die Hubschrauber an Bord? Genosse Admiral, das ist unwahrscheinlich. Es ist besser, wenn wir uns völlig still verhalten. Aus der Luft ist von ›Morgenröte‹ überhaupt nichts zu sehen.«

Schesjekin beruhigte sich etwas. Es stimmt, über uns ist ein 400 Meter hohes, wildes Eisgebirge: Man kann gar nichts sehen. Sollen sie nur über uns hinwegfliegen, die Amerikaner! Was werden sie registrieren? Eis, eine Küste aus riesigen, gezackten Eistürmen, eine weite, stille Bucht, dahinter eine geschlossene Eisdecke und endlose, leblose Weite, das Ross-Meer.

Aber wer denkt schon an eine Wäscherei? Wer rechnet damit, daß dem Kamin weißer Dampf entweicht, der durch eine Röhre in eine tiefe Eisspalte geleitet wird und dort in den kalten Himmel steigt und schnell im Wind verweht? Wem kommen in einer solchen Situation, wie sie jetzt über Schesjekin hereinbrach, Gedanken an eine Wäscherei? Ein einziger Mensch kann doch nicht an alles denken...

Und während Schesjekin die monotone Stimme des Chefradaristen hörte: »Noch 9 Kilometer... Noch 6 Kilometer... Jetzt sind sie über uns, genau über uns« und den Kopf zwischen die Schultern zog, als stürzten die Hubschrauber auf ihn nieder, sagte Lieutenant McColly ruhig und nüchtern: »Commander, vor mir, jetzt unter mir, kommt Dampf aus dem Eis. Aus einer Spalte, einer verdammt tiefen Spalte. Weißer Wasserdampf.«

»Ich komme!« Brooks schwenkte ab, die drei Hubschrauber folgten ihm, und gemeinsam umschwirrten sie den wild zerklüfteten Eisfleck, aus dem eine dünne Dampfwolke in den Himmel stieg und vom Wind sofort zerfetzt und weggetrieben wurde.

»Das müssen sie sein!« rief Brooks. »Ein Eisberg gibt keinen heißen Dampf ab!«

»Aber wo stecken sie, Commander?« fragte Sergeant Jess. »In diesen Spalten und Grüften kann doch niemand leben!«

»Hast du eine Ahnung, was die Russen alles können!« Brooks kreiste noch einmal um das Dampfloch. Er fotografierte den Dampf und die Eiswildnis, die wirklich für keinen Menschen erreichbar schien und die dennoch das Hauptlager der Sowjets sein mußte. »Weiter, Jungs!«

Sie flogen bis zu der weiten Bucht und dem Eisgürtel, sahen die 421 Meter hohe Eiswand aus bizarren Eissäulen, aber nicht den überdachten Eingang des Fjords, der in die riesige Höhle des Eisberges führte. In einem weiten Bogen kehrten die fünf Hubschrauber zurück, überflogen noch einmal die dampfende Spalte und bildeten dann wieder ihre V-Formation.

Schesjekin atmete auf. »Sie kehren um«, sagte er mit einem befreiten Seufzer. »Sie haben uns nicht entdeckt. Genossen, Glück nennt man das, oder eine Atempause – wer weiß das? Auf jeden Fall muß General Wisjatsche informiert werden.« Er stand auf, nickte seinen Offizieren zu und verließ den Radarraum. So schnell wie möglich müssen die Gefangenen weg, dachte er, als er zum Funktelefon griff. Wo bleibt bloß die Ablösung? Liegt da draußen im Treibeis herum und streicht sich weiß an. Geht das nicht schneller, ihr lahmen Hunde? Glaubt ihr, die Amerikaner schlafen? Längst haben sie Satellitenfotos von euch, und wenn sie auch noch die argentinischen Flaggen erkennen, dann – sie sind keine Idioten, nur gutgläubig. Kindlich gutgläubig. Glauben an jeden Vertrag und freuen sich, wenn man ihnen auf die Schulter klopft. Freundschaft zwischen Sozialismus und Kapitalismus – nur naive Gemüter halten das für eine Realität. Dämlich aber sind die im Westen nicht! Also arbeitet schneller, Genossen, damit meine U-Boote zu euch kommen können, mit Malenkow und der Berreskowa, mit Henderson und Miß

Allenby. Ein merkwürdiges Gefühl habe ich, Genossen, eine innere Unruhe. Man darf es nicht laut sagen – aber auf jede Morgenröte folgt eine Abendröte... So etwas belastet, glaubt es mir.

Brooks hatte erneut Verbindung mit der »Lincoln« aufgenommen und bekam einen sehr nervösen und gereizten Seymore ans Telefon.

»Was ist?« rief Seymore sofort. »Brooks, machen Sie jetzt keine langen Sprüche! Was ist?«

»Wir haben sie, Sir«, sagte Brooks knapp, wie gewünscht.

»Was heißt das?«

»Am anderen Ende des Eisberges kommt Wasserdampf aus einer tiefen Spalte. Ich schätze sie auf glatt über 300 Meter tief.«

»Da kann doch keiner leben, Brooks!«

»Normalerweise nicht, Sir. Aber wir haben es mit Russen zu tun – da ist nichts unmöglich. Ich erinnere mich, was mein Vater erzählte, und der hat es aus deutschen Zeitungen von damals. Im Zweiten Weltkrieg hatten die Krauts auch die Pripjet-Sümpfe besetzt, da kam keine Ente mehr durch. Trotzdem hatten sie laufend Verluste. Was war? Die Russen lagen in den Sümpfen unter der Oberfläche und atmeten durch Schilfrohre. Und denken Sie an den Vietkong, Sir, was die alles fertigbrachten. Die hatten ein unterirdisches Höhlensystem, das nie jemand erobert hätte. Und auf unserem Berg sitzt der Russe ebenfalls in solch einem Höhlensystem, nur ist es aus Eis. Für die Sowjets kein Problem.«

»Das klingt ja fast, als bewunderten Sie die Russen!«

»Manchmal ja, Sir.« Brooks räusperte sich. »Wir sind irgendwie schwerfälliger. Bei uns geht alles erst durch zehn Expertenkommissionen.«

»Ich gebe Ihre Beobachtungen sofort nach Washington weiter, Jim. Das aufgefundene sowjetische Labor hat im Pentagon wie ein Blitz eingeschlagen. General Pittburger hat den Minister und dann den Präsidenten benachrichtigt.«

»Ich habe auch Fotos von der dampfenden Spalte gemacht, Sir.«

»Brooks, das ist ja fabelhaft.« Seymores Stimme brüllte vor Begeisterung. »Sofort zurück auf die ›Lincoln‹! Wir funken die Bilder nach Washington. Hoffentlich hat General Pittburger ein starkes Herz und fällt nicht um. Wissen Sie, daß Ihre Entdeckung Krieg bedeuten kann?«

»Mir ist dieser furchtbare Gedanke auch gekommen, Sir. Wie können wir diese Entwicklung aufhalten?«

»Wir? Brooks, wir sind doch arme kleine Scheißer. Nichts können wir tun! Das entscheiden ein paar Superhirne an einem runden Tisch. Wir dürfen dann nur noch draufschlagen. So war's immer, Jim – warum soll es jetzt anders sein?«

»Sie haben recht, Sir.« Brooks zog das Kinn an. Er überblickte ganz klar ihre Situation. »Wir sind wirklich arme kleine Scheißer. Ende, Sir.«

Pittburger stand als Vortragender Präsident Reagan gegenüber, der hinter dem großen Schreibtisch in seinem Sessel saß und stumm zuhörte. Reagans Gesicht schien von tiefen Falten durchzogen zu sein und sah leidend aus, als habe sich sein gutmütiger Hautkrebs in tiefere Regionen seines Körpers verzogen und sei dort bösartig geworden. Eine Konfrontation mit den Sowjets war unvermeidlich; der eine wußte vom anderen, daß der im Bewußtsein der Menschheit längst verschwundene Eisberg zwei der geheimsten Projekte der beiden Staaten enthielt und zum Prüfstein des Friedenswillens der USA und von Glasnost und Perestroika geworden war. An diesem riesigen Eisberg konnte sich die endgültige Spaltung der Welt in zwei Teile vollziehen, eine Teilung, die sich nie mehr rückgängig machen ließ. Waren die Projekte das wert?

General Pittburger trug die Fakten mit klarer, emotionsloser Stimme vor. Er breitete vor dem Präsidenten die Vielfalt der sowjetischen Waffenforschung aus, neue Kriegstechniken, bei denen die USA hinterher hinkten und die – da geheim – noch in keinen Vertrag aufgenommen und geächtet worden waren, neue Waffen, die mühelos die ganze Menschheit vernichten konnten.

»Es muß eine Entscheidung getroffen werden, Herr Präsident«, sagte Pittburger am Ende seines Vortrages. »Eine schnelle Entscheidung, ehe die Sowjets uns zuvorkommen. Die Fotos von Commander Brooks lassen eine Menge Vermutungen zu, die Satellitenbilder zeigen vier Frachtschiffe unter argentinischer Flagge im Ross-Meer, von denen seit gestern zwei plötzlich verschwunden sind, über Nacht. Eine Rückfrage in Argentinien ergab, daß keinerlei Veranlassung besteht, ins Südpolarmeer vier Frachter zu schicken, auch nicht zum Materialnachschub argentinischer Forschungsstationen auf dem Antarktis-Eis. Dort, wo wir die Schiffe gesichtet haben, gibt es keine argentinischen Stützpunkte. Aber der Eisberg ist in der Nähe. Die Vermutung liegt nahe, daß es sowjetische Schiffe sind, die unter argentinischer Flagge fahren. Das Kriegsministerium in Buenos Aires ist alarmiert und wird U-Boote und Luftaufklärer ins Ross-Meer schicken. Wir schlagen vor, Herr Präsident, daß auch wir die ›Lincoln‹ durch ein Geschwader verstärken und vor allem U-Boote in die Antarktis schicken.«

»Sähe das nicht wie eine Provokation aus, Louis?« fragte Reagan mit leiser Stimme.

»Die Sowjets mißachten die Flaggenhoheit. Sie lassen Schiffe unter falscher Flagge fahren! Wer so etwas tut, hat verdammt was zu verbergen. Würden Sie ein Schlachtschiff unter britischer Flagge einsetzen, wenn es nicht um etwas ganz Brisantes ginge?«

»Wir haben noch ganz andere Dinge getan, Pittburger.« Reagan dachte an den Einsatz in der Schweinebucht an der kubanischen Küste und an das blamable Ende dieser militärischen Aktion. »Ich will Frieden! Frieden! Weiter nichts – nur Frieden! Und ich habe nicht mehr viel Zeit, dieses Ziel zu erreichen. Ein anderer Präsident wird gewählt werden, und ihm will ich als Erbe den verbrieften Frieden übergeben.«

»Und die Russen?«

»Gorbatschow will es auch.«

»Und warum bauen sie auf dem Eisberg Supergeheimes?«

»Warum haben wir dieses ›Big Johnny‹ gebaut?«

»Herr Präsident, das ist etwas anderes!«

»Wieso, Pittburger?« Reagan lehnte sich in seinem Sessel zurück. Seine Augen lagen tiefer als sonst und machten einen müden Eindruck. »Wir wollten die Sowjets überlisten, die Sowjets wollten uns überlisten. Wo liegt da der Unterschied? Beide sind wir aufgefallen, und nun sollten wir so ehrlich und vernünftig sein und sagen: ›Sorry, das war's! Vergessen wir's. Schwamm drüber und weggewischt! Wir sind aufgefallen und ihr auch. Gib mir die Hand, Michail.‹ Und Michail wird sagen: ›Okay, Ron. War alles verdammt dumm.‹ Und dann ist alles wieder gut, auch wenn jeder weiß, daß wir einander weiterhin bescheißen.«

»Wenn das so einfach wäre...« Pittburger wiegte den Kopf.

»Es ist einfach.«

»Und was soll jetzt geschehen, Herr Präsident?«

»Eine friedliche Lösung, Pittburger.«

»Aufgabe des gesamten Projektes?« Pittburgers Stimme verbarg nicht sein Entsetzen. »Millionen Dollars umsonst ins Eis gesetzt? Das machen Sie mal dem Repräsentantenhaus klar.«

»Ein Krieg kostet Milliarden Dollar, und ob es einen Überlebenden gibt, weiß auch keiner.«

»Wir sollen vor den Sowjets kapitulieren, Herr Präsident? Wir sollen uns von dem Eisberg als erste zurückziehen? Das heißt Schwäche zeigen. Das macht uns zum Papiertiger!« Pittburgers Stimme klang nun empört. »Wir werden lächerlich, Herr Präsident, wenn wir als erste aufgeben.«

»Gemeinsam geben wir den Eisberg auf. Gemeinsam.«

»Und wenn der Russe nicht will? Auch damit müssen wir rechnen.«

»Warten wir es ab, Pittburger.« Reagan beugte sich vor, legte die Hände auf den Tisch und lächelte breit. »Der Colt bleibt im Halfter.«

Pittburger nickte und verließ das Zimmer. Daß er sich den Cowboy nicht abgewöhnen kann, dachte er bitter. Hier ist nicht Hollywood, und die Sowjets sind keine Rinderherde. Mal sehen, wie er auf Cowboyart dieses Scheißproblem lösen will. *Ich* weiß es nicht.

Zurück in seiner Befehlszentrale im Pentagon telefonierte er mit Vizeadmiral Warner von der »Lincoln« und dann mit General Seymore. »Ein Flottenverband wird zu Ihrer Unterstützung in Marsch gesetzt«, sagte er zu Seymore. »Er verstärkt die Beobachtung der sowjetischen Basis und der zwei Frachtschiffe. Wieso sind es nur noch zwei? Wo sind die anderen zwei?«

»Verschwunden. Ich weiß nicht, wohin, Sir.«

»Seymore, das dauernde Verschwinden von Menschen und Gegenständen im Zusammenhang mit dem Eisberg geht mir auf die Nerven!«

»Mir auch, Sir.«

»Jetzt lösen sich schon zwei Schiffe in Luft auf!« Pittburger war hörbar wütend. »Sollte mich nicht wundern, wenn plötzlich der ganze Eisberg verschwunden ist.«

»Die Aufklärer der ›Lincoln‹ umkreisen pausenlos die beiden Schiffe unter argentinischer Flagge, und sie suchen auch die beiden verschwundenen. Bis jetzt ohne Erfolg. Die eingesetzten Sonare und Radare bringen nichts. Sie werden außerdem gestört.«

»Dachte ich es mir doch! Die Russenschiffe sind vollgestopft mit Elektronik. Haben Sie sowjetische Tätigkeiten bei ›Big Johnny‹ festgestellt?«

»Nein, Sir. Der Russe verhält sich völlig still, als gäbe es ihn gar nicht. Was wir von ihm wissen, ist nur diese Wasserdampfwolke über dem Eisgebirge. Alles andere sind Theorien. Es kann sich um eine Polarforschungsstation handeln, die unser Eisbergriese angelockt hat. Es kann aber auch was anderes sein. Das weiß im Augenblick noch keiner.«

»Und warum haben sie Miß Allenby und Henderson kassiert? Warum halten die Russen sie fest? Das sieht nach Gefangennahme aus! Aber kein Polarforscher macht Gefangene.«

»Nein, Sir.«

»Woran denken Sie, Seymore?«

»Es muß sich um eine geheime militärische Basis handeln.«

»So sehe ich das jetzt auch.« Pittburger schien tief Atem zu holen. Was er nun zu sagen hatte, widersprach den Vorstellungen des Präsidenten und dessen Lebenstraum vom ewigen Frieden mit den Sowjets. »Die Russen haben mitten im Frieden zwei amerikanische Staatsbürger widerrechtlich gefangen genommen und haben die Absicht, sie einfach verschwinden zu lassen. Auch wenn sie es mit der Begründung der Spionage tarnen, auf diesem Eisberg ist neutraler Boden. Der Eisberg ist nicht sowjetisches Staatsgebiet! Sie haben hier nichts zu suchen. Gar nichts! Die Gefangennahme ist also ein unfreundlicher Akt, den sich unser Land nicht gefallen lassen kann. Man sollte das deutlich zum Ausdruck bringen.«

»Und wie, Sir?« fragte Seymore und spürte ein Kribbeln im Nakken. Er ahnte, daß eine heiße Phase begonnen hatte.

»Machen wir den Sowjets klar, daß wir sie genau beobachten und immer gegenwärtig sind! Und daß wir Ric und Miß Allenby notfalls mit Gewalt herausholen werden.«

»Und wenn sie den Eisberg so heimlich und lautlos verlassen, wie sie gekommen sind, und die beiden mitnehmen?«

»Das zu verhindern ist Ihre, ist unsere Sache. Ungesehen kommt hier keiner weg.«

»Sie sind auch ungesehen gekommen, Sir.«

»Das konnte keiner ahnen. Aber jetzt wissen wir, daß sie da sind und wo sie sind. Und wenn sie sich als Pinguine verkleiden, nichts, kein Lebewesen darf den Berg verlassen ohne Kontrolle. Ist das klar?«

»Völlig klar, Sir.«

Am nächsten Tag demonstrierte Commander Brooks, wie die USA ihre ständige Gegenwart und Überwachung verstanden: Drei Jagdbomber überflogen im Tiefflug das wilde Eisgebirge, aus dessen Spalten der Dampf emporgestiegen war, und klinkten drei leichte Sprengbomben aus. Sie explodierten mit hellem Knall, rissen in die Eistürme drei kleine Krater und sprengten die Spitzen weg, aber sonst nahm der Eisberg es gelassen hin. Es war wie ein Ankratzen, das kaum Spuren hinterließ. Mehr sollte es auch nicht sein, nur eine Warnung.

Vizeadmiral Schesjekin dagegen rang nach Luft, verfärbte sich hochrot, und sein Stab wunderte sich, daß er nicht auseinanderplatzte wie ein beschädigter Überdruckkessel. In der Stadt im Eis spürte man kaum etwas von diesen Bomben, 400 Meter kompaktes Eis lag über ihr. Nur Malenkow nahm die Erschütterung wahr, starrte hinauf zu der gewaltigen, gewölbten Eisdecke und sah dann fragend Nurian an, der neben ihm stand. »Was war denn das?«

»Irgendwo ist wieder so eine Eissäule zusammengefallen.« Nurian machte eine wegwerfende Handbewegung. Er hatte sich an solche Erschütterungen gewöhnt. Der Eisberg arbeitete, das war ganz natürlich. »Was gibt es Neues, Jurij Adamowitsch? Wann kommt endlich die Ablösung?«

»Sie steht vor der Tür.« Malenkow blickte über den U-Boot-Hafen und die Piers aus Eis. Die Ablösung, das bedeutete das Ende des Kapitäns zur See Malenkow, des Helden der Sowjetunion, auch wenn Schesjekin nicht darüber sprach. Und es bedeutete gleichzeitig den Kampf um Virginia und ihre Rettung vor einem Arbeitslager in Sibirien. Gab es im Rußland der Perestroika eine neue Gnade?

Von Schesjekin hörte er nichts mehr: Er war aus dem inneren Kreis der Vertrauten ausgeschlossen worden. Zwar hatte man ihm das Kommando über die »Gorki« noch gelassen, aber er wußte, daß er nach dem Anlegen an das Versorgungsschiff »Minsk« sein U-Boot als Geächteter, als im voraus Verurteilter verlassen würde. Angst hatte er, wenn er daran dachte, nicht um sich selbst, sondern um Virginia, Ljuba und Ric, deren Namen und Existenz man auslöschen konnte.

Belastet mit diesen Gedanken kehrte Malenkow zu dem Haus der Berreskowa zurück. Es war warm in dem Haus im Eis, ja fast heiß, die Ölöfen glühten, und Ljuba stand in Höschen und BH in der Küche, rührte in einem Topf mit Nudelsuppe und vielen dicken Fleischstückchen, die ihr der Küchenchef Sumkow geschickt hatte. Auch einen Karton hatte er dazu gelegt mit einem saftigen Butterkuchen, extra für sie gebacken. »Ein lieber Mensch, dieser Anatol Viktorowitsch«, hatte Ljuba gesagt. »Nutzen wir es aus; das Essen in den kommenden Jahren wird weniger üppig und schmackhaft sein.«

Sie schliefen jetzt getrennt, Ric und Ljuba in ihrem Haus, Virginia und Malenkow in dessen Haus, aber den Tag über saßen sie zusammen bei Ljuba, spielten Schach oder Domino, hörten Musik von Schallplatten, und wenn Ljuba die Dritte Sinfonie von Beethoven oder das Klavierkonzert Nr. 1 von Tschaikowski auflegte, kroch sie nahe an Ric heran, legte den Arm um seine Hüfte, kuschelte sich an ihn und schloß die Augen.

»Daß es so etwas gibt, diese himmlische Musik, ist schon das Leben wert«, sagte sie einmal und war den Tränen nahe, »und auch das Sterben wird leichter.«

»Damit hat es Zeit«, antwortete Ric leise. »Erst beginnt unser Leben.«

»Irgendwo in Sibirien. In Jakutien, bei den Ewenken, auf Kamtschatka. Oder in den Steppen am Ussuri...«

»Meine Landsleute werden mich nicht so einfach abschreiben. Sie werden uns suchen. Brooks gibt niemals auf; wo andere sagen: ›Es ist sinnlos‹, sagt er: ›Ich hoffe noch.‹«

»Wer ist Brooks?«

»Commander Jim Brooks, der Chef unseres Geschwaders. Du wirst ihn kennenlernen, Ljuba.«

»Wie will er nach Sibirien kommen?« fragte sie bitter.

»Wir werden nicht nach Sibirien verschleppt! Jim sucht und findet uns.«

»Wo will er denn suchen? Niemand sieht uns aus der Luft.« Sie war zum Plattenspieler gegangen, legte eine neue Scheibe auf und kam zu Ric zurück. Das Vorspiel zu »Tristan und Isolde« von Wagner verzauberte sie vom ersten berühmten Akkord an. Die schönste, in Melodien aufgelöste Liebe strömte über sie hinweg.

»Du magst Wagner auch?« fragte Ljuba leise.

»Jetzt ja. Früher war mir Sinatra lieber oder Crosby oder Sammy Davis junior. Aber durch dich ist alles anders geworden, Ljuba, alles. Ich komme mir wie ein neuer Mensch vor. Und deshalb glaube ich auch an eine Zukunft.«

Sie schwieg, wollte die selige Stimmung nicht zerstören, streichelte seinen Körper, tastete ihn mit Küssen ab, und dann liebten sie einander unter den betäubenden Klängen von Wagners Liebesdrama.

»Was hast du erfahren?« fragte Ljuba, als Malenkow eingetreten war.

»Noch liegt die Ablösung auf See. Eine Frist zum Beten, wenn wir an Gott glauben würden.«

»Und Schesjekin?«

»Er redet nicht mehr mit mir.«

»Ein Zeichen, daß wir bereits aus der Liste gestrichen sind.«

»Man kann es so sehen.« Malenkow blickte sich um. »Wo sind Virginia und Ric?«

»Sie schwitzen in der Banja.«

»Allein?«

»Eifersüchtig, Jurenka?« Sie lachte und bog sich in den Hüften.

Wunderschön war sie, und Malenkow dachte daran, wie sie wohl in zwei Jahren aussehen würde, in Wattejacke und Wattehosen, mit derben Stiefeln, wollenem Kopftuch, irgendwo in den sibirischen Wäldern, die gefällten Bäume entastend und mit Traktoren zum Sammelplatz schleppend. »Ja«, brummte er. »Auch wenn sie miteinander verlobt waren, sie brauchen nicht mehr nackt zusammenzuhocken. Ich mag das nicht.« Er ging hinüber ins Schlafzimmer, zog sich aus und kam in die Küche zurück. »Ich gehe auch in die Banja.«

»Jetzt stehst *du* nackt vor mir – ist das etwas anderes?«

»Ja. Du hast einen anderen Begriff von Moral.« Malenkow verließ die Küche wieder, schlüpfte von dem Verbindungsgang aus in die Banja und setzte sich neben Virginia. Ihre Nacktheit erregte ihn sofort, er legte ein Handtuch über seinen Schoß und wandte den Kopf nach rückwärts. Ric lag eine Etage höher auf der Holzpritsche, hatte die Augen geschlossen und rührte sich nicht.

»Übersätz ihm«, sagte Malenkow zu Virginia. »Wir habben« – er suchte nach dem deutschen Wort, fand es nicht und umschrieb es, und es wurde die richtige Aussage – »Frist fürr Galgen.«

»Ric, die Schiffe sind noch nicht da«, übersetzte Virginia. »Noch kann es Brooks gelingen, uns zu entdecken.«

»Ich warte von Stunde zu Stunde«, antwortete Henderson, träge von der feuchten Hitze.

»Und du glaubst, daß Schesjekin ohne Schwierigkeiten Jurij und Ljuba mitgibt?«

»Er wird verdammte Schwierigkeiten bekommen, wenn er's nicht tut.«

»Ein Privatkrieg im Eisberg, das wird nie sein! Das wäre Wahnsinn!«

»Ein Krieg im kleinen vertrauten Kreis, von dem die Welt nie etwas erfahren und der sie nie berühren wird. Wir alle hier leben außerhalb der Legalität.«

»Ric, es wird Tote geben!«

»Das hängt von den Russen ab.«

»Du rechnest also damit, daß es Tote geben könnte?«

»Jede Eskalation kostet Opfer.«

»Ric…« Virginia drehte sich zu ihm um und blickte auf die Holzliege über sich. Henderson lag noch immer mit geschlossenen Augen da, als schlafe er in der heißen, feuchten Luft. Nur das Spiel seiner Zehen bewies, daß er hell wach war. »Für uns sollen andere junge Menschen sterben? Sind wir das wert?«

»Ljuba ist mir mehr wert als alles andere auf der Welt. Du natürlich auch. Frag Jurij, was du ihm wert bist.«

»Was sagt är?« Jurij hatte von all dem nur seinen Namen verstanden. Seine Erregung hatte sich gelegt, er schob das Handtuch von seinem Schoß und lehnte sich an die Holzwand zurück. »Was ist mit mirr?«

»Ric bedauert, daß du kein Englisch kannst«, log sie. Man kann ihm das alles nicht sagen, dachte sie. Er ist ein Russe, er denkt russisch, er fühlt russisch, und er würde auf der Seite seiner Kameraden kämpfen, auch wenn es später sein Untergang wäre. Wieviel ich ihm wert bin? So viel wie Sonne, Mond und alle Sterne, wie die Unendlichkeit um uns und die Gnade Gottes – so hat er es mir einmal gesagt. Aber er würde nie zulassen, daß die Amerikaner unsertwegen seine Freunde töten. Das unterscheidet ihn von Ric, und deshalb liebe ich Jurij Adamowitsch.

»Ich wärde äs lärnen«, sagte Malenkow. »Ich kann gutt lärnen.«

Die Tür klappte auf, Ljuba steckte den Kopf in die heiße Luft, warf einen Blick auf Ric und rief: »Die Suppe ist fertig! Kommt sofort, sonst komme ich zu euch und werfe mich auf Ric...«

»Das müssen wir verhindern!« Virginia sprang auf, zog Jurij an den Händen hoch und gab Ric einen Schlag auf den nackten Hintern.

Ljuba lief zurück in die Küche, trug eine große Terrine mit der Nudelsuppe ins Wohnzimmer und schöpfte aus ihr die Teller voll. Ein köstlicher Duft durchzog den überheizten Raum.

Ric, Jurij und Virginia kamen nackt aus der Banja und setzten sich so an den Tisch, als sei man im Paradies und wolle die Feigenbäume schonen. Aber eine verzweifelte Sehnsucht nach absoluter Freiheit war es auch; wer wußte, wie die Welt morgen aussah oder übermorgen oder gar in den nächsten zwei Stunden, wenn Nurian an die Tür klopfte und sagte: »Genossen, die Schiffe sind eingetroffen. Macht euch fertig. Die ›Gorki‹ ist auslaufbereit.«

Das hieß nichts anderes, als daß mit dem Tauchen des U-Bootes auch ihre bisherige Welt versank und daß man sie in das Unbekannte brachte, von dem sie nur wußten, daß es von ihm kein Zurück mehr gab.

»Sitten sind das!« sagte Ljuba und schüttelte tadelnd den Kopf. »Wie sitzt ihr denn am Tisch? Der einzige Mensch mit Anstand bin ich. Das muß geändert werden!« Sie löste den Verschluß ihres BHs und schüttelte ihn ab, streifte ihr Höschen von den Hüften und blickte lachend in die Runde. »Ich wünsche einen guten Appetit. Oh, habe ich einen Hunger!« Sie warf einen strahlenden Blick auf Ric und fügte hinzu: »Nicht auf Nudelsuppe, auf dich, mein Liebling! Einmal werde ich dich zerbeißen, dann bist du in mir und kannst nicht mehr weg.«

In diese verzweifelte Idylle trat Nurian. Er klopfte kurz an die Tür und kam sofort ins Haus. Über den Anblick, der sich ihm bot, schien er sich nicht zu wundern. Ohne Zögern oder eine Entschuldigung, aber auch ohne interessierte Blicke kam er an den Tisch und grüßte mit einem Nicken.

Jurij legte langsam seinen Löffel neben den Teller. »Die Ablösung ist gekommen«, sagte er mit bewegter Miene.

»Nein, Jurij Adamowitsch.«

»Dann trifft sie in den nächsten Stunden ein?« fragte Ljuba.

»Das mag sein, aber das kann euch nicht interessieren.« Nurian setzte sich neben Ljuba an den Tisch, holte ihren Teller zu sich heran, schöpfte aus der Terrine die Nudelsuppe mit den dicken Fleischstückchen, nahm ihren Löffel und begann gemütlich zu essen. »Ein Festessen ist das!« rief er, mit vollem Mund kauend. »Diese Nüdelchen! Dieses Fleisch! O dieser Duft! Feiert nur, liebe Freunde, feiert nur, recht habt ihr.«

»Die Ablösung ist da, also laßt uns Abschied nehmen!« sagte Malenkow ernst. »Als ob du es gespürt hättest, Ljubascha. Einen Wodka wollen wir auch dazu trinken, den letzten, Brüder und Schwestern. Morgen wird es nur noch heißes Wasser geben.«

»Habt ihr euch nicht richtig gewaschen?« Nurian schöpfte zum zweitenmal seinen Teller voll. In der Schüssel war genug, außerdem hatten die Vier mit dem Essen aufgehört.

Obwohl Ric und Virginia nichts verstanden, erkannten sie an den Mienen von Jurij und Ljuba, daß die gefürchtete Stunde gekommen war. Brooks hatte den Wettlauf gegen die Zeit verloren – es war nichts mehr zu retten.

»Was hat Schesjekin befohlen?« fragte Malenkow hart. »Nurian, laß das Fressen sein! Was hat er dir aufgetragen? Zum Teufel, rede!«

»Nichts hat er befohlen. Das ist es ja. Ich habe es von Major Chlopkow von den Pionieren gehört. Er war dabei, als Schesjekin mit Admiral Sujin und dann mit General Wisjatsche in Moskau sprach.« Nurian schlürfte einen vollen Löffel heißer Nudeln und kaute darauf genüßlich an einem großen Stück Fleisch. »Und was hört da der gute Chlopkow? Schesjekin berichtet: ›Die Amerikaner haben uns entdeckt und zur Warnung drei Bomben geworfen. Ihre Flugzeuge überwachen unsere Einfahrt, umkreisen die neuen Versorgungsschiffe und funken an sie auf russisch: ‚Verlassen Sie das Gebiet! Geben Sie Ihre Nationalität bekannt. Argentinische und amerikanische U-Boote sind zu Ihnen unterwegs. Verlassen Sie sofort den Fjord und nehmen Sie Kurs aufs offene Meer!' Genosse General, ich bitte um Weisungen. Es kann jetzt zu einer kriegerischen Auseinandersetzung kommen.‹ Und was hat Wisjatsche geantwortet? Na? ›Ruhe bewahren, Genosse Schesjekin. Keine unüberlegten Aktionen. Abwarten. Ich werde den Genossen Generalsekretär selbst informieren. Jede Entscheidung liegt jetzt bei dem Genossen Gorbatschow.‹ – ›Und die Gefangenen?‹ fragt Schesjekin zurück. ›Sie sollen doch auf die ‚Minsk' geschafft werden?‹ Und Wisjatsche sagt: ›Auch hier vorläufig keine Aktionen. Sie bleiben versteckt!‹ Nun, was sagt ihr? Ist das eine Nachricht zum Feiern?«

»Wir bleiben… bleiben hier?« fragte Ljuba und sah zu Ric hinüber. Dann zuckte es plötzlich über ihr Gesicht, sie sprang auf, lief nackt, wie sie war, um den Tisch herum und fiel Henderson um den Hals, küßte sein Gesicht ab und rief auf englisch: »Wir bleiben hier! Hier! Wir kommen nicht auf das Schiff! Ric, die Amerikaner haben uns entdeckt! Sie haben Bomben auf uns geworfen!«

Henderson starrte Nurian, den Überbringer dieses Wunders, an, warf dann die Arme um Ljubas zuckende Schultern und drückte sie an sich. Auch Virginia hatte sich an Jurij gelehnt und weinte plötzlich. Malenkow nagte an seiner Unterlippe; für ihn war das alles nur ein Aufschub. Die alte Taktik der Russen war es, Zeit zu gewinnen. Jeder Tag würde für sie arbeiten. Die Amerikaner hatten sie entdeckt, nun gut! Aber was änderte sich dadurch? Ein Vernichtungskrieg wegen vier Menschen? Gorbatschow und Reagan waren doch keine Idioten! Um Millionen zu retten, konnte man vier unwichtige Menschen vergessen. Darauf wartete Wisjatsche im Generalstab, damit rechnete Marschall Ogarkow, für den mächtigen Ligatschow war es sicher. Krieg wegen vier Mücken? Wer wollte das vor der Weltgeschichte verantworten?

Malenkow legte wie schützend seine Arme um Virginia und blickte Nurian an, der mit vollen Backen kaute und die Nudeln schlürfte. »Gut wäre jetzt auch ein Wässerchen«, sagte er. »Bei einer großen Feier muß man anstoßen und einen Spruch hersagen.«

»Was weißt du noch, Nurian?« fragte Malenkow ungerührt.

»Ist das nicht genug?« Nurian hob beide Hände zu Ljuba hin und rollte mit den Augen. »Meine Liebe, der gute Jurij Adamowitsch begreift noch nicht, welch ein Tag heute ist!«

»Ich begreife: Die Amerikaner bombardieren uns, und wir werden antworten.«

»Nein! Nein! Moskau verbietet es!«

»Dann sind wir schon tot.« Malenkow nickte mehrmals. »Recht hast du: Trinken wir Wodka, bis uns der Schlag trifft! Ein anständiger Tod wäre das. Ob in Sibirien oder hier im Eis, uns gibt es nicht mehr. So, wie es immer beschlossen war... Nurian, warum bist du so fröhlich? Warum lachst du die Wahrheit weg? Man kann die Wahrheit nicht betäuben, Nurian, man wacht immer wieder auf.«

»Mein Kapitän ist ein Rindvieh – verzeihen Sie, Ljuba Alexandrowna.« Nurian fischte mit dem Löffel in der Terrine herum und angelte das letzte Stückchen Fleisch heraus. »Nichts läuft mehr in der ›Morgenröte‹! Kein U-Boot kommt herein, kein U-Boot schleicht sich hinaus. Die Amerikaner sehen es sofort, hören es sofort. Sie lauern vor der Tür wie hungrige Wölfe. Er aber begreift es nicht, begreift es einfach nicht. Genossen, wer holt denn endlich den Wodka?«

In der Kommandantur saß Schesjekin bleich, dick und traurig in seinem Sessel, das Funktelefon neben sich, und wartete. Die Ohnmacht vor den Amerikanern, das befohlene Nichtstun, während die anderen Bomben warfen, erschütterte ihn und zernagte seine Seele. Nach seinem Willen wäre alles anders gelaufen. Die U-Boote wären getaucht und unter der Eisdecke weggeschlichen, nicht zu den Versorgungsschiffen, sondern in der entgegengesetzten Richtung unter das Packeis, und dort wären sie liegen geblieben, ganz ruhig, geschützt durch einen meterdicken Eispanzer, und keiner hätte sie orten können, keiner hätte sie gehört, wochenlang, monatelang hätten sie unter dem Eis gestanden, bis sich alles beruhigt hätte. Zwei, drei Monate – wer wußte, wie in drei Monaten die Welt aussah! Jeden Tag veränderte sie sich, und die Hure Politik lag mal mit diesem, mal mit jenem im Bett, und die schamlosen Zuschauer klatschten Beifall. Die

Zeit, der große Verbündete der Russen – warum vergaß Wisjatsche die Zeit?

Das Telefon schlug an. Schesjekin hob seufzend ab. Der neunte Anruf innerhalb von vier Stunden.

Sujin war am Apparat. Seine Stimme klang nicht gerade fröhlich. »Genosse Schesjekin«, sagte er, »die Nachricht aus Moskau ist gekommen. Eine endgültige Stellungnahme von Marschall Ogarkow. Stillhalten.«

»Wir verlieren unser Gesicht!« schrie Schesjekin auf. »Die ganze Welt wird über uns lachen.«

»Die ganze Welt weiß doch von nichts. Und die es wissen, werden schweigen, zum Wohl des Friedens. Seien Sie kein Stein im Weg, Wladimir Petrowitsch.«

Der letzte Satz von Sujin machte Schesjekin sehr zu schaffen. So hingeworfen war er gewesen, so dahergesagt wie ein Sprichwort, aber im Untergrund schlief die Drohung. Was macht man mit einem Stein, der im Weg liegt? Weg räumt man ihn, wirft ihn zur Seite, in einen Straßengraben, in einen Bach! Hindernisse sind dazu da, daß man sie beseitigt. Seien Sie kein Stein im Weg – war das nicht deutlich genug?

Schesjekin kratzte wieder seine rote Knollennase, holte aus der Lade seines Tisches eine Flasche Wodka, entkorkte sie und setzte sie an die Lippen. Nach tiefen Zügen war ihm wohler, er rülpste kräftig und stellte die Flasche in die Lade zurück.

Auch das begriff der Genosse Gorbatschow nicht, als er das Wodkagesetz erließ und den Verbrauch einschränkte: Für einen Russen ist Wodka wie Medizin. Ein Allheilmittel, das immer hilft: gegen Kummer und Ehestreit, gegen Schweißfüße und Herzklopfen, gegen Liebeskummer und Gehirnerweichung, gegen Armbruch und Durchfall, sogar gegen den Anblick verhaßter Menschen. Ja, und auch zur Freude konnte man ihn trinken, zur Unterstützung des Glücks, zum Lob eines hübschen Weibchens.

Na sdarowje...

Das hätte Schesjekin nicht gesagt, wenn er gewußt hätte, daß im Haus der Berreskowa fünf nackte Betrunkene mit den Köpfen auf einem Tisch schliefen. Fünf, denn auch Nurian hatte sich ausgezogen, um nicht unter so viel Nackten als Außenseiter zu gelten.

In Washington war es 8 Uhr morgens, als die Verbindung mit Moskau zustande kam. Der Chefdolmetscher hielt Ronald Reagan den Hörer hin.

Reagan hatte es sich in seinem Sessel bequem gemacht, streckte die langen Beine weit von sich und hatte eine Tasse Tee vor sich stehen. Er war allein in dem ovalen Raum, hatte den Sekretär hinausgeschickt und angeordnet, daß man ihn nur dann stören dürfe, wenn er sich an der Tür blicken lasse. Nichts war so wichtig wie das, was er in den nächsten 15 Minuten hinter sich bringen wollte.

»Hier Ron«, sagte er, als sich der Teilnehmer in Moskau meldete. »Guten Morgen, Michail.« Über einen zweiten Apparat übersetzte der Dolmetscher. »Wie geht's? Hast du auch eine so herrliche Morgensonne im Zimmer?«

»Nein, Ron.« Gorbatschows Stimme klang so deutlich, als stehe er neben Reagan. Die Stimme des sowjetischen Dolmetschers klang dagegen tonlos und fade. »Es regnet hier.«

»Es regnet! Komm her nach Washington, wir fahren auf meine Farm, und du legst dich in die Sonne.«

»Ein verlockender Gedanke.« Reagan hörte Gorbatschow leise lachen. »Leider werde ich in Moskau gebraucht. Wir haben zwei große Völker in den Frieden zu führen.«

»Du sagst es, Michail, du sagst es!« Reagan schob seine Beine noch mehr nach vorn, er lag jetzt fast im Sessel. »Deswegen rufe ich an. Kannst du dir vorstellen, daß ein Eisberg den Weltfrieden gefährdet, ein Eisberg in der Antarktis, im Ross-Meer? So ein verdammter großer Eisberg?«

»Das wäre absurd.« Gorbatschow schien zu lächeln – die kleine Sprechpause legte Reagan so aus. Du weißt genau, wovon ich rede, du alter Gauner, dachte er, und jetzt machen wir einen kleinen, aber harten Poker, und die Partie läuft unentschieden aus. »Du meinst den Abbruch vom Schelfeis?«

»Genau den und eure Militärbasis darauf.«

»Und eure kleine Stadt auf dem Eis, mit einem Flugzeugträger vor der Tür und einem Geschwader im Anmarsch?«

»Michail, es handelt sich um eine harmlose Polarforschungsstation.«

»Welch eine Duplizität, Ron! Wir bauen ein meeresbiologisches

Institut auf Zeit auf. Bei einem so seltenen Naturereignis...«

Reagan grinste und nickte. »Alles völlig harmlos, sage ich dir.«

»Nur wissenschaftlich, Ron.«

»Ich bin bereit, unsere Station aufzugeben, wenn du deine Forschungen auf dem Eisberg einstellst.«

»Ein guter Vorschlag, Ron. Ich habe schon längere Zeit gedacht: Das ist ein falscher Ort.«

»Du hast es erkannt, Michail. Völlig falsch. Ein Glück, daß wir uns so gut verstehen. Lassen wir die Anordnungen hinausgehen. Du schickst Beobachter zu uns, wir welche zu euch. Dann klappt der Abbau reibungslos. Was meinst du, Michail?«

»Wir sind gerade an dem ›reibungslos‹ interessiert, Ron.« Gorbatschows Sinn für Humor brach auch hier wieder durch. »Sollten wir unsere Erfahrungen nicht austauschen?«

»Die Auflösung scheint mir besser.« Reagan grinste. O du russischer Fuchs! dachte er. Was hättest du getan, wenn ich jetzt ja gesagt hätte? Wie wärst du da wieder herausgekommen? Ich bin großzügig, Michail, den kleinen Sieg lasse ich dir. »Aber da ist noch was, Michail«, sagte er.

»Unklarheiten?«

»Im Gegenteil. Da ist alles klar... Es handelt sich um vier Menschen, die sich lieben.«

»Liebe ist etwas Wunderbares. Wie sehr hat mir Raissa geholfen!«

»Was wäre ich ohne Nancy?« Reagan räusperte sich. »Grüß Raissa herzlich von mir.«

»Und du umarme in meinem Namen deine Nancy.«

»Vier Menschen, Michail, zwei davon sind Russen. Sie möchten heiraten und dann in den USA wohnen.«

»Warum nicht in der Sowjetunion?«

»Die Diskussion wird nie zu einem Ergebnis kommen. Zwei gegen zwei. Aber sie lieben einander so sehr, daß die Russen nachgegeben haben. Eure weiche russische Seele... Gib ihnen deinen Segen, Michail. Ich bitte dich darum. Vier kleine Menschen sind keine Weltgefahr. Oberleutnant Henderson wird seinen Dienst quittieren und Farmer werden. Ich nehme an, daß du Kapitän Malenkow aus der Gehaltsliste streichst. Seien wir großzügig, Michail!«

Gorbatschow zögerte.

Reagan sah ihn jetzt vor sich sitzen, stämmig, den runden Kopf etwas vorgestreckt, mit wachen Augen, bereit, dem Westen die Hand zu geben, weil nur ein Zusammenleben die Welt erhält, nicht ein Nebeneinander. Eine uralte Weisheit, nur haben die Politiker sie oft nicht verstanden. Das Wort »Macht« war ihnen geläufiger und lag ihnen besser auf der Zunge.

»Ron«, erklang Gorbatschows Stimme am Telefon.

»Ja, Michail.«

»Ich habe an Raissa gedacht. Auch sie wäre mit mir hingegangen, wohin ich gehe. Das muß so sein in der Liebe. Nimm die Liebenden vom Eisberg zu dir. Ich werde dafür sorgen, daß du das kannst.«

»Michail, du bist großartig. Du bist ein guter Freund.« Reagan schlug sich auf den Schenkel. Gorbatschow mußte das in Moskau hören. »Nun ist alles okay! Wann räumen wir den Berg?«

»Sofort, wenn du willst, Ron.«

»Okay. Sofort. Morgen geht's los. Einverstanden, Michail?«

»Einverstanden, Ron.«

»Noch einen guten Tag. Hoffentlich hört bei euch der Regen bald auf und die Sonne scheint.«

»Und du, leg dich nicht zu viel in die Sonne. Du weißt, deine empfindliche Haut.« Gorbatschow vermied es, »Hautkrebs« zu sagen. Ehe sich Reagan noch einmal bedanken konnte, legte er auf.

Ganz einfach, freundschaftlich, war ein Krieg vermieden worden. Man mußte nur den Willen dazu haben.

Sowohl Schesjekin wie Pittburger, Warner und Seymore begriffen die Welt nicht mehr, auf keinen Fall den Präsidenten und den Generalsekretär.

»Alles schleifen?« fragte Seymore entsetzt, als Pittburger den Befehl Reagans durchgab.

»Alles! Nichts bleibt stehen. Das Abenteuer ›Big Johnny‹ ist beendet.«

»Millionen Dollar in die Luft geblasen! Wir haben's ja! Und wo geht die Arbeit am Kampflaser weiter?«

»Fragen Sie den Präsidenten, nicht mich.« Bitter klang das, und Seymore empfand Mitleid mit Pittburger. »Die Räumung beginnt sofort. Von den Sowjets kommen Beobachter herüber, wir schicken welche zu ihnen. Das ist das einzige Positive: Wir sehen uns an, was die Sowjets da gebaut haben, und vor allem, wie. Wen schicken Sie zu ihnen, Seymore?«

»Brooks und vier Offiziere, Sir. Und einen Fachmann. Dr. Smith.« Seymores Stimme klang gepreßt. »Wie sollen wir vorgehen, Sir? Alles vorsichtig abbauen oder in die Luft jagen?«

»Beides. Die Labors auf die ›Lincoln‹, alles andere sprengen. Die Fahrzeuge, Schlitten und Maschinen werden von den Transportern aus McMurdo abgeholt.«

»Und was ist mit Ric Henderson und Miß Allenby«, Seymore stockte und sprach es dann doch aus, »wenn sie auch bei den Russen nicht aufzufinden sind?«

»Es tut mir leid, Seymore, das zu sagen: Wir streichen ihre Namen durch. Wir müssen es... Der Weltfriede ist mehr wert als zwei unbekannte Menschen. So ist das nun mal.«

»Ich weiß aber, Sir, daß Ric bei den Russen ist. Ich habe den Beweis! Sein Unterhemd in der sowjetischen Laborstation. Wenn er nicht mehr aufzufinden ist, dann haben sie ihn umgebracht!«

»Auch damit müssen wir leben, ohne zu klagen, Seymore. Sagen Sie nichts mehr. Legen Sie gleich auf, und dann können Sie gegen die Wand ›Scheiße‹ brüllen. – Ich erwarte laufend Ihre Meldungen.«

Am nächsten Morgen um 8 Uhr begann die Räumung.

Seymore, der von der »Lincoln« herübergeflogen war, um diesen einmaligen Vorgang des Rückzuges von einem Eisberg mit seiner Videokamera festzuhalten, war einen Augenblick sprachlos, als per Sprechfunk vom Sonarraum gemeldet wurde: »Sir, ein U-Boot nähert sich ›Big Johnny‹. Wir haben es deutlich im Gerät. Es läuft unter der Eisdecke auf uns zu.«

»Ein U-Boot?« Seymore blickte irritiert auf Commander Brooks, der neben ihm stand.

Es war ein kalter, aber klarer Morgen; als weiße Wölkchen trieb der Atem von ihnen weg und setzte sich als Eiskristalle an den Fellhaaren von Mantelkragen und Pelzmütze fest.

Wie im Theater, wo auf ein Stichwort der neue Darsteller erscheint, brach plötzlich in einer Entfernung von 200 Metern ein grauer, breiter, hoher Stahlturm aus dem Meer, ein langgestreckter, eleganter Körper folgte und schwamm dann langsam auf die amerikanische Basis zu. Hinter dem Schanzkleid im Turm erschienen drei Männer in dicken Felljacken und blickten durch Feldstecher auf die kleine amerikanische Stadt im Eis.

»Und keiner hat das gewußt...«, sagte Nurian etwas verbittert. »Seht euch das an! Auf dem platten Eis. *Auf* dem Eis! Man sollte unsere Satellitenspezialisten mit dem nackten Arsch im Eis einfrieren lassen!«

Und Seymore sagte: »Das ist ja ein dicker Hund! Hier wimmeln sowjetische U-Boote herum, und keiner hat davon eine Ahnung! Ich denke, der Eisberg ist unter Kontrolle? Brooks, das ist eine Blamage!«

»Eine geheime Blamage, Sir. Keiner wird jemals davon erfahren – das ist das einzig Gute an dem ganzen Mist!«

Elegant zog Nurian das Boot in die kleine Bucht und legte am Rand des Eisberges an – eine Meisterleistung, die auch Seymore, der Flieger, erkannte. Matrosen schoben die Gangway auf das Eis. Ganz »Big Johnny« war auf den Beinen, stand vor den Häusern, Werkstätten und Lagerschuppen und verfolgte stumm das Manöver der Russen.

Vizeadmiral Warner wurde von der Funkzentrale verständigt. Er begann zu toben, raste in den mit den neuesten Geräten ausgerüsteten großen Raum der Überwachung und brüllte: »Ist das hier ein Wunderwerk der Elektronik oder ein Schlafsaal? Glotzen Sie mich nicht so dämlich an!« Er sah an der Wand ein paar aus Sexmagazinen ausgeschnittene Fotos nackter Frauen in lockender Pose, riß sie herunter und warf sie in den Saal. »Da schleichen sowjetische U-Boote um uns herum, und die Herren geilen sich unterdessen an nackten Weibern auf! Wenn die Aktion beendet ist, sprechen wir uns noch!« Beim Verlassen des Raumes knallte er die Tür hinter sich zu, fuhr mit dem Lift in seine Kommandozentrale und ließ sich die unterdessen eingelaufenen Meldungen vom Eisberg vorlegen.

Mit Nurian an der Spitze waren vier sowjetische Offiziere vom Boot gekommen, mit ausdruckslosen Gesichtern, eckigen Bewegungen und unruhig herumschweifenden Blicken, die sofort alles registrierten. Vor allem der elektronische Mastenwald über den Labors zog ihr Interesse an. Das war nicht nur eine Funkstation, das war mehr! Vor allem die drei blinkenden Stahlkugeln, einer Sternwarte ähnlich, ließen abenteuerliche Vermutungen zu.

Nurian hob grüßend die Hand an seine Pelzmütze, als Seymore und Brooks ihnen entgegenkamen. Einer der Offiziere kramte sein weniges Schulenglisch hervor und versuchte ein paar jämmerliche Sätze. »Wir sind Kontrolle. Guten Morgen. Sollen abholen Kontrolle von Amerika.«

»Mit dem U-Boot?« fragte Seymore kurz. Das Wort »Kontrolle« bohrte sich in sein Herz. Amerikaner werden von Sowjets kontrolliert – wo sind wir hingekommen? Sein Nationalstolz brannte.

»Nein.« Der sowjetische Offizier schüttelte den Kopf. »Mit Helikopter. Werden erwartet von Vizeadmiral Schesjekin.«

»Sie haben einen Admiral auf dem Berg!« sagte Seymore entgeistert. »Stellen Sie sich das vor, Brooks! Einen Admiral!«

»Wir haben einen General Seymore hier, Sir«, sagte Brooks unbeeindruckt. »Das ist das Gleiche.«

Seymore schwieg verbissen, warf einen tadelnden Blick auf Brooks und nickte dann den Russen zu. »Wir sind bereit, meine Herren. Darf ich bitten, mir zu folgen?«

Eine Stunde später stiegen vom Flugplatz auf der oberen Eisebene drei Hubschrauber der US Air Force in den klaren, eisigen Himmel. Brooks flog an der Spitze, einen Offizier der Russen neben sich. McColly und Lieutenant Holmes folgten ihm, mit jeweils einem Begleiter an Bord. Einer von ihnen war Dr. Smith, der Laserforscher. Man hatte ihn in eine Offiziersuniform gesteckt, was ihm gar nicht behagte – er winkte schon von weitem ab, wenn Soldaten Anstalten machten, ihn zackig zu grüßen.

Die Flugstrecke bis zum anderen Ende des Eisberges kannte Brooks nun wie den Luftraum über San Francisco. Dennoch wunderte er sich, als der Russe neben ihm an seinem Ärmel zupfte und nach unten zeigte.

Landen? Dort? Im Eisgebirge? Brooks sah den Russen an. Junge, du hast 'ne Macke! »Ich bin doch kein Selbstmörder«, schrie er in den Motorenlärm hinein. »Das kann ein japanischer Kamikaze machen!«

»Geht gut, Kamerad.« Der sowjetische Offizier grinste und zeigte wieder nach unten. »Dort kleiner Platz im Tal.«

»Kamerad« – Brooks kam das Wort etwas merkwürdig vor. Es

war lange her, 43 Jahre, daß sich 1945 Amerikaner und Russen an der Elbe trafen und sich »Kamerad« nannten. Damals war der Haß auf die Nazis stärker als die Vernunft, ein Fehler, der bald darauf die Welt veränderte. Zu spät hatte Eisenhower das eingesehen, und auch Churchill brauchte Jahre, den Irrtum zu begreifen. »Kamerad« – und wir rüsten, rüsten, rüsten, belauern uns und entwickeln Waffen, gegen die eine Atombombe wie ein lauter Knaller ist!

Brooks ging tiefer. Tatsächlich, in einem Eistal konnte man landen, wenn man sein Handwerk verstand. »Jungs, jetzt zeigt, was ihr gelernt habt«, sagte er in seinen Sprechfunk. »Ich mach's euch vor. Wer Bruch fabriziert, wird ins Spritlager versetzt.« Er lehnte sich zurück, flog über der Landestelle einen Kreis und ging dann tiefer.

Vor ihm lag der hervorragend getarnte Eingang zu der russischen Stadt im Eis, der Schräglift in den Bauch des Eisberges.

Sie standen vor Schesjekin in der Kommandantur und warteten auf die Bestätigung ihrer Verbannung.

Als ein Oberleutnant aus dem Stab zu ihnen gekommen war und mit schroffer Stimme den Befehl des Vizeadmirals überbrachte, sofort mitzukommen, hatten sie sich angesehen und in ihren Augen den gleichen Gedanken gelesen: Nun ist es soweit. Leb wohl, Illusion, die Wirklichkeit hat uns wieder.

»Ich habe es gewußt«, sagte Malenkow ruhig. »Nurian ist ein Schwätzer. Er hat alles nur geredet, um unsere Suppe auffressen zu können.«

Ljuba sagte zu Henderson: »Mein Liebling, ich werde um uns kämpfen. Ich bin nicht unbekannt, in der Akademie der Wissenschaften habe ich einflußreiche Freunde.«

»Ihr habt sogar unbequeme Generale in Irrenhäuser gesperrt.« Ric zog seinen Pelz an. »Und wie war das mit Sacharow? Den kennt die ganze Welt – trotzdem sollte er in Sibirien verfaulen.«

»Jetzt ist er frei, Ric. Das ist die Glasnost von Gorbatschow.«

»Als wenn sich Gorbatschow um uns kümmern würde! Er wird nie unsere Namen erfahren ... Er hat wirklich anderes zu tun, als vier Wanzen zu betrachten.« Ric half Ljuba in ihren Mantel, küßte ihren Nacken, und trotz der schicksalhaften Stunde schloß sie die Augen, bog sich zurück und seufzte tief.

»Ich liebe dich«, sagte sie ganz leise mit vergehender Stimme. »Liebling, ich liebe dich, ich liebe dich... Was auch kommt, vergiß es nie: Ich liebe dich.«

Nun standen sie in einer Reihe nebeneinander vor Schesjekin. Er saß hinter seinem Schreibtisch, hatte eine Wodkaflasche auf der Tischplatte stehen, dazu fünf Gläser und eine Schüssel mit Honiggebäck, die Pralenkow dem schreienden Sumkow aus dem Privatzimmer hinter der Küche entwendet hatte.

Schesjekin sah die Vier eine Weile stumm an, goß dann die Gläser voll Wodka und holte tief Luft. »Übersetzen Sie, Genossin Berreskowa«, sagte er.

»Selbstverständlich, Genosse Admiral.«

»Endlich ist die Entscheidung aus Moskau eingetroffen. Nicht von den Genossen Wisjatsche und Sujin, nein, von Marschall Ogarkow persönlich, und zwar im Auftrag des Genossen Generalsekretärs. Ich bin ergriffen – man kann das ohne Scham gestehen. Ergriffen von diesem Befehl!«

»Ich bestehe auf einem ordentlichen Gerichtsverfahren!« warf Malenkow ein. »Man kann uns nicht stillschweigend in die Verbannung schicken.«

»Jurij Adamowitsch, du bist ein begabter Idiot, aber eben nur ein Idiot. Rätselhaft ist uns allen, woher der Genosse Gorbatschow eure unwichtigen Namen kennt, aber er kennt sie nun mal. Jeden einzelnen. Grübeln wir nicht darüber nach, es ist so. Und der Genosse Gorbatschow hat befohlen: Die Amerikaner Virginia Allenby und Ric Henderson sind sofort freizulassen.«

»Ric!« schrie Ljuba auf und warf sich gegen Hendersons Brust. »Du bist frei, frei, und Virginia auch. Frei!«

Schesjekin wartete ein paar Sekunden. Er sah zu, wie Ljuba und Ric einander küßten und Malenkow und Virginia stumm ihre Hände ineinanderlegten.

»Ferner hat der Genosse Gorbatschow angeordnet«, fuhr Schesjekin sogar etwas gerührt fort, »daß die Genossin Ljuba Alexandrowna Berreskowa und der Genosse Jurij Adamowitsch Malenkow degradiert und aus der Armee der Sowjetunion ausgestoßen werden. Vortreten, Malenkow!«

Mit einem eisernen, kantigen Gesicht trat Malenkow zwei Schritte vor und stand stramm.

Schesjekin kam um den Tisch herum, riß ihm die Schulterstücke ab und auch die Sterne vom Kragen. Er warf alles in die Zimmerecke und kehrte hinter seinen Schreibtisch zurück.

Malenkow trat in die Reihe zurück, und erst da senkte er den Kopf.

Schesjekin legte wieder eine bedeutungsvolle Pause ein. Schmor jetzt ein wenig, Jurij Adamowisch! dachte er. Eine kleine Strafe hast du verdient. Gorbatschow selbst hat sich um dich gekümmert – soll das einer verstehen! Ich nicht. Aber auch kleinen Wundern soll man nicht nachforschen. »Und weiter hat der Genosse Generalsekretär angeordnet: Die Bürger Malenkow und Berreskowa haben sofort mit ihren amerikanischen Verlobten die Marinebasis ›Morgenröte‹ zu verlassen. Sie dürfen sich in den USA niederlassen.«

Als habe ein Blitz eingeschlagen, so durchfuhr es Ljuba und Jurij.

Aber bevor sie den Schock überwunden hatten und irgend etwas Enthusiastisches tun konnten, sagte Schesjekin sehr laut: »Keine Demonstrationen! Benehmt euch wie Erwachsene! Jeder holt sich ein Glas, und dann stoßen wir an auf die große Güte des Genossen Gorbatschow und auf ein langes Leben.«

Eine kleine, glückliche Feier wurde es, eine stille Feier, denn wer kann große, laute Worte machen, wenn er sein Leben wiedergewonnen hat? Schesjekin konnte sich noch immer nicht beruhigen, daß Gorbatschow eigenhändig die Anordnungen unterschrieben und an Marschall Ogarkow weitergegeben hatte; noch weniger begriff er, daß seine schöne U-Boot-Basis abgebaut und vernichtet werden sollte. So eine »Morgenröte« gab es nie wieder. Niemals. Aber verstehe einer die hohen Genossen in Moskau! Aus dem Ärmel schütteln sie Überraschungen wie andere Flöhe. Schon wieder war das so, bei Stalin, bei Chruschtschow, bei Breschnew und nun bei Gorbatschow. Sich wundern ist eine sinnlose Anstrengung.

Schesjekin rief ungehalten: »Herein!«, als es an der Tür klopfte.

Ein Oberleutnant der Pioniere trat ein und grüßte. »Genosse Admiral, die amerikanischen Beobachter sind da.«

»Wir kommen.« Schesjekin erhob sich ächzend. Amerikanische Beobachter – schamrot sollte man werden. Auch die Perestroika sollte eine Grenze haben.

Auch Ric, Ljuba, Virginia und Jurij erhoben sich, schon ein wenig unsicher auf den Beinen. Im Hochgefühl ihres Glückes hatten sie den Wodka zu schnell getrunken.

»Nun werden wir uns nie wiedersehen«, sagte Schesjekin mit deutlicher Trauer. »Was hatte ich alles mit dir vor, Jurij Adamowitsch! Ein Held der Sowjetunion, degradiert, hinausgeworfen, verachtet! Wo hat's so etwas schon gegeben? Und alles wegen eines Weiberkörperchens.«

»Es ist mehr, Genosse Admiral, es ist eine Liebe bis über den Tod hinaus! Einen Körper kann man zurückgeben, ein Herz nicht.«

»Dann bist du wirklich ein glücklicher Mensch, Jurij Adamowitsch. Gratuliere, aber beneiden werde ich dich nicht. Unser Mütterchen wird dir fehlen, Rußland verläßt ein Russe nie ohne Heimweh. Aber es ist *deine* Seele, *ich* könnte es nicht ertragen.«

»Sie haben auch keine Virginia, Genosse Admiral.«

»Das mag es sein.« Schesjekin wischte sich mit der Hand über sein fettes Gesicht und sagte jetzt einen wahren Satz: »Ich habe nur Nina Kirillowna, und das seit vierzig Jahren.«

»Ich kenne Nina Kirillowna nicht.«

»Seien Sie froh!« Schesjekin stampfte zur Tür. »Gehen wir! Ich will euch so schnell wie möglich loswerden!«

An den aus dem Eis gewalzten Piers standen Brooks und seine Offiziere. Ihr Staunen war grenzenlos.

»Das können nur die Russen«, sagte Dr. Smith fast andachtsvoll. »Dagegen sind wir Kinder, die mit Holzklötzchen spielen. Eine U-Boot-Basis im Bauch eines Eisberges – darauf kommt kein Fantasy-Autor. Das ist unglaublich! Aber hier ist sie, wir sehen sie, und keiner wird uns das abnehmen.«

»Es wird auch keiner davon erfahren, Doktor.« Brooks betrachtete die an der Pier festgezurrten U-Boote. »Es wird für alle Zeiten ein Geheimnis bleiben, das alle Beteiligten mit ins Grab nehmen.«

»Leider.«

»Politik ist auch Vergessen, und das fällt am schwersten.«

Von der Kommandantur her näherte sich ihnen eine Gruppe in Pelze vermummter Menschen.

Als sie auf 20 Meter herangekommen war, erkannte Brooks seinen

Freund Henderson und warf beide Arme hoch in die Luft. »Ric!« schrie er. »Ric! Ric!«

Dann rannten die Männer aufeinander zu, umarmten und küßten sich, und Brooks stammelte in einem fort: »Es gibt dich noch, alter Junge! Du lebst! Du bist da! So ein Tag kommt nicht wieder!«

Als Brooks danach Virginia an sich zog, flüsterte er ihr ins Ohr: »Mädchen, gibt's in Amerika nicht Männer genug?«

Virginia antwortete ebenso leise: »Keinen wie Jurij. Aber das verstehen Sie nicht.«

Brooks drückte Malenkow die Hand; er sparte sich jedes Wort, der Russe verstand ihn ja doch nicht. Aber vor Ljuba blieb er fasziniert stehen, sah sie mit glänzenden Augen an, faßte vorsichtig ihre schmale Hand, als könne er sie zerbrechen wie dünnes Porzellan, und sagte zu Henderson: »Donnerwetter, Ric, ist das ein Mädchen! Das haut einen um. So was hast du gar nicht verdient.«

»Er hat's verdient«, antwortete Ljuba an Rics Stelle. »Seien Sie nicht neidisch, Commander!«

Brooks starrte sie entgeistert an. Sie spricht Englisch, verdammt nochmal. Und dann wurde er rot.

Es war herzzerreißend, es mitanzusehen: Was in über einem halben Jahr in harter Tages- und Nachtarbeit aufgebaut worden war, wurde in einer Woche vernichtet.

Nach dem Abtransport der wertvollen geheimen Geräte, nach dem Verladen der Maschinen, Raupen, Kräne und Motorschlitten in die riesigen Bäuche der Transportflugzeuge aus McMurdo blieben nur noch die leeren Fertighäuser übrig, eine kleine Stadt mit Eisstraßen, über denen Bretter lagen, mit einer kleinen Kirche, einem Kino, zwei Saloons und einer Basketballhalle aus Fertigteilen.

»Ein Meisterwerk«, sagte Seymore gepreßt zu Vizeadmiral Warner, der von der »Lincoln« herübergekommen war. »In drei Wochen sollten die Laserversuche beginnen. Verstehen Sie Ronny, daß er alles abbläst?«

»Er wird seine Gründe haben.«

»Und der Russe?«

»Natürlich auch. Seymore, da ist auf höchster Ebene daran gedreht worden. Auch wenn keiner was weiß, wir haben auf einer scharfen Bombe gesessen. Ich bin froh, daß es so gekommen ist.«

Seymore hob die Schultern und schwieg. Vom Leiter der Räumung, einem Major, erhielt er die Meldung, daß alles okay sei. Die Transporter donnerten vom Flugfeld in Richtung McMurdo, die letzten Räumkommandos schwirrten mit den Hubschraubern zum Flugzeugträger.

»Wir sind die letzten«, sagte Warner. »Wann geht der Feuerzauber los?«

»In 20 Minuten.« Seymore blickte auf seine Armbanduhr. Hinter ihnen wartete ein großer Sikorski-Hubschrauber. »Gehen wir!« Er umfaßte noch einmal mit einem langen Blick sein »Big Johnny«, nahm Abschied von diesem großen Werk und ging dann mit eiligen Schritten zur Maschine.

Warner folgte ihm wortlos; er wußte, wie es jetzt in Seymore aussah.

In der Luft umkreisten sie noch einmal die Stadt auf dem Eis und gingen dann auf eine Warteposition über dem Meer. Ein anderer Hubschrauber schwirrte in ihrer Nähe herum: das Sprengkommando.

»Noch zwei Minuten«, sagte Seymore heiser und starrte auf den Eisberg. »Noch eine Minute... Warner, der Countdown beginnt... Sechs... fünf... vier... drei... zwei... eins... zero!«

In dem Hubschrauber neben ihnen drückte Major Holter auf die elektronische Serienzündung. Es war, als speie der Eisberg Feuer, als würde aus dem gefrorenen Wasser ein Vulkan. Eine riesige Wolke aus Rauch, Eis und Trümmern schoß in den Himmel, und dann traf der Explosionsdruck wie eine Faust die Sikorski und schüttelte sie durch. Warner und Seymore klammerten sich an ihren Sitzen fest.

»Das war's«, sagte Seymore tonlos. »Zurück zum Träger. Das war's...«

Die Sikorski drehte ab. Seymore blickte nicht mehr zu dem Eisberg hinüber. Er wandte sich ab, griff in die Tasche seines Mantels, holte eine kleine flache Flasche mit Whiskey heraus und setzte sie an die Lippen.

Auch jetzt sagte Warner kein Wort. Er legte seine Hand auf die Hand von Seymore und hoffte, ihm damit Kraft zu geben.

Die »Morgenröte« war gesprengt, nur noch die »Gorki« lag an der Eispier, und Schesjekin war zurückgekehrt, nachdem die Explosionswolken sich verzogen hatten. Er stand auf dem einzigen, unzerstörten Fleck, blickte lange über die Vernichtung und gestand sich ein, versagt zu haben.

Dort hatte die Kommandantur gestanden, dort das Heizwerk, da die Stolowaja, links davon die Kantine und die Küche, dahinter die Magazine und Werkstätten, am Hang waren die Häuser gewesen, und dort, ganz links, hatte die Berreskowa gewohnt, mit eigener Banja, ein Luxushaus für die einzige Frau in der Stadt im Eis.

Jetzt war es ein Trümmerfeld, begraben unter riesigen Eisbrokken, die sich bei der Sprengung von der Decke gelöst hatten, eine eisige Wüste, die Rußlands schönstes Geheimnis hätte werden können.

Schesjekins Augen waren trüb. Der Anblick der Zerstörung zerstörte ihn selbst. Plötzlich ging ein Ruck durch seinen massigen Körper, seine dicke Hand schnellte an die Mütze, zum letztenmal grüßte er seine »Morgenröte«, seinen U-Boot-Hafen im Bauch des Eisriesen, sein Werk, das nun in Sprengwolken untergegangen war.

Er hatte versagt.

Ohne Eile oder mit zitternder Hand holte er aus seiner Manteltasche die große Pistole, schob den Lauf in den Mund und drückte ab.

Nurian und vier Offiziere trugen Schesjekin zur »Gorki«, die Luken schlossen sich hinter ihnen, eine einsame Sirene ertönte, und dann tauchte das Boot weg.

Zurück blieb ein majestätischer Eisberg, 156,8 Kilometer lang, 40,5 Kilometer breit und 421 Meter hoch. Ein Eisberg, wie es ihn noch nie gegeben hatte und vielleicht auch nie wieder geben wird.

Wieviel Unbegreifliches gibt es auf unserer Welt!

Und wieviel ewig schlummernde Geheimnisse…